D1935158

KNAUR

Über die Autorin:
Juliane Käppler, Jahrgang 1977, lebt gemeinsam mit ihrem Sohn in Mainz. Sie schreibt seit ihrer Kindheit und ist seit 2011 als freiberufliche Autorin für verschiedene Verlage und in unterschiedlichen Genres tätig. »Die sieben Tode des Max Leif« ist ihr erster Roman im Knaur Verlag.

Juliane Käppler

Die sieben Tode des Max Leif

Ein Hypochonder-Roman

KNAUR

Besuchen Sie uns im Internet:
www.knaur.de

FSC
www.fsc.org
MIX
Papier aus verantwortungsvollen Quellen
FSC® C083411

Originalausgabe Januar 2016
Knaur Taschenbuch

Ein Imprint der Verlagsgruppe
Droemer Knaur GmbH & Co. KG, München

Redaktion: Martina Vogl
Umschlaggestaltung: ZERO Werbeagentur, München
Umschlagabbildung: FinePic®, München
Satz: Adobe InDesign im Verlag
Druck und Bindung: CPI books GmbH, Leck
ISBN 978-3-426-51725-3

2 4 5 3 1

Für meinen Großvater
im Licht

Still aLeif

Ich hab das Leben verflucht, die Zeit angehalten und mich auf einer Insel versteckt. Jetzt will ich nur weg. Weg von Sansibar, so schnell wie möglich. Und aus Afrika. Aber das ist so groß. Seit drei Stunden fliegen wir schon über diesen Kontinent, haben gerade mal Tansania, Kenia, Äthiopien und die Hälfte des Sudans hinter uns gebracht. Seit drei Stunden starre ich auf das Flugzeug, das auf dem Monitor vor mir Afrika überquert. Es bewegt sich im Schneckentempo. Außer ich setze den Zoom auf das Maximum. Dann kommen wir auf Igel-Geschwindigkeit.

Der Monitor ist ein Business-Class-Standard-Touchscreen. Ein paarmal tatschen für die neuesten Filme, eine Runde Mensch ärgere Dich nicht oder Vivaldis *Vier Jahreszeiten*. Grandios wäre es, könnte man das Flugzeug über der Landkarte antippen und die Route nach Wunsch manipulieren, denn was mir unter *Final Destination* angezeigt wird, ist absolut inakzeptabel. Ich will nicht nach Frankfurt und hämmere so lange auf das Minussymbol ein, bis ich die gesamte Welt sehen kann, um nach Zielen zu suchen, an die ich das Flugzeug ziehen könnte. Ich würde gern an einen Ort fliegen, an den sich kaum eine Menschenseele verirrt. Nach Spitzbergen, auf den Mount Everest oder nach Mecklenburg-Vorpommern, die Küste ausgenommen.

Das Flugzeug im Auge behaltend, lege ich eine Hand auf meinen Magen, der seit dem Start rumort und schmerzt. Beim Anblick des leeren Platzes neben mir rumort er noch mehr, und das ganz und gar elende Gefühl, das mich seit zehn Tagen im Griff hat, schnürt mir die Kehle zu. Paul hätte dort sitzen sollen. Mein Paul, der mit mir durch dick und dünn gegangen ist. Von der Sandburg bis zum Börsengang. Paul war immer da. Er war an meiner Seite, als mir Friedhelm Biermann in der Dritten mit Prügel drohte, weil ich ihm mein Snickers nicht geben wollte. Er hat mir Joints zur Beruhigung gedreht, als ich Die Toten Hosen für die Schülerzeitung interviewen durfte. Er war da, als ich fürs Abitur eine Ehrenrunde drehen musste, indem er mit dem Studium gewartet und ein soziales Jahr eingelegt hat. Er füllte mich mit Tequila ab, als Frederike Diekhoff einen anderen heiratete. Er hörte zu, als ich die Idee zu LeifMusic hatte, und er redete so lange auf mich ein, bis ich das Projekt startete. Er stand mir bei, nach dieser Katastrophe vor zwei Jahren, war mein Gewissen und sorgte dafür, dass ich heute in den Spiegel schauen kann. Er war da, als ich während eines Interviews umkippte.

Diagnose: Akutes Koronarsyndrom.

Auf Patientendeutsch: Herzinfarkt.

Ursache war nicht, wie zuerst vermutet, eine Arteriosklerose, denn meine Gefäße waren nicht verkalkt, sondern verkrampft. Die krampfartige Verengung unterbrach die Versorgung des Herzens und ließ mich kollabieren. Als mittelschwerem Fall verpasste man mir statt des Bypasses sogenannte Stents, welche die Gefäße weit halten und die Durchblutung des Herzens sicherstellen sollen. Unter Umständen. Ich dürfe nicht glauben, so die Ärzte, weiterhin wie ein Duracell-Häschen durch ein von Hektik und Stress bestimmtes Leben hopsen zu dürfen. Mein inneres Gleichgewicht sollte ich herstellen, und zwar durch einen geregelten Tagesablauf, freie Wochenenden, pünktliche Feierabende und liebevolle Zuwendung von Lieblingsmenschen. Fast alles Fremdworte und prinzipiell undenkbar! Das mit der liebevollen Zuwendung wollte ich aber definitiv in Angriff nehmen. Da sah ich Möglichkeiten. Bedauerlicherweise verspielte Claudia den Status *Lieblingsmensch,* weil sie mich an meinem ersten pünktlichen Feierabend in den Tulpen liegend empfing, mit dem Gärtner zwischen ihren Beinen.

Blieb nur noch ein Lieblingsmensch.

»Max, das wird wieder!«, hat Paul gesagt, während er Claudias Pumps die Absätze abhackte, weil ich mich schonen sollte. »Jetzt höre mal auf die Ärzte und tritt kürzer! Ohne Wenn und Aber! Leg eine Auszeit ein! Ich mache sogar mit. Ich brauche das genauso sehr wie du, habe nur noch Stress in der Redaktion. Lass uns in den Urlaub fliegen!« Nachdenklich hat er den hellblauen Pumps auf dem Holzklotz betrachtet, dann die Axt geschwungen und ihn entabsatzt. »Mal ehrlich«, hat er sowohl mich als auch sich selbst gefragt. »Was ist nur aus unserem Leben geworden?«

Ich hatte viel Zeit gehabt, um darüber nachzudenken, und war zu dem Schluss gekommen, dass aus meinem Leben das geworden war, was ich daraus gemacht hatte. Dass ich Jahreszeiten weder kommen noch gehen sah und Familienfeiern so regelmäßig verpasste wie andere Events, die mir einen Hauch sozialen Lebens bescheinigt hätten, daran war ich selbst schuld.

Ich liebe Musik, seit ich denken kann. Ohne ein besonderes Interesse, selbst welche zu machen. Ich spiele ganz gut Gitarre und Klavier, aber mit meiner Stimme könnte ich

Fliegen tot von der Wand fallen lassen. Hinter das Mikro habe ich nie gewollt, sondern lieber auf die andere Seite, wo ich noch mehr Musik hören konnte. Ich wollte sie finden, die Diamanten, sie schleifen und putzen. Nicht für den Mainstream. Die Charts habe ich natürlich nicht ignoriert, doch mir war immer bewusst, wie viele unfassbar begabte Menschen in deren Schatten sangen. Die all jenen den Stinkefinger zeigten, die ihnen sagten, wie ihre Musik für ein Studioalbum bitteschön zu sein habe. Mir auch, als ich noch bei Sony war und ihnen das eingereichte Tape mit Bedauern zurücksendete. Dabei war mein Bedauern echt, und mit jedem grandiosen, nicht mainstreamkompatiblen retournierten Tape potenzierte sich meine Frustration über den Verlust der musikalischen Vielfalt, den die Musiklabels mit ihrer Produktionspolitik verursachten. Ich zog die für mich einzig logische Konsequenz, hängte meinen Job an den Nagel und gründete LeifMusic. Der Erfolg, den ich zum Leben natürlich brauchte, war, nicht überraschend, an Bedingungen geknüpft, an Kompromisse. Denn nun bekam ich den Stinkefinger von anderer Seite gezeigt und kämpfte gegen Windmühlen, um die von mir produzierten Alben auch auf dem Markt zu plazieren. Einen ersten Kompromiss ging ich ein, indem ich ein Duo unter Vertrag nahm, das seine Musik weder selbst schrieb noch sonderlich gut sang. Die beiden Jungs machten massentauglichen Herzschmerzpop und sahen vor allen Dingen gut aus. Ihre erste Single schlug wie eine Bombe auf dem Markt ein, und das Schicksal von LeifMusic nahm seinen Lauf. Ziemlich bald brauchte ich einen Profi an meiner Seite und stellte Florian, kurz Flo, für das Marketing ein.

Heute, zehn Jahre später, produziere ich fünfzehn Prozent der deutschen Charts und habe regelmäßig Übernahmeangebote von Sony, Warner & Co. auf dem Tisch. Gemäß Flo ist mein Jahresziel die Zwanzigprozenthürde. Als er mir das zwei Monate nach meinem Infarkt sagte, lauschte ich in mich und erkannte mein eigentliches Ziel: weniger Termine, weniger Selbstlüge, weniger schlechte Musik. Mir wurde klar, wie recht Paul mit seiner Behauptung hatte, dass wir eine Auszeit brauchten, also buchten wir den Last-minute-Urlaub in Tansania.

Abermals blinzele ich zum leeren Platz neben mir, und meine Kehle wird noch enger.

Zwei Tage vor unserem Urlaub rief mich Paul aus dem Krankenhaus an. Er konnte kaum sprechen, weil er so husten musste. Bei ihm im Krankenzimmer erfuhr ich, dass er außer dem Husten Herzrasen und Schmerzen im Bein hatte. Er habe eine Thrombose und könne nicht mitfliegen, sagte er und wollte mich erwürgen, falls ich den Urlaub sausenließ. Kurz vor Mitternacht legten sich der Husten und die Schmerzen. Ich fuhr nach Hause. Am nächsten Morgen hielt ich am Krankenhaus, um zu sehen, ob es Paul inzwischen gut genug ginge, um doch mitfliegen zu können.

Da war er schon eine Stunde tot.

Nicht mehr am Leben! Von einem Tag auf den anderen.

Eben noch im Meeting. Jetzt schon tot.

Nicht. Mehr. Da.

Wegen einer verdammten Thrombose, die innerhalb von zwanzig Stunden eine Lungenembolie ausgelöst hatte.

Unter Schock verließ ich das Krankenhaus. Unter Schock stieg ich ins Flugzeug. Unter Schock checkte ich in das Fünfsterneresort auf Sansibar ein, das als *Oase, in der Sie den Alltag vergessen* angepriesen worden war. Ich könnte reklamieren, denn ich erinnere mich, obwohl ich alles getan habe, um zu vergessen: Ich habe bis zum Vergessen gesoffen, bis zum Vergessen getanzt und bis zum Vergessen gevögelt. Egal wie besoffen ich war, ich habe niemandem etwas erzählt. Nicht von Paul. Nicht von meinem Herzinfarkt. Nicht von Claudia. Nicht von LeifMusic.

Okay, kleine Korrektur an dieser Stelle; einem habe ich von LeifMusic erzählt: Klaus Kuhn aus Düsseldorf, Spitzname Machete, hat letzte Nacht beim Absacker an der Bar davon erfahren.

Machete fläzt zwei Reihen vor mir, schaufelt sich den dritten Gang des Menüs rein, säuft seinen vierten Whiskey und ist schon wieder voll wie ein Eimer. Eben, nach dem zweiten Gang, hat er der Stewardess seine Telefonnummer zugesteckt und sie eingeladen, doch auch mal zu ihm zum Kochen zu kommen.

»Prost, Jong!« Machete hebt mir den Whiskey entgegen. »Schau net so bedröppelt! Man soll doch aufhören, wenn et am schönsten ist.«

Damit meint er den Urlaub, wie mir mit einigen Sekunden Verzögerung bewusst wird. Ich zwinge meine Mundwinkel nach oben und nicke ihm zu.

Er ruft die Stewardess zu sich und zeigt mit dem Daumen in meine Richtung. »Leckerschen, bring dem Jong mal ennen Klaren! Dat arme Dier hat enne Depression.«

Fragend schaut sie mich an. Ich hebe die Hände und verneine. Jeden der drei Gänge habe ich ausfallen lassen. Ich will keinen Sekt und kein Selters und schon gar keinen Whiskey, keine intensive Business-Class-Zuwendung, sondern nur meine Ruhe, endlich raus aus dem Flugzeug und etwas gegen diese verdammte Übelkeit einnehmen.

Die Stewardess kommt zu mir. Sie beugt sich herab und erkundigt sich mit dem obligatorischen Lächeln: »Ist alles gut bei Ihnen?«

Ob alles gut ist? Gut?

Das Flugzeug gerät in ein Luftloch und verliert einige Meter an Höhe, die mein Magen so schnell nicht ausgleichen kann. Er protestiert vehementer. Zeitgleich mit dem Signal, dass man sich anschnallen soll, brennt in meinem Kopf eine Sicherung durch.

»Mir ist speiübel«, knurre ich. »Ich hatte einen Scheiß-Urlaub mit lauter Scheiß-Verrückten. Auf mich warten tausend Scheiß-Verpflichtungen in meiner Scheiß-Firma. Und ein Haus, das scheißleer ist, weil ich meine Scheiß-Freundin rausgeschmissen habe, da sie es mit dem Scheiß-Gärtner getrieben hat, als ich aus dem Scheiß-Krankenhaus kam, in dem ich wegen eines Scheiß-Herzinfarktes war. Das nächste große Happening ist eine Scheiß-Seebestattung, nämlich die von meinem besten Freund.«

Ich schnappe nach Luft und klappe den Mund zu.

Die Stewardess vertreibt den Schreck aus ihrem Blick, indem sie mit den Wimpern klimpert. Dann strafft sie die Schultern und fragt: »Brauchen Sie etwas gegen die Übelkeit?«

»Das wäre ganz wunderbar, danke.«

Ich lehne den Kopf zurück und schließe die Augen. Da ist er wieder, dieser Satz, der endlose Runden in meinem Hirn dreht, seit ich halbwegs nüchtern bin: *Ich will nicht zurück! Ich will nicht zurück! Ich will nicht zurück!*

Nicht nach Hause. Nicht ins Studio. Nicht auf Pauls Bestattung. Vor Letzterem graut mir ganz besonders. Allein beim Gedanken tritt Angstschweiß auf meine Stirn, denn eine Tatsache schiebt sich in mein Bewusstsein: *Ich* war derjenige mit dem Herzinfarkt.

Was, wenn diese komischen Stents nicht tun, was sie sollen, und mein Herz endgültig zu schlagen aufhört? Was, wenn ich, wie Paul, eine Thrombose bekomme? Gerade beim Fliegen besteht doch die Gefahr. Voller Unbehagen beginne ich mit den Zehen zu wackeln, kreisele mit den Füßen und strecke die Beine, um den Blutfluss zu unterstützen. Im

Dunkel meiner Gedanken sehe ich plötzlich den Tod vor mir. Er lacht, reibt sich die Hände und höhnt: *Denk du nur an dein Herz und deine Venen!*

Erschrocken öffne ich die Augen. Wie durch einen Schleier sehe ich das Flugzeug auf dem Bildschirm, das jetzt die Grenze zwischen Sudan und Ägypten überquert.

Was, wenn es gar nicht mein Herz ist? Hier sitze ich und mache Venengymnastik, dabei habe ich längst etwas ganz anderes. Bin ahnungslos. So ahnungslos wie Paul. Wie zur Bestätigung zieht es besonders heftig in meinem Bauch. Ich will darüberreiben, die Übelkeit und den Schmerz zusammen mit den schlimmen Gedanken vertreiben, da verliert das Flugzeug abermals an Höhe. Ich werde ein Stück aus dem Sitz gehoben, fummele den Gurt unter meinem Hintern hervor und lasse den Verschluss einrasten.

Wenig später werden wir so gut durchgeschüttelt wie der Long Island Iced Tea, mit dessen Hilfe ich an den vergangenen Tagen alles vergessen wollte. Die Kabine der Business-Class gleicht einem Wackelpudding, und aus der Economy-Class dringen Poltern und Schreie. Machete leert seinen Whiskey, weil die goldene Flüssigkeit überschwappt, und sitzt dann stocksteif, wie alle anderen Passagiere. Einige sind leichenblass, andere atmen in Stößen. Keine Spur von der Stewardess mit meinem Magenmittel. Die Stimme des Kapitäns braucht eine Weile, um sich gegen das Knistern der Lautsprecher durchzusetzen. Wir hören, was wir schon wissen: Das Flugzeug durchfliegt eine turbulente Wetterzone. Man möge den Gurt geschlossen lassen und sitzen bleiben.

Nein!, ich bin nicht so blauäugig, an eine gewöhnliche turbulente Wetterzone zu glauben. Äußerst unwahrscheinlich ist außerdem, dass mich ein läppischer Gurt retten kann. Wäre nicht alles so fürchterlich, würde ich lachen. Gerade noch habe ich über das Unerwartete nachgedacht und tadaaa:

Hier ist es! Natürlich! Natürlich habe ich *nicht* mit einem Flugzeugabsturz gerechnet! Ich war viel zu abgelenkt von den Stents in meinem Herzen und der drohenden Thrombose im Bein.

Im Geiste sehe ich die Nachricht von meinem Tod in Pauls Nachrichtenmagazin über die deutschen Monitore, Tablets und Smartphones flimmern: *Bester Freund des Redaktionschefs stirbt nur eine Woche später. LeifMusic-Gründer Max Leif (41) bei Flugzeugabsturz ums Leben gekommen*. Auf die Tragik verdeutlichende Adjektive oder reißerische Sublines wie *Mainhatten trauert um seinen Music-Maker* hat man bei Paul in der Regel verzichtet.

Erneut verliert die Maschine an Höhe. Mein Magen ist eine einzige Widerstandsbewegung, und das Geschrei in der Business-Class übertönt das aus der Economy. Ein sich öffnendes Deckenfach spuckt zwei Kosmetikkoffer und mehrere Tennisbälle aus, die bald gemeinsam mit Lippenstiften und Mascara über den Gang hopsen. Irgendjemand spricht ein Gebet. Sauerstoffmasken fallen herab und werden schluchzend oder zitternd aufgesetzt. Meine baumelt vor meiner Nase und versperrt mir den Blick auf das kleine Flugzeug.

Wozu zur Hölle braucht man Sauerstoff, wenn man gleich zerscheppert in Ägypten liegt? Praktischer wäre es, säße man in einem mit Fallschirm ausgestatteten Schleudersitz, der einen durch eine Luke ins Freie katapultiert. Um Zusammenstöße zu verhindern, müsste man die Starts der verschiedenen Sitzreihen natürlich timen. In diesem Fall würden Sauerstoffmasken durchaus Sinn machen. Stürze ich hingegen ab, werde ich lieber vor dem Aufprall bewusstlos – oder bekomme meinen zweiten Herzinfarkt. Sauerstoffmaske? Nein danke also! Bei den gefühlten Kilometern an Höhenverlust ist es sowieso gleich vorbei. Max Leif over and out. Tschüss Welt! Ab jetzt dann ohne mich!

Es kribbelt in meiner Nase, und meine Augen beginnen zu brennen. Ich will nicht heulen!

Ich habe bei einer deutschen Fluggesellschaft gebucht. Ganz bewusst nicht bei Ethiopian Airlines oder Oman Air. Und jetzt so was! Ich will, dass das aufhört! Sofort! Ich will landen! Im Ganzen! Und ich will leben. So richtig. Ich will es besser machen als bisher. Für mich und für Paul!

Das Kribbeln und Brennen wird stärker. Ich blinzle, würge die Verzweiflung hinunter. Ich will jemanden anrufen. Jemanden, der mich wirklich vermissen würde. Jemanden, dessen Stimme ich unbedingt noch einmal hören möchte. Aber Paul ist tot, Claudia eine Schlampe, Flo sicher in einer Konferenz und meine Mutter … Nein, sie will ich jetzt definitiv nicht anrufen. Ich arme Sau habe also nicht mal einen Telefonjoker.

Während sich das Flugzeug durch die Turbulenzen kämpft, rollt eine Träne über meine Wange. Ich wische sie nicht weg und spüre dem merkwürdigen Gefühl nach. Nicht mal nach dem Herzinfarkt habe ich geheult. Auch nicht bei Claudias Betrug. Zuletzt ist mir das vor zwei Jahren passiert, als mich Paul vor den Spiegel gestellt und mir ins Gewissen geredet hat.

Wenn ich tot bin, wird mein Konto aufgelöst. Niemand wird auf die Idee kommen, alte Zahlungen zu überprüfen. Mein Testament regelt diesen Fall nicht, denn niemand soll davon erfahren – diese Sache geht niemanden etwas an. Das ist eine Sache zwischen mir und …

Wäre ich doch nie geflogen! Hörten diese Turbulenzen doch bloß auf! Bitte!

Als hätte jemand mit dem Finger geschnippt, kehrt Ruhe ein.

Alle um mich herum sitzen noch stocksteif und voller Furcht, dass es nur eine Pause ist, nur die Ruhe vor dem richtigen Sturm, die Zeit für den letzten Atemzug. Die eigentlich leisen Fluggeräusche dröhnen in den Ohren, und ich lausche auf außerordentliche Geräusche, ein Knacken, ein Kreischen von Metall, einen Knall.

Es bleibt still. Die Spur der Träne trocknet auf meiner Wange.

Als das Signal zum erlaubten Abschnallen ertönt, höre ich ein vielfaches Aufatmen. Die Stewardess steuert auf mich zu. Sie hat etwas in der Hand. Das versprochene Mittel gegen Übelkeit?

Mein Magen hebt sich. Meine Hände beben, als ich den Gurt löse. Meine Knie sind butterweich, als ich aufstehe. Ich stürze zur Toilette, drücke die Tür auf und verschwinde in der Kabine, schaffe es, mich über die Schüssel zu beugen – und lasse mir alles noch mal durch den Kopf gehen.

Sechs Stunden später, kurz vor dreiundzwanzig Uhr, drehen wir eine Schleife über Frankfurt am Main. Noch immer ist mir speiübel, aber für einen Blick auf die vertrauten Lichter der Stadt lehne ich mich zum Fenster. Seltsam tröstlich ist der Anblick der erleuchteten Wolkenkratzer und niemals schlafenden Autobahnen.

Ganz sachte setzt das Flugzeug auf der Landebahn auf und rollt zum Gate. Aus der Economy-Class hört man Jubel und Klatschen. Der Kapitän meldet sich zu Wort, entschuldigt sich für den unruhigen Flug, wünscht eine geruhsame Nacht und hofft, uns demnächst wieder begrüßen zu dürfen.

Mich ganz gewiss nicht! Nie wieder setze ich einen Fuß in ein Flugzeug! Auch nicht in einen Hubschrauber oder den Korb eines Heißluftballons. Derjenige, der uns erschaffen hat, wird sich schon etwas dabei gedacht haben, als er beschloss, dass wir *nicht* fliegen können.

Ich warte, bis Machete die Kabine verlassen hat, dann quäle ich mich aus dem Sitz, hole mein Handgepäck aus dem

Deckenfach und trotte zum Ausgang. Die Stewardess wünscht mir gute Besserung.

Nach der leidlichen Einreiseprozedur schleppe ich mich aus dem Terminal, atme durch, froh über die frische Luft der Juninacht, und gehe zu einem Taxi. In einem Stil, den man gewiss nicht in Deutschland erlernt, prescht der Fahrer Richtung Westend. Ich weiß nicht, ob es nur die rasante Fahrt ist oder ob die orientalische Musik und der würzige Geruch ihren Teil beisteuern – wieder und wieder kämpfe ich gegen aufsteigenden Mageninhalt, der prinzipiell nicht mehr vorhanden sein sollte. Auf Höhe des Rebstockparks bitte ich den Taxifahrer anzuhalten, sprinte zu einem Busch und übergebe mich abermals.

Mehr als elend wanke ich zurück und plumpse auf die Rückbank.

»Party in Flugzeug? Warst du Malle?«, erkundigt sich der Fahrer mit starkem arabischen Akzent.

»Party im Flugzeug. Und was für eine.«

In meiner Jackentasche krame ich nach einem Tempo und ertaste einen Zettel. Ich muss ihn nicht lesen, ich erinnere mich an jedes Wort und den zittrigen Schwung jedes Buchstabens: *Kümmer dich um Hannibal!*

Diese Bitte hat Paul auf die Rückseite einer Zufriedenheitsumfrage des Krankenhauses geschrieben. Eine Schwester hat mir das gegeben.

Der Plan war, dass ich Hannibal morgen zu mir nehme. Da ich nicht weiß, ob ich es morgen auf die Beine schaffe, will ich es gleich hinter mich bringen. Außerdem sind Hannibal und ich zwar nicht die besten Freunde, was insbesondere an einer dummen Angewohnheit von ihm liegt, aber wir sind irgendwie vertraute Seelen. Beide haben wir Paul verloren. Ich brauche jetzt eine vertraute Seele um mich, also bitte ich den Taxifahrer, einen Umweg einzulegen.

Wenig später klingele ich bei Home4Dogs. Eine Frau im gestreiften Bademantel öffnet und wirkt wenig erfreut über das nächtliche Wecken. Sie lässt sich meinen Ausweis zeigen, bittet mich zu warten und knallt mir die Tür vor der Nase zu. Kurz darauf führt sie einen Dobermann aus dem anliegenden Gartentor. Als er mich entdeckt, beginnt er zu winseln und an der Leine zu zerren, weshalb die Frau ordentlich gegenhalten muss. Ein warmes Gefühl keimt in mir auf, so etwas wie Rührung ist das, aber da ist auch Misstrauen, das mich einen Schritt zurücktreten lässt. Meine Bitte, den Dobermann direkt zum Taxi zu bringen, ignoriert die Hundesitterin. Sie drückt mir seine Leine in die Hand und lässt mich mit ihm stehen. Hannibal sieht zu mir hoch, beschnüffelt mich und blinzelt dabei. Dann stellt er sich an meine Seite, hebt sein Bein und pinkelt auf meinen Schuh.

Juni

Die unheimliche Bedrohung

Ni figa sebje!«, höre ich im Dämmerschlaf. Dazu aufgeregte Schritte. Ich weiß, was das bedeutet, und deshalb ziehe ich meine Bettdecke über die Nase. Wenig später fliegt die Schlafzimmertür auf. Hannibal, der vor dem Bett Wache hält und bis eben geknurrt hat, stellt sich auf alle viere, fletscht die Zähne und bellt. Ein Schrei vermischt sich mit dem Bellen, also setze ich mich mühsam auf und befehle dem Dobermann, ruhig zu sein, was er relativ unzufrieden tut. Dass er pinkeln könnte, bereitet mir keine Sorgen. Ich bin der einzige Mensch, den er, seit er auf der Welt ist, mit einem Laternenpfahl verwechselt.

Mein Blick wandert zu Jekaterina Poljakow, die ihren Schreck überwindet und vor meinem Bett Position bezieht.

»Ist Stall von Schweine hier, Max Leif!«, schnaubt sie und sieht zu Hannibal. »Und was ist das für Chund?«

»Das ist Pauls Hund. Er wohnt jetzt hier.«

Das Kissen bauscht sich um meinen Kopf auf, als ich mich wieder hineinfallen lasse. Ich verkneife mir ein Ächzen und reibe meinen schmerzenden Bauch unter der Bettdecke.

Dass Jekaterina Poljakow wütend ist, kann ich nicht nur vom mit »Heilige Scheiße« zu übersetzenden »Ni figa sebje« ableiten. Die Arme in die Seiten gestemmt, starrt sie auf mich herab, die Brauen gerunzelt, die Lippen gespitzt. Sie ist meine Putzfrau und eine Russin, wie sie im Buche steht. Das platinblondierte Haar ist streng zurückgesteckt, die Gesichtshaut verbirgt sich unter zehn Millimetern Schminke, die Lippen sind knallrot angepinselt, riesige goldene Reifen baumeln von ihren Ohren. Ihr schwarzes Shirt ist zwar hochgeschlossen, aber so eng, dass die Körbchengröße D keine Vermutung ist. Knalleng ist auch ihre Jeans. Ihre Pumps hat sie, wie immer, an der Haustür ausgezogen, um mein Parkett nicht zu ruinieren. Claudia hat diese Frau gehasst, mich jedoch nicht zur Kündigung überreden können, worüber ich prinzipiell froh bin. Jekaterina Poljakow arbeitet seit fünf Jahren für mich, und das mit Akribie. Ihre Launenhaftigkeit ist dafür hinzunehmen.

»Wer soll das machen sauber?« Sie deutet auf eines ihrer D-Körbchen. »Ich etwa? Njet! Chabe ich Arbeitsvertrag, der sagen: Kommen an Montag, Mittwoch und Freitag. Musst du saugen Staub und reinigen die Spiegel und Flächen und Boden und Fenster manchmal. Steht da nicht: Musst du kratzen Pizza von Boden, waschen Chaufen stinkige Kleidung und auf die Chut sein vor große, schwarze Chund!« Sie nimmt einen von zwei Tellern, die auf dem Tisch neben dem Bett stehen. »Überall chast du dreckige Teller hingestellt, Max Leif, chast du vergessen dein Geschirrspüler? Klappe auf, Teller rein, Klappe zu, Teller weg.«

Sie hat ja recht. Beim Versuch, meinen Koffer auszupacken, habe ich ihn im Foyer ausgeschüttet. Dabei blieb es. Einiges Geschirr, das ich benutzt habe, hat es bis in die Spüle geschafft. Der Rest nicht. Seit zwei Tagen ernähre ich mich von Toastbrot. Nur einmal habe ich von der bestellten Pizza abgebissen. Während ich auf der Couch schlief, gönnte sich Hannibal den Rest und verteilte die verschmähten Spezialitäten im Wohnzimmer.

Jekaterina Poljakow fällt etwas auf. »Wieso du bist noch in Bett überchaupt? Wieso nicht angezogen?« Sie tippt auf ihre goldene Uhr. »Musst du zur Arbeit in dreißig Minuten. Bist du krank?«

Endlich komme ich zu Wort.

»Ja«, sage ich, und Hannibal bellt zur Bestätigung. Er ist der Zeuge meines Elends.

»Ah! Wo bist du krank? Nicht dein Cherz schon wieder?«

»Nein, mein Magen.«

»Ah! Zu viel Alkohol in Urlaub! Musst du trinken ein Wodka und gut. Kannst du gehen in Arbeit, und ich aufräumen Stall von Schweine. Leben geht weiter. Findest du neuen Freund.«

Schimpfend zieht die Russin ab. Hannibal wirft mir einen unsicheren Blick zu und setzt sich wieder.

Musst du trinken Wodka!, ächze ich im Stillen und angele nach der Flasche, die neben meinem Bett steht. Ein Viertel der giftgrünen Flüssigkeit ist noch übrig. Mit ein paar Schlucken reduziere ich das auf ein Achtel und ächze erneut, weil sich mein Magen kurz zusammenzieht. Dann klingen die Schmerzen ab. Während ich die Flasche leere, überlege ich, ob es in Russland an der Tagesordnung ist, einen Freund zu verlieren … im Kugelhagel oder bei vierzig Grad unter null. Und ob es dort Apotheken gibt oder der Arzt die Leute zum Kiosk schickt. Hier in Deutschland kann man das mit der Apotheke ja immerhin versuchen, so wie ich am Samstag. Irgendein Zeug gegen Magenbeschwerden habe ich gekauft. Es hat nicht geholfen, auch nicht in doppelter und dreifacher Dosis, also habe ich meine Alkoholreserven durchforstet. Etwa fünfzig Flaschen Sekt, Schampus und Wein habe ich gefunden und eine Flasche Absinth. Keine Ahnung, woher die kam und wie lange die dort stand. Ich erinnerte mich jedenfalls, gelesen zu haben, dass Absinth im Mittelalter als Heilmittel gegen verschiedenste Beschwerden eingesetzt wurde, und köpfte die Flasche.

Habe ich getrunken Absinth am Sonntag. Fast ganze Flasche. Besser als Wodka. Übelkeit beinahe weg. Motivation auch.

Ich wühle mich aus den Federn und stelle mich aufrecht hin. Das Haus schwankt, und mein Schlafzimmer scheint sich ausgedehnt zu haben. Alles ist so weit weg. Unter einem Haufen Kleidung finde ich mein Telefon und wähle Flos Nummer. Er ist gestresst, und das ist nichts Neues. Zwei neue Studioalben kommen heute auf den Markt. Und ich will keinen Ton davon hören.

»Du, ich komm heut nicht«, sage ich ins Telefon. »Ich bin nämlich total …« Da wäre mir doch beinahe ein *besoffen* entwischt! Schnell füge ich die korrekte Info an: »Total krank. Auch morgen und übermorgen noch und bestimmt die restliche Woche.«

Prompt noch gestresster, erinnert mich Flo an all die Termine: mit YouTube, mit den Produzenten einer Castingshow, bei der ich Juror sein soll, mit dem Finanzamt, mit Lufthansa, mit dem Webmaster von LeifMusic und weiß der Geier.

»Was soll ich den Leuten sagen?«, überlegt er. »Ich habe keine Zeit für …«

»Sag ihnen einfach, ich bin nicht da.«

So simpel war es. In der Tat. Einfach mal nein sagen.

»Was hast du überhaupt? Du lallst irgendwie.«

»Das sind die Nebenwirkungen des Medikaments. Lähmung der Sprechorgane und so.«

Um Flo nichts Näheres zum Medikament verraten zu müssen, erzähle ich ihm von den Magenproblemen, die mich seit dem Rückflug aus Tansania plagen. Weder das noch die Schilderung des Beinahe-Flugzeugabsturzes lösen Verständnis aus. Am Ende höre ich ein trockenes »Ja, das klingt schon nach einer verdammt ernsten Sache. Du bist nicht zufällig gestochen worden da unten in Sansibar?«.

Gestochen worden?

»Was meinst du? Von Mücken und so? Klar hatte ich ein oder zwei Mückenstiche. Warum fragst du?«

»Bist du sicher, dass es Mücken waren?«

»Die Stiche sahen aus wie normale Mückenstiche.« In meinem Nacken kribbelt es, als krabbele ein Insekt darüber. »Worauf willst du hinaus?«

Flo druckst herum. »Noch nie von der Tsetsefliege gehört? Die saugt dein Blut und überträgt dabei die Tsetse-Seuche.«

Wieder schwankt das Zimmer. Ich blinzele. Tsetse-Seuche? Nie gehört. Das sage ich Flo auch.

»Eines der typischen Symptome ist Übelkeit. Fühlst du dich kraftlos und unmotiviert?«

Und ob. Doch das könnte damit zusammenhängen, dass ich seit Tagen nichts Anständiges gegessen und keine Lust auf schlechte Musik habe.

»Ein bisschen. Wieso? Und schwummrig ist mir außerdem. Sind das auch Symptome?«

»Jep.« Flo entschuldigt sich, weil er husten muss. Ganz gesund scheint er ebenfalls nicht zu sein. Mit kratziger Stimme meldet er sich zurück. »Max, ohne dich beunruhigen zu wollen, aber diese Tsetse-Seuche, also die überlebt man nicht. Innerhalb eines Monats lösen sich deine Verdauungsorgane auf. Medizinische Hilfe bringt nichts. Kein Medikament und keine Therapie können diesen Prozess stoppen.«

Meine Nackenhaare stellen sich auf. Flo sagt, dass er losmuss, wünscht mir gute Besserung und beendet das Gespräch. Noch ein paar Minuten starre ich auf das Handy-

Display. Wie in Trance öffne ich das Internet und gebe den Namen dieser Fliege bei Google ein. Ein gruselig aussehendes Insekt wird mir gezeigt. *Zungenfliegen ... Stechfliegen ... gefürchtete Krankheit ... ernähren sich von tierischem und menschlichem Blut ... unheilbar.* Ich blinzele, weil mir schwummrig ist, doch das Bild bleibt dasselbe. Von Entsetzen gepackt, werfe ich das Handy weg. Es schlittert über das Parkett, dreht eine Pirouette, wird aber vor der Kür von der Wand gestoppt. Ich gehe zum Bett, setze mich auf die Kante, stütze den Kopf in eine Hand und lege die andere auf meinen Bauch, der wieder stärker schmerzt. Vor meinem geistigen Auge löst sich mein Darm auf. Wie weit das wohl schon vorangeschritten ist, nach den paar Tagen?

Der Film *Final Destination* fällt mir ein. Die Botschaft dieses von unrealistischen Unfällen getragenen Machwerks besagt, dass der Tod eine To-do-Liste hat, die er abarbeitet, und sich die gelisteten Menschen nach und nach holt. Kein Entkommen. Wahrscheinlich stehe ich ganz oben auf der To-do-Liste des Todes. Bei meinem Herzen haben ihm die Rettungssanitäter einen Strich durch die Rechnung gemacht, und das Flugzeug ist sicher nur deshalb nicht abgestürzt, weil die anderen dreihundert Passagiere nicht gelistet waren.

Das Piepen meines Telefons kündigt eine Nachricht an. Ich krieche hinüber, sehe, dass sie von Flo ist, und lösche sie ungelesen. Das wenige, das ich über die Tsetsefliege erfahren habe, genügt. Minutenlang hocke ich auf dem Parkett und starre ins Nichts. Jekaterina Poljakow zerrt den Staubsauger am Schlafzimmer vorbei und singt ein russisches Lied.

Ich muss hier raus!

Lauter unsortierte Gedanken

In Windeseile tausche ich den Pyjama gegen eine Jeans und das erstbeste T-Shirt, schlüpfe in die Sneakers, stürze aus dem Zimmer und die Treppe hinunter. Im Erdgeschoss halte ich inne, schlinge einen Arm um den Treppenpfosten und schwanke. Meine Küche war schon immer ziemlich groß, aber nun ist sie geradezu gigantisch, und der Wohn- und Essbereich scheinen in der vergangenen Nacht die Seiten gewechselt zu haben.

Raus hier! Nur raus!

Dazu muss ich an Hannibal vorbei, der jetzt vor mir steht. Er kommt näher. Ich weiche zurück.

»Nein!«, sage ich streng. »Max ist kein Laternenpfahl!« Ich strecke den Arm aus, zeige auf die offen stehende Terrassentür. »Geh zum Pinkeln in den Garten!«

Er schaut über seine Schulter und abermals zu mir, dann dreht er sich um und läuft zur Haustür, von deren Griff seine Leine baumelt. Er zerrt sie ab und wartet.

»Du willst mit?«

Er winselt und wedelt mit dem Schwanz.

»Wehe, du pinkelst mich an!«, drohe ich und gehe zu ihm.

Aus sicherer Distanz leine ich ihn an. Er zerrt und drängt zur Tür, scheint das Haus so dringend verlassen zu wollen wie ich, und wenig später rennen wir die Straße entlang, wobei er die deutlich elegantere Figur macht. Ich taumele und stolpere eher hinter ihm her. Hannibal genießt sein Tempo, springt in großen Sätzen voran und schaut sich mit aus dem Maul hängender Zunge zu mir um. Meine Oberschenkel schmerzen nach einer Weile, doch ich laufe weiter, denn dieser Schmerz lenkt vom anderen im Magen ab und von dem Grauenvollen, das ich gerade erfahren habe.

Vorm Café Fröhlich stoppe ich so abrupt, dass ich beinahe vornüberfalle. Um Atem ringend, binde ich Hannibal an einen Laternenpfahl an.

Seit einigen Jahren von Montag bis Freitag hole ich im Café Fröhlich meinen Mittags-Espresso-to-go – eine Routine, die ich nach meinem Herzinfarkt vernachlässigt habe. Nun reihe ich mich in eine der beiden Warteschlangen ein. Wie immer ist es die Schlange, die Maja abfertigt.

»Hey«, begrüßt sie mich, als ich am Tresen stehe. »Lebst du noch? Siehst scheiße aus!«

Charmant wie eh und je!, denke ich und bedauere es, nicht wenigstens den Rasierer zum Einsatz gebracht zu haben. Ich verberge mein stoppeliges Kinn in der Hand und überfliege die Angebotstafel an der Rückwand des Cafès.

»Espresso wie immer?«, fragt Maja und will sich an die Zubereitung machen. Mein »Warte mal!« stoppt sie. Sie stützt die Hände in die Hüften. Es fehlt nur noch, dass sie mit dem Fuß wippt.

»Cappuccino? Latte macchiato? Milchkaffee? Normaler Kaffee?«, höre ich sie in genervtem Ton runterrattern. »Was denn nun?«

Wahrscheinlich ist Maja die unfreundlichste Barista in ganz Frankfurt. Nur selten bedient sie Stammkunden, denn die stellen sich alle bei ihrer jeweiligen Kollegin an. Ich bin wohl der Einzige, der sich immer wieder zu ihr wagt, und es lohnt gewissermaßen, denn sie macht den besten Espresso. Ihre Grantigkeit geht nicht so weit, dass sie einem Unbekannten ein ähnliches Kompliment machen würde wie mir gerade – das ist ein Zeichen des Vertrautheitsgrades. Ein Lächeln oder gar die im Namen des Cafés steckende Fröhlichkeit bekommt allerdings niemand von ihr.

»Max, ich schlag hier gleich Wurzeln.«

»Ja doch!«

Anders als alles andere ist die Schrift auf der Angebotstafel nicht gewachsen, sondern geschrumpft. Ich kneife die Augen zusammen, um sie entziffern zu können. Maja beugt sich über den Tresen. Ihr Tonfall ist jetzt gedämpft.

»Sag mal, kann es sein, dass du besoffen bist?«

Wieso fragt sie das? Schwanke ich etwa?

»Nein!«, antworte ich in einem bestimmten Tonfall, schaue sie an und lege zur Stabilisierung eine Hand auf den Tresen. Mir fällt auf, dass ich sie noch nie mit Make-up gesehen habe. Ihre Haut ist beinahe weiß und ein wundersamer Kontrast zu ihren dunklen Augen und Haaren. Kurze Locken rahmen ihr Gesicht ein. Maja wäre hübsch – ohne die zwei Narben, die über ihre linke Wange und Schläfe laufen.

»Gib mir einen Tee. Irgendetwas Magenschonendes.«

Sie zieht die Brauen hoch. »Dir geht's echt nicht gut, oder?«

Nein, ich bin fast tot, aber egal.

»Mir geht's bestens, danke!«

»Pfefferminztee ist magenschonend, aber auch Melissen- oder Kamillentee. Welcher schmeckt dir am besten?«

»Gar keiner. Ich mag keinen Tee. Also irgendeinen, bitte.«

Sie tippt auf der Kasse herum, wobei sie einen Fehler macht, flucht und die Eingabe korrigiert.

»Ein Kamillentee also, verdammt noch mal. Nimmst du den mit, wie immer?«

Ich wüsste nicht, wohin. In die Firma fahre ich nicht, nach Hause will ich nicht. Beim Blick über die Schulter entdecke ich einen freien Tisch in einer Nische.

»Zum Hiertrinken.«

Maja kommentiert meinen Beschluss nicht, sondern will Geld.

»Zwei Euro fünfzig.«

Das sind fünfzig Cent mehr als für den Espresso. Aus meinem Portemonnaie ziehe ich einen Zehneuroschein und lege ihn auf den Zahlteller. »Stimmt so.«

Sie mustert den Schein, nimmt ihn aber nicht. »Der Tee kostet nur …«

»Zwei Euro fünfzig, ich weiß.«

»Du kannst mir nicht immer so viel Trinkgeld geben.«

Ich nehme meinen Tee. »Siehst du doch, dass ich es kann.«

Sie zuckt die Schultern, steckt den Schein in die Kasse und zählt das Trinkgeld für sich heraus. »Aber hol deinen Hund rein. Ist hier erlaubt. Ist ja nicht zum Aushalten, wie traurig der guckt.«

Ich bringe den Tee zum Tisch in der Nische, hole Hannibal herein und setze mich. Einen Moment kneife ich die Augen zu, weil es wieder in mir zerrt, als wehrten sich meine Organe gegen die attackierenden Bazillen. Es tut so weh, dass mir sämtliche Gedanken entgleiten. Als es abklingt, sehe ich auf und durch das Fenster auf die Straße, die sich im grellen Licht des Junitages sonnt. Den Sommeranfang erlebe ich also noch, das Ende des Sommers hingegen nicht mehr.

Was zur Hölle tue ich hier? Wieso sitze ich im Café Fröhlich und trinke Tee? Ich sollte einen Arzt aufsuchen, aber was würde der in diesem Fall sagen: Tsetse-Seuche! Noch drei Wochen. Maximal! Ich müsste ins Krankenhaus. Schon wieder. Vielleicht würde man an mir herumexperimentieren und mir Mittel einflößen, die mir die letzten Lebenswochen versauen. Nach diversen OPs würde ich dahinsiechen. Schließlich ist der Mist ja nicht heilbar. Lieber kaufe ich noch eine Flasche Absinth, mit dessen Hilfe diese ganze leidliche Angelegenheit halbwegs erträglich wird. In den schlimmen Sekunden sollte ich mich lediglich von Brücken und Hochhäusern fernhalten.

Ich nehme den Teebeutel aus der Flüssigkeit, trinke und verziehe das Gesicht. Kamillentee schmeckt grässlich. Hannibal, der vor dem Tisch hockt und mich beobachtet, winselt mitfühlend. Ich wickele den Keks aus der Verpackung und gebe ihn dem Dobermann.

Wie kann ein so kleines Insekt einen so großen Schaden anrichten? Wie kann es so heimtückisch sein und einen, der es nicht mal erschlagen wollte, einfach so ansaugen und infizieren? Im Schlaf auch noch. Reisen nach Tansania sollten verboten werden! Den Veranstalter sollte ich verklagen, weil der keinen Warnhinweis gegeben hat – doch was nützte das? Ich würde eine Entschädigung erhalten, post mortem, die in den Millionen unterginge. Was mit denen geschieht, darüber muss ich mir ohnehin bald Gedanken machen. Weil ich keine Kinder und Claudia zum Glück nicht geheiratet habe, sind meine Eltern die Alleinerben. Mit den Sachwerten werden sie nichts anfangen können, aber vielleicht nehmen sie die Kohle und gönnen sich endlich Ruhe, statt sich weiter mit der Pension an der Nordsee zu plagen. Mein Haus können sie verwalten lassen und vermieten – oder doch verkaufen. Die Plattensammlung und Gitarren sollte ich vielleicht eher Flo vermachen, und auch den Porsche. Er steht auf die Karre. 560 PS, von null auf hundert in drei Sekunden dank des Biturbomotors mit variabler Turbinengeometrie – wer kann es ihm verdenken? Claudia hingegen hat das BMW-Cabrio geliebt.

In einer Erinnerung halte ich das Lenkrad. Vor mir schlängeln sich Serpentinen durch die italienischen Berge. Claudia sitzt neben mir, und der Fahrtwind wirbelt durch ihre Haare. Einer von vielen wahnsinnig guten Momenten in sechs Jahren mit ihr.

Vielleicht sollte ich ihr verzeihen? Vielleicht ist das Vergeben eines Fehltritts … eines Betrugs … eines gewissenlosen Fremdgehens bloß eine Erfahrung, die man machen muss, um … Um was? Um mit dem Gedanken daran zu verrecken?

Grummelnd verbanne ich Claudia aus meinem Kopf und erwäge, Jekaterina Poljakow den BMW zu vermachen. Vielleicht kann sie ein Auto brauchen? Selbst wenn sie es nur auf dem osteuropäischen Markt verscherbelt, ist es fair, an sie zu denken. Seit so vielen Jahren räumt sie meinen Krempel weg.

Wegen LeifMusic muss ich mir außerdem einen Plan machen, jetzt, wo ich noch Entscheidungen treffen kann. Egal wie die Dinge inzwischen stehen, die Firma ist mein Lebenswerk und die Erfüllung eines einstigen Traums. Die Vorstellung, es abzugeben, ist ganz merkwürdig, aber dennoch mache ich eine gedankliche Notiz zu ein paar Independent Labels, denn ganz sicher werde ich mein Lebenswerk nicht Sony oder Warner in den Rachen schieben.

Irgendwie muss ich außerdem diese eine Sache regeln, die in keinem Testament erscheinen darf. Mein Tod befreit mich nicht von dieser Pflicht. Ich habe mich auf Lebenszeit verantwortlich gemacht – nicht auf meine eigene.

Gedankenverloren trinke ich einen zweiten Schluck Tee und lasse die Tasse beinahe fallen, weil mich ein neuer Krampf packt. Ich kann erst wieder Luft holen, als das Zerren nachlässt. Es muss ein großes Stück Magen gewesen sein, das sich gerade aufgelöst hat.

»Max, verdammt, was ist denn bloß los?«

Ich blinzele, und meine Sicht klärt sich. Vor mir steht Maja. Sie hält eine Schüssel mit Wasser in der Hand, die sie Hannibal vorsetzt.

»Du siehst echt …«

»… scheiße aus. Sagtest du schon.« Ich straffe die Schultern und halte den Atem an, um den Schmerz zu unterdrücken.

»Ist deine Firma pleite oder so? Ich meine, müsstest du um diese Zeit nicht eigentlich das Gekreische irgendwelcher Dance-Häschen produzieren?«

»Ich habe mir freigenommen«, presse ich hervor.

Maja pustet sich eine Locke aus der Stirn. Ihr Mund zuckt, als wolle sie noch etwas sagen. Sie schluckt es aber hinunter und geht zurück hinter den Tresen. Ich sehe ihr nach und fühle mich elend.

Ich will noch nicht sterben!

Das Bild verschwimmt vor meinen Augen, meine Gedanken reisen ins Nirwana und bleiben dort. Eine ganze Weile, bis ich spüre, wie mein Fuß warm und feucht wird. Mit dem Fluch, der über meine Lippen fährt, schärft sich mein Blick wieder.

Hannibal setzt sich gerade wieder und scheint zu lächeln, als er zu mir hochsieht.

Ganz ungünstiges Timing

Ich habe einen Fehler gemacht. Ich bin ans Telefon gegangen, als meine Mutter anrief. Beim Gespräch überkamen mich die Melancholie, das Bedauern über rüdes Benehmen als Jugendlicher und die Angst, sie nie wiederzusehen. Natürlich habe ich nicht direkt gesagt, dass ich sterben werde. Ich habe lediglich erzählt, dass es mir nicht gutgeht und wir uns so bald wie möglich sehen müssen. Mit dem ihr eigenen mütterlichen Instinkt hat meine Mutter die Tatsache jedoch gleich hergeleitet und losgeschimpft. Ich solle mich nicht so anstellen, von Übelkeit sterbe man nicht so einfach, ich müsse einfach Tee trinken und mich gefälligst zum Arzt scheren.

Tee trinke ich ja schon. Magentee aus der Apotheke heute zu Hause. Kamillentee vorgestern und gestern im Café. So viel Tee wie in den vergangenen vier Tagen habe ich im Leben nicht getrunken.

Zum Arzt bekommen mich aber keine zehn Pferde!

Ein Geräusch lässt mich aufhorchen. Jemand ist an der Haustür.

Es ist gerade mal acht Uhr dreißig. Jekaterina Poljakow beginnt erst in einer halben Stunde – und sie hat heute wieder viel mehr zu tun, als im Vertrag vereinbart wurde. Pumps klappern zuerst unten auf den Fliesen des Foyers, dann auf der nach oben führenden Treppe und schließlich auf dem Parkett, mit dem die erste Etage ausgelegt ist. Meine Putzfrau hätte die Schuhe ausgezogen. Claudia nicht. Und sie hat noch einen Schlüssel. Verdammt!

Als die Schritte verstummen, bellt es laut. Dann ein Schrei. Die Schritte folgen in kürzeren, hastigeren Abständen. Ich setze mich im Bett auf, bringe meine Frisur mit den Fingern halbwegs in Ordnung und klatsche mir mit beiden Händen ins Gesicht, um meiner Haut eine lebendige Frische zu verleihen. Wenig später stürmt Claudia ins Zimmer, schlägt die Tür zu und presst sich dagegen.

»Was macht Hannibal hier?«

»Der wohnt hier. Und du?«

Meine Stimme soll grantig sein. Ist sie aber nicht, denn Wärme schießt in meine Glieder. In alle! Ich falte die Hände über der Bettdecke und mustere Claudia, bemüht verärgert. Umwerfend sieht sie aus in dem hellblauen Sommerkleid. Wie sie da so erschrocken an meiner Tür steht, umschmeichelt der Stoff ihre Hüfte, ihre perfekten Brüste, schmiegt sich an ihre Oberschenkel. Sie war beim Friseur. Als ich sie rausgeworfen habe, waren ihre Haare etwas dunkler und länger. Jetzt fallen sie in Wellen auf die Schultern – und ich würde so gern herausfinden, ob sie sich noch so weich anfühlen.

Sie atmet durch und entspannt sich, kommt näher, setzt sich auf das Bett und streicht über meine Wange. Meine Claudia! Vergeben und vergessen und verziehen und … von wegen!

Weil ich ihre Hand wegschiebe und ein Stück von ihr abrutsche, huscht ein schmerzlicher Ausdruck in ihren Blick. Nur kurz. Dann lässt sie ihre Wimpern flattern. Ihre tausend Metallarmbänder klimpern, als sie sich durch die Haare fährt.

»Flo sagte, du seist krank.«

Aus ihren Worten ist zu schließen, dass sie von LeifMusic kommt. Wahrscheinlich hat Flo sie ins neue Album reinhören lassen, das gerade aus dem Tonstudio kam. Das vierte, das wir gemeinsam produziert haben. Claudia ist die Frontfrau von Goldkind, einer Frankfurter Band, die Elektropop macht.

Weil ich stumm bleibe, sagt Claudia einen inzwischen oft von ihr gehörten Satz: »Du weißt doch, wie leid es mir tut.«

Während sie den Gärtner gevögelt hat, hat sie dieses Bedauern allerdings nicht gezeigt.

»Du weißt doch, wie egal mir das ist«, erwidere ich daher.

Eine Träne rollt über ihre Wange. Am Kinn bildet sie einen Tropfen, der auf meinen Arm platscht. Ich wische ihn weg.

»Ich habe das von Paul gehört. Wie schrecklich!«

»Ganz schrecklich, ja. So unerwartet, nicht wahr? Gestern er, morgen ich.«

Claudia weint noch mehr. »Was sagst du denn da?! Jetzt lass dich nicht so gehen! Wir könnten es noch einmal miteinander versuchen. Das mit uns war doch …«

»Ich sterbe nicht, weil du den Gärtner gevögelt hast, sondern einfach so.«

Einfach so auch nicht, aber die Details gehen sie nichts mehr an.

»Was hast du denn? Und was sagt der Arzt?«

Mein Arzt ist die Grüne Fee. Die sagt, dass alles egal ist. Die Flasche Absinth, die ich mir gestern gekauft habe, ist schon wieder zur Hälfte geleert, und wenn Claudia nicht sofort das Weite sucht, trinke ich den nächsten Schluck vor ihren Augen.

Sie bleibt und redet weiter. Am Ende geht sie sogar zu meinem Schrank und sucht mir Sachen raus.

»Ich kann schon noch allein zum Arzt gehen. Wenn ich denn wollte. Aber mir kann niemand mehr helfen, okay. Also lass das!«

Claudia wirbelt herum und wirft mir das T-Shirt, das sie vom Bügel genommen hat, an den Kopf.

»Nein!«, schreit sie. »Lass du das, was auch immer du hier abziehst! Du gehst jetzt mit mir zum Arzt!« Ihre Stimme ist so schrill, dass es in meinen Ohren klingelt.

Trotzig verschränke ich die Arme vor der Brust. Also in dem Ton schon mal gar nicht!

»Ni figa sebje!«, tönt es aus dem Flur, und ein paar Sekunden später steht auch Jekaterina Poljakow im Schlafzimmer.

Mit einem Stöhnen sinke ich ins Kissen.

Die Russin sieht Claudia, setzt einen Blick auf, der noch grimmiger ist als der, mit dem sie mich am Montag bedacht hat, und wendet sich mir zu. Sie sagt keinen Ton von wegen Stall von Schweine, sondern: »Was chat die verloren chier? Brauchst du Ruhe, Max Leif, nicht zeternde Hyäne.«

Oh, oh! Ich sehe, wie Claudia zusammenzuckt, und stelle mich auf echte Lautstärke ein.

»Zeternde Hyäne?«, keift sie auch gleich, geht zu Jekaterina Poljakow und bringt sich in Position. »Was bildest du dir eigentlich ein, du Putzfrau? Was glaubst du, mit wem du sprichst?«

»Mit zeternde Hyäne«, entgegnet die Russin ungerührt und bemüht sich nicht mal, die wenigen Zentimeter, die Claudia größer ist, durch eine straffere Körperhaltung gutzumachen. »Wie immer also. Chat sich geändert nichts.« Über Claudias Schulter späht sie zum Kleiderschrank, dann auf die Jeans, die meine Ex in ihrer Faust ballt. »Max Leif ist großer Junge. Kann er anziehen sich selbst, wenn er will rausgehen. Ist nur krank gerade.«

»Das musst du …«, Claudia tippt mit dem Finger vor Jekaterina Poljakows Brust, »… mir nicht erzählen. Ich weiß, dass er krank ist, und jetzt bringe ich ihn zum Arzt.« Sie fährt zu mir herum. »Max, also wenn du nicht gleich was unternimmst!«

Ich soll mal wieder eine Kündigung aussprechen. Nicht im Traum denke ich daran.

»Geh bitte, Claudia!«, sage ich stattdessen mit fester Stimme.

Es tut fast nicht weh. Nur mein Magen schmerzt schlimmer und zieht ganz fürchterlich, als Claudia total außer sich gerät. Sie beschuldigt mich, was mit meiner Putzfrau zu haben. Schon lange, schon bevor sie den Gärtner in meinen Tulpen flachgelegt hat. Sie wirft mir Geschmacksverirrung, Niveaulosigkeit und Russensympathie vor. Auch die Jeans landet an meinem Kopf. Sie wütet und streitet mit Jekaterina Poljakow und hält erst die Klappe, als ich »Raus!« brülle. Deutlich leiser, doch mit vor Ärger heftig klopfendem Herzen schiebe ich ein »Sofort!« hinterher.

Claudia hebt das Kinn. Nun weint sie wieder – verdammt, ich kann nicht sehen, wenn sie weint! – und murmelt »Du bist so ein Arsch, Max! Dann stirb doch«. Tatsächlich wendet sie sich zum Gehen, und ich beiße die Zähne aufeinander, um sie nicht aufzuhalten.

Die Russin vertritt ihr den Weg und hält die Hand auf. »Gibst du Schlüssel erst!«

Claudia fummelt den Haustürschüssel aus ihrer Handtasche. Statt ihn Jekaterina Poljakow zu geben, klatscht sie ihn an die Wand über meinem Bett. Klimpernd fällt er auf das Kissen. Meine Ex rauscht aus dem Zimmer und die Treppe hinunter. Ich halte den Atem an, bis die Haustür ins Schloss fällt.

»So«, sagt meine Putzfrau. »Und jetzt du ziehst dich an, Max Leif, und gehst zu Doktor! Liegst du in Bett seit vier Tagen. Ist nicht normal!«

Eine unfreundliche Expertin

Seit Jahren war ich nicht bei meinem Hausarzt. Es ist so lange her, dass ich den Mann nicht einmal als meinen Hausarzt bezeichnen möchte. Vor meinem Herzinfarkt war ich kerngesund, und was auch immer mich zeitweilig plagte, Kopfschmerzen oder eine Erkältung, das verschwand von allein. Ich hatte keine Zeit zum Kranksein und keine Lust auf ärztliche Predigten über Vorsorgeuntersuchungen. So einige Männer in meinem Alter sind nach einer Vorsorgeuntersuchung gestorben, weil ein Tumor oder etwas anderes Scheußliches entdeckt und behandelt wurde. Gerade noch hatten sie mich im Tennis besiegt oder waren auf dem Snowboard vor mir ins Zillertal gerast, und plötzlich las ich ihre Todesanzeige.

Meinen Arzt muss das ebenfalls ernüchtert haben, denn er hat seinen Job an den Nagel gehängt, wie ich jetzt von der Frau erfahre, die seine Praxis übernommen hat. Noch einige Jahre vor dem Rentenalter ist er auf eine einsame Insel abgehauen.

Dr. Ingrid Bärbeißer ist eine stämmige, untersetzte Frau, die ich, wäre sie mir auf der Straße begegnet, für eine Metzgerin gehalten hätte. Ich würde lieber wieder gehen, will aber nicht unhöflich erscheinen, also bleibe ich auf dem Stuhl vor ihrem Schreibtisch sitzen. Aus hartem Kunstleder und einfallslosem Metall besteht der und könnte weder hässlicher noch unbequemer sein.

»Nun denn, Herr Leif«, sagt sie, lehnt sich in ihrem viel bequemeren Sessel zurück und überfliegt meine kurze Akte. »Was führt Sie zu mir?«

Ich würde gern ironisch und von der Grünen Fee angestachelt antworten, dass mich meine Putzfrau schickt, aber mein Gegenüber scheint kein Spaßvogel zu sein. Das Lächeln ist ihr sicher über verschiedenen, überraschenden Todesdiagnosen vergangen. Also beschränke ich mich auf die Tatsachen.

»Ich war auf Sansibar im Urlaub, wurde dort wahrscheinlich von der Tsetsefliege gestochen und habe nun die Tsetse-Seuche.«

Dr. Ingrid Bärbeißer kräuselt die Stirn und rollert ein Stück zurück, dabei könnte ich sie gar nicht infizieren. Nur wenn ich eine Tsetsefliege wäre.

Ich beschreibe gerade meine Magenschmerzen, die Übelkeit und die Schlappheit, da unterbricht sie mich: »Moooooment!«

Ich klappe den Mund zu.

Sie rollert an den Schreibtisch und stützt die Ellbogen darauf: »Übelkeit und Magenschmerzen sind keine Symptome der Afrikanischen Trypanosomiasis.«

»Afrikanische Trypowas?«

Sie wedelt mit den Händen. »Das, was Sie als Tsetse-Seuche bezeichnen. Ihre Gastralgie und Nausea haben vermutlich andere Ursachen. Zum Beispiel könnten eine Gastritis, eine funktionelle oder nichtulzeröse Dyspepsie oder auch eine gestörte Motilität der Magen-Darm-Muskeln zugrunde liegen. Gleichermaßen in Frage kämen ein gastroösophagealer Reflux oder Hyperazidität.«

Angeberin!, schießt es mir durch den Kopf. Sie erwartet doch nicht allen Ernstes, dass ich jetzt nicke und *Aha, na dann ist's ja gut* sage! Prinzipiell klingen all diese Begriffe sogar viel gefährlicher als meine angeblich nicht existente Tsetse-Seuche.

Sie ist noch nicht fertig. »In sehr wenigen Fällen«, fährt sie fort, »stellen sich die von Ihnen geschilderten Beschwerden als ein Karzinom oder Ulcus ventriculi heraus.«

Jetzt reicht es aber! »Brauchen Sie einen Kessel? Ich zünde Ihnen gern das Feuer drunter an und sehe zu, wie Sie drum herumtanzen und Spinnenbeine, Blutegel und anderes Getier in die blubbernde Flüssigkeit werfen.«

Sie ist verwirrt. »Bitte?«

»Na, diese ganzen Zauberwörter! Gibt's die auch auf Deutsch?«

Ihre Miene wird eisig. Sie vermutet, nicht zu Unrecht, dass ich sie nicht ernst nehme. »Geschwüre und Tumore«, grummelt sie.

Ich habe ein Magengeschwür oder einen Tumor?

Dr. Ingrid Bärbeißer nimmt einen Stift und kritzelt etwas auf eine neue Karteikarte. Nebenbei redet sie weiter: »Sie sagten, Sie fühlen sich abgeschlagen?«

Ich bejahe das. Sie kritzelt weiter.

»Haben Sie Gewicht verloren?«

Diese Frage müsste eigentlich nicht gestellt werden. »Ich habe in den letzten Tagen nicht viel gegessen, also ist das wahrscheinlich.«

»Appetitlos sind Sie also?«

»Mir ist übel!«

Sie sieht auf. »Das ist nicht dasselbe. Sie können trotz Übelkeit Appetit verspüren.«

»Das mag auf andere Menschen zutreffen, auf mich nicht.«

Weiter geht es mit der Fragerei und dem Kritzeln. »Nehmen Sie Medikamente ein?«

»Hin und wieder mal was gegen Kopfschmerzen.«

»Wie oft haben Sie Kopfschmerzen?«

»So ein- oder zweimal im Monat.«

»Andere Medikamente?«

»Aspirin und Clopidogrel täglich.«

Abermals hebt sie den Blick. »Wieso das? Das sind Thromobozytenaggregationshemmer.«

Sie will mich testen! »Medikamente zur Verhinderung der Verklumpung von Blutplättchen«, übersetze ich also freimütig.

»Schon klar, aber wieso nehmen Sie die ein?«

»Ich hatte einen Herzinfarkt.«

Ihre Brauen ziehen sich zusammen. »Wann war das?«

»Vor vier Monaten, im Februar.«

Einen Moment schweigt sie, dann presst sie die Lippen aufeinander, senkt den Kopf über ihre Karteikarte und macht sich mehr Notizen. »Schön, das zu erfahren!« Bei jedem neuen Wort knallt ihr Stift auf den Karton. »Noch etwas?«

»Nein.«

»Trinken Sie Alkohol?«

Also ehrlich! Welcher normale Mensch trinkt keinen Alkohol? Das wäre schon der vierte Punkt, den ich mit Ja beantworten müsste, für ein Bier oder ein Glas Wein hin und wieder. Okay, fünf Long Island Iced Tea über den Tag verteilt im Urlaub sind sicher zu viel des Guten, und eine halbe Flasche Absinth gegen die Magenschmerzen vielleicht auch, aber …

»Ab und zu«, sage ich kurzerhand. »Mal mehr und mal weniger.«

»Rauchen Sie?«

Ha! »Nein!«

»Gibt es Vorerkrankungen im Magen-Darm-Bereich?«

Noch ein Nein! Yay! »Das stünde in der Ihnen vorliegenden Akte.«

»Also nicht.« Dr. Ingrid Bärbeißer klingt gelangweilt. »Machen Sie den Oberkörper frei und legen Sie sich auf die Liege!«

Äußerst ungern tue ich, wie mir befohlen wurde, und wenig später drückt sie auf meinem Bauch herum. Ich stöhne vor Schmerzen.

»Wo tut's denn mehr weh?« Sie drückt unterhalb der Rippen. »Hier?«

Ich stöhne.

Sie drückt um den Bauchnabel herum. »Oder hier?«

Ich stöhne. »Tut beides sehr weh.«

Während sie am Schreibtisch weiterkritzelt, darf ich mich wieder anziehen. Fertig mit den Notizen, greift sie zum Telefon und wählt.

»Guten Tag, Dr. Bärbeißer am Apparat«, säuselt sie. »Ich habe hier einen Patienten, für den brauche ich zeitnah einen Termin zur Gastroskopie und sicherheitshalber auch zur Koloskopie.«

Bitte was? Ich soll skopiert werden, sicherheitshalber auch noch?

»August?« Jetzt klingt sie empört. »Wir haben Juni!« Sie blättert in meiner Akte, den Hörer am Ohr. »Nein, das ist mir auch zu spät. Herr Leif ist privat versichert.«

Ein Lächeln zeigt sich auf ihrem Gesicht. Sie sieht zu mir rüber und fragt: »Passt Ihnen morgen Vormittag? Magen- und Darmspiegelung?«

Ach, das ist das also. Tja, wenn es da mal überhaupt noch was zu spiegeln gibt! Über den desolaten Zustand meines Innenlebens wird das wohl endgültigen Aufschluss geben, aber für die Gewissheit bin ich ja hier, nicht wahr?

Ich nicke.

»Bitte zeitig am Vormittag. Ich habe einen Termin um dreizehn Uhr.«

Es ist nicht wirklich ein Termin. Meine Woche war so weit herrlich terminfrei, und ohne den Seuchenmist hätte ich sie sicher genossen. Bis vierzehn Uhr will ich allerdings im Café Fröhlich gewesen sein, um meine Teezeremonie nicht zu vernachlässigen.

Dr. Ingrid Bärbeißer gibt die Infos weiter und legt auf.

»Morgen um neun Uhr melden Sie sich bitte in der Uniklinik.« Wieder kritzelt sie. Die Frau scheint ein Problem damit zu haben, mich anzusehen. Das ist kein gutes Zeichen. »Sie haben einen Termin bei Dr. Weißenberg.«

Ausgeschlossen! »Ich gehe nicht ins Krankenhaus.«

Prompt wieder bärbeißig schaut sie auf. »Sie sollen ja nicht auf der Station bleiben. Nach den Untersuchungen können Sie nach Hause. Als Vorbereitung …« Sie kritzelt erneut. »… trinken Sie fünf Liter PEG-Lösung. Ab sofort nichts anderes, außer dieser Lösung, Tee und Wasser. Keine feste Nahrung. Kein Alkohol.«

Kein Alkohol? Und was ist diese PEG-Lösung für ein Zeug? Wenn ich fünf Liter davon trinken soll, ist sie besser verdammt lecker!

Die Ärztin schiebt mir die Überweisung und das Rezept über den Tisch. »Gute Besserung, Herr Leif, und bis bald!«

Total unmännliche Prozeduren

Ich bin ein Kerl, verdammt!

Ich trinke Espresso und keinen Kakao. Ich trage Sneakers und keine Sandalen. Ich habe einen großen Hund und keinen kleinen. Weder Bienen noch Spinnen lassen mich in Panik geraten, höchstens ein aus dem Zoo ausgebrochener, halb verhungerter Tiger. Keines meiner Autos hat eine Automatikschaltung, und auf die inzwischen leider serienmäßige Einparkhilfe könnte ich ebenfalls verzichten. Wenn ich was toll finde, sage ich »toll« und nicht »supi«, und ist was blöd, dann finde ich es scheiße und nicht schitti. Komme ich mal in die Verlegenheit zu kochen, dann landen alle Zutaten frei Schnauze in der Pfanne. Ein Kochbuch besitze ich nämlich nicht. Genauso wenig wie einen Föhn, einen Motorroller oder lila Klamotten – da kann Lila noch so hip sein, in meinen Kleiderschrank kommt Lila weder als Pullover, den ich nicht als Pulli bezeichne, noch als Unterhose, die bei mir niemals Schlüppi heißen wird. Ich lese keine Horoskope, sondern den Rest der Zeitung, finde gar keinen Porno besser als einen frauenfreundlichen Porno und würde auch eine Weile ohne Haarbürste auskommen.

Weil ich ein Kerl bin!

So einiges Unmännliches ist mir in letzter Zeit passiert. Nehmen wir allein den Herzinfarkt. Ein richtiger Kerl hat ein starkes Herz, das einiges aushält, egal ob Stress oder fettes Essen, Enttäuschung oder Action, ein Schock oder Euphorie. Ungeachtet der Tatsache, dass das vermeintlich starke Geschlecht doppelt oder dreimal so häufig einen Infarkt hat, hielt ich mein Herz für stabil und unverwundbar. Die Attacke auf dieses Organ war ein mir fremdes Leiden, das ich Bankiers, Professoren und Rentnern zuordnete. Einer, bei aller Bescheidenheit, coolen Socke wie mir passierte so was nicht, sondern höchstens ein Hörsturz oder ein Tinnitus. Das glaubte ich zumindest, bis ich im Krankenhaus lag, um mein Leben bangte und Paul meine Hand hielt.

Claudias Betrug war der nächste Zacken, der aus meiner Krone gebrochen wurde. Welcher Kerl wird schon betrogen? Einer, der es im Bett nicht bringt, oder einer, der kaum zu Hause ist, um die Bedürfnisse seiner Frau zu erfüllen. Das lasse ich einfach dahingestellt und denke mir meinen Teil.

Am Ende ist es vielleicht sogar unmännlich, von seinem Hund angepinkelt zu werden und in einem abstürzenden Flugzeug in Panik auszubrechen. Was Letzteres betrifft, da zuckt ein echter Kerl die Schultern und akzeptiert, was er nicht ändern kann. Er denkt an die geilen Momente seines Lebens statt an die Fehler, die post mortem auffliegen.

Das i-Tüpfelchen der Unmännlichkeit erlebe ich jedoch, bevor ich am Nachmittag des unheilvollen Donnerstags aus dem Taxi steige und ins Café Fröhlich poltere. Mein Magen brennt wie Feuer, meine Kehle schmerzt beim Schlucken, mir ist schwindelig, und ich habe so starke Blähungen, dass ich mir wie eine Zeitbombe vorkomme. Ich will meinen grässlichen Kamillentee, doch hinter dem Tresen sehe ich keine Maja. Von den anderen möchte ich weder Espresso noch Tee, also mache ich kehrt, rufe ein neues Taxi und lasse mich nach Hause bringen.

Hannibal begrüßt mich, als sei ich tagelang fort gewesen. Ich flehe ihn an, mich nicht anzupinkeln, und lasse seine Begrüßung über mich ergehen. Er folgt mir in die Küche, wo die halb geleerte Flasche mit dem grünen Wundermittel steht. Ich habe es nicht angerührt, so wenig wie die Notiz von Jekaterina Poljakow: *Ist wie Droge! Bist du berauscht! Vorsicht!* Jetzt war ich die längste Zeit absinthnent und schenke mir ein Glas ein. Schon nach dem ersten Schluck verspüre ich eine Linderung des Brennens, leere das Glas und nehme die Flasche mit hinauf ins Schlafzimmer, wo ich bäuchlings aufs Bett plumpse.

Die vergangenen Stunden sind das perfekte Beispiel dafür, wie ich die letzten Wochen meines Lebens nicht verbringen möchte. Menschenunwürdig war das! Und das verdammte Gesöff, mit dem alles begann, das sollte verboten werden! Schon nach dem ersten Liter, den ich mir mit zugehaltener Nase hinter die Binde gekippt habe, hätte ich meinetwegen sofort sterben können. Was für eine Mühe, dieses Zeug drinzubehalten! Nach drei Litern bin ich wie ein prall gefüllter Wasserballon zum Klo getaumelt, gefolgt von Hannibal, dem meine Situation suspekt erschien. Am liebsten hätte ich meinen Schädel über die Schüssel gehalten, um das Zeug auszukotzen, doch der Hintern musste dringender drauf. Die restlichen zwei Liter habe ich, auf dem Klo hockend, in mich geschüttet, während Hannibal jaulend auf der Schwelle zum Badezimmer saß. Nach fünf Stunden Schlaf ging es ins Krankenhaus, wo ich zuerst erfuhr, dass ich eine Rollvene habe. Sie flüchtete vor der Nadel, indem sie geschickt zur Seite rollte. Das erklärte mir die Schwester halb verzweifelt, während sie meinen Arm durchlöcherte und sich ständig erkundigte, ob alles gut sei. Abermals diese Frage! Noch dazu in dieser Situation! Statt einer Antwort habe ich die Luft angehalten, zur Decke geschaut, meine freie Hand um die Armlehne des Stuhls gekrallt und genickt. Als ich wieder zu mir kam – durch eine milde Ohrfeige der inzwischen heftig schwitzenden Dame wohlgemerkt –, steckte die Nadel endlich in der Vene, und der Liter Blut konnte gezapft werden.

Und alles Weitere … ach, hätte ich bloß die Vollnarkose genommen! Aber ich wollte ja Kerl sein und außerdem unbedingt mitbekommen, was sie mit mir anstellen. Nach der Betäubung meines Rachens, den ich allmählich wieder spüre, habe ich gefühlte zwanzig Meter Schlauch geschluckt. Und danach, nun, danach bekam ich ein anderes Instrument auf der anderen Seite reingesteckt, so weit, dass es mir eigentlich zum Mund hätte rausschauen müssen. Menschenunwürdig! Nie habe ich mich unmännlicher gefühlt als in dieser schrecklichen halben Stunde, in der ich auf der Krankenhausliege versteinerte und mit Luft gefüllt wurde, während das Instrument in meinem Arsch rumwühlte. Bei allen Strapazen hatte ich gehofft, sofort über den Zustand meiner Verdauungsorgane informiert zu werden, aber nichts da! Die Auswertung der entnommenen Gewebeproben wird zusammen mit den Ergebnissen der Blutuntersuchung an meine Ärztin gesendet.

Drei verschiedenen Leuten habe ich in den letzten vierundzwanzig Stunden die prinzipiell selben Fragen beantwortet: Dr. Ingrid Bärbeißer, der Schwester mit dem Fragebogen und dem Arzt mit den Instrumenten des Grauens. Pure Zeitverschwendung! Und ein deutliches Zeichen für eine mangelhafte Kommunikation in medizinischen Einrichtungen. Hätte ich an diesem Tag noch jemanden sprechen müssen, hätte ich die Infos gleich ungefragt runtergerattert: Guten Tag, ich bin Max Leif. Ich habe Magenschmerzen, fühle mich schlapp und angeschlagen, nehme hin und wieder eine Tablette gegen Kopfschmerzen, hatte vor einigen Monaten einen Herzinfarkt, habe wahrscheinlich Gewicht verloren und keinen Appetit, weil mir übel ist. Ich rauche nicht, litt nie zuvor an den Symptomen und trinke manchmal Alkohol.

Ich drehe mich auf den Rücken und schwenke die Flasche. Und das alles ändert nichts dran! Ob nun Tsetse-Seuche oder ein Tumor, Herzinfarkt oder was auch immer … Der Absinth rinnt meine Kehle hinab, lindert den Schmerz und lässt mich die furchtbaren Ereignisse des Tages vergessen. Mit jedem Schluck werde ich wieder ein bisschen mehr Kerl, dem der Tod egal ist.

Als ich ein Tapsen höre, setze ich mich auf. Hannibal steht vorm Bett und mustert mich. Ich muss nicht erst sprechen, um die Schwere meiner Zunge zu spüren, versuche es aber trotzdem:

»Eins kannst du glauben«, sage ich zu dem Dobermann und hebe den Zeigefinger der freien Hand, »ins Krankenhaus gehe ich nie wieder. Da fallen mir sinnvollere Beschäftigungen ein.«

Hannibal gähnt.

Nicht nur sinnvollere Beschäftigungen fallen mir ein, sondern auch Entscheidungen, die zu treffen sind. Absolut männliche Bauchentscheidungen, die Ausdruck eines freien, starken Herzens sind und keinen Aufschub dulden.

Halbwegs gezielt taumele ich durch das schon wieder verflixt große Schlafzimmer zu meinem Notebook. Zurück auf dem Bett, rufe ich die Webseiten von zwei Independent-Musiklabels auf. Einen Schluck und ein Fingerstretching später klimpere ich die erste von zwei Mails in die Tasten.

Zwei unbeschwerte Gemüter

Der Absinth ist alle. Und das ist gut so, denn ich kann nicht mit einer Fahne zu diesem Termin erscheinen. Wahrscheinlich zweifeln die Typen ohnehin an meinem Verstand, also will ich nicht noch herumtorkeln und lallen, wenn ich einem von ihnen mein Lebenswerk verkaufe.

Wenn ich mein Lebenswerk verkaufe!

Wie irre das klingt. Praktisch unmöglich ist das eigentlich, denn LeifMusic wird immer mein Lebenswerk bleiben, egal wem ich die Rechte überschreibe. Egal wie mausetot ich bin.

Als sei dieser Gedanke ein Kommando, setzen das Stechen und Brennen in der Magengegend wieder ein. Der Tumor, den ich für die Tsetse-Seuche hielt, ist am Werk und frisst sich die Speiseröhre hinauf. Nur noch ein Tag, bis mir Dr. Ingrid Bärbeißer die Schreckensnachricht überbringt. Im Geiste sehe ich sie vor mir in ihrem bequemen Stuhl mit todernstem Gesicht, während ich auf dem Blechgestell hänge wie ein Verurteilter. *Sie müssen jetzt stark sein, Herr Leif!*, höre ich sie sagen.

Das bin ich ohne ihre vermeintlich aufmunternden Worte. So merkwürdig es ist, aber die Gewissheit des Bevorstehenden kräftigt mich. Möglich, dass auch der viele Tee hilft.

Jekaterina Poljakow hat mir welchen gekocht. Zwar hat sie klargemacht, dass das nicht in ihrem Arbeitsvertrag steht, mir den Tee aber sogar in einer Thermokanne ans Bett gebracht. Ich schenke mir eine Tasse ein, trinke und schüttele mich, glätte meine Miene und trete vor den Spiegel.

Wie ein Musikmensch, der sein Lebenswerk verkauft, sehe ich aus: Jeans und Sneakers, T-Shirt mit Designerlöchern und abgewetztes Sakko. Die Haare sind noch nicht struppig genug, also bringe ich sie mit den Händen in Form, hänge mir meine Kopfhörer um den Hals und schließe sie ans Handy an.

Es sind noch zwei Stunden bis High Noon, ausreichend Zeit für Profi-Tee im Café Fröhlich. Bei einem zweiten Blick in den Spiegel hebe ich das Kinn, straffe die Schultern – und knicke glatt zusammen, weil meine halb zerstörten Verdauungsorgane gegen die aufrechte Körperhaltung rebellieren. Grummelnd, leicht gebückt und mit der Hand vor dem Bauch schlurfe ich aus dem Zimmer. Jekaterina Poljakow putzt gerade das Badezimmer und singt wieder. Den Putzlappen und das Reinigungsmittel in den Händen, erscheint sie im Türrahmen, mustert mich und lächelt zufrieden.

»Na bitte, Max Leif! Tee chat geholfen! Siehst du aus, als könntest du ausreißen Baum.«

Toll, wenn es zumindest den Anschein hat, sage ich mir und gehe die Treppe hinunter. Hannibal hört mich und kommt aus dem Garten. Wahrscheinlich wittert er meinen Plan, ohne ihn zu verschwinden, wohingegen ich bloß einen Blick auf ihn werfen muss, um seinen Plan zu erraten. Also befehle ich ihm, sich zu setzen. Er hockt sich vor die erste Stufe.

»Braaaver Hannibal! Guuuter Junge!«

Er stellt die spitzen Ohren auf, legt den Kopf schief und beobachtet jeden meiner Schritte. Als ich am Ende der Treppe angelange, zuckt es in seinen Hinterbeinen, also wiederhole ich meinen Befehl mit mehr Autorität in der Stimme und gehe in einem großen Bogen um ihn herum zur Küche, auf geradem Weg zum Schrank, in dem die Hundeknochen sind, die Jekaterina Poljakow gekauft hat, obwohl das nicht in ihrem Arbeitsvertrag steht. Prompt ist Hannibal bei mir, und ebenso prompt sitze ich auf der Anrichte, um meine Schuhe in Sicherheit zu bringen. Zwei Leckerlis werfe ich ihm hin, dann springe ich herunter und laufe aus dem Haus.

Unterwegs denke ich darüber nach, einfach in die Firma zu fahren, mich an meinen Schreibtisch zu setzen, den Termin zu canceln, und so zu tun, als sei es ein ganz normaler Montag. Allein beim Gedanken zieht sich mein Magen abermals schmerzhaft zusammen. Er brennt und sticht und lässt mich die Zähne so fest zusammenbeißen, dass sie sich wahrscheinlich ein Stück tiefer in den Kiefer drücken.

Das Ausharren an Majas Warteschlange ist heute eine Plage. Ich kann kaum noch stehen, als ich endlich an der Reihe bin. Mit gepresster Stimme und um eine aufrechte Haltung bemüht, bestelle ich den grässlichen Kamillentee.

»Haben wir heute aber gute Laune!«, schnauzt sie und denkt gar nicht dran, den Tee zu machen. Sie verschränkt die Arme vor der Brust. »Wie wäre es denn mit einem ›Bitte‹?!«

Ich stützt mich auf dem Tresen ab und knurre: »Wie wäre es mit einem ›Guten Morgen? Was kann ich für Sie tun?‹?! Mal so grundsätzlich?«

»Seit wann siezen wir uns?«

»Seit wann arbeitest du hier?«

»Seit anderthalb Jahren. Wieso?«

»Weil ich seitdem nicht ein freundliches oder gar fröhliches Wort von dir gehört habe.«

»Vielleicht bin ich kein freundlicher oder gar fröhlicher Mensch.«

»Das ist schade!« Ich gebe auf. Ich brauche meinen Tee und einen Stuhl unter meinem Hintern. »Den Kamillentee! Bitte!«

»Gern doch!« Sie nimmt ein Teeglas und knallt es auf die Arbeitsplatte, fummelt den Teebeutel aus dem Behälter und wirft ihn ins Glas. »Zur Abwechslung heute noch was anderes? Kuchen, Kekse?«

Ich kann nicht antworten, weil ich die Kiefer aufeinanderbeiße.

Maja stellt mir den Tee hin. Ich fummele einen Zehner hervor, werfe ihn auf den Zahlteller, presse ein »Stimmt so« durch die Zähne und schlurfe mit meinem Tee zum Tisch in der Nische.

Mit jedem Schluck nehmen die Schmerzen ab. Aber nervös werde ich auch, schaue ständig auf die Uhr, und mir wird so schlecht wie früher vor Physikprüfungen. Eine Stunde vor High Noon mache ich mich auf den Weg. Gerade will ich das Café verlassen und die Tür aufziehen, da tippt mir jemand auf die Schulter. Ich drehe mich um und sehe mich Maja gegenüber. Die fröhlich orangefarbene Arbeitsschürze hat sie abgenommen, und in den schwarzen Klamotten – ein hochgeschlossenes Shirt und eine schmal geschnittene Hose – wirkt sie ganz wie sie selbst. Eine Tasche hat sie dabei.

»Ich mache ein paar Minuten Pause und gehe mal um den Block. Kommst du mit?«

Die offene Verwunderung verkneife ich mir. Ohnehin habe ich noch eine halbe Stunde Zeit. Warum die nicht bei einem Spaziergang um den Block totschlagen? Ich halte ihr die Tür auf.

»Nach dir!«

Sie geht voran auf die Straße, ins Sonnenlicht, wendet sich zu mir um, blinzelt und schlendert los, sobald ich an ihrer Seite bin. Sie ist einen Kopf kleiner als ich, und entgegen ihrer harten und kantigen Art, die sie im Café zeigt, wirkt sie plötzlich irgendwie verletzlich. Die Narben in ihrem Gesicht sind deutlicher zu sehen, was aber gar nicht so sehr am Tageslicht zu liegen scheint. Die Gleichgültigkeit, die ich von ihr kenne, umgibt sie auch jetzt, allerdings in einer anderen Nuance. Während es ihr im Café ziemlich egal ist, was die Gäste von ihrem Service halten, wirkt sie auf der Straßen gewissermaßen gleichgültig gegenüber sich selbst. So gut wie jede Straße überquert sie, ohne nach links und rechts zu schauen.

Zweimal wird sie beinahe überfahren, doch sie erschrickt nicht mal. Der Tod ist ihr allenfalls, wie alles und jeder, völlig egal.

»Also was ist los mit dir?«, fragt sie. »Du trinkst keinen Espresso mehr, sondern Kamillentee.« Sie wirft mir einen Seitenblick zu. »Heute siehst du mal wieder normal aus, aber die letzten Tage bist du wie ein Penner aufgekreuzt. Bist du krank?«

Vor ihr will ich das nicht zugeben. »Bloß ein paar Schmerzen.«

Sie denkt nach. »Habe ich auch. Nicht ständig, aber wenn, dann sind sie heftig. Medikamente helfen nicht. Nur ein Doobie.«

Sie kramt in ihrer Handtasche, fummelt ein Kästchen hervor und klappt es auf. Ein Joint liegt darin.

Ich muss lachen. »Cannabis? Du rauchst Gras?« Wann hab ich das zuletzt getan? Mehr als zehn Jahre ist das her.

Maja zuckt die Schultern. »Wenn's funktioniert. Ich mache das ja nicht ständig und dröhne mich außerdem nicht zu.« Sie nimmt den Joint aus dem Kästchen und hält ihn mir hin. »Das ist der Notfall-Doobie.«

Ich sehe mich um. Wir haben die Straße für uns, und der Joint ist nahezu perfekt auf Zigarettenstärke gedreht, aber ich zögere trotzdem.

Maja wird schon wieder ungeduldig. »Was nun, hast du heute noch was vor und kannst es dir nicht erlauben, ein bisschen high zu sein?«

Ich verkneife mir ein Schnauben. Wenn ich zehnmal an dem Ding gezogen habe, befördere ich mich aus meinem Down gerade mal auf Meeresspiegelniveau. Zu high kann ich gar nicht werden.

»Bloß ein Termin mit so ein paar Leuten, die meine Firma kaufen wollen«, antworte ich. »Lass uns das Ding teilen.«

Maja zündet den Joint an, nimmt einen Zug und reicht ihn mir.

»Dürfte ja schnell erledigt sein, der Termin. Du sagst denen, dass du kein Interesse hast und sie weiterträumen sollen.«

»Na ja, die Sache ist die, dass ich verkaufen werde. Ich weiß nur noch nicht, wem.« Nachdenklich nehme ich einen Zug, behalte den Rauch ein paar Sekunden in der Lunge und lasse ihn dann entweichen.

Maja bleibt stehen. »Dieses Musiklabel? Das gehört dir doch, oder nicht?«

»LeifMusic, ja, das ist meins.« Noch zwei bis drei Stunden.

»Wieso willst du das verkaufen? Bist du irre?«

Irre? Das wäre schön. Abermals suche ich nach einer vagen Erklärung und finde eine gute.

»Es ist Zeit für Veränderungen.«

»Wer steht als Käufer zur Wahl?«

Ich sage es ihr. Sie wirkt enttäuscht, weil sie keinen der Namen kennt. Ich nehme einen weiteren Zug und sehe dem Rauch nach, wie er in den Himmel aufsteigt und vor den Sommerwolken verblasst. Maja nimmt mir den Doobie ab.

»Genug«, beschließt sie. »Sind sie weg, die Schmerzen?«

Ich nicke. Das waren sie schon nach dem Tee. Dank des Dopes bleiben sie das vielleicht noch ein paar Stunden, bis ich mein Lebenswerk erfolgreich unter den Hammer gebracht habe.

»Was hat denn überhaupt weh getan?«

»Der Magen.«

Mein Blick wandert über Majas Gesicht, über ihre Narben, die sie nie zu verbergen versucht. Ein merkwürdiger Schimmer liegt in ihren dunklen Augen. Sie wendet den Blick ab und geht weiter, beendet den Joint und beginnt plötzlich zu lachen.

»Verdammt, ich hätte auch Magenschmerzen, würde ich das entscheiden müssen.« Mit dem Ellbogen knufft sie mich in die Seite. »Wirf eine Münze und grübele nicht zu viel.«

Sie geht um eine Ecke voran. Ein paar Schritte weiter stehen wir wieder vorm Café Fröhlich. Als Maja sich bis zum nächsten Tag verabschiedet, fällt mir etwas ein.

»Was steht auf dem Grabstein eines Zahnarztes?«

Maja grinst. »Keine Ahnung, was steht drauf?«

»Er hinterlässt eine schmerzende Lücke.«

Prustend verschwindet sie im Café. Während ich nach einem Taxi Ausschau halte, muss ich ebenfalls lachen. Die Leute beäugen mich. Die haben doch alle keinen Sinn für Humor!

Der unnötige Aufstand

Das war's dann also.

Ich lehne mich in meinen Ex-Sessel und lege die Füße auf meinen Ex-Schreibtisch. Es ist still. Rund herum und in mir drin. Herrlich still. Meine Finger spielen mit der Eineuromünze, die meine Entscheidung getroffen hat.

Für ewiges Gequatsche und Versprechungen hatte ich so wenig Nerv wie meine Gesprächspartner von WeRock und Xtrem Records, beides kleine Labels, denen es um ehrliche Musik geht und die meiner Einladung vor allem aus Neugier gefolgt sind, nicht weil sie sich eine Chance ausrechneten. Zum ersten Mal überrascht waren die Kollegen, als klar war, dass wir nur zu dritt sind. Da ging ihnen der Arsch wohl kurz auf Grundeis, doch sie fassten sich schnell und stellten ihre Konzepte vor. Weder der eine noch der andere kann viel zahlen, aber Geld spielt ohnehin keine Rolle. Davon habe ich so viel, dass ich es bis ans Lebensende nicht ausgeben kann. Nicht bei meiner Lebenserwartung. Die Typen dachten, ich verkohle sie, als ich sagte, dass ich nicht mehr als einen Euro will. Wichtig war mir lediglich, dass alle Mitarbeiter übernommen werden und Flo der Chef vom Marketing bleibt.

Mit der Zusage von beiden zu beidem habe ich mich aus dem Besprechungszimmer entschuldigt, bin hierhergekommen und habe die Münze geworfen. Kopf für WeRock, Zahl für Xtrem Records. Kopf ist gefallen, und so habe ich meine Unterschrift unter das Angebot von WeRock gesetzt.

Das war vor zwanzig Minuten.

Mit einer nur kleinen Bewegung betätige ich den Knopf, der die Jalousien hochfährt. Gleißendes Sonnenlicht fällt durch die Glasfront in mein Ex-Büro. Ich nehme die Füße vom Ex-Tisch, schwinge im Ex-Sessel herum, schaue einen Moment über Frankfurt und schließe dann die Augen, um die Wärme auf meiner Haut zu genießen, die Ruhe in mir weiter auszukosten.

Da fliegt mit einem Rums die Tür auf. Flo schreit: »Du hast *was* getan?«

Ich schwinge im Ex-Sessel herum und pfeife meinen noch über dem Main schwebenden Geist herbei. Wenn ich mich nicht täusche, hat die Neuigkeit die Runde gemacht. Meine Ex-Sekretärin ist ein Plappermäulchen. Und Flo, der sein Büro sonst selten verlässt, ist offenbar in Lichtgeschwindigkeit hergekommen. Er steht vor meinem Ex-Schreibtisch und atmet schwer.

»Sag mir, dass das nicht wahr ist!« Als er sich mit beiden Händen auf der Tischplatte abstützt, wirkt er vor allem schockiert, als sei etwas ganz Furchtbares geschehen.

Weil ich ihm nicht sagen kann, dass das nicht wahr ist, schweige ich. Flo versteht. Ich habe ihn noch nie wütend gesehen. Eigentlich ist er ein ruhiger, besonnener Typ mit einem Hang zum Perfektionismus, jetzt verzieht er den Mund und wischt einen Stapel Dokumente von meinem Schreibtisch. Wie abgeschossene Brieftauben trudeln die einzelnen Blätter auf den Boden – die Nachwirkungen des Dopes mögen ihren Anteil an diesem geistigen Bild haben.

»Es war nicht mehr meins«, sage ich.

Flo wischt einen anderen Stapel vom Tisch. Dann nimmt er die gerahmte Fotografie, die uns beide mit Goldkind nach einem ECHO-Gewinn zeigt, und schmettert sie gegen die Wand. Das Holz des Rahmens knackt, Glas splittert.

Das reicht jetzt aber langsam.

»Nun krieg dich mal ein!«

»Einen Scheiß tue ich!«, tobt er und tritt eine Skulptur von einer Dekosäule.

Ich stehe auf und gehe um den Schreibtisch herum. Mit in die Jeans geschobenen Händen stelle ich mich vor Flo und begegne seinem Blick, der in meinen Augen noch nach der Entwarnung sucht. Plötzlich tut er mir leid, denn mir wird klar, dass er sich völlig vor den Kopf gestoßen fühlt. Von meinen Plänen habe ich ihm nichts gesagt, weil ich keine andere Meinung wollte, keine Beeinflussung. Nicht von Flo, nicht von meinem Rechtsberater, nicht von irgendwem. Es hat so laufen müssen. Leider.

Ich lausche in mich hinein, um herauszufinden, ob ich mit meinem Mitgefühl für Flo auch meine Entscheidung bedauere, doch da ist nur ein bisschen Wehmut, geweckt von der Erinnerung an die durchaus grandiosen Momente mit Leif-Music.

Ich kann mich also nur wiederholen: »So leid es mir tut, dich und alle anderen damit zu überfallen, aber es war nicht mehr meins. Ich bin sicher, die Jungs von WeRock machen das Beste aus LeifMusic.«

»Was für einen Schrott laberst du da eigentlich?« Flo geht zur Tür, schlägt sie zu und kommt zurück zu mir. Er spiegelt meine Haltung, indem er seine Hände ebenfalls in die Hosentaschen steckt. »Wie kannst du von heute auf morgen verkaufen?«

Nun, diese Frage ist im Grunde sehr einfach zu beantworten.

»Es ist, oder, besser: Es war mein Unternehmen. Weder du noch irgendein anderer muss sich Sorgen machen. Ihr alle behaltet eure Jobs. Prinzipiell wird sich für euch nichts ändern.«

Flo liefert ein Gegenargument. »Wir arbeiten nicht mehr für dich. Als sei das keine Veränderung.«

»Eher früher als später hättet ihr sowieso nicht mehr für mich gearbeitet. Ich bin nicht mehr lange hier.«

»Was heißt das, du bist nicht mehr lange hier? Wanderst du auch noch aus, oder wie? Brichst alle Zelt ab? Nach dir die Sintflut?«

Ich will diesen blöden Satz *Ich werde bald sterben* nicht sagen, also halte ich Flos Blick so lange stand, bis er ohne Worte versteht.

Er bringt sein Gesicht noch näher vor meins; beinahe berührt seine Nasenspitze die meine. »Das war ein verdammter Scherz, Max! Diese Seuchensache? Das hast du hoffentlich nicht ernst genommen? Du weißt doch, wann ich einen Witz mache, verdammt, du kennst mich!« Flo gerät von einem emotionalen Extrem ins nächste, ist jetzt verzweifelt und durchmisst mein Ex-Büro mit langen Schritten. »Das darf nicht wahr sein …«, sagt er, an der Wand angekommen, und macht sich zu den Fenstern auf. »So besoffen kannst du gar nicht gewesen sein.«

War ich vielleicht doch … ein bisschen.

Retour zur Wand. »Jeder Arzt wird dir sagen, dass du kerngesund bist …«

»Ich war beim Arzt. Und ich bin nicht kerngesund.«

Er stoppt, dreht sich zu mir um. »Was hast du denn?«

»Einen Tumor, wahrscheinlich.«

Schon wieder beginnt er zu toben. »Als sei das ein Grund, LeifMusic zu verkaufen. Da gibt es Therapien, Operationen …«

»Klar doch, einmal aufschnippeln bitte, das Böse mit Sauerstoff mischen und ab ins Grab!«

»So ein Quatsch! Was für ein Unsinn! Und was heißt überhaupt *wahrscheinlich*? Was hat der Arzt denn gesagt? Was genau ist es, und wie lange hättest du noch?«

»Erfahre ich morgen.«

»Das erfährst du morgen?« Jetzt brüllt er. Seine Stimme schallert in meinen Ohren. »Du erfährst es morgen und verkaufst heute dein Label? Was, wenn es nur ein Magen-Darm-Virus ist? So was fängt man sich im Urlaub schon mal ein.«

»Florian, verdammt, jetzt reg dich ab!« Um ihn zu beruhigen, gehe ich zu ihm und lege eine Hand an seine Schulter. »Ich habe LeifMusic nicht nur deshalb verkauft, sondern weil ich es nicht mehr wollte. Es hat mir keinen Spaß mehr gemacht, im Gegenteil, es macht mich krank. Davon abgesehen, verstehe ich dich auch, wenn du leiser sprichst. Schwerhörig bin ich nicht.«

»Aber offenbar verrückt geworden.« Flo starrt mich an und runzelt dann die Brauen. »Wieso sind deine Pupillen so groß?« Er beugt sich näher, betrachtet mich eingehender. »Und deine Augen sind gerötet. Ich glaub das nicht!« Er schüttelt meine Hand ab. »Du hast gekifft!«

»Nur drei Züge. Es hat gegen die Schmerzen geholfen.«

Flo verzieht den Mund. Wahrscheinlich, um nicht wieder zu schreien oder die auf seiner Zunge liegende Beleidigung nicht über die Lippen kommen zu lassen. Dann schüttelt er den Kopf, wendet sich ab und geht zur Tür. Bevor er sie öffnet, sagt er: »Was auch immer es in Sachen LeifMusic noch zu besprechen gibt, du weißt, wo du mich findest. Was alles andere betrifft: Hab ein schönes Leben! Oder, noch besser: einen schönen Tod!«

Ein unfassbares Glück

N*ichts kann mich erschüttern!*, sage ich mir nach einer schlaflosen Nacht wie ein Mantra auf dem Weg zu Dr. Ingrid Bärbeißers Praxis. Ich bin auf alles gefasst. Es gibt keine Hiobsbotschaften. Was auch immer mir diese Frau gleich mit bärbeißiger Miene offenbart, ich werde auf dem Stuhl sitzen bleiben. Ich werde keine Träne weinen. Ich werde keine Beruhigungsspritze benötigen und keine Antidepressiva. Therapien und Operationen werde ich ablehnen, da bin ich stur wie ein Esel. Die mir bleibende Zeit verbringe ich nicht in einem Krankenhaus. An oder in mir schnippelt keiner rum!

Nichts kann mich erschüttern!, bete ich ein letztes Mal herunter, als ich vor der Ärztin Platz nehme.

»So, Herr Leif«, sagt sie, nimmt einen tiefen Atemzug und klappt meine Akte auf.

Aha! Sie sucht nach einem guten Anfang, muss sich wieder mal überwinden, mich anzusehen, und ringt sich schließlich durch: »Es ist, wie ich es mir bereits dachte.«

Ich dachte es mir auch, also raus damit!

»Sie leiden an einer akuten Magenschleimhautentzündung.«

Wahrscheinlich schaue ich sie entgegen meinem Plan besonders erschüttert an, denn sie hebt die Hände. »Keine Sorge, Sie nehmen die Tabletten ein, die ich Ihnen aufschreibe, und in einer Woche geht es Ihnen viel besser.«

Eine Magenschleimhautentzündung? Nicht einmal eine Magenentzündung? Nur eine Entzündung von dessen Schleimhaut? Wie kann eine Schleimhaut derartige Probleme verursachen? Wie kann mich eine Schleimhaut glauben machen, dass ich abkratze?

»Also nichts Tödliches?«, bringe ich tonlos hervor.

Die Ärztin lacht und sieht beinahe sympathisch aus. »Aber absolut nicht, Herr Leif! Schonen Sie sich ein bisschen in den nächsten Tagen, trinken Sie keinen Alkohol und verzichten Sie auf fetthaltige Nahrung und Milchprodukte. Essen Sie viel Karotten, Äpfel und Bananen. Trinken Sie Wasser und Tee.«

Wie neben mir stehend, beobachte ich, wie sie den Namen des Medikaments aufschreibt. Was sie zur Einnahme sagt, höre ich wie durch einen Filter.

Sie steht auf.

Ich stehe auf.

Sie reicht mir die Hand.

Ich schüttele sie.

Sie gibt mir das Rezept.

Ich verlasse das Sprechzimmer und stehe bald auf der Straße.

Wahrscheinlich kann man sogar auf Sansibar hören, wie der Felsbrocken von meinem Herzen poltert. Mein Magen schmerzt. Kein Wunder, wenn seine Schleimhaut so gereizt ist. Aber das ist egal. In einer Woche geht es mir besser. Ich lebe in einer Woche noch! Und sogar in einem Monat! Wie genial ist das denn?!

Mit jedem Schritt wird mein Gang beschwingter. Am Schluss laufe ich und springe über Gullydeckel. Ich habe Lust, Leute zu umarmen, obwohl ich sie gar nicht kenne. Ich habe Lust, zu singen, obwohl ich es nicht kann. Ich habe Lust, Tee zu trinken, obwohl ich ihn nicht mag. Ich habe Lust, den Tag zu genießen. Befreit von der Todesangst und erlöst vom Druck, den LeifMusic zuletzt auf mich ausgeübt hat.

Schon von weitem höre ich Hannibals Bellen. Auf den Stufen vor der Haustür, hinter der er wütet, sitzt Claudia mit Kopfhörern auf den Ohren. Die zieht sie ab, als sie mich sieht, steht auf und zupft ihren kurzen Rock zurecht. Sogar Claudia könnte ich heute umarmen, so wenig kontaktfreudig sie auch aussieht. Sie wartet, bis ich bei ihr bin, und verschränkt die Arme vor der Brust, um sie gleich darauf wieder zu lösen, auszuholen und mir eine schallende Ohrfeige zu geben.

Während Hannibal hinter der Tür endgültig ausrastet, bleibe ich ruhig und fasse mir nicht mal an die Wange, obwohl sie glüht. Eigentlich habe ich mit der Ohrfeige gerechnet und weiß sogar, wofür sie ist – natürlich ohne sie als gerechtfertigt zu empfinden.

»Hast du einen Vogel?«, schreit Claudia und läuft rot an. »Was fällt dir ein, LeifMusic zu verkaufen?!«

»Ja, was fällt mir bloß ein …«

»Du hättest mich und die Band fragen müssen, ob wir damit einverstanden sind.«

»Hätte ich nicht.« Ich seufze im Stillen. Ich habe so gar keine Lust auf diese Diskussion. Der Tag ist viel zu schön dafür. »Wenn euch das neue Label nicht passt, dann wechselt zu Sony oder wohin auch immer.«

»Das sowieso! Was denkst du denn? Wir bleiben doch nicht bei so einem … so einem Kraut-und-Rüben-Label. Die haben nur Loser unter Vertrag.«

Sie schluchzt und will mich erneut ohrfeigen. Diesmal halte ich ihre Hand fest und auch die andere, mit der sie alternativ ausholt. Sie schluchzt lauter und versucht sich freizumachen. Als sie mich einen verfluchten Idioten nennt, wirkt sie gar nicht mehr böse, sondern nur noch traurig. Ehe sie sichs versieht, ziehe ich sie in meine Arme und streiche ihr über den Rücken, damit sie sich beruhigt. Sie schlingt die Arme fest um mich und erzählt mir im Weinen einmal mehr, wie leid ihr alles tut. Weil sie nicht den Verkauf des Labels meint, wird mir ganz flau im Magen, und ich werfe einen Blick zur Haustür.

Hannibal tobt noch immer. Ich will Claudia lieber nicht mit hineinnehmen – auch nicht, weil wir dann ganz schnell in meinem Bett landen würden. Doch wegschicken kann und möchte ich sie jetzt ebenso wenig. Also löse ich mich von ihr, nehme sie bei der Hand und gehe mit ihr in die Richtung, aus der ich gekommen bin.

»Wohin willst du?«, fragt sie mit einem trotzigen Unterton und wischt sich wie ein kleines Mädchen den Rotz von der Nase.

»Einfach ein Stück spazieren, reden und so.« *Froh sein, dass ich am Leben bleibe,* füge ich gedanklich hinzu.

Wenn Claudia erfährt, dass ich in den vergangenen Wochen mit meinem Leben abgeschlossen hatte, wenn sie versteht, dass mich LeifMusic längst nicht mehr froh, sondern irgendwie krank gemacht hat, wenn sie erkennt, wie gut ich mich jetzt fühle – trotz der noch bestehenden Magenschmerzen –, dann wird sie nicht mehr sauer sein. Sie wird meine Entscheidung nachvollziehen können. So nahe, wie wir uns einmal gewesen sind, sollte sie das beinahe ohne Worte können.

»Flo sagte, du warst bekifft und betrunken, als du den Vertrag unterschrieben hast. Du warst nicht zurechnungsfähig und könntest es vielleicht rückgängig machen.«

Das klingt erst mal nicht so, als würde es ohne Worte funktionieren, also hole ich zu einer kleinen Rede aus: »Will ich aber nicht, und ich stehe auch jetzt, im absolut nüchternen Zustand, zu meiner Entscheidung. Weißt du, Claudia …«

Sie macht sich von mir los, hebt abwehrend die Hände. Sie weiß also nichts. Sie will gar nichts wissen. Statt mir zuzuhören, macht sie mir Vorwürfe: Alles ist mein Fehler. Nie hatte ich Zeit und ständig mit irgendwelchen Musikerinnen zu tun. Sie hat ihr ganzes Vertrauen in mich investiert, obwohl ich mit an Sicherheit grenzender Wahrscheinlichkeit keine

Gelegenheit ausgelassen hätte. Außerdem hätte ich immer ignoriert, wie unsympathisch ihr meine Putzfrau gewesen sei. Nur die Summe all dieser Gründe hat sie anfällig für den Charme des Gärtners gemacht.

»Ich brauche mal ein paar Stunden allein«, beschließt sie. »Ich muss das erst mal alles verarbeiten.«

Daraufhin dreht sie sich um und lässt mich stehen. Über ihren Gefühlsausbruch grübelnd, blicke ich ihr nach und gehe dann in eine Apotheke, um Dr. Bärbeißers Rezept einzulösen.

Zurück auf der Straße, überlege ich wieder. Ich will nicht nach Hause, denn dort bin ich allein. Die Vorstellung, mich auf die Couch zu legen und zu warten, dass das Medikament anschlägt, während der Sekundenzeiger der Wanduhr vor sich hin tickt, behagt mir überhaupt nicht. Doch es ist nun einmal, wie es ist: Paul ist tot. Flo ist mir böse. Hannibal ist ein Hund. Claudia ist weg. Jekaterina Poljakow putzt heute woanders.

Man könnte meinen, dass mir LeifMusic unzählig viele Freunde beschert hat, aber mir fällt nicht einer ein, den ich jetzt anrufen würde, um mit ihm mein Leben zu feiern – ohne Alkohol. Spontan rufe ich bei meinen Eltern an und habe meine Mutter am Telefon. Weil sie meine Freude über die Magenschleimhautentzündung nicht so recht teilen will, erzähle ich ihr vom Verkauf. Dass ich nicht ganz gesund bin, stellt sie daraufhin trocken fest.

Ganz unerwartete Gesellschaft

Der Irish Pub ist in der Nähe des Café Fröhlich, in das ich eigentlich wollte. Ich habe es mir anders überlegt, weil es nach siebzehn Uhr ist und ich eine Partyumgebung brauche: eine Theke, einen Barhocker unter meinem Hintern, schummriges Licht, den Geruch von Gerste, Musik, Sportübertragungen auf den TV-Bildschirmen, Ausblick auf das Spirituosensortiment.

Mein alkoholfreies Bier schmeckt gar nicht schlecht, und der Typ auf dem Nachbarhocker ist so voll, dass es für mich mitreicht. In den zwei Stunden, die ich hier bin, hat er noch nicht einen inhaltlich verwertbaren Satz über die Lippen gebracht, obwohl er eine Menge zu erzählen zu haben scheint.

»Weißt du was?«, fragt er mich zum hundertsten Mal, winkt dann ab, lacht und sagt. »Ah, *what the fuck!*«

Inzwischen warte ich nicht mehr auf seine Geschichte, sondern beobachte den Barkeeper beim Zapfen des Guinness; friedlich und zufrieden und beinahe wunschlos glücklich fühle ich mich.

»Yeah, du bist ein richtiger Denker, was?«, kommt es vom Platz neben mir. »Du denkst viel. Du lachst vor dich hin und in dich hinein. Du lachst mich aus … weißt du was?«

Weder bin ich ein Denker, noch lache ich ihn aus. Ich genieße bloß mein Leben. Ich bin am Punkt null, doch mit verdammt guten Voraussetzungen für einen Neustart. Wann immer ich starten will. Ich kann tun und lassen, was ich will, bin ohne Termine und ohne Plan, bin absolut offen für Inspirationen und Ideen. Dieses Gefühl ist zu gewaltig, um es jemandem beschreiben zu können.

»Ich sitze einfach nur hier«, sage ich, um meinen Nachbarn zu beruhigen.

»Du sitzt einfach hier? Weißt du was?«

Ich sehe ihn an. Er taumelt sogar im Sitzen, der arme Kerl. Vielleicht säuft er aus Kummer, noch schlimmer wäre es, er täte es aus Gewohnheit. Weil er den Faden verloren hat, springe ich mit den von ihm gesuchten Worten ein: *»What the fuck?«*

Er schlägt mir kumpelhaft auf die Schulter und will sicher das einhundertzweite Weißt-du-was fragen, da wird er vom Barhocker gezerrt. Beim Blick über die Schulter entdecke ich eine Frau, die mich böse anfunkelt und ihn am Kragen festhält, damit er sein noch halb volles Bierglas nicht zu fassen bekommt. Sie fragt den Bartender, was er bekommt, wirft einen Schein auf den Tresen und bugsiert meinen Thekenbuddy aus dem Pub.

Eine zweite Runde Mitleid für mich?

Nein, aber eine zweite Runde Alkoholfrei, während die Gäste kommen und gehen: Japaner auf Europareise, die sich genau einen Shot erlauben und beim Anstoßen kichern. Eintracht-Fans, die in der Sommerpause in den Pub kommen, um den Fußball nicht gar so sehr zu vermissen. Frauen mit rosa Zylindern auf der Junggesellinnenparty. Nachdem die weg sind, habe ich das Gefühl, in genug Gesellschaft gewesen zu sein, und will bezahlen, da nimmt eine neue Person auf dem Hocker zu meiner Rechten Platz.

»Na, Max, wie lief der Verkauf?«, fragt eine bekannte Stimme ohne echtes Interesse.

Es ist Maja. Sie sieht aus wie immer: schwarze Hose und Bluse, darüber eine Lederjacke. Die orangefarbene Caféschürze fehlt natürlich. Sie riecht anders, nicht nach Kaffee, sondern nach einem Parfüm, eher herb als fruchtig, und mustert mich ihrerseits, wobei ihr Blick auf meiner Brust hängenbleibt.

»Cooles T-Shirt«, sagt sie. »Beethoven, stimmt's?«

Sie hat recht. Auf meinem T-Shirt, einem meiner Lieblingsshirts im Übrigen, ist ein Auszug aus Beethovens *Klaviersonate Nr. 14*, auch bekannt als die *Mondscheinsonate*. Zusammen mit einem ähnlichen habe ich es auf dem Camden Market gekauft, wo ich vor einigen Jahren zusammen mit Claudia im Rahmen eines London-Wochenendes war.

»Stimmt.« Weil ich nichts weiter zu erwidern weiß, beantworte ich ihre Frage: »Der Verkauf lief gut.«

Sie nickt das ab und bestellt einen Wodka Lemon.

»Und jetzt? Ist das hier die Party?«

»Nicht im ursprünglichen Sinne, eher eine Survivor-Party.«

Während des Wartens auf ihren Drink erzähle ich Maja von der Ursache meiner Magenschmerzen, und dass ich dachte, an einer Seuche oder einem Tumor zu krepieren. Maja lacht. Ich lache mit. Ganz schön bescheuert war ich.

»Ganz schön bescheuert!« Maja nippt am Wodka Lemon, stellt das Glas ab und schüttelt den Kopf. »Typisch Mann! Ihr nehmt euch echt zu ernst.«

Ich nehme mich zu ernst? Und das soll auch noch typisch sein? Wie untypisch Mann ich bin, was mir alles Unmännliches passiert ist, das ahnt sie nicht mal. Und ich werde es ihr bestimmt nicht erzählen. Auf mir sitzen lasse ich ihre Behauptung trotzdem nicht.

»Was hat das eine mit dem anderen zu tun? Ich hätte durchaus einen Tumor haben können. Vorigen Monat, vor meinem Urlaub, habe ich meinen besten Freund verloren. Der ist von heute auf morgen abgekratzt. Thrombose, Lungenembolie, und weg war er. Einfach so.«

Maja bleibt ungerührt. »Tja, so was passiert. Einfach so.«

»Ach, und deshalb braucht es einen nicht zu schocken?«

»Das nicht.«

»Die Bestattung steht erst noch bevor. Hast du eine Ahnung, wie sehr mir davor graut?«

Maja übergeht meine Sorge und wundert sich: »Wieso dauert das so lange?«

»Es ist eine Seebestattung. In der Nordsee.«

»Das geht? Einfach so?«

Tatsächlich nicht. Ich erkläre Maja, dass der Verstorbene in besonderer Weise mit der See verbunden sein muss, um dort die letzte Ruhestätte zu finden. Paul war das, wie so mancher, der auf Sylt geboren und aufgewachsen ist. Sein Vater war Kapitän eines Ausflugsschiffes, das Tag für Tag Kurs auf das Wattenmeer und die Halligen nahm, und so hat Paul außergewöhnlich viel Zeit auf dem Wasser verbracht. Für die Genehmigung seines im Testament festgehaltenen Wunsches hat sein alter Herr Beziehungen spielen lassen.

Maja hört zu, wirkt aber mehr und mehr verärgert. »Tut mir sehr leid wegen deines Freundes«, mault sie schließlich, »aber willst du nun für den Rest deines Lebens panisch auf deinen eigenen, vielleicht plötzlichen Tod warten?«

»Ich bin nicht panisch.«

»Dann ist es ja gut.«

Thema beendet. Würde ich noch etwas sagen, gerieten wir in eine Diskussion. Aber meine gute Laune will ich mir jetzt von Maja ebenso wenig verderben lassen wie vorhin von Claudia. Frauen sind unheimlich talentiert in so was. Aber nicht heute!

»Weißt du, ich war schon mal tot.«

Majas Worte klingen kalt wie Eis. Eine Gänsehaut kriecht über meinen Rücken. Meine gute Laune winkt mir ein letztes Mal zu und verschwindet.

»Klinisch tot.« Sie sieht mich an. »Würde ich jeden Tag darüber nachdenken, wie knapp das war …« Sie schnaubt und schüttelt den Kopf. »Würde ich wegen jedem Piken das

Schlimmste befürchten, dann hätte ich damals besser verrecken sollen. Was für ein Leben wäre das?«

Ihre Worte sind hart und schwer zu verarbeiten. Ich kann mich nicht rühren, nicht mal den Mund aufmachen und beobachte, wie sie noch einen Schluck trinkt. Ihre Verärgerung ist nahezu greifbar, und ich kann sie sogar verstehen. Trotzdem wäre es irgendwie nett, sie hätte auch ein bisschen Verständnis für mich, doch dazu will sie sich offenbar nicht durchringen. Sie schiebt ihr noch halb volles Glas auf dem Tresen zurück, legt dem Barkeeper einen Fünfeuroschein hin und verschwindet, ohne mich eines weiteren Blickes zu würdigen.

Juli

Sehr verschwitzte Stunden

Es ist heiß. Neunzig Grad in der finnischen Sauna. Die Hitze brennt in meinen Nasenlöchern. Der Schweiß läuft mir den Rücken herunter und versickert im Handtuch. Die letzten Sandkörnchen rieseln in den unteren Bauch der Saunauhr; nicht mehr als zehn Sekunden sind übrig. Die kann ich mir schenken und stehe auf, gehe zur Tür und will sie aufdrücken, doch nichts tut sich. Ich stemme mich dagegen, aber die Tür ruckelt nicht einmal. Hinter der Glasscheibe ist es düster.

Die haben geschlossen, während ich hier drinnen vor mich hin gedöst habe? Panisch hämmere ich mit den Fäusten gegen das dicke Holz. Ich will rufen, doch ich kann keine Laute formen. Der Hitze wegen. Nach einigem Rütteln am Türknauf trotte ich zurück, breite das Tuch auf der untersten Bank aus und packe mich abermals hin. Völlig kraftlos und müde. So müde. Die Augen fallen mir zu.

»Mir ist so heiß«, murmele ich, reiße die Augen auf und starre durch das Dunkel eines Zimmers. Meines Schlafzimmers.

Ich bin gar nicht in der Sauna. Ich bin in meinem Bett. Mein T-Shirt ist durchgeschwitzt, meine Haare kleben auf der nassen Stirn. Als ich die Bettdecke wegtrete, spüre ich jeden Muskel. Undenkbar, dass ich aufstehe. Nicht mal, um ein frisches T-Shirt zu holen, also mühe ich mich lediglich in den Sitz und zerre mir das nasse Teil vom Leib – um mich gleich darauf zähneklappernd in die Bettdecke einzumummeln. Viel zu dünn ist die plötzlich. Ich kann gar nicht so schnell zittern, wie ich friere, und ziehe die zweite Decke über mich. Claudias Decke.

Claudia, die fort ist, die mich betrogen hat. Und Paul ist tot. Und LeifMusic habe ich verkauft, drei Wochen ist das her. Und einen Herzinfarkt hatte ich. Und beinahe die Tsetse-Seuche. Wochenlang habe ich meine entzündete Magenschleimhaut bekämpft. Endlich sind die Schmerzen weg, und dafür habe ich nun neunzig Grad Fieber. Mit Schüttelfrost.

Eine ganz arme Sau bin ich!

Morgen werden sich Husten und Schnupfen zum Fieber gesellen. Gar nichts werde ich auf die Reihe bekommen. Kein Aufstehen, kein Anziehen, keine Rasur. Wozu auch? Keinen Espresso im Café Fröhlich, kein Spaziergang in die Sauna oder in den Kühlschrank …

Von irgendwoher ruft mein Verstand, dass man die meisten Kühlschränke eh nicht betreten kann, doch er hat Fieber, also ist das auch schon egal. Ich lasse ihn rufen, wackele mit den Zehen, damit die Beine nicht so weh tun, mummele mich fester in die Bettdecken und beiße die Zähne zusammen. Meine Gedanken trudeln davon, durch mal absurde, mal beängstigende Fiebertraumwelten.

Zuerst sehe ich mich in meinem Ex-Büro bei LeifMusic. Ich sitze am Schreibtisch und sortiere CDs in alphabetischer Reihenfolge, wobei ich feststelle, dass ich kein G habe. G wie Goldkind. Alle Goldkind-CDs sind verschwunden. Während ich sie unter dem Schreibtisch suche, räumen meine Ex-Mitarbeiter die Firma leer und bauen sogar ihre jeweiligen

Zimmer ab, so dass mein Büro am Ende wie ein Glaskasten an einer Angelschnur über den Dächern von Frankfurt hängt. Der Fahrstuhl fährt noch, doch ich komme nicht hin, denn dazwischen ist Luft. Gerade öffne ich die Bürotür und will springen, da wache ich auf.

Mir ist schwindelig, und mein Herz rast. Um es zu beruhigen, lege ich eine Hand auf die Brust, atme durch und versuche, meinen Geist zu halten, doch er ist zu leicht und driftet in die nächste Traumwelt, wo ich seit einer gefühlten Ewigkeit an einer roten Ampel warte. Weit und breit kein Auto in Sicht, doch das grüne Ampelmännchen leuchtet einfach nicht auf. Ich verliere die Geduld und will die Straße bei Rot überqueren, da rasen Formel-1-Rennwagen durch, deren kreischende Motoren mich so sehr erschrecken, dass mein Herz stehenbleibt. Prompt spüre ich den Vernichtungsschmerz hinter dem Brustbein wie vor dem Infarkt und spucke nacheinander alle fünf Stents aus. Als ich den Notarzt rufen will, schaltet die Ampel auf Grün. Die Entscheidung, ob ich über die Straße gehen oder telefonieren soll, treibt mir kalten Schweiß auf die Stirn. Innerhalb von Sekunden sind alle Klamotten an meinem Leib durchgeschwitzt. Ich beginne, mich auszuziehen, da küsst mich jemand. Es ist ein sehr nasser Kuss.

»Claudia«, murmele ich und erinnere mich: Claudias Küsse waren vergleichsweise trocken. Claudia riecht nicht nach Hund.

Nur ein Auge öffne ich, linse durch die Wimpern und entdecke Hannibal, der vorm Bett im taghellen Zimmer sitzt. Weil er mein Blinzeln bemerkt, stellt er sich hin und bellt in bester Dobermannmanier. Hundert Dezi-Bell schafft er locker. Ein einziges Bellen genügt, um mich hellwach werden zu lassen.

Noch immer schmerzt jede Bewegung. Sogar der Blick auf die Uhr. Es ist gleich zehn. Nicht Montag, Mittwoch oder

Freitag, denn sonst würde ich Jekaterina Poljakow mit dem Staubsauger hören. Ein Ächzen kommt über meine Lippen, als ich den Arm ausstrecke und auf den Knopf drücke, der die Jalousien herunterfahren lässt. Vom sonnigen Julitag, der es zu werden scheint, will ich nichts wissen und verkrieche mich unter den Bettdecken. Wie von allein fallen meine Augen zu.

Ins Summen der herabfahrenden Jalousien tönt Hannibals zweites Bellen, mit dem er seinen Unmut über meinen Beschluss, den Tag zu streichen, kundtut. Er will Futter und Gassi gehen. Ersteres bekommt er, sobald ich mich überwunden habe, Zweites fällt heute aus. Der Garten tut es auch, und in den gelangt er seit einigen Tagen via Hundetür, die ich habe einbauen lassen, weil ich es leid war, um sechs Uhr morgens mit einhundert Dezi-Bell geweckt zu werden.

Meinem Herzen zuliebe mühe ich mich auf, stelle die Füße vors Bett und fröstele, weil der Boden so kalt ist. Von den Decken kann ich mich nicht trennen, die bleiben bei mir, als ich aufstehe. Jeder Schritt tut weh, ich bibbere und ächze, und am Fuß der Treppe angekommen, fühle ich mich wie ein Achtzigjähriger nach einer Operation an der Leiste.

Hannibal ist lange vor mir in der Küche und blickt mir mit schief gelegtem Kopf entgegen. Durch ein »Schhhhh« halte ich ihn von einem weiteren Bellen ab, denn das würde den Rhythmus meines Zähneklapperns stören. Mit einer Hand umklammere ich die Zipfel der Decken, mit der anderen öffne ich das Hundefutter – ein Kraftakt –, tappe zu Hannibals Fressecke und schütte es in den Napf. Eine liebevolle Versorgung sieht anders aus, doch weil es dem hungrigen Dobermann völlig egal ist, ob sein Futter in den Napf klatscht oder hineingelöffelt und mit Petersilie garniert wird, bleibt das schlechte Gewissen aus. Ich tätschele ihm den Rücken, werfe die leere Dose in den Müll und schlucke, weil ich einmal auf bin, gleich meine Herzpille. Mit einem Umweg über das Badezimmer und zum Erste-Hilfe-Schrank schleppe ich mich dann zurück ins dunkle Schlafzimmer.

Drei Minuten später piept das Thermometer in meinem Mund und bestätigt meine Befürchtung, sehr krank zu sein. Bei fast neununddreißig Grad Fieber wollen beide Bettdecken bis über die Nase gezogen werden. Sobald ich erneut perfekt eingemummelt bin, beamt mich mein Geist ins Café Fröhlich, in die Warteschlange, die Maja bedient. Ob es zur Abwechslung wieder Tee statt Espresso sein soll, höre ich sie im Geiste fragen und sehe, wie sie die Hände in die Seiten stemmt und die Brauen zusammenzieht, weil ihr meine Antwort viel zu lange dauert. Zu schade, dass ich ihre Geduld heute nicht strapazieren kann, indem ich mir extra viel Zeit lasse. Wirklich schade.

Die Stunden vergehen. Mal bricht mein Körper in Schweiß aus, mal bibbert er unter Schüttelfrost. Im Dösen überhöre ich beinahe das Klingeln. Eine Sekunde später öffne ich die Tür und sehe mich Claudia gegenüber, die eine goldene Perücke und einen goldfarbenen Lackanzug trägt, wie auf dem Cover ihres ersten Albums. Sie nörgelt, weil ich das aktuelle Elektropop-Album nicht mag, und stimmt ein Lied an. Durch ihr immer lauteres Singen übertönt sie das abermalige Klingeln. Als ich nach der Klinke greifen will, wird mir klar, dass ich noch im Bett liege und gar keinen Besuch von Claudia hatte. Das nächste Dingdong holt mich endgültig in die Realität zurück, doch statt aufzustehen, ziehe ich mir die Decke über den Kopf.

Sieben verdammte Fehler

Mein Handy weckt mich nach einigen Stunden Schlaf. Die Frau meiner Fieberträume ruft an.

»Hallo«, sage ich und bemerke, dass ich nicht so krank klinge, wie ich sollte. Meine Hand fliegt zur Stirn. Die ist kühl, und sogar die Gliederschmerzen sind weg. Als sei nie etwas gewesen. Sehr merkwürdig!

»Ich war vorhin bei dir, aber du hast nicht aufgemacht«, sagt Claudia. »Warst du unterwegs? Wie geht's dir denn?«

Und wie ich unterwegs war! Wer braucht schon Drogen, wenn es Fieber gibt? Ich möchte Claudias zweite Frage beantworten, allerdings nicht zugeben, wie erstaunlich gut ich mich nach der Fieberattacke fühle, und bedauere es daher ein bisschen, sie vor der Tür stehen gelassen zu haben. Hätte ich geöffnet, müsste ich mich nicht verstellen.

»Es geht so«, sage ich mit schwacher Stimme.

Claudias Mitgefühl bleibt aus. »Hast du dir das mit Leif-Music noch mal überlegt?«, will sie wissen.

»Nein. Ich hatte keine Gelegenheit. Habe Fieber. Deshalb konnte ich dir nicht öffnen.«

Es wirkt prompt. Sie vergisst ihren Ärger oder erkennt eine Chance, mich zu bekehren. »Ach, du armer Max! Soll ich noch mal rumkommen?«

Claudia an meinem Krankenbett? Ein schöner Gedanke irgendwie. Tröstlich. Hoffnungsvoll. Zu dumm nur, dass ich kein Fieber mehr habe.

»Nein, schon gut. Ich stecke dich nur an.«

»Ich käme wirklich gern.«

»Ich bin sehr müde und schlafe jetzt besser ein bisschen.« Von wegen. Putzmunter bin ich nach meinen Reisen durchs kunterbunte Fieberland.

»Dann besuche ich dich morgen«, beschließt sie, wünscht mir gute Besserung und beendet das Gespräch, ehe ich etwas erwidern kann.

Nachdem ich das Handy beiseitegelegt habe, befühle ich meine Stirn ein zweites Mal. Kühl, immer noch. Ich konzentriere mich auf meine Beine, auf die Arme, die Muskeln. Kein Ziehen. Und viel zu warm ist mir außerdem.

Beide Decken fliegen weg. Ich richte mich auf. Nichts. Kein Frösteln, Bibbern, Zähneklappern. Auf den ersten paar Schritten bin ich fast erleichtert, wenigstens das Gummigefühl in den Knien zu spüren. Ohne das hätte ich an meinem Verstand gezweifelt. Merkwürdig bleibt die ganze Sache trotzdem, denn es ist gewiss nicht normal, von einem Moment auf den anderen Fieber zu bekommen, ohne Husten, Schnupfen oder Halsweh, und dann ebenso schnell wieder fit zu sein. Das schreit geradezu nach Recherche!

Das Notebook unter den Arm geklemmt, ein Bier in der Hand, gehe ich auf die Terrasse, wo Hannibal in der Abendsonne döst. Ohne aufzuschauen, lässt er mich durch ein Schwanzklopfen wissen, dass er meine Anwesenheit cool findet, bis auf weiteres aber wunschlos glücklich ist. Ich setze mich in den Schatten eines Sonnenschirms, lege die Füße auf einen Hocker und nehme einen Schluck aus der Flasche. Sobald Google bereit ist, klimpere ich den Begriff *Plötzliches Fieber ohne Symptome* ein, starte die Suche und überfliege die ersten, nicht relevanten Ergebnisse. Mein Blick bleibt an einem recht weit oben stehenden Wort kleben.

FUO. Das klingt unheimlich! Wie UFO.

Befremdlich.

Andersartig.

Besorgniserregend!

Einen Klick weiter gibt es die Erklärung: FUO ist ein Fieber unbekannter Ursache. Genau mein Leiden! Ich muss mehr erfahren, lese und finde heraus, dass es vier verschiedene Kategorien gibt. Das klassische FUO dauert länger als drei Wochen und scheidet somit aus. Leider. Ein Alien-Fieber zu haben ist schlimm genug, aber dass es unklassisch ist, macht mich wirklich nervös. Da bin ich beinahe froh, nicht am nosokomialen FUO zu leiden, das noch gefährlicher klingt und ausschließlich Menschen ereilt, die gerade in ein Krankenhaus eingeliefert wurden. Wenn das nicht ein Grund mehr ist, Krankenhäuser zu meiden, sage ich mir und lese über das neutropenische FUO, das durch Bakterien hervorgerufen wird. Das könnte es sein, denn Bakterien sind schließlich überall. Schon will ich mich zu den Folgen und Therapiemöglichkeiten schlaumachen, da sehe ich die letzte Kategorie: Menschen mit HIV.

Vor Schreck stockt mein Atem.

Ich lese: Etwa vier Wochen nach der Infektion mit dem HI-Virus stellen sich bei vielen Betroffenen Symptome ein, die denen einer Grippe ähneln. Fieber gehört dazu, Nachtschweiß auch, Müdigkeit und Gelenkschmerzen.

Oh! Mein! Gott!

Ich muss nicht rechnen, um zu wissen, dass mein Sansibar-Urlaub vier Wochen zurückliegt. Mein Sansibar-Urlaub, in dem ich besoffen Betten-Hopping betrieben habe. Sieben Frauen in sieben Tagen.

Mir ist zugleich siedend heiß und eiskalt, auch ohne Fieber. Weil mir übel wird, stelle ich das Bier weg und versuche nicht mal, die Flasche zu halten, als sie umkippt. Das Bier rinnt über den Tisch, tröpfelt von der Kante und versickert in den Fugen zwischen den Steinplatten. Ich wende den Blick ab und starre Erinnerungslöcher in den grünen Rasen – unter den ich nun sicher bald komme.

Am Abend der Ankunft in der Urlaubsoase, in der ich den Alltag vergessen wollte, bin ich in der Bar versumpft – zusammen mit zwei Schwedinnen, beide so blond wie Claudia. Matilda und Svantje? Madita und Wenke? Weiß der Geier, wie sie hießen; ich wusste ihre Namen schon nicht mehr, als ich im leeren Hotelzimmer aufwachte. Statt zum Frühstücksbuffet taumelte ich abermals zur Bar, bestellte den ersten Long Island Iced Tea des Tages und vermisste Claudia. Den Sex mit ihr. Ihren Geruch. Ihr Lachen. Ihre Stimme. Das Gefühl, sie zu halten. Der Sentimentalität folgte die altbekannte Wut auf ihren Betrug, und als die übermächtig wurde, vermisste ich Paul, mit dem ich mein beschissenes Gefühl geteilt hätte. Klaus Kuhn, Spitzname Machete, der irgendwann neben mir saß, war kein wirklich guter Ersatz, aber immerhin bewirkte unser Saufgelage, dass ich bereits am Nachmittag komatös ins Bett fiel. Anders als am nächsten Tag, als ich dem Alkohol nur bis Mittag entsagte und vergessen hatte, dass ein One-Night-Stand kein Wundermittel gegen Liebeskummer ist. Ich saß so lange an der Bar, bis die dunkelhäutige Barkeeperin Feierabend hatte. Das unbefriedigende Erlebnis mit ihr versuchte ich am nächsten Abend durch den Ausflug in das Bett einer Animateurin aus Manchester zu vergessen – Nummer vier. Sie turnte mehr, als dass sie vögelte, zeigte mir Handstand, einen Rückwärtssalto und lud mich zu ihrem Wassergymnastikkurs ein. Um ihr aus dem Weg zu gehen, ließ ich meine Drinks am nächsten Tag aufs Zimmer kommen und legte das Zimmermädchen flach. Das Ergebnis meiner Resignation an Urlaubstag sechs und sieben waren weitere Saufgelage mit Machete und Sex mit einer Dänin sowie einer Bulgarin oder Polin … oder Ungarin? Machete weiß das vielleicht noch.

Für die Nacht mit den Schwedinnen hatte ich eine extragroße Packung Kondome gekauft, und ich habe immer, wirklich immer und trotz allen Alkohols, eins benutzt. Kein Geheimnis ist, dass ein Gummi keinen hundertprozentigen

Schutz gibt, insbesondere nicht bei wildem Gerangel. Blümchensex, den hatte ich zuletzt … mit Claudia.

Scheiße, Max!, sagt mein Verstand und nennt mich einen riesengroßen, triebgesteuerten Idioten. Wie in Trance stehe ich auf, tappe ein paar Schritte in den Garten und starre weiter ins Grün, bis mein rechter Fuß nasswarm wird. Es ist ein paar Tage her, dass Hannibal mich zuletzt angepinkelt hat, und ich war hoffnungsvoll, dass er das nun lässt. Offenbar tut er das nicht. Und das ist auch schon egal. Soll er mich doch anpinkeln, wie er will. Lange kann er das sowieso nicht mehr machen.

In vereinsamter Nacht

Ohne Kommentar gehe ich ins Haus und zur Treppe. Oben verschwinde ich unter die Dusche, ziehe danach frische Sachen an, Jeans, T-Shirt, Sneakers und eine leichte Jacke. Auf die Rasur verzichte ich, weil der Bartansatz zu meiner Schreckensblässe passt. Aus einem Schubfach krame ich ein Basecap hervor, dunkelblau, wie es Tom Hanks in *Philadelphia* hat. Eine Sonnenbrille wird dafür sorgen, dass ich niemandem in die Augen sehen muss, und ein Halstuch, bei Bedarf vor den Mund gezogen, verhindert, dass ich meine Körperflüssigkeit beim Sprechen verteile. Eigentlich sollte ich mich verbarrikadieren, zum Schutz meiner Mitmenschen, aber ich fühle mich nach draußen getrieben, als würde ich im Haus noch schneller sterben.

Vor der Haustür dichte ich meine Ohren mit Kopfhörern ab und starte die Musik. Zwar wäre *The Streets of Philadelphia* von Bruce Springsteen der perfekte Soundtrack für meine Tragödie, allerdings zu klischeehaft und zu wenig persönlich. *Sympathy for the Devil* von den Rolling Stones ist hingegen perfekt. Ein bisschen mehr mit jeder Runde, die der Song in der Dauerschleife dreht, während ich durch das nächtliche Frankfurt spaziere.

Nett, dich kennenzulernen, singt der Teufel, der meine Seele nicht erst nach Sansibar besitzt, *ich hoffe, du errätst meinen Namen.*

Vom Westend gelange ich nach Gallus und vom Gutleutviertel zum Main. Das Bahnhofsviertel ist so etwas wie eine Mutprobe. Davon abgesehen, dass ich früher nie auf die Idee gekommen wäre, zu Fuß durch die Stadt zu gehen, hätte ich dieses Viertel gemieden – aus Todesangst sozusagen. Heute bin ich gleichgültig gegenüber den düsteren Winkeln, in denen Junkies mit Messern lauern, Dealer mit Knarren. Mit den Huren habe ich allerdings nicht gerechnet. Als ich sie entdecke, ziehe ich den Schild des Basecaps tiefer übers Gesicht und schaue zu, dass ich schnell vorbeikomme, überhöre ihre Angebote. Bei einer Professionellen war ich nie, nicht nur, weil mir solche Frauen dreckig erschienen, sondern vor allem, weil ich nach den One-Night-Stands während des Studiums nie mehr mit einer Frau schlafen wollte, die mir nichts bedeutet. Jetzt fühle ich mich dreckiger als alle in der Straße versammelten Huren.

Das warme Licht der Altstadt wirkt tröstlich. Ich bleibe eine Weile, schlendere durch die Straßen und wechsele über den Eisernen Steg nach Sachsenhausen, als die Morgendämmerung einsetzt. Im Anschluss an eine sinnfreie Runde durch das unspektakuläre Oberrad fahre ich mit der Bahn zurück ins Westend, spaziere zum Café Fröhlich und setze mich dort vor die Tür, um zu warten, bis es zehn ist und Espresso gibt.

Meine Augen werden schwer. Mein Kopf auch. Mein Geist trudelt ins Schlafland … und wird zurückgezerrt.

»Hast du 'ne Macke, Max?«, nölt eine bekannte Stimme.

Ich hebe den Kopf von den Knien und blinzele Maja durch die verschmierten Gläser der Sonnenbrille an. Noch träge wische ich mir den Sabber vom Mund und murmele: »Sorry, bin eingeschlafen.«

Plötzlich geistesgegenwärtig, erinnere ich mich und will das Tuch vor Mund und Nase ziehen, doch Maja kommt mir in die Quere, indem sie mir die Sonnenbrille abnimmt und in meinen Schoß wirft. Zum Glück geht sie danach wieder auf Distanz.

»Warum zur Hölle schläfst du nicht in deinem Bett ein?«

»Ich war die ganze Nacht spazieren.«

Sie lässt das so stehen, denkt sich wahrscheinlich ihren Teil und ist prompt genervt. »Also, wenn du mal aufstehen würdest, könnte ich aufschließen und uns einen Espresso machen. Auf den wartest du doch, oder nicht?«

Prinzipiell ja. Aber eigentlich habe ich mehr auf Maja gewartet. Es ist nämlich an der Zeit, ihr etwas zu sagen. Etwas Wichtiges. Ich muss das tun, solange ich noch ich selbst bin. Wie ich anfangen soll, weiß ich noch nicht, also gehe ich verschiedene Varianten durch, während ich hinter ihr durch das leere Café tappe. Der hier immer präsente Duft der Kaffeebohnen steigt in meine Nase, und ich atme ihn tief ein.

Wie ich das vermissen werde!

Am Tresen angekommen, fällt mein Blick auf ein Ding, das da sonst nicht sitzt. Es ist rundlich und rosa gestreift. Auf dem Kopf hat es zwei nach innen gedrehte Hörner, die so pink sind wie die Stummelarme und -beine. Sein Mund ist ein Reißverschluss.

»Was ist das?«, frage ich Maja, die sich die orangefarbene Caféschürze umbindet.

Über die Schulter schenkt sie erst mir, dann dem Ding einen Blick, wendet sich ab und schaltet die Maschinen ein.

»Hat vorige Woche irgendwer hier vergessen. Scheint es nicht zu vermissen. Ist aber leer.«

Es ist leer? »Ist es eine Kindertasche?«

Sie dreht sich um, nimmt das Ding und hält es mir hin. »Nein, ein Sorgenfresserchen. Hier, ich schenk es dir.«

Ein Sorgenfresserchen? »Was soll ich damit?«

Statt einer Antwort zieht sie die Brauen hoch und klatscht mir das Ding vor den Bauch, damit ich endlich zugreife. Mir bleibt nichts anderes übrig. Ich nehme es also und betrachte es genauer. Es bleibt rosa und ein Ding für Kinder, für Mädchen vor allem. Sein Reißverschluss lässt sich tatsächlich öffnen. Dahinter befindet sich eine Art Tasche. Man könnte Bonbons oder irgendwelches unnützes Zeug reinstecken.

»Was auch immer dich belastet, schreibst du auf einen Zettel«, erklärt Maja, »oder auf viele Zettel, bei vielen Sorgen, und gibst sie dem Sorgenfresserchen zum Frühstück.«

Ich sag es ja, unnützes Zeug. »Und dann?«

»Na dann sind die Sorgen weg.«

Wenn das so einfach wäre!

Ich weiß nicht, wohin mit dem rosa Ding, das mich geradezu hungrig anguckt. Für die Jackentasche ist es viel zu groß.

Maja ignoriert meine Unbeholfenheit und schiebt mir den Espresso hin. Kurzerhand setze ich das rosa Ding auf einen Stuhl, hoffe, sie denkt nicht mehr dran, und will mit dem Espresso an meinen Tisch in der Ecke, doch Maja hat sich selbst einen Kaffee zubereitet und prostet mir zu. Ich bleibe also und leere die kleine Tasse im Stehen. Maja lehnt gegen eine Arbeitsplatte. Sie hält ihre Tasse in beiden Händen, pustet hinein und betrachtet mich gelassen über den Rand. Ihre Blicke irritieren mich. Ihr Schweigen auch. Es ist merkwürdig, das zuzugeben, aber ihre stinkige Laune ziehe ich dieser ruhigen Stimmung vor. Es ist besser, ich gehe. Sofort!

»Tja dann …« In meiner Tasche krame ich nach Geld, um zu bezahlen.

»Geht heute aufs Haus«, sagt sie, ohne ihre Haltung zu ändern.

Ich schlucke den Protest, bedanke mich stattdessen und mache ein paar Schritte rückwärts zum Ausgang, schaffe es beinahe zur Tür, da sagt sie: »Vergiss dein Sorgenfresserchen nicht!«

Resignierend schnappe ich mir das rosa Ding.

»Bis morgen«, ruft Maja mir nach. »Oder kommst du heute Nachmittag noch einmal?«

Ohne mich zu ihr umzudrehen, schüttele ich den Kopf. Für heute ist Schluss mit Fröhlich!

Arg verflixte Peinlichkeiten

Nach einem qualvollen Tag und einer schrecklichen Nacht brauche ich einen positiven Gedanken. Dringend. Je länger ich im Internet zu HIV recherchiere, desto mieser fühle ich mich, denn dort findet sich ausschließlich Stoff für negative Gedanken. Ohnehin besitzt nur eine Sache das Potenzial, mich zu beruhigen: positive Gewissheit. Mein kurzes Fieber soll kein HIV-bedingtes FUO gewesen sein, sondern dieses andere mit dem Penis im Namen. Dieses bakterielle, das man sich theoretisch überall einfangen und therapieren lassen kann.

Unwahrscheinlich ist das nicht, schließlich habe ich mit Gummi gevögelt. Mit einem Markengummi noch dazu, von dem man erwarten darf, dass es alle Strapazen aushält. Wie strapazierfähig meine Gummis sind, lässt sich überprüfen, denn von den zwanzig Stück dürfte gut die Hälfte übrig sein.

Nach einer Stunde des Suchens finde ich die Kondompackung im Schubfach des Nachttisches. Jekaterina Poljakow, die meinen Koffer ausgepackt hat, weil ich krank war, hat mitgedacht. Elf Kondome sind noch da und bieten beste Voraussetzungen für einen aussagekräftigen Gummi-Reißtest. Anders als mein bestes Stück. Ein Blick in die Boxershorts genügt, um sicher zu sein, dass sich da heute nichts mehr tut. Nicht mal mit einem Porno. Ehrlich gesagt, möchte ich beim Gedanken an Sex einfach nur brechen.

Eine Idee treibt mich in die Küche, wo ich im Gemüsefach des Kühlschrankes eine drei viertel Salatgurke finde, deren Länge ich auf realistische zwanzig Zentimeter kürze. Gerade habe ich das erste Gummi über die Gurke gestülpt und will losrubbeln, da höre ich den Schlüssel in der Haustür. Es ist

Freitag! Neun Uhr! Jekaterina Poljakow rückt zum Putzen an.

Die Gummis müssen weg! Schon will ich die Besteckschublade aufziehen und sie samt Gurke darin verschwinden lassen, da fällt mir ein, dass meine Putzfrau den Geschirrspüler ausräumen wird. Also halte ich nach einer besseren Möglichkeit Ausschau. Mein Blick fällt auf das Sorgenfresserchen, das ich nach der Heimkehr aus dem Café auf den Küchentisch gelegt habe. Schnell schnappe ich das rosa Ding, öffne den Reißverschluss, stopfe zuerst die Gurke, dann die Umverpackung sowie die Gummis rein und ziehe den Verschluss genau in dem Moment zu, als Jekaterina Poljakow in die Küche kommt. Sie runzelt die Stirn, als sie mich in T-Shirt und Shorts, mit vom Schlaf noch zerwuselten Haaren und dem Sorgenfresserchen im Arm stehen sieht.

»Was ist passiert jetzt wieder?«, fragt sie, hängt ihre Handtasche über die Lehne eines Küchenstuhls und schiebt sich an mir vorbei, geradewegs zum Geschirrspüler.

Bin ich froh, das Sorgenfresserchen zu haben!

»Nichts ist passiert«, antworte ich.

Während sie das Geschirr in die Schränke räumt, beschwert sie sich: »Kannst du das nicht machen selbst, Max Leif? Ist so schwer? Njet! Chabe ich Arbeitsvertrag, der sagen: Musst du saugen Staub und reinigen die Spiegel und Flächen und Boden und Fenster manchmal. Steht da nicht: Musst du ausräumen Maschine Geschirr und manchmal auch ein!«

Weil sie recht hat, gelobe ich Besserung und will mich an ihr vorbeidrücken, da hebt sie den Besteckkorb etwas zu schwungvoll aus der Spülmaschine und schrammt mit den Zinken einer Gabel entlang meines Unterarms. Der Schreck ist größer als der Schmerz, obwohl es ein bisschen blutet. Ich setzte das Sorgenfresserchen auf die Küchentheke, um die Wunde zu begutachten.

»Ach, Max Leif, tut mir leid! Bin ich ungeschickt.« Jekaterina Poljakow nimmt meinen Arm, betrachtet die Verletzung und reißt mit der freien Hand ein Stück Zewa von der Küchenrolle ab. »Nicht so schlimm. Ist nur Blut.«

Nur Blut? Verdammt. Mit verdoppeltem Schrecken mache ich mich von ihr los und gehe auf Abstand. Es ist nicht *nur* Blut, sondern *mein* Blut, und das ist verseucht. Ich könnte sie anstecken! Einen Gefahrenzuschlag sollte sie bekommen, weil sie so oft bei mir ist.

»Schon gut«, beschwichtige ich sie, nehme ihr das Zewa ab und presse es auf die kleine Wunde.

»Werde ich cholen ein Pflaster«, sagt sie und will sich zum Erste-Hilfe-Schrank aufmachen, da klingelt es.

Jetzt schimpft Jekaterina Poljakow wegen des Durcheinanders am frühen Morgen, öffnet die Haustür und ruft: »Ist zeternde Hyäne, Max Leif, soll ich sie schlagen in Flucht? Mit Besen?«

Claudia lässt einen empörten Laut hören und steht in der Küche, bevor ich »Ja« antworten kann. Sie entschuldigt sich, weil sie es gestern und vorgestern nicht hergeschafft hat, und ich wünsche mir, es wäre heute ebenso ungünstig gewesen.

»Was macht dein Fieber?«, fragt sie, kommt zu mir und will die Hände an meine Wangen legen. Um ihr auszuweichen, muss ich mich beinahe auf die Arbeitsplatte setzen.

»Ist wieder weg«, entgegne ich knapp.

Ihr Blick fällt auf meinen Arm, auf den ich das Zewa presse.

»Was hast du da? Bist du verletzt?«

Nun muss ich auch meinen Arm in Sicherheit bringen. »Nein, nein. Alles in Ordnung.«

Zunehmend irritiert und misstrauisch schaut mir Claudia in die Augen, tief, dann zieht etwas anderes ihren Blick auf sich, irgendetwas neben mir. In der nächsten Sekunde hat sie das Sorgenfresserchen in der Hand. Sie will wissen, woher ich das habe, öffnet den Reißverschluss, greift hinein und fördert eine Handvoll Kondome zutage. Fassungslos starrt sie auf die Gummis, dann zu mir, dann dreht sie sich zu Jekaterina Poljakow um, in deren Stirnfurchen man inzwischen Tomaten säen könnte.

Im gewohnten Tempo verliert Claudia die Fassung. Sie wirft mir die Gummis ins Gesicht und zieht mir das Sorgentierchen ein paar Mal über den Schädel. Wegen der darin befindlichen Gurke tut das ziemlich weh. Mit den Händen wehre ich die Schläge ab und versuche, meine Ex zu bändigen.

»Fass mich nicht an, du Schwein!«, schreit sie. »Ich wusste es! Ich wusste es die ganze Zeit! Wie konntest du nur?«

»Du liegst völlig falsch«, verteidige ich mich. »Aber davon abgesehen, wenn du mit dem Gärtner gevögelt hast, wieso dürfte ich dann nicht mit …«

»Aha! Aus Rache also!« Nach einem letzten Schlag pfeffert sie das Sorgenfresserchen durch die Küche und stürmt aus dem Haus.

Jekaterina Poljakow folgt ihr, um die Tür zu schließen. Als sie zurück in die Küche kommt, hat sie die Arme vor der Brust verschränkt.

»Wieso chast du stecken Kondome in Tierkuschel?« Sie hebt das Kinn ein Stück und kommt näher. »Bin ich vercheiratet, du weißt, Max Leif.«

Meine Nackenhaare richten sich mal wieder auf. Ich hasse es, wenn Tage so beginnen.

»Klar weiß ich das, und es ist nicht …«

»Chast du geglaubt, würde sich spielen was ab, zwischen dir und mir? Njet!« Sie hebt einen Finger. »Chabe ich Arbeitsvertrag, der sagen: Musst du saugen Staub und reinigen die Spiegel und Flächen und Boden und Fenster manchmal. Steht da nicht: Musst du befriedigen sexuell dein Boss!«

Peinlich! Echt peinlich ist das.

»Sie sollen hier wirklich nur sauber machen.«

»Acha!« Sie geht zum Sorgenfresserchen, hebt es auf und greift hinein. »Wenn das so ist, wieso chast du Tierkuschel mit Kondome gelegt in die Küche? Ist nicht normal!« Neben den restlichen Kondomen zieht sie die Umverpackung heraus, lässt sie durch die Küche flattern und steckt die Hand ein weiteres Mal zwischen den Reißverschluss.

Bitte nicht!, denke ich noch, da versteinert die Miene meiner Putzfrau schon, und wenig später hat sie die mit Gummi bezogene Gurke in der Hand. Sie stiert auf das durch Claudias Gewalt etwas lädierte Gemüse und verzieht den Mund.

»Ist widerlich! Bist du ein Chund perverser?«

Ich kann nicht mehr! Innerlich breche ich ein und schütte Jekaterina Poljakow mein Herz aus, obwohl ich mir bewusst bin, dass die Tätigkeiten eines Psychiaters nicht in ihrem Arbeitsvertrag festgehalten sind. Weil sie am Ende meiner Rede beschließt, mich zum Arzt zu fahren, erinnere ich sie daran, dass sie ebenso wenig mein Chauffeur ist.

Die verkannte Krankheit

Bestimmte Dinge im Leben ließen sich viel schneller erledigen, würde der berühmte Murphy nicht ständig mit seinem Gesetz dazwischenfunken. Hat man ein Schlüsselloch und zwei Schlüssel, versucht man zuerst mit hoher Wahrscheinlichkeit den falschen. Stellt man sich im Supermarkt an der Kasse mit der kürzesten Warteschlage an, so erwischt man fast immer die, an der es am längsten dauert, weil Oma Meyer alle Cent loswerden will oder der Barcode einer einzigen verflixten Zahnbürste schlichtweg nicht vom Scanner gelesen wird. Kurzum, Murphys Gesetz besagt, dass schiefgehen wird, was auch immer schiefgehen kann, insofern man entsprechende Befürchtungen hat.

An diesem Morgen hatte ich befürchtet, dass ich Probleme haben werde, Dr. Bärbeißer von meinem HIV-Verdacht zu erzählen, und siehe da: Trotz der sommerlichen Hitze, die über Deutschland gerollt ist, und unter Aufbietung all meinen Mutes bin ich in ihrer Praxis aufgeschlagen, und sie ist zu einem Notfall-Hausbesuch ausgeflogen. Die Schwestern haben mich direkt ins Sprechzimmer gebeten – als könnten sie hellsehen. Die von mir ausgehende Ansteckungsgefahr vermuten sie vielleicht wegen des Tuchs, das ich nun endlich vor Mund und Nase trage.

Weil ich mich auf diesen dämlichen Patientenstuhl nicht länger als unbedingt nötig setze, wandere ich seit dreißig Minuten auf und ab, vom Fenster zur antiken Körperwaage, vom unordentlichen Verbandmittelschrank zum noch chaotischeren Schreibtisch. Dabei bete ich meinen Text leise runter, verbessere ihn hier und da.

Von Minute zu Minute wird mein Kopf wärmer unter dem Basecap, aufgeheizt nicht nur vom Sommerwetter, sondern auch von der Nervosität. Die Haare kleben mir schon an der Stirn. Weil sich unter dem Tuch Kondenswasser bildet und Dr. Bärbeißer auf sich warten lässt, ziehe ich es runter. Um mich abzulenken, studiere ich die Funktionsweise der Waage und stelle fest, dass ich achtundsiebzig Kilo wiege, also zwei Kilo Gewicht verloren habe. Danach ermittele ich meinen BMI-Wert. Gemäß der Wandtabelle befindet der sich bei meiner Größe von einem Meter achtundachtzig im Normalbereich. Sollte ich mich mit HIV infiziert haben, wird sich das ziemlich schnell ändern.

Das einzig halbwegs dekorative Element im Zimmer ist der an einer Wand aufgehängte Eid des Hippokrates. Da ich kein Griechisch kann, misslingt mir die Entzifferung. Gerade frage ich mich, ob Dr. Bärbeißer das zu lesen imstande ist, da fliegt die Tür auf und sie stapft in den Raum.

»Ach, Herr Leif!«, sagt sie, bemüht überrascht, und zieht sich den weißen Kittel über, der über ihrem Sessel gehangen hat.

Schnell ziehe ich das Tuch wieder vor Mund und Nase. Dann setze ich mich ihr gegenüber und erzähle von meinem Verdacht. Um ihr die Geschichte meines Urlaubs zu ersparen, schildere ich lediglich den Verlauf meines Fiebers, der mich zur Recherche gebracht hat. Dr. Bärbeißer hört mir zwar zu und unterbricht mich auch nicht mit lateinischen Zwischenreden, doch sie hat den Kopf in eine Hand gestützt, während sie mit den Fingern der anderen auf ihrem Schreibtischblock trommelt. Hin und wieder runzelt sie die Stirn, weil sie mich durch das Tuch nicht gut zu verstehen scheint, also versuche ich besonders deutlich zu sprechen. Ein bisschen mehr Freundlichkeit fände ich angebracht, insbesondere aufgrund der Sensibilität des Themas und weil Freitag ist. Vielleicht hat sie am Wochenende Bereitschaftsdienst. Vielleicht hat sie auch nur die Schnauze voll von der Woche.

»Und wie, bitte schön, meinen Sie sich mit dem HI-Virus infiziert zu haben?«, fragt sie genervt, als ich schweige.

Sie will es also doch ganz genau wissen.

»Durch Sex natürlich.«

»Aha!« Sie setzt sich gerade hin, lässt das Trommeln. »Da haben Sie den anderen fünf Kandidaten, die mir diese Selbstdiagnose in den vergangenen Tagen verklickern wollten, was voraus. Um das aber trotzdem noch mal klarzustellen: Sie können sich nicht durch einen Kuss oder einen Handschlag infizieren, und gewiss nicht, indem Sie hinter einem Farbigen an der Kinokasse stehen und Luft holen.«

»Wie schon gesagt ...«

»Sie hatten Sex, ja, das sagten Sie. Und sowenig Sie sich durchs Einatmen et cetera et cetera anstecken, so wenig übertragen Sie den Virus durch Ihren Atem auf andere.« Sie deutet auf mein Tuch. »Es sind dreißig Grad draußen, also nehmen Sie das Ding ab! Sie brauchen es nicht. Ein rasiertes Kinn steht Ihnen außerdem besser als dieser Gerard-Butler-Bart. Lassen Sie sich nicht so gehen!«

Dr. Bärbeißer kennt Gerard Butler? Welche Filme? Das würde mich interessieren. Mit *300* könnte sie mich beeindrucken und mit *Die nackte Wahrheit* auch. Das sage ich aber nicht, sondern:

»Na hören Sie mal ...«

»Ich habe alles gehört. Die ganze Woche schon, und mir reicht es so langsam. Man könnte meinen, die Prävalenz sei auf zwanzig Prozent gestiegen, so oft, wie mir diese Woche einer von HIV erzählen wollte. Aids muss sich im Übrigen nicht in jedem Fall einer Infektion entwickeln.«

»Das weiß ich. Ich habe es gelesen.«

»Natürlich haben Sie das. Beim allwissenden Doktor Internet! Ich frage mich, wozu ich überhaupt studiert habe. Ich bräuchte hier doch bloß einen Rechner mit Internet. Sie nennen mir Ihre Symptome, ich klimpere sie ein und erkläre Ihnen, was Sie haben.«

Gleich platzt sie, aber darauf kann ich keine Rücksicht nehmen. Mir ist egal, wie viele Fakes sie kürzlich belästigt haben, denn ich bin hier mit begründetem Verdacht und brauche Gewissheit.

»Lassen Sie Ihren Frust woanders ab!«, kontere ich und ziehe das Tuch vom Gesicht. »Gehen Sie in den Wald, schreien Sie eine Wand an oder was auch immer! Aber vorher nehmen Sie mir Blut ab! Ich könnte mir Angenehmeres vorstellen, als Ihre Zeit zu beanspruchen.« Demonstrativ packe ich meinen Arm auf ihren Schreibtisch. »Also?«

Kaum ist es raus, da tut mir das Gesagte schon leid. So habe ich zuletzt mit einer notorisch zu spät kommenden Tontechnikerin bei LeifMusic gesprochen. Sie brach daraufhin in Tränen aus. Dr. Ingrid Bärbeißer bleibt zum Glück trocken. Sie steht auf und holt das Desinfektionsspray sowie den Gurt, mit dem sie das Blut in der Vene stauen will. Als ich die Kanüle sehe, wird mir schlecht; zu greifbar ist noch der Erlebnis mit meiner Rollvene im Krankenhaus.

»Normalerweise macht das die Sprechstundenhilfe«, brabbelt sie, zieht sich Handschuhe an, beugt sich über mich und zurrt den Gurt um meinen Arm fest. »Aber weil wir uns so gut verstehen, kümmere ich mich bei Ihnen gern selbst darum, Herr Leif.«

»Wie freundlich von Ihnen.« Ich nicke in Richtung des unlesbaren Eids des Hippokrates. »Ist ja nicht so, als seien Sie verpflichtet.«

Dr. Bärbeißer kapiert, was ich meine. »Das ist bloß Deko, die nahezu jeder Arzt aufhängt. Das gehört so. Falls Sie je auf die Idee kommen, mich wegen des Schwurs zu verklagen, kann ich Ihnen schon jetzt sagen, dass es lediglich ein Ehrenkodex und keinesfalls eine Garantieleistung ist.«

Ehrenkodex? Garantieleistung? Was zur Hölle! Sie soll meine Gesundheit feststellen oder mich gesund machen!

»Ich verklage Sie schon nicht.«

»Tröstlich zu wissen. Das Ergebnis ist in einer Woche da.«

Mit angehaltenem Atem beobachte ich, wie sie meine Rollvene einige Male verfehlt und dann hineinsticht. Schnell hebe ich den Blick zur Decke und atme weiter, weil mich die Ärztin dazu auffordert.

»Wieso dauert das denn so lange?«

»Was? Bis das Ergebnis da ist oder die Entnahme?«

Die Nadel steckt noch in meinem Arm. Mein Geist wird leicht, aber ich lasse ihn nicht abhauen. Einmal bin ich schon ohnmächtig und durch ein paar Wangenklatscher zurück ins Bewusstsein befördert worden; diese Peinlichkeit leiste ich mir gewiss nicht gegenüber Dr. Bärbeißer.

»Ersteres«, presse ich zwischen den Zähnen durch und pruste, als die Nadel aus meinem Arm gezogen wird.

»Das dauert nun mal seine Zeit. Ihr Blut wird per Kurier in ein Labor gesendet, wo es untersucht wird. Dies natürlich erst, wenn es an der Reihe ist. Die Labore unterscheiden nicht zwingend zwischen Privatpatienten und gesetzlich Versicherten.« Das sagt sie mit einer gewissen Portion Genugtuung in der Stimme. »Unternehmen Sie doch etwas Schönes solange! Fahren Sie mal aufs Land!«

Habe ich mich verhört? In Vorbereitung auf meine Todesnachricht soll ich's mir nett machen? Auf dem Land noch dazu? Allein beim Gedanken daran schnürt sich meine Kehle zu, denn aufs Land muss ich in der kommenden Woche sowieso – um von Paul Abschied zu nehmen. Endgültig.

Der vertonte Abgang

Der Gedanke an Pauls bevorstehende Seebestattung begleitet mich auf dem Rückweg und nimmt mir die Lust auf Espresso. Weil es aber gleich vierzehn Uhr ist, gehe ich doch zum Café Fröhlich. Die Hitze brütet in den Straßen und lässt mich unter dem Basecap weiter schwitzen. Ich lasse es trotzdem auf, zerre nur das Tuch vom Hals und stopfe es in meine Hosentasche. Zwar war mir schon vor Dr. Bärbeißers Standpauke klar, dass ich andere nur über den Austausch von Körperflüssigkeiten anstecken kann, doch das dumme Gefühl ist nach wie vor da. Ich habe Maja nie per Handschlag oder gar Küsschen auf die Wange begrüßt und werde damit nicht anfangen, grantig, wie sie immer ist, doch meine zusätzliche Distanz kommt wie von allein.

»Espresso?«, fragt sie statt eines Hallos.

Ich nicke. Sie stellt eine Tasse unter die Maschine.

»Hast du schon ordentlich Zettelchen geschrieben?«

»Nein.« Ich bezahle den Espresso mit den üblichen acht Euro Trinkgeld und gehe zu meinem Tisch.

»Mann, sind wir heute aber gesprächig!«, ruft sie mir nach.

Ich reagiere nicht, bin abgelenkt von meinen Gedanken und vom Text des im Café gespielten Liedes: *Fragile* von Sting – perfekt für meine eigene Beerdigung. Vor meinem geistigen Auge klärt sich das Bild eines grauen Novembertags auf dem Friedhof. Regen tropft von immergrünen Zweigen, Pfützen stehen auf den Wegen. Wenige Menschen, dunkel gekleidet und unter nassen Schirmen, drängen sich um ein mit Stoff ausgelegtes Erdloch. Meine Urne ruht darin. Der schlichte Grabstein mit meinem Namenszug, Geburts- und Sterbetag steht schon bereit. Die wenigen Trauernden sind auf meine zu Lebzeiten notierte persönliche

Einladung erschienen: Meine Mutter weint stille Tränen, weil mein Verlust sie so schmerzt und sie mich außerdem lieber im Ganzen beerdigt als zu Asche verbrannt unter die Erde gebracht hätte. Mit versteinerter Miene tätschelt mein Vater ihre Hand – ein ungeschickter Versuch, sie zu trösten; er kann einfach nicht gut mit Emotionen umgehen und ist von meinem Tod überhaupt zu enttäuscht. Die Überzeugung, dass ich noch am Leben wäre, wäre ich nicht nach Frankfurt gezogen, macht ihn mürbe. Neben Mitarbeitern von ehemals LeifMusic, nun WeRock, entdecke ich an meinem Grab eine hemmungslos schluchzende Claudia, eine arbeitslose Jekaterina Poljakow, einen stummen Bestatter und Flo, der mir vergeben und eine Boombox mitgebracht hat, damit mir mit Musik statt mit Worten gedacht werden kann.

Eine Stunde später – Maja serviert den dritten Espresso – habe ich meine Playlist für die Beerdigung fertig:

1. Sting – *Fragile*
2. The Verve – *Bitter Sweet Symphony*
3. Led Zeppelin – *Stairway to Heaven*
4. Guns N' Roses – geschlagene 8:56 Minuten Trauer um mich bei *November Rain*
5. Simon and Garfunkel – *The Sound of Silence*
6. The Rolling Stones – *Sympathy for the Devil*
7. U2 – *Where the Streets have No Name*
8. Johnny Cash – *Hurt*
9. Pearl Jam – *Black*
10. Mazzy Star – *Into Dust*

Bei U2 bin ich unsicher, denn das ist beinahe zu optimistisch.

Maja stellt den Espresso hin und schaut über meine Schulter.

»Was machst du da?«

Ich halte ihr mein Handy hin. »Ich erstelle meine Beerdigungsplaylist.«

Sie überfliegt meine Auswahl. »Bisschen theatralisch, meinst du nicht? Wie wäre es mit Chris Reas *Road to Hell*, AC/DCs *Hells Bells* oder *Engel* von Rammstein? Das hat doch mal was.« Sie pfeift die Melodie.

»Also, wenn Rammstein nicht theatralisch ist …«

Maja lässt das Pfeifen. Sie zieht einen Stuhl zurück und setzt sich.

»Max, was ist los? Was soll der Scheiß?«

Sie ist die letzte Person auf Erden, bei der ich mich ausheulen sollte. Allein der Gedanke stachelt mein schlechtes Gewissen an. Weil ich außerdem noch nicht reif bin für das HIV-Geständnis, erzähle ich ihr von Pauls bevorstehender Seebestattung.

»Sein Tod hat dich echt ganz schön mitgenommen, was?« Majas Augen sind traurig. Sie ist traurig für mich und legt eine Hand auf meinen Arm.

Von der Berührung total überrascht, versteife ich mich und möchte am liebsten aufstehen, unter einem Vorwand Distanz zwischen uns bringen. Ich muss mich geradezu zwingen, äußerlich entspannt zu bleiben.

Sie hat noch mehr Worte für mich: »Ich bin sicher, nach der Bestattung ist es besser«, sagt sie noch und lässt endlich von mir ab. Sie streicht sich eine Locke aus der Stirn und legt die Hand zur anderen in den Schoß. »Du kannst ihn dann gehen lassen, akzeptieren, dass er nicht mehr da sein wird, und dich an eure tollen Zeiten erinnern.«

Ihr Mitgefühl killt mich fast. Ich schlucke, würge den Kloß im Hals hinunter und nippe am Espresso.

Du solltest hier nicht sitzen, ermahnt mich eine innere Stimme, *sie sollte dich nicht trösten.*

Als ich Geld für die beiden zusätzlichen Espressi auf den Tisch lege, steht Maja auf.

»Es dürfte einen Monat her sein, dass du dein Label verkauft hast«, sagt sie. »Allmählich solltest du dir eine neue Beschäftigung suchen, sonst verlierst du den Verstand.«

Sie nimmt das Geld, steckt es ein und schaut mich an. So viel Selbstbewusstsein ist in ihrem Blick, und die Narben auf der linken Seite ihres Gesichts tun dem überhaupt keinen Abbruch. Bewundernswert.

»Mach was! Du bist nicht der Typ, der abhängt.« Sie nimmt meine leere Tasse und will gehen, doch meine Frage stoppt sie.

»Kann ich deine Telefonnummer haben?«

Sie zieht die Stirn kraus. »Max, echt. Du und ich ...« Sie schüttelt den Kopf. »Das wär Schwachsinn.«

»Weiß ich doch!« Klar wäre das Schwachsinn. Sie und ich! Daran hatte ich gar nicht gedacht. »Ich will ja auch bloß mal mit dir sprechen. Es gibt da was ...«

»Wir sehen uns jeden Tag.«

»In Ruhe. Nicht hier.«

Ihr Argwohn nimmt zu. »Worüber willst du sprechen? Ich bin nicht der richtige Gesprächspartner für Sorgen und so. Hab mit meinem eigenen Leben zu tun.«

»Ich suche niemanden zum Ausheulen.« Gewiss nicht. Ich hab ja meinen neuen Freund, das Sorgenfresserchen, und Dr. Ingrid Bärbeißer und Jekaterina Poljakow. »Wenn du mir deine Nummer nicht gibst, schreibe ich dir eben einen Brief.«

»Bloß nicht!«

Sie stellt die Tasse noch einmal ab, zieht einen Kugelschreiber aus ihrer Schürze und knipst die Mine raus. Auf meinem Kassenbeleg notiert sie ihre Nummer.

»Weißt du, was auf dem Grabstein einer Putzfrau steht?«, frage ich sie, weil ich mich gerade daran erinnere, wie sie und ich vor dem Verkauf von LeifMusic den Joint geraucht haben.

Sie verneint und schiebt mir den Zettel hin. »Aber du wirst es mir sicher gleich verraten.«

»Sie kehrt nie wieder.«

Maja ist so bemüht, ernst zu bleiben, dass ich grinsen muss – meiner miesen Stimmung zum Trotz.

»Bis morgen, Max«, sagt sie und geht hinter den Tresen, um den nächsten Wartenden zu bedienen.

Ich stecke den Kassenbeleg ein, um die Nummer später im Handy zu speichern, setze Basecap und Sonnenbrille auf und schlendere durch die sonnigen Straßen nach Hause.

Viel verheiztes Benzin

Am Mittwoch, fünf Tage später, habe ich noch nicht angerufen und auch das Café Fröhlich gemieden. Meine Espressomaschine macht ihren Job lange nicht so gut wie Maja, doch meine Gedanken rotieren um andere Dinge. Die Zeit bis zu Pauls Bestattung läuft wie ein Countdown in meinem Kopf ab. Stunden sind es jetzt nur noch. Und ist das geschafft, hole ich bei Dr. Bärbeißer die Testergebnisse und starte meinen eigenen Countdown. Insofern ich mich mit dem Virus infiziert habe, steht meine Entscheidung fest.

Ich bin so froh, mich rechtzeitig informiert zu haben, denn um die Sterbehilfe von Morituri in Anspruch nehmen zu können, muss ich mindestens drei Jahre Mitglied sein und den Beitrag gezahlt haben. Für günstige fünfzig Schweizer Franken im Jahr erhalte ich die kostenlose Freitodbegleitung. Insofern es schneller mit mir bergab geht, kann ich alternativ einmalig eintausend Euro bezahlen. Im Preis inbegriffen sind der Rechtsschutz sowie die Hilfe beim Durchsetzen der persönlichen Verfügungen gegenüber Ärzten. Falls sich Dr. Ingrid Bärbeißer beispielsweise weigert, mir das Rezept über das Sterbemittel auszustellen, vermittelt mich Morituri an einen Arzt, der nicht stur auf die Erhaltung eines krankheitsbedingt qualitativ minderwertigen Lebens pocht. Prinzipiell kann hier nur von einer Verlängerung des Leidens die Rede sein, und ich werde nicht jammervoll dahinsiechen, sondern voll ursprünglicher Kraft, als ich selbst und vielleicht nach einer letzten großen Party die Segel streichen.

Natürlich könnte ich mich in eines meiner Autos setzen und gegen einen Baum fahren oder vom Maintower springen oder mich besaufen und in den Main stürzen. Das alles ist billiger, aber wenig ästhetisch. Außerdem gibt es keine Garantie. Nachher werde ich gerettet und bin geistig oder körperlich nicht mehr in der Lage, den verdammten Becher mit dem Gift selbst zu halten. Das ist nämlich eine der Voraussetzungen für den durch Morituri begleiteten Freitod: Das angerührte Sterbemittel kann man nicht eingeflößt bekommen, sondern muss es sich eigenhändig hinter die Binde schütten, um sanft zu entschlafen. Sogar die Verwandtschaft darf dabei sein, was bei einem regulären Suizid, wie einem Crashkurs gegen eine hundertjährige Eiche, nahezu unmöglich wäre. Den familiären Beistand schließe ich für mich allerdings aus. Allein der Gedanke, meiner Mutter und meinem Vater zu sagen, dass ich mich mit HIV infiziert habe, ist einfach furchtbar. Niemandem will ich das erzählen. Ich saufe einfach das Zeug und bin dann mal weg. Noch schneller als im Moment, wo ich im Porsche sitze und mit zweihundertsiebzig Sachen auf der dritten Spur der A7 Richtung Norden düse. Schnurgerade führt die Autobahn durch das Flachland, das den wolkenlosen Himmel als Dach hat. Die Luft duftet nach Gras, Getreide und Salzwasser, nach dem Meer meiner Kindheit. Die Songs meiner brandneuen Beerdigungsplaylist dröhnen aus den Boxen.

Paul und ich sind in Westerland aufgewachsen. Sein Vater war Kapitän und später stellvertretender Geschäftsführer der Reederei, seine Mutter Hausfrau. Meine Eltern hatten schon immer die Pension. Paul und ich sind in direkter Nachbarschaft aufgewachsen. Er konnte Kirschkerne in unseren Garten spucken und ich welche in seinen. Wir waren gleich alt, hatten im selben Monat Geburtstag und waren wie Brüder. Ergab sich hin und wieder auch ein Grund zu Streit oder gar Prügelei – ein Sandschäufelchen, ein Frühstücksbrot, eine Mitschülerin –, so konnte uns doch nichts und niemand trennen. Nur der Tod hat das geschafft.

Ich will Paul nicht ade sagen. Und ich will nicht sterben! Weder an Aids noch an einem Herzinfarkt. Überhaupt nicht. Im schönen Alter von fünfundneunzig, prinzipiell noch recht gesund und rüstig, möchte ich zusammen mit der Frau meines Lebens friedlich einschlafen. Das wäre ein zufriedenstellender Abgang. Demnächst ein Sterbemittel zu schlürfen, zu Hause im Bett, umgeben von heulenden Leuten, das ist zwar eine bessere Alternative als ein jammervolles Dahinsiechen, aber doch alles andere als zufriedenstellend.

Von der A7 wechsele ich auf die Bundestraße, wo Lkw und Landwirtschaftsfahrzeuge die Fahrt verlangsamen. Ständig muss ich bremsen und irgendeinem Gefährt hinterherschleichen, was mich aufregt. Als ich später aber all die Bülls passiere – Wallsbüll, Klixbüll, Niebüll … –, wird mir das Schleichen egal, denn Melancholie überrollt mich. Der Bonustrack meiner Beerdigungsplaylist, *Engel* von Rammstein, hat es besonders in sich, und ich drehe die Lautstärke auf, bis die Bässe mein Blut zum Vibrieren bringen. »Gott weiß, ich will kein Engel sein!«, brülle ich mit.

Ich wünschte, ich wäre kerngesund und auf dem Weg zum Strand. Ich wünschte, ich könnte diese Fahrt genießen. Paul kann nicht mehr an meiner Seite sitzen, aber Flo. In seinem Lieblingswagen noch dazu. Ich wünschte, er hätte den Verkauf von LeifMusic besser verstanden. Hätte ich ihn bloß nicht so kalt und bekifft vor vollendete Tatsachen gestellt! Dass er mich wegen der Tsetse-Seuche verarscht und nach dem Verkauf als nicht zurechnungsfähig hingestellt hat, war allerdings auch kein feiner Zug. Das musste ich erst einmal verdauen. Sobald ich wieder in Frankfurt bin, werde ich ihn anrufen, denn ich brauche jetzt einen Kerl an meiner Seite – zum Ausgleich für die vielen halb verrückten Frauen.

Der Song von Rammstein wird automatisch leiser, weil sich mein Handy ins Audiosystem schaltet. Auf dem Display im Armaturenbrett wird mir ein Name aus meinem Telefonbuch angezeigt. Es ist niemand, mit dem ich gerne spreche. Nicht ranzugehen könnte aber üble Konsequenzen haben. Also will ich es hinter mich bringen und nehme das Gespräch entgegen.

»Das geht so nicht weiter!«, brüllt der Typ, kaum dass ich mich gemeldet habe. »Ich will einfach nicht mehr. Mir geht's gegen den Strich. Ende und aus!«

Damit hat er gesagt, was er zu sagen hatte, und das ist nichts, was ich hören möchte oder akzeptieren kann.

»Wir hatten uns auf eine Mindestlaufzeit von drei Jahren geeinigt. Du kannst da jetzt nicht einfach so raus. Du wusstest, worauf du dich einlässt.«

»Das Maß ist aber voll!«

Mal ist das Maß voll, ein anderes Mal ist das Fass am Überlaufen oder das Ende der Fahnenstange erreicht. Einmal im halben Jahr findet er eine passende Redewendung. Einmal im halben Jahr muss ich in meiner Ideenbox kramen, um ihn zu beschwichtigen und zu überreden. Meist zieht nur eine Sache. Doch bevor ich dazu komme, will ich es weiter mit Worten versuchen.

»Drei Jahre, sagten wir.«

»Es geht aber nicht mehr. Keiner wäre so irre, das so lange Zeit mitzumachen. Ist ja nicht so, als hätte ich es nicht versucht, als wäre ich nicht geduldig gewesen. Meine Güte, das war ich, aber meine Geduld ist aufgebraucht. Schluss! Aus! Ende!«

Das klingt verdammt ernst. Über die Folgen möchte ich gar nicht nachdenken. Nicht diese Sorge auch noch! Nicht diese Pistole auf meiner Brust.

»Warum betrachtest du es nicht von der positiven Seite. Du hast was, das andere nicht haben, ein Alleinstellungsmerkmal sozusagen.« Das ist ein Argument, ein schwaches zwar, aber immerhin.

Er schnaubt ins Telefon. »Ich bezweifle, dass mich einer darum beneidet. Im Gegenteil, die haben ihren Spaß. Also, was schlägst du vor?«

Die Frage klingt dann doch nicht nach Endgültigkeit. Wie immer also. Bevor ich nachgebe, will ich aber sicherstellen, dass er sich an seine Verpflichtung zu schweigen hält. Es wäre eine Katastrophe, würde er die Kontrolle verlieren.

»Ich hoffe, du bewahrst zumindest äußerlich die Ruhe in so einer Situation. Das ist absolut wichtig, damit …«

Er unterbricht mich. »Natürlich. Das ist irgendwie Ehrensache, und dabei bleibe ich.«

Ich vertraue nur wenigen Menschen. Wie viele nicht vertrauenswürdig sind, habe ich mehrfach erfahren. Dieser Typ gehört zu denen, denen ich instinktiv nicht vertraue und deren Definition von Ehre wahrscheinlich von meiner abweicht. Nichtsdestotrotz kann ich von unserer Vereinbarung nicht zurücktreten. Jetzt noch nicht. Zuerst muss ich eine Alternative finden … und eine Möglichkeit, diese zu realisieren. Seine Beteuerung beruhigt mich jedoch für den Moment, also rücke ich mit meinem Angebot raus.

»Gut, also dann. Einhundert?«

Er lacht. »Du machst Witze.«

Nach Scherzen ist mir seit längerem nicht zumute, und kaum etwas ist mir so egal wie Geld.

»Sag du mir, wie viel!«

»Dreihundert.«

»In Ordnung. Ab August. Für die Julizahlung schaffe ich die Änderung nicht mehr. Ich bin unterwegs.«

Er gibt sein Einverständnis und drückt seine Hoffnung über eine positive Entwicklung aus. Ich stimme zu, obwohl ich diese Hoffnung nicht habe, und bin erleichtert, als das

Gespräch endlich zu Ende ist und die Musik wieder lauter wird.

Mit einem Knurren steigt der eben unterdrückte Ärger in mir auf. Das Tempo wird ihn besiegen, also setze ich den Blinker, überhole einen Traktor, hinter dem ich schon eine Weile hertuckere, und trete das Gaspedal durch.

Wenig versöhnliche Worte

Als ich vorm Haus meiner Eltern einparke, ist meine Nase verstopft, und meine Augen sind rot. Gelinde gesagt: Ich bin völlig fertig und habe keine Ahnung, wie ich die Bootsfahrt am nächsten Tag überstehen soll.

Meine Mutter steht hinter dem Empfangstresen und tippt etwas in den Computer. Erst vor einem Jahr sind sie und Vater von Papier auf elektronisch umgestiegen, und sie tut sich noch schwer.

»Moin, Ihr Name?«, brabbelt sie in nordfriesischer Herzlichkeit.

»Leif«, sage ich. »Max Leif. Ich hatte nicht reserviert, mich aber angekündigt.«

Sie schaut auf und will lächeln, schafft das bei meinem Anblick aber nicht. Schurstracks kommt sie um den Tresen herum und zieht mich in ihre Arme. Wegen meiner neuerlichen Berührungsangst will ich sogar jetzt zurückweichen, doch bei meiner Mutter habe ich keine Chance. Hatte ich noch nie. Nur die Größenverhältnisse haben sich geändert: Für Umarmungen musste ich mich früher auf die Zehenspitzen stellen, jetzt muss sie das tun.

»Mäxchen«, sagt sie und klopft mir auf den Rücken. Ich spüre, wie sie durchatmet. »Dass der Paul tot ist, ist furchtbar. Ganz schrecklich. Aber glaub mir, nach morgen wird es besser. Für seine Eltern und für dich.« Um mir in die Augen zu sehen, rückt sie ein Stück von mir ab, fasst mich bei den Schultern. »Reiß dich zusammen, ja? Dein Leben geht doch weiter!«

Ich nicke, weil ich keinen Ton hervorbringe.

Mein Vater kommt von der Terrasse, wo Gäste der Pension beim Kaffee sitzen.

»Moin, Max«, ruft er und stellt sich vor mich, stemmt die Hände in die Seiten und fixiert meinen Blick auf Augenhöhe. »Schön, dass du es mal hierher schaffst! Schade, dass es einen so traurigen Anlass hat.«

Ich stöhne innerlich. Vorwürfe, weil ich mich so selten sehen lasse, brauche ich so dringend wie ein Loch im Kopf.

»Ich hatte viel zu tun, sorry!«, sage ich und hoffe, er belässt es diesmal dabei. Falsch gehofft.

»Ach ja?«, höhnt er im friesischen Dialekt. »Was denn? Dein Unternehmen hast du doch nicht mehr. Hab dir ja gleich gesagt, dass das nichts für dich ist. Musik ...«

Ich wende mich ab und nehme meine Tasche, damit mich Mutter zu dem Zimmer bringen kann, das sie für mich vorbereitet hat, doch Vater scheint allen Ärger über meine Nachlässigkeit für diesen Moment aufgespart zu haben. Unglücklicherweise klingelt hinter dem Empfangstresen das Telefon, und Mutter geht ran.

»Schau mich gefälligst an, wenn ich mit dir rede!«, höre ich Vater rufen.

Ich werfe meine Tasche über die Schulter und drehe mich zurück.

»Ich bin einundvierzig«, erinnere ich ihn. »Ich habe ein eigenes Leben und deine Vorwürfe oft genug gehört. Erspar sie mir dieses Mal einfach, okay?«

»Okay? Gar nichts ist okay!« Seine Stimme wird lauter. »Du hättest auf uns hören sollen. Hierher gehörst du, nicht in diese Stadt! Hier sind die besten Unis, in Flensburg zum Beispiel, wo du etwas Sinnvolles hättest studieren können, Betriebswirtschaft oder Tourismus.«

In zwanzig Jahren habe ich das geschätzte tausend Mal gehört, anfangs täglich, inzwischen nur noch bei Gelegenheit, wie bei meinen Besuchen oder wenn wir telefonieren. Stolz auf den Erfolg, den ich mit LeifMusic hatte, war mein Vater nie. Weil er es nicht ist, kann es Mutter auch nicht sein, denn seit ihrer Heirat hat sie ihr Denken und Handeln von seinem Denken und Handeln abhängig gemacht – ihrem Selbstbewusstsein zum Trotz. Wie es sich für eine anständige Ehe gehört.

Weiter geht es im Text: »Was glaubst du, für wen wir uns unser Leben lang abgemüht haben?«

Ich glaube, das bin ich, und deshalb wünsche ich mir nicht zum ersten Mal Schwestern und Brüder. Viele sich fortpflanzende Geschwister, die von meinen Verfehlungen ablenken. Irgendeiner hätte sich mit Freude um die Pension gekümmert, vielleicht hätten sich sogar zwei darum gestritten. In jedem Fall würde Vater dann jetzt nicht mit dem Finger gegen meine Brust tippen und sagen: »Du hättest die Pension längst übernehmen sollen, damit wir in Ruhestand gehen können.«

Nicht auch noch das Ruhestandthema! Ärger brodelt in mir, und mein Herz schlägt schneller. Normalerweise höre ich mir viel an und denke mir meinen Teil. Nicht so bei meinem Vater. Der hatte schon immer das Talent, mich in Rage zu bringen. Ich lasse die Tasche fallen, als er die Hände abermals in die Seiten stemmt, spiegele seine Körperhaltung und passe meinen Ton seinem an.

»Ihr könntet längst im Ruhestand sein! Das habe ich euch hundert Mal angeboten.«

»Und die Pension verkaufen?« Jetzt brüllt er, um mich zu übertönen. »Unser Lebenswerk? Uns auf deinem Geld ausruhen? Irgendwo im Ausland? Oder bei dir in dieser Stadt?«

Ich brülle ebenfalls. »Wo auch immer ihr möchtet!«

»Kommt nicht in Frage. Wir bleiben hier.«

»Dann bleibt halt hier! Ich habe nie verlangt, dass ihr weggeht.«

»Nein, aber du bist auch nicht geblieben, um dich um uns zu kümmern, wenn wir nicht mehr können. Erpressung ist das! Aber nicht mit mir. Wir bewegen uns kein Stück von hier weg.« Der Zorn rötet seinen Kopf. »Junge, wenn ich daran denke, wie oft ich dir den Hintern abgeputzt habe.«

Diese Plattitüde mag bei anderen ziehen. Bei mir nicht. Als Nächstes bringt er sicher den Spruch mit den Füßen unter dem Tisch? Höre ich den, stelle ich meine Füße heute und morgen unter einen Hoteltisch.

Vater verzichtet darauf und erinnert mich lieber an das Alter meiner Mutter: »Deine Mutter ist achtundsechzig und müht sich ab jeden Tag.«

»Das soll sie längst nicht mehr machen. Sie hört ja nicht auf mich, sondern springt auf deinen Befehl.« Meine Kehle kratzt, weil ich so laut bin. »Ich kann ihr hier nicht helfen. Was soll ich machen? Betten beziehen, Räume auswischen? Frühstückseier braten? Das ist der Job, den ihr wolltet. Nicht meiner!«

»Du hättest das Haus instand halten und den Garten pflegen sollen, wie ich auch, mit inzwischen neunundsechzig. Halt die Dinge, die man als Mann so macht. Du hättest heiraten sollen. Eine Anständige von hier oben, die zupacken kann, eine wie die Rieke Hansen, aber die hast du sitzenlassen. Um im Süden zur Universität zu gehen.«

»Ich war nie mit Rieke Hansen zusammen, denn sie war schlichtweg nicht mein Typ.«

»Was du für Ansprüche stellst! Ist doch ein feines Mädchen.«

»Sie ist fast zwei Meter groß.«

Meine Mutter knallt das Telefon auf den Tresen und schreit: »Sofort aufhören, ihr zwei! Seid ihr bescheuert, euch so anzubrüllen, während ich mit Gästen telefoniere?«

Vater ignoriert das und regt sich weiter auf: »Was spielt die Größe für eine Rolle? Mit der Rieke Hansen hättest du jedenfalls keinen Herzinfarkt bekommen, wie mit dieser

Hupfdohle aus Frankfurt. Wenn du so weitermachst, bist du bald so tot wie Paul! Dann sind wir im Alter endgültig allein. Und ohne Enkelkinder.«

So schließt sich der Kreis. Er wird sich an diese Rede erinnern, wenn er mich in nicht allzu ferner Zeit unter die Erde bringt. Insofern er überhaupt zu meiner Beerdigung erscheint. Ohne ein weiteres Wort nehme ich meine Tasche und gehe aus dem Foyer, die Treppe hinauf zu den Zimmern. Mutter läuft mir nach.

»Du weißt ja, wie er ist«, sagt sie und schließt mir auf. »Neunzehn Uhr gibt es Essen.« Schnell drückt sie mich noch einmal, klopft mir wieder auf den Rücken und eilt zum Empfang, wo das Telefon erneut klingelt.

Im Zimmer stelle ich die Tasche auf das Bett und öffne das Fenster. Die Nordsee sonnt sich im gleißenden Licht des Hochsommers. Der Wind trägt ihren Duft zu mir. Ich schließe die Augen und atme tief ein.

Ein verregneter Abschied

Die *MS Abendrot* verlässt den Hafen Punkt zwölf und nimmt Kurs auf das offene Meer. Im Salon des Schiffes sitze ich in erster Reihe neben Pauls Eltern und starre auf seine Urne, die inmitten weißer Blumen neben seinem gerahmten Bild steht. Das Foto habe ich geschossen. Drei Jahre ist das her.

Niemand sagt ein Wort, Pauls Eltern so wenig wie die anderen Trauergäste. Neben Verwandten, die ich von Pauls Geburtstagen und mancher Familienfeier kenne, sind andere Freunde und einige Mitarbeiter seiner Redaktion angereist. Jeder hängt seinen Gedanken nach.

Ich gucke das Foto an und rede in Gedanken mit Paul, nenne ihn einen Arsch, weil er einfach so abgehauen ist, und bitte ihn später, einen Platz für mich zu reservieren. Vielleicht können wir segeln, dort, wo er jetzt ist, wie im September vor drei Jahren, als wir das Boot, auf dem das Foto entstanden ist, für ein verlängertes Wochenende gemietet hatten. Beim Reffen eines Segels grinste er in die Kamera, lebensfroh und zufrieden, kerngesund und ohne den Hauch einer Ahnung, dass seine Sommer gezählt sind. Warm und sonnig war es an diesem Tag, bei optimalen Windbedingungen. Wie gestern noch.

Launenhaft, wie das Wetter an der See nun einmal ist, zeigt es sich heute von seiner stürmischen, regnerischen Seite. Der Himmel weint, könnte man sagen. Das Meer ist wild, vom Wind aufgebracht, und lässt das Schiff gegen die Wellen ankämpfen, bis es, am Ziel angekommen, aufgestoppt wird.

Die Trauerrede des Kapitäns ist gut gemeint, aber zu seemännisch. Der Mann, von dem er spricht, lässt mich an einen tapferen Matrosen denken und an einen Gutmenschen, der

Paul weder war noch sein wollte. Der im besten Friesisch hervorgebrachten Laudatio zufolge geht Paul auf seine letzte große Fahrt, nachdem er die Sturmfluten des Lebens ebenso gut bezwungen hat, wie er sich in windstillen Zeiten bei ruhigem Seegang auf den Wellen hat schaukeln lassen. Als ich höre, dass er in den vergangenen Jahren so sehr mit dem Knüpfen von Tau beschäftigt war, dass er nicht dazu kam, sich eine Ehefrau zu angeln und eine Familie zu gründen, malme ich mit den Zähnen. Weil ich kein Trauerfeiercrasher sein will, halte ich die Klappe und lasse meine Erinnerung an Paul in der stillen Gedenkminute aufleben: Das Tauknüpfen interpretiere ich als ein Synonym für das Pflegen der geschäftlichen Kontakte in der Redaktion des Nachrichtenmagazins, das Paul geleitet hat. Von sexuellen Aktionen hat ihn das allerdings nicht abgehalten. Im Gegenteil, er war in diesem Bereich ebenfalls kontaktfreudig, wenn auch an Männern interessiert. Dass er seine Familie mit einem Mann statt mit einer Frau gegründet hätte, haben seine Eltern im Gespräch mit dem Kapitän natürlich taktvoll verschwiegen. Der daraus entstandene familiäre Zwist und der Streit mit seinem heute abwesenden Bruder fanden offensichtlich ebenso wenig Erwähnung.

Es ist kein Bilderbuch-Ehrenmann, von dem wir heute Abschied nehmen, sondern ein Mann, der so idealistisch wie stolz war, ein Mensch, der dem einen sein letztes Hemd gab und andere, ohne mit der Wimper zu zucken, hängenließ, wenn er es für richtig hielt. Paul war ein Mann, der vergeben konnte, aber nicht vergessen wollte. Ein manchmal verträumter und bis ins Lächerliche verspielter Typ, der nicht jede Phase seiner Vergangenheit gemocht hatte und die Zukunft hinter der richtungsweisenden Gegenwart sah. Er war alles andere als sorglos oder egoistisch, und er mied bestimmte Menschen lieber, statt die Konfrontation zu suchen. Er war manchmal schlampig, räumte seine Wohnung selten auf, und wem das nicht passte, sagte er, dass er nicht auf der Welt war, um Staub von Schränken zu wischen. Er war ein bisschen zu kritisch, wenn es um die deutsche Sprache ging, und hätte nie jemanden gedatet, der den Dativ verwendete, wenn der Genitiv gefragt war, oder nicht wusste, dass es keine Steigerung von *einzig* gibt – eine Eigenschaft, die ihn andererseits gnadenlos gute Texte verfassen ließ. Paul war weit davon entfernt, perfekt zu sein. In den Augen seiner Eltern vor allem aufgrund seiner sexuellen Neigung. Paul war weit entfernt von der Figur, die der Kapitän zeichnet, weil er es nicht besser weiß. Paul war mein bester Freund, von Beginn an, und bis zu meinem Ende wird er mir fehlen.

Von alledem abgesehen, bin ich nach dieser Rede erst recht von meiner Beerdigungsplaylist überzeugt! Ausgeschlossen, dass mich post mortem irgendein beauftragter Prediger zu einem anderen Menschen macht.

Als ich aufsehe, teilt die Mannschaft gerade schwarze Regenkutten aus. Wir gehen an Deck, wo der Regen auf uns prasselt, und schauen zu, wie der Kapitän Pauls Urne dem Wasser übergibt. Für einige Sekunden schaukelt sie inmitten des Blumenschmucks auf dem vom Regen aufgepeitschten Wasser, dann geht sie unter.

Mach's gut, Paul!, sage ich im Stillen und würge den Kloß im Hals runter. *Danke, dass du da warst!*

Unfassbar, wen ich hier auf welche Weise verabschiede.

Pauls Mutter neben mir schluchzt und schiebt ihre Hand unter meinen Arm. Sein Vater, der hinter mir steht, fasst mich bei der Schulter – wohl weil meine Schultern beben. Das Zittern seiner Hand gibt mir den Rest, und ich breche in Tränen aus.

Das Schiff dreht eine Schleife um den Blumenschmuck, die Flagge wird auf halbmast gezogen, das Signalhorn trötet drei dunkle Töne als Abschiedsgruß, dann nehmen wir Kurs auf Westerland. Pauls Eltern und die anderen Gäste wechseln in den Salon, um Kaffee und Tee zu trinken. Ich kann mir nicht vorstellen, jetzt so etwas Banales zu tun, und bleibe an Deck, gleichgültig gegenüber Wind und Regen, wie gelähmt vom hundeelenden Gefühl im Magen und ums Herz.

Jemand tippt mir auf die Schulter. Es ist Pauls Großmutter, die ich zuletzt im Frühjahr, auf der Hochzeit seines Cousins, gesehen habe. Damals hat sie mich verschwörerisch angegrinst und gemurmelt: »Du bist der Nächste!« Heute wäre das passend gewesen, doch heute sagt sie: »Kumm rin, Junge, hier draußen holst dir den Tod!«

Nach einem letzten Blick über die See folge ich ihr. Kaffee oder Tee trinke ich aber trotzdem nicht, und ich kann auch mit niemandem sprechen. An einem Fenster stehend, schaue ich auf das näher kommende Land und entdecke das Auto meines Vaters am Hafen. Sicher hat ihn meine Mutter geschickt, weil ich mich vorhin zu einem Spaziergang vom Haus zum Hafen entschieden habe.

Hinter mir ertönt die Stimme von Pauls Mutters. Sie lädt mich ein, mit in ein Restaurant zu kommen. Leichenschmaus nennt sich das; das sagt nur niemand, weil jeder das Wort grauenhaft findet. Man sollte etwas Neues erfinden. Après-Tod-Dinner, vielleicht. Wie auch immer, ich werde jedenfalls nicht auf das Wohl von Pauls nicht mehr vorhandener Leiche schmausen, sondern mit meinem Vater fahren – ist das bei der Erinnerung an den gestrigen Streit auch wie eine Entscheidung zwischen Pest und Cholera.

Nachdem ich mich von Pauls Eltern mit festen Umarmungen verabschiedet habe, gehe ich von Bord. Meine Füße sind so schwer, als hingen Bleikugeln daran. Sie werden schwerer mit jedem Schritt in Richtung des alten Lieferwagens. Ich weiß nicht, wie oft ich meinem Vater angeboten habe, einen modernen Sprinter zu kaufen, mit dem sich die Besorgungen für die Pension ebenso gut erledigen lassen, der jedoch sicherer und komfortabler ist. Er hat jedes Mal abgelehnt. Er will nichts Neues, wenn das Bewährte noch funktioniert.

Die Beifahrertür quietscht, als ich sie öffne. Das Polster ächzt unter meinem Gewicht. Der Motor protestiert, bevor er sich krächzend zum Dienst meldet.

»Muss furchtbar sein, sein Kind zu beerdigen«, sagt Vater und fährt los. »Egal wie erwachsen es wird, ob es dich irgendwann um einen Kopp überragt oder dein Versorger wird. Kind bleibt doch Kind.«

In dieser Aussage liegt mehr als eine Wahrheit und mehr als eine Erklärung für seine ständigen Vorwürfe.

Eine verwirrende Nachricht

Der Verkehr auf der Bundesstraße ist dicht – kein guter Start in die siebenstündige Fahrt, doch die A7 ist frei, also füttere ich den Porsche mit Benzin und bin zweieinhalb Stunden später in Hannover. Mein persönlicher Rekord, der von einer gewissen Scheißegal-Laune gegenüber dem Führerscheinentzug ermöglicht wurde. Wenig später, am Dreieck Salzgitter, zwingt mich mein Handy zum Bremsen. Die Nummer auf dem Display kenne ich nicht, die über die Freisprechanlage ertönende Stimme allerdings schon.

»Bärbeißer hier. Hallo, Herr Leif. Ihre Testergebnisse sind heute schon gekommen.«

Ich erschrecke und wechsele auf die rechte Spur zwischen zwei Lkws. Es ist gleich achtzehn Uhr.

»Also heute schaffe ich es nicht mehr in Ihre Praxis.«

»Nee, nee, lassen Sie mal.«

»Aha! Na, wenn Sie meinen.« Persönlich ist ab sofort also nicht mehr drin mit Dr. Ingrid Bärbeißer. Sie ist der erste Mensch, der wegen meiner HIV-Infektion auf Distanz geht.

»Sie sind negativ.«

Ich bin negativ? Jetzt beleidigt sie mich auch noch.

»Hören Sie mal, ich bin überhaupt nicht negativ! Ich finde es nur nicht in Ordnung, dass Sie nicht Arzt genug sind, mir das Ergebnis persönlich mitzuteilen.«

Sie scheint zu überlegen, besitzt dann die Frechheit eines kurzen Lachens und sagt: »Das Ergebnis, meine ich. Das ist negativ.«

Das Ergebnis ist negativ? Obwohl ich damit gerechnet habe, fährt mir der Schock in alle Glieder.

»Scheiße, verdammt!«, knurre ich, bremse den Wagen weiter ab und kämpfe mit mir. »Wissen Sie, ich fahre gerade Auto. Ich hätte das lieber in Ruhe erfahren.«

Der Lkw hinter mir hupt. Beim Blick in den Rückspiegel erschrecke ich abermals, weil das Fahrerhaus beinahe am Heck des Porsche klebt. Mit klopfendem Herzen trete ich das Gaspedal wieder mehr durch und höre Dr. Bärbeißers Entschuldigung wie durch einen Filter.

»Das wusste ich nicht, tut mir leid. Ich dachte, Sie wollten die gute Nachricht eher heute als morgen erfahren. Eine Nacht eher ruhig schlafen.«

Jetzt reicht es! Ich ziehe auf den Standstreifen rüber. Unter anhaltendem Hupen donnert der Lkw an mir vorbei. Scheißegal! Ich schalte die Warnblinkanlage an, steige aus und gehe zum grasbewachsenen Straßenrand. Mein Herz hämmert so heftig in meiner Brust, dass es in meinen Ohren dröhnt.

»Die gute Nachricht?«, schreie ich, um den Lärm in mir und auf der Autobahn zu übertönen. »Sie sagten gerade, das Ergebnis sei negativ.«

»Herr Leif!« Jetzt klingt Dr. Bärbeißer tadelnd, und in dem Moment fällt es mir ein. Bevor sie es erklären kann, sage ich es.

»Negativ ist positiv! Verdammt!«

»Genau, negativ bedeutet, Sie haben sich nicht mit dem HI-Virus infiziert.«

»Das weiß ich doch, verdammt!« Ich bin so erleichtert, dass ich durchs Handy kriechen und die Ärztin umarmen möchte. »Nur beim Schwangerschaftstest ist es andersherum. Da ist positiv negativ, manchmal zumindest.« Was labere ich da? »Na, Sie wissen schon. Wie auch immer, für eine Sekunde habe ich das durcheinandergebracht.«

Sie versucht mir zu folgen. »Ah, okay. Ich hoffe, Sie waren nicht schwanger, Herr Leif, und ich hoffe, Sie bekommen nie einen Grund, das anzunehmen.«

»Natürlich nicht!« Ihr Scherz ist witzig, und ich möchte sie noch immer umarmen, obwohl sie sich über mich lustig macht.

»Also dann, Herr Leif, haben Sie ein schönes Wochenende.«

»Sie auch, Dr. Bärbeißer, Sie auch. Und danke!«

»Keine Ursache, Herr Leif.« Sie legt auf.

Ich starre auf mein Telefon, recke es dann in die Luft, mache einen Sprung und jubele. Diesmal sind es gleich mehrere Autos und Lkw, die hupend vorbeifahren. Immer noch und erst recht scheißegal ist mir das!

Die Freude, die unsagbare Erleichterung, gibt mir das Gefühl zu platzen, wenn ich sie nicht mit jemandem teile. Ich muss sofort mit jemandem sprechen und scrolle durch die Kontaktliste meines Telefons. Auf dem Weg durch das Alphabet halte ich mehrere Male inne: bei der Nummer meiner Eltern, bei Pauls Nummer, bei der von Claudia, bei der von Maja. Beinahe wähle ich Maja an, doch scrolle dann weiter zu Flos Eintrag. Ich brauche einfach einen Kerl. Zum Reden, zum Feiern, zum Leben.

»Was ist los?«, fragt er zur Begrüßung. Klingt, als sei er noch sauer.

»Stell dir vor, ich bin negativ!«, rufe ich in den Hörer. Erst als es raus ist, fällt mir ein, dass Flo gar nichts von meinem HIV-Verdacht wusste, sondern lediglich das mit dem Magen.

»Ah. Na, Glückwunsch. Das war also dein neuestes Leiden.«

Seine Freude hält sich erwartungsgemäß in Grenzen. Ich komme mal besser auf den Punkt.

»Können wir reden, demnächst?«

Er grummelt. »Also heute ist es schlecht. Hab noch einen Termin mit einer Band.«

Natürlich. Wann hat er das nicht? Wird Zeit, dass er mal rauskommt.

»Mit wem denn? Kenne ich die vielleicht?«

»Glaub nicht. Die sind schon eine Weile bei WeRock unter Vertrag. Supersuckers heißen die. Nicht schlecht, was die machen. So eine Mischung aus Progressive Rock und Emo.«

In Gedanken versuche ich, ein paar entsprechende Töne zusammenzumischen, kann mir aber nichts vorstellen, weil in meinem Oberstübchen gerade nur Arien gesungen werden. Arien auf die Gesundheit, auf das Leben und den Optimismus.

»Ich bin auf dem Weg von Westerland nach Frankfurt. Wenn du Bock hast, ruf einfach an. Erzähl mir von den Supersuckers und wie's überhaupt läuft mit WeRock.«

»Kann ich ja mal machen.«

So wenig euphorisch es klingt, es ist doch ein großes Wort von Flo, denn abgesehen von der Standpauke, die er mir nach dem Verkauf von LeifMusic gehalten hat, ist er nicht sonderlich gesprächig – sicher, weil er den ganzen Tag reden muss. Ganz anders als Paul.

»Ich muss jetzt weiterfahren«, sage ich und würde am liebsten ein zweites Mal ins Handy kriechen. Diesmal, um Flo zu umarmen.

»Mach mal«, sagt er, »ich melde mich.« Er legt auf.

Ich steige ins Auto, starte den Motor und ordne mich auf der rechten Spur ein. Zwei Lücken nutze ich aus und katapultiere den Porsche zurück auf die linke Fahrbahn, gebe Gas und hupe, lange, mehrmals nacheinander. Dann drehe ich Rammstein auf und singe im bestmöglichen Bariton: »Gott weiß, ich will kein Engel sein!«

August

Endlos ausufernde Langeweile

Da hat man schon frei, ist kerngesund, und dann schüttet es wie aus Eimern. Nicht einen Tag, nicht drei. Nein, seit einer ganzen Woche. Ich habe mir eine neue Regenjacke bestellt und den Kleiderschrank ausgemistet, ein Vogelhäuschen gebaut, Unterlagen für den Jahresabschluss von Leif-Music sortiert, mein vernachlässigtes Facebookprofil aktualisiert, Sudokorätsel gelöst und mit verschiedenen Methoden versucht, Hannibal aus dem Haus zu locken. Weder Fleischwurst noch die Aussicht auf heiße Dalmatinerdamen im Park haben ihn überzeugt, und in der Hunderegenjacke sah er schlichtweg bescheuert aus. Das muss er auch so gesehen haben, denn er hat das Teil zerfetzt, sobald ich ihn davon befreit hatte.

Nachdem wir Seite an Seite einige Stunden durch die Terrassentür in den Garten gestarrt hatten, zog ich die Notbremse und schaltete den Fernseher ein. Hundert Sender hinter dem eine Spur zu wirklichkeitsnahen Reality TV liefen Filmklassiker, zwar nicht auf Deutsch, doch das machte es spannend – oder komisch. Nach *Pulp Fiction* auf Türkisch und *Matrix* auf Holländisch landete ich auf dem Discovery

Channel, wo ich mich zum Leben und Sterben des Russischen Bären fortbildete – der im Übrigen keineswegs ein Zottelbär ist, sondern ein Schmetterling.

Um das Wachstum des Parasiten namens Langeweile zu stoppen, wäre ich gern mit einem Kumpel was trinken gegangen, aber Flo, der Sack, hat sich nicht gemeldet, und ich werde ihm nicht hinterhertelefonieren. Apropos hinterhertelefonieren: Bis vor zwei Tagen bin ich durch das Sauwetter gerannt, um wenigstens den obligatorischen Espresso am Nachmittag zu trinken. Den habe ich natürlich bekommen, bloß nicht von Maja, sondern von ihrer schrecklich gut gelaunten Kollegin. Sie bediente mich so fröhlich, dass ich mir total veralbert vorkam. Espresso von ihr oder irgendwem anders? Das ist mir den wetterbedingten Aufwand nicht wert. Da drücke ich lieber zu Hause auf den Espressoknopf und lerne was über Schokoladenfruchtzwerge – kein Kinderjoghurt, sondern Fledermäuse.

Am dritten Tag von Majas Abwesenheit, vorgestern also, meldete sich allerdings meine Sorge, sie könne dem Café dauerhaft fernbleiben, also schrieb ich ihr eine SMS. Zurück kam ein pampiges »Bin krank. Wenn du meine Telefonnummer haben wolltest, um mich auch noch zu Hause zu nerven, dann lösch sie sofort!«.

Wieso *auch noch?*, fiel mir zuerst ein, doch ich beließ es bei einem neutralen: »Nein, deshalb nicht.«

»Weshalb sonst???«, wollte sie wissen. Die drei Fragezeichen halfen mir, ihre Tonlage nachzuvollziehen.

Ich schrieb ihr, dass es sich erst mal erledigt habe, und sie antwortete nicht mehr. Vom gedanklichen Dialog driftete ich zurück in den Monolog, den ich nur hin und wieder für ein paar Worte an Hannibal unterbrach. Meine in vielen Tagen einzige echte Kommunikation fand mit der Kassiererin im Supermarkt statt.

»Beleg?«

»Nein, danke.«

»Schönen Tag!«

»Danke, Ihnen auch.«

Was ich nun tue, geschieht aus purer Verzweiflung: Zwei Stunden eher als sonst, um Punkt neun, sitze ich zum Frühstück am Küchentisch. Als ich höre, wie die Haustür aufgeschlossen wird, schlage ich die Tageszeitung auf, blättere zum Kulturteil und tue so, als würde ich lesen. Jekaterina Poljakow begrüßt Hannibal, der sie an der Tür empfängt und sich seinen Snack abholt, dann schimpft sie wegen des Regens vor sich hin, zieht Jacke und Schuhe aus, betritt die Küche und wünscht mir einen guten Morgen.

Gespielt überrascht schaue ich über den Zeitungsrand.

»Oh, Frau Poljakow, guten Morgen! Ich wusste gar nicht, dass Sie heute kommen.«

Sie öffnet den Geschirrspüler und beginnt, ihn auszuräumen. »Wieso nicht? Ist Mittwoch! Chast du vergessen?«

»Stimmt. Jetzt, wo Sie es sagen. Es ist ja Mittwoch und nicht Dienstag oder Donnerstag.« Um meine Kommunikationsfreude deutlich zu machen, lege ich die Zeitung weg und nehme stattdessen meine Kaffeetasse. »Wie geht's Ihnen heute?«

Sie schaut mich an, runzelt die Stirn. »Wie soll es gehen schon? Wie immer.«

Ist das gut oder schlecht? Ich brauche ein anderes Thema. Das Wetter bietet sich an.

»Nervig dieser Regen seit Tagen. Hat Ihr Mann Sie gefahren?«

»Bin ich gefahren mit Bus, wie immer. Muss arbeiten, mein Mann. Und Regen ist gut für Obst und Gemise! War trocken sehr lange.«

»Ach, Sie haben einen Garten?«

»Da, chaben wir. Aber mit Obst und Gemise, nicht nur mit Wiese wie du.« Mit einem Geschirrtuch trocknet sie den verbliebenen Wasserrand von den Gläsern. Eins nach dem anderen stellt sie auf den Tresen. »Was ist los, Max Leif? Ist kaputt was irgendwo, und ich muss machen extra sauber?«

»Nein, alles in Ordnung. Im Gegenteil. Im Bad habe ich sogar schon den Spiegel geputzt. Ich hätte durchgewischt …«

»Wische ich selbst!« Mit einem grimmigen Blick nimmt Jekaterina Poljakow die geleerte Müslischale vom Tisch und räumt sie in die Spülmaschine.

»Okay, dann machen Sie das. Ich könnte in der Zeit staubsaugen, wenn Sie mir zeigen, wie.«

»Unterstehst du dich!« Das Geschirrtuch noch in der Hand, droht mir Jekaterina Poljakow mit dem Finger. Ihre roten Lippen beben kurz vor Verärgerung, dann erinnert sie mich an etwas Wichtiges: »Chabe ich Arbeitsvertrag, der sagen: Kommen an Montag, Mittwoch und Freitag. Musst du saugen Staub und reinigen die Spiegel und Flächen und Boden und Fenster manchmal. Steht da nicht: Musst du Max Leif beibringen, wie funktioniert das alles.«

Du meine Güte, ist die gereizt heute Morgen. Dann lieber doch kein Gespräch. Ich trinke den Kaffee aus und räume die Kaffeetasse, um ihrer Beschwerde über herumstehendes Geschirr vorzubeugen, demonstrativ langsam in die Spülmaschine. Dass ich bloß freundlich sein und ihr ein bisschen Arbeit abnehmen wollte, erkläre ich und höre im nächsten Moment, wie wenig ihr genau das in den Kram passt.

»Bist du arbeitslos jetzt und willst Arbeit mir wegnehmen?« Trotzig schiebt sie eine aus ihrem Dutt gerutschte platinblonde Strähne hinters Ohr. »Njet! Lasse ich nicht zu! Mache ich weiter alles selbst! Ist ordentlich dann. Wenn du machst, kann ich noch mal machen sowieso.«

»Ist ja schon gut. War ja nur so eine …«

»Blede Idee! Weißt du, was ist Problem, Max Leif?«

»Aktuell habe ich kein Problem, und Sie sind nicht mein Psychologe, Frau Poljakow. Zu dieser Erkenntnis sind wir zu einem früheren Zeitpunkt bereits gekommen.«

»Muss ich nicht sein, um zu sehen, dir ist langweilig. Hab ich dir schon gesagt, findest du neuen Freund.«

Als wäre das so leicht. Als warte hinter jeder Ecke ein neuer bester Freund.

»Findest du neuen Freund«, schimpft sie weiter, »wenn du findest ein Chobby! Gehst du in Schule Volkshoch! Oder in Kegelclub oder machst du Bodybuilding.« Sie wagt es, abschätzend an mir runterzugucken. »Wirst du sowieso fett sonst. Wär schade, Max Leif.«

Streiten ist zwar eine Art der Kommunikation, aber so gar nicht das, was ich jetzt brauche. Ich will aus der Küche verschwinden, bin schon in der Tür, da murmelt sie: »Paschjol ktschjortu.«

Hat sie mich gerade als Pascha bezeichnet? Als faulen Pascha vielleicht? Als arroganten Pascha? Als dreckigen Pascha, wenn's hochkommt? Russen können übel fluchen. Mir platzt der Kragen, und ich fahre herum.

»Reden Sie Deutsch, verdammt, wenn Sie hier sind. Ich lasse mich von Ihnen nicht beleidigen, schon gar nicht auf Russisch.«

Sie reagiert erwartungsgemäß unbeeindruckt. »Chaben die auch Kurs Russisch in Schule Volkshoch. Gehst du hin und lernst du. Verstehst du, wenn ich dich schicke zum Teufel!«

So typisch Frau ist das! Das hat man davon, wenn man helfen will. Ehe man sichs versieht, ist man im Streit über ein völlig belangloses Thema. Aber wehe, es gammelt eine Socke neben dem Wäschekorb und nicht darin, dann legt sie den Inhalt des Arbeitsvertrages wieder anders aus. Immer, wie es ihr beliebt.

Innerlich grummelnd, stehe ich einen Moment unentschlossen im Wohnzimmer herum, mehr und mehr verärgert über die Dreistigkeit, mit der Jekaterina Poljakow sich Vorschriften zu meiner Freizeit erlaubt. Was für welche, vor allen Dingen. Sehe ich etwa aus wie der Typ für einen Kegelclub? Als könnten ein Jerome Muskel und ich jemals Gesprächsstoff finden.

Weil ich nicht fernsehen kann, wenn sie mit dem Staubsauger um mich herumflitzt, verkrümele ich mich ins Musikzimmer, den einzigen Raum, in dem ich meine Ruhe habe. Dort stehen nicht nur das Piano und fünf Gitarren, unter anderem eine Gibson, eine Taylor und eine Martin, sondern auch Musikgeschichte in Form von mehr als fünfzigtausend Vinylplatten. Um nichts durcheinanderzubringen, legt niemand Hand daran, aber genau das sollte nach all den Jahren einmal geschehen. Kurzentschlossen hole ich alles, was ich benötige, aus der Kammer, in der Jekaterina Poljakow das Putzzeug aufbewahrt, und mache mich an die Arbeit.

Vierzehn Stunden später kann ich keinen Knochen mehr bewegen. Den ganzen Tag bin ich auf den Knien oder auf allen vieren rumgerutscht und habe Platten entstaubt. Ich bin so müde, dass ich das Wort *müde* nicht mehr buchstabieren kann. Schon vor Stunden war ich das, aber ich konnte nicht aufhören. Wie ferngesteuert entstaubte ich eine Platte nach der anderen, legte zwischendurch immer wieder Musik auf und driftete in meiner Erinnerung in die Zeit, in der ich sie gehört hatte – wenn ich konnte. Während der ersten Stunden hat mich Jekaterina Poljakow vom Driften abgehalten, indem sie mit immer einer neuen Beschwerde ins Musikzimmer kam. Mal hat sie ein Spray vermisst, mal einen Putzwedel, und andere Male war ihr die Musik schlichtweg zu laut. Ich musste lachen, als sie behauptete, sich bei dem Lärm nicht konzentrieren zu können. Zu allem anderen hat sie mir auch dies verübelt und ist schließlich beleidigt verschwunden. Endlich konnte ich driften: mit den Stones in ein Sommercamp, mit den Hosen auf die Abschlussfeier, mit Pearl Jam nach Berlin-Köpenick zum Open-Air-Konzert, mit Prince ins Bett – nicht allein. Nicht wie jetzt. Jetzt ist es still. Jetzt ächze ich die Treppe hinauf und will nur schlafen.

Morgen soll es auch wieder regnen. Keine Ahnung, was ich dann abstaube. Es wird sich was finden.

Gute Nacht!

Voll ausgewachsene Paranoia

Ist nicht normal«, sagt Jekaterina Poljakow, als sie am nächsten Montagmorgen zum Putzen antritt. Sie lässt die Jalousien des Schlafzimmers hochfahren, reißt das Fenster auf und zieht mir die Bettdecke weg. »Chast du geschlafen ganzes Wochenende?«

Ich öffne die Augen kaum, ziehe mir die andere Bettdecke über und ächze, weil mir beim Umdrehen alles weh tut. Inzwischen vielleicht vom vielen Liegen. Zwar habe ich nicht das ganze Wochenende geschlafen, aber einen großen Teil davon, wie auch vom Donnerstag und Freitag. Ich bin so unglaublich müde.

Die zweite Bettdecke wird mir ebenfalls entrissen.

»Stehst du auf, Max Leif! Reicht jetzt.«

Genervt setze ich mich im Bett auf. »Geben Sie mir sofort meine Decken wieder! Wenn ich schlafen will, dann schlafe ich.«

»Wenn ich waschen muss, dann wasche ich«, kontert sie und zurrt den Reißverschluss einer Bettdecke auf. »Muss ich jetzt waschen, also verschwindest du aus Bett, damit ich auch Laken und Kissen kann abziehen. Gehst du duschen, damit du nicht mehr stinkst wie ein nawosnji schuk!«

Nein, ich werde nicht fragen, sonst höre ich wieder das mit dem Russischkurs an der Volkshochschule.

Ohne ein Wort, aber mit einem Blick, der mein Missfallen deutlich macht, stehe ich auf, ziehe meine lose auf der Hüfte hängende Schlafanzughose hoch und schnappe mein Notebook. Auf dem Klo sitzend, google ich ihre Worte, die ich bis dahin im Stillen wiederholt habe, um sie nicht zu vergessen. Ein *schuk* ist ein *Käfer* und *nawosnji* bedeutet in dem Zusammenhang dann wohl *Mist.* Nach der Dusche werde ich

Jekaterina Poljakow wissen lassen, dass Mistkäfer gar nicht stinken, sondern ihre Eier lediglich in selbstgebauten Mistkugeln ablegen. Anders als Blattwanzen, die tatsächlich einen ekelhaften Geruch verströmen. Das weiß ich aus der Sendung am 3sat-Thementag.

Jekaterina Poljakow ist nicht an einer Weiterbildung interessiert und schaltet den Staubsauger ein. Weil die Sonne wieder scheint, die drückende Hitze aber ausbleibt, pfeife ich Hannibal herbei und gehe mit ihm spazieren. Bis zum Grüneburgpark ist es nicht weit. Es ist noch Vormittag, Montag dazu, also sind dort nicht zu viele Menschen. Ich mache den Dobermann von der Leine los, setze mich auf eine Bank, halte das Gesicht in die Sonne und döse.

»Der gehört angeleint!«, schreit plötzlich irgendwer.

Ich zwänge die Augen auf, hebe den Kopf und schiebe die Sonnenbrille auf die Stirn. Stunden müssen vergangen sein, denn die Sonne steht inzwischen hinter mir. Vor mir hat sich hingegen eine Blondine aufgebaut, ihre heulende Tochter an der Hand. Hannibal hockt etwas abseits und hat eine Stoffpuppe mit Wollhaaren zwischen den Zähnen.

Die Müdigkeit lähmt meinen Kiefer. Er lässt sich kaum öffnen. Mit den Fingern einer Hand reibe ich mir die Augen, damit sie aufbleiben, gähne und murmele: »Der tut doch nichts. Der will doch bloß spielen.«

Das kam zwar aus dem Reflex, entspricht aber der Wahrheit. Dass ich damit eine unter Hundebesitzern beliebte Phrase dresche, wird mir erst bewusst, als die Worte raus sind.

»Und jetzt auch noch frech werden«, kreischt die Blondine. »Na warten Sie, bis ich Sie und Ihren Köter angezeigt habe.«

Viel zu müde für eine Diskussion, rufe ich Hannibal zu mir. Er trabt an und spuckt auf meinen zweiten Befehl die

Puppe aus. Es kostet Überwindung, aufzustehen, doch weil sich die Blonde und ihre Tochter nicht näher wagen, ich aber meine Ruhe will, hebe ich die Puppe auf und bringe sie den beiden. Das Mädchen drückt sie an ihre Brust und rennt weg. Die Mutter schnaubt, schnickt ihre Haare zurück und stolziert hinterher.

Zurück bei der Bank, leine ich Hannibal an und werfe einen Blick auf die Uhr. Weil es kurz nach zwei ist, beschließe ich, zum Café Fröhlich zu gehen, wo sie nicht so hundefeindlich sind.

Mein Tisch ist frei. Wie jedes Mal. Als stünde dort für die Zeit zwischen zwei und drei Uhr von Montag bis Freitag ein imaginäres *Reserviert*-Schild. Maja stellt mir den Espresso und Hannibal eine Schale mit Wasser hin, und während ich bezahle, will ich mich über ihre Freundlichkeit wundern, da rutscht ihr ein Kommentar zu meinen Augenringen raus.

Es wäre auch zu schön gewesen, denke ich, sage aber nichts, trinke meinen Espresso und sinke ein bisschen tiefer in den Stuhl. Das durch das Fenster hereinfallende Sonnenlicht wärmt meine Haut und tut gut nach den Regentagen zu Hause. Weil es so gemütlich ist, verschränke ich die Arme vor der Brust, schließe die Augen nur für einen Moment und …

»Max, ich mach jetzt Feierabend.«

Verdammt! Schon wieder.

Völlig verschlafen versuche ich, den Fokus auf Maja zu schärfen, einen klaren Gedanken zu fassen, kraule meinen Kopf und überlege, warum sie dort steht.

»Bezahlt hast du schon«, sagt sie, als ich mein Portemonnaie aus der Tasche ziehe.

Ich lasse es wieder verschwinden. »Sorry. Bin irgendwie müde gerade. Bin vorhin im Park schon einfach so weggeknackt.«

»Nicht dass du die Schlafkrankheit hast.«

Die Schlafkrankheit? Gibt es so was?

»Also dann, bis demnächst.« Maja streichelt Hannibal und verschwindet aus meinem Blickfeld.

Was denn für eine Schlafkrankheit?

Ich wünschte, ich hätte mein Telefon bei mir oder besser das Notebook, dann könnte ich meine prompt aufkeimenden Sorgen sofort ausräumen. So beeile ich mich, mit Hannibal nach Hause zu kommen, um den Begriff bei Google einzugeben.

Tatsächlich schlägt Wikipedia drei verschiedene Schlafkrankheiten vor. Als Europäer fühle ich mich der Europäischen Schlafkrankheit mehr verbunden als der offenbar internationalen Narkolepsie oder der Afrikanischen Trypanosomiasis, aber weil es bei letzterer Bezeichnung irgendwie klingelt, öffne ich den Link zuerst und bin nach nur wenigen Worten wie vom Donner gerührt. Da ist sie wieder! Die berühmt-berüchtigte Tsetsefliege, die in den tropischen Gebieten Afrikas, sprich: auch auf Sansibar!, ihr Unwesen treibt. Dieses Mistviech!

Zum ersten Mal recherchiere ich nun wirklich zu diesem Insekt und lese mit zunehmendem Grauen, dass der von ihm Gebissene einige Wochen nach der Infektion an Fieber und Schüttelfrost erkrankt. Im kurz darauf folgenden zweiten Stadium reagiert vor allem das Nervensystem. Und zwar mit Symptomen, wie ich sie habe: Verwirrtheit, Apathie und unkontrollierten Schlafanfällen. Im dritten Stadium, dessen Zeitpunkt Wikipedia großzügig auf wenige Monate bis Jahre nach der Infektion begrenzt, fällt der Schlafkranke in einen dämmrigen Dauerzustand. Ich muss kein Mediziner sein, um mein Schlafverhalten der letzten Tage zu analysieren und zu dem Schluss zu kommen, dass sich die Krankheit bei mir rasant entwickelt. Was, wenn ich schon morgen im Park oder

Café einpenne – und nie wieder aufwache, sondern bis zum Tod dämmernd dasitze?

Ausgeschlossen, dass ich in den Park, ins Café Fröhlich oder sonst wohin gehe, bevor ich nicht Genaueres weiß. Ich scrolle im Text weiter nach unten, finde aber keine Informationen zu einer möglichen Therapie. Die Krankheit endet mit dem Tod. Punkt. Das ist alles, was ich an dieser Stelle erfahre, und schlage den Deckel des Notebooks zu.

Das ist doch lächerlich! Nie habe ich von einer solchen Krankheit gehört. Die Schlafkrankheit, tzz, das war doch immer ein Witz. Es darf nicht wahr sein, dass es diese Krankheit gibt! Dass ich sie habe! Wegen dieser Scheißfliege?

Nach ein paar Runden durch die untere Etage meines Hauses finde ich mich auf der Terrasse wieder. Weniger als fünf Sekunden sitze ich auf dem Liegestuhl, springe dann auf und fluche abermals.

Ich will und darf mich nirgends hinsetzen, schon gar nicht auf ein Möbelstück, das zum Liegen einlädt. Ich werde versuchen, mich wach zu halten, bis es tatsächlich Zeit zum Schlafen ist. Mit allen verfügbaren Mitteln. Mit Kaffee nonstop meinetwegen, Red Bull und Traubenzucker oder schrecklicher Musik in Überlautstärke. Ich werde alles ausprobieren, im Garten kampieren, aber gewiss keinen Schritt vor die Tür gehen. Ich werde ihm trotzen, dem Dämmertod! Ich werde beweisen, dass es eine Therapie gibt, und die heißt Widerstand. Ich werde nicht schon wieder sterben!

Eine ausführliche Begründung

Nationaler Gangsta-Rap, der sich durch wenig Melodie, neudeutsche Kraftausdrücke und Morddrohungen charakterisiert, beschallt meinen Garten. Unterstützt wird das Furchtbare vom Dröhnen des Rasenmähers. Nachdem ich die einzige Hecke beschnitten und die Fugen der Terrassensteine von Moos befreit habe, kümmere ich mich um den Rasen. Das ist nicht nur eine gute Möglichkeit, mich wach zu halten, sondern auch notwendig, seit ich keinen Gärtner mehr habe.

Dank des Gartens, der schrecklichen Musik und viel Kaffee bin ich seit zwanzig Stunden, also seit der Entdeckung meiner Schlafkrankheit, nicht ein einziges Mal unkontrolliert eingeschlafen. Als ich gegen Mitternacht ins Bett ging, für den kontrollierten Nachtschlaf sozusagen, war mir schon mulmig zumute, aber ohne den geht es natürlich nicht. Es wirkt also. Man kann sie kontrollieren, die Schlafkrankheit. Man muss nur wollen.

Gerade wende ich den Rasenmäher, da vernehme ich eine Stimme und sehe mich um. Über die Gartenmauer, die immerhin zwei Meter fünfzig hoch ist, linst jemand. Flo, bei genauerem Hinsehen. Ich schalte den Rasenmäher aus, nehme die Fernbedienung vom Gartentisch und stelle auch den Lärm ab.

»Was machst du da?«, rufe ich Flo zu.

Er hat Mühe, weiterhin über die Mauer zu schauen, ächzt und zieht sich ein Stück höher. »Du Depp!« Er klingt sauer. »Seit einer halben Stunde klingele ich bei dir. Was treibst du da?«

»Gartenarbeit, was sonst.« Damit Flo nicht sieht, dass mein Brustkorb vor leisem Lachen bebt, verschränke ich die

Arme und gehe zur Mauer. Gerade so weit, dass ich ihn noch anschauen kann.

»Wie bist du da hochgekommen?«

»Ich habe eine Mülltonne rangekarrt und bin raufgeklettert.«

Ich muss die Zähne zusammenbeißen. Zwar tut mir Flo ein bisschen leid, doch die Situation ist ziemlich komisch.

»Willst du reinkommen? Durch die Tür vielleicht?«

Flo gibt einen verächtlichen Laut von sich, sagt: »Scherzkeks« und springt von der Mülltonne. Ich höre, wie er sie zu ihrer ursprünglichen Position zieht, und drücke auf eine andere Fernbedienung, um die Haustür zu öffnen.

Wenig später steht mein Ex-Marketingleiter im Garten. Den von mir angebotenen Kaffee lehnt er ab. Er möchte ein Bier und betrachtet mich argwöhnisch, weil ich keins mittrinken will.

»Bier macht müde«, sage ich und reiche ihm die Flasche. »Müdigkeit kann ich mir gerade nicht erlauben.«

Flo setzt sich an den Gartentisch, trinkt einen Schluck und schaut sich um.

»Warum darfst du nicht müde werden? Schaffst du dein Pensum hier sonst nicht?«

»Ich bin seit einigen Tagen …« Tja, wie formuliere ich das am besten? »Chronisch müde. Penne an den unmöglichsten Orten ein. Gartenarbeit in Kombination mit Lärm hält mich wach.«

Flo runzelt die Stirn. »Schon mal drüber nachgedacht, dass du genauso gut joggen oder Rad fahren könntest oder kegeln meinetwegen. Dir ist langweilig, dein Hirn ist unterfordert, deine Muskeln erschlaffen. Deshalb bist du müde.«

Fängt er jetzt an wie meine Putzfrau?

»Ich kann nicht joggen, Rad fahren oder kegeln, weil ich dazu das Haus verlassen müsste. Mir wäre es unangenehm, in der Öffentlichkeit einzuschlafen.« Und für immer zu dämmern.

Flo bleibt bei seiner Theorie. »So ein Unsinn, Max. Du brauchst einfach eine Beschäftigung. Zwei Monate bist du jetzt ohne Job.«

Ein bisschen Wehmut keimt in mir auf. Kein Bedauern, keine Reue, sondern lediglich eine süße Schwere, die der Erinnerung an die guten Zeiten, an mein flügge gewordenes Baby namens LeifMusic, gezollt ist.

»Wie läuft es denn ohne mich?«

Flo zuckt die Achseln. »Ganz gut. Drei Top-Ten-Plazierungen hatten wir im Juli. Zwei weniger als im Juni, aber okay. Wir konzentrieren uns auf die härteren Töne, auf handgemachte Musik, womit die Popbands natürlich ein Problem haben. Ein paar sind abgesprungen, die fühlten sich nicht adäquat behandelt.« Wieder zuckt er die Achseln. »Aber es läuft.«

Den Fokus auf das Rockgenre und die Konsequenzen der Popbands hatte ich erwartet. Das Label mit dem neuen Namen WeRock LeifMusic schlägt genau den Weg ein, von dem ich abgekommen war.

»Das ist gut so, weißt du?« Ich setze mich zu Flo. »Das hatte ich immer gewollt.«

»Wieso hast du es nicht selbst durchgezogen? Ich wäre doch bei dir geblieben.«

»Weil es für mich nicht ohne weiteres möglich gewesen wäre. Der Ärger von allen Seiten hätte mich Kraft gekostet, die ich nicht hatte. Nicht nach diesem Start in das Jahr.« Mir gruselt beim Gedanken an die alte Zeit. »Zuerst der Infarkt, dann Pauls Tod. Und zu viel Musik, die ich nicht hören wollte. Musik, hinter der ich nicht stand, nie gestanden habe.«

Flo nickt in Richtung der Boxen auf der Terrasse: »Aber das ist Musik, die du hören willst, oder wie?«

»Quatsch. Das ist nur Ablenkung. Ich war nicht mehr glücklich mit LeifMusic und wollte so nicht weitermachen. Beim Verkauf mag ich bekifft gewesen sein und die Tage vorher betrunken, weil ich diese Magenschmerzen nicht anders ertragen konnte, aber ich bereue nichts.«

Weil Flo schweigt, werde ich deutlicher: »Sag mir, dass du Megaspaß hattest, irgendwelchen Z-Promis zu erklären, wie sie singen sollen, damit was halbwegs Verwertbares dabei rauskommt! Sag mir, es war deine Erfüllung, Schlafzimmerblick-Louis oder Miss Unwiderstehlich, die genauso gern Model wie Sängerin geworden wäre, unter Vertrag zu nehmen!« Beschwichtigend hebe ich die Hände. »Nichts gegen den Schlafzimmerblick oder Models, aber das waren eben keine Herzblutmusiker. Die haben wir angenommen, weil wir wettbewerbsfähig bleiben wollten.« Zu aufgebracht zum Sitzen, stehe ich auf, stecke die Hände in die Taschen und gehe im Garten auf und ab. »Wir haben nur noch Produkte entwickelt. Schau doch, was wir allein aus Claudia gemacht haben.«

Flo reagiert sachlich. »Wir haben sie erfolgreich gemacht. Das wäre sie in ihrem damaligen Genre nicht geworden. Wir haben auf die Nachfrage reagiert.«

»Wir wollten einen Hype bedienen.«

Claudia hat mit zuckersüßer Stimme soften Frühstücksjazz ins Mikro gehaucht, bevor ich sie aus dem Schatten geholt habe. Ich schlug ihr Songs einer anderen Richtung vor, organisierte drei Musiker, die seither in ihrem Schatten spielen, und empfahl ihr außerdem, die Jeans und Flatterhemden gegen was Feminines austauschen. Als Frontfrau von Goldkind hopst sie jetzt in Glitzerklamotten auf Festivalbühnen herum, ist für ihre Launenhaftigkeit bekannt und will von Jazz nichts mehr wissen.

»Claudia gehört hinters Mikro«, sagt Flo und unterbricht meine Gedanken. »Du hast ihr nur geholfen, ihren Weg zu finden.«

»Das könnte ich mir einreden.« Genauso wie ich mich glauben machen könnte, dass ich ausschließlich begabte Musiker produziert habe. In der Realität waren die meisten leider weder talentiert noch authentisch. »Nur an wenige der von LeifMusic unter Vertrag genommenen Bands oder Sänger wird man sich in zehn Jahren erinnern«, erwidere ich. »Sie sind wie das Kultgetränk des Sommers: austauschbar. Im nächsten Sommer trinkt man ein anderes Kultgetränk.«

Flo leert sein Bier und stellt die Flasche ab. »Schon klar, ich hab's verstanden. Und um dich zu beruhigen: Ich habe jetzt oft mit Profis zu tun, denen der Tontechniker beinahe nichts erklären muss. Ich habe kaum noch Kopfschmerzen, komme morgens leichter aus den Federn.«

Endlich setze ich mich. »Na, siehst du.«

»Ich hätte nur gern vorher Bescheid gewusst. Ich habe mich übergangen gefühlt.« Er sucht nach Worten. »Und verkauft irgendwie. Für einen Euro.«

Zu keinem Zeitpunkt der Entscheidung habe ich bedacht, dass sich meine Mitarbeiter verkauft fühlen könnten. Jetzt, mit einiger Distanz, verstehe ich, was Flo meint, und es tut mir leid. Als ich ihm das sage, wischt er den Rest unserer Differenz mit dem sprichwörtlichen Schwamm beiseite.

Ich muss an die Fahrt nach Westerland denken, ans Meer, ans Segeln, an ein Männerwochenende, wie ich es lange nicht hatte.

»Kannst du segeln?«, frage ich Flo.

Er schüttelt den Kopf. »Nie versucht. Ich mag das Wasser am liebsten vom Ufer aus.«

»Hast du Lust, trotzdem segeln zu lernen. Auf dem Trockenen?«

Ich erzähle ihm von den Strandseglern, die Paul und ich einmal von der See aus beobachtet hatten. Nach einem Regenguss heizten sie auf ihren Rollenboards über den nassen, festen Sand. Wir hatten das immer ausprobieren wollen.

»Der Herbst ist perfekt dafür«, überlege ich und spüre schon wieder Panik in mir brodeln.

Vielleicht dämmere ich im Herbst nur noch vor mich hin. Neben vielen anderen Dingen werde ich dann niemals strandsegeln. Wie auf Kommando muss ich gähnen.

Flo steht auf. »Lass uns das machen. Einfach mal einen Tag raus«, sagt er und schlägt mir auf die Schulter. »Jetzt muss ich los, bin zum Essen verabredet.«

»Mit wem denn?«

»Sie ist Gitarristin.« Er schlendert zur Terrasse. »In einer der Bands, die WeRock bereits unter Vertrag hatte.« Bei der Terrassentür angekommen, hebt er die Hand zum Gruß. »Ich finde allein raus. Bleib mal sitzen und schau zu, dass du nicht wieder einpennst!«

Ich nicke und gähne ein zweites Mal. Studien zufolge soll das Gähnen die Müdigkeit vertreiben, doch bei mir ist es andersherum. Es aktiviert sie. Beim dritten Gähnen rollt die Müdigkeit wie eine Welle durch mich, lähmt mich für wenige Sekunden von Kopf bis Fuß und lässt mich träge zurück. Ich blinzele in die Sonne und wechsele für ein Nickerchen auf den bequemeren Liegestuhl.

Ein ausgedehnter Service

Kalte Luft kriecht über meinen Rücken und hinten in meine Hose. Ich fummele nach der Bettdecke, bekomme sie aber nicht zu fassen und ziehe mein T-Shirt tiefer. Im Halbschlaf vor mich hin murmelnd, rutsche ich näher an die Wärmequelle, die sich an meine Brust schmiegt, und wische mir über den Mund, weil dort Fusseln hängen, die beim Ein- und Ausatmen unter der Nase kitzeln. Die Wärmequelle seufzt voller Behagen und räkelt sich. Ich blinzle und stelle fest, dass ich mir die Gartenliege mit Hannibal teile und es mitten in der Nacht ist. Zwar kann von einem kontrollierten Einschlafen keine Rede sein, doch ich bin zu müde, um mir einen Kopf darum zu machen. Hannibals Protest ignorierend, setze ich mich auf, kratze mir den Kopf, den Hals, die Brust, gähne und stehe auf, um ins Haus, die Treppe hinauf und ins Schlafzimmer zu schlurfen. Ich weiß nicht, welcher Wochentag mit dem Sonnenaufgang beginnt, aber da die Chancen für einen ungeraden Tag in etwa fifty-fifty stehen, kritzele ich *Bitte nicht stören!!!* auf ein Post-it und pappe es an meine Schlafzimmertür. Bäuchlings plumpse ich auf das Bett und schlafe weiter. Hin und wieder dringen Geräusche wie aus weiter Ferne zu mir durch. Ein Bellen. Das Klimpern von Geschirr und ein Brummen – es ist also ein ungerader Tag, und Jekaterina Poljakow ist da. Das Piepen meines Handys. Irgendwann klingelt es sogar. Mit geschlossenen Augen nehme ich das Gerät vom Nachtisch und gehe ran. Als ich Majas Stimme höre, bin ich sofort hellwach.

»Ich wollte hören, ob du noch lebst«, sagt sie.

Ich setze mich im Bett auf und lasse die Jalousien hochfahren.

»Ähm, ja! Lebe noch.«

»Gut …« Majas Pause ist für ihr Mundwerk ungewöhnlich. »Ich frage nur, weil du am Montag so merkwürdig drauf warst. Gestern warst du dann nicht da und heute auch nicht.«

Dass sie sich Sorgen um mich macht, beeindruckt mich irgendwie, und dass sie ihren Anruf sogar rechtfertigt, lässt mich grinsen. Ich beschließe, den Moment auszukosten, sie zappeln zu lassen und zu schweigen.

Sie zappelt in der Tat und versucht es mit einer nie zuvor von ihr gehörten fröhlichen Tonlage: »Da siehst du mal, was wir hier für einen Top-Service haben.« Ein *Tadaaaa!* hätte es perfektioniert.

»Na ja, ein Top-Service wäre eine Lieferung nach Hause.«

Zuerst hält Maja die Luft an, und dann schnaubt sie: »Na klar, Lieferservice. Träum weiter!«

Lieber nicht. Gerade bin ich so schön munter. »Wieso nicht? Wenn ich mal verhindert bin. Es ist ja auch nicht weit. Zehn Minuten zu Fuß.«

»ICH soll dir *jetzt* Kaffee bringen?«

»Genau.« Sind die spontansten Einfälle nicht immer die besten?

»Spinnst du?«

Aha, Madame ist entrüstet. Grundlos. »Was ist dabei? Du zapfst einfach einen Espresso-to-go, wie früher halt, mit dem Unterschied, dass nicht ich mit dem Kaffee losmarschiere, sondern du.« Ich werfe einen Blick auf die Uhr. Es ist gleich vier. »Du hast doch Feierabend, oder nicht?«

»Du sagst es, und deshalb …«

»Zapfst du dir selbst auch einen Espresso, oder was immer du trinken möchtest, und kommst vorbei.« Bevor Maja widersprechen kann, nenne ich ihr meine Adresse, lege auf und sprinte unter die Dusche. Das eiskalte Wasser macht mich wacher als wach. Vor mich hin singend, schrubbe ich Haut und Haare, pruste immer mal wegen der Kälte und freue mich diebisch, Maja so überrumpelt zu haben.

Mein Timing ist perfekt. Kaum stecke ich in frischen Klamotten, da klingelt es. Hannibal ist vor mir an der Tür und hockt sich schwanzwedelnd davor. Ich öffne und verkneife mir ein Lachen, weil Maja so finster dreinschaut. Nichtsdestotrotz hat sie zwei Coffee-to-go auf einem Papptablett dabei. Das drückt sie mir in die Hand und lässt mich wissen, dass es Latte macchiato ist, weil sich der Weg für so was Winziges wie Espresso nicht gelohnt hätte. Dann beugt sie sich zu Hannibal, um ihm den Kopf zu kraulen. Je länger sie das macht, desto mehr genießt es der Dobermann. Bei der Hingabe, mit der sie ihn streichelt, kann ich es ihm nicht verübeln. Weil ich mir überflüssig vorkomme, schließe ich die Tür hinter Maja und sage, dass ich schon mal auf der Terrasse bin.

Sie vertröstet Hannibal auf eine spätere Fortsetzung und folgt mir. Bei einem Blick über die Schulter sehe ich, dass sie sich umschaut. Beeindruckt wirkt sie dabei nicht. Wahrscheinlich gibt es nur wenige Dinge, die Maja beeindrucken, und Luxus gehört nicht dazu.

»Wieso bist du nicht ins Café gekommen?«, fragt sie, als wir im Garten sind.

Dass ich ihr einen Platz anbiete, ignoriert sie. Sie zieht ihren Becher aus dem Papphalter und schlendert damit durch den Garten. Ich bleibe also ebenfalls stehen, nehme meinen Kaffee und trinke einen ersten Schluck.

Natürlich werde ich ihr nicht sagen, dass sie recht hat und ich mich mit der Schlafkrankheit rumschlage. Sie würde mich auslachen. Jeder andere auch. Jeder, der die Erfahrung des unkontrollierten Einschlafens nicht selbst gemacht hat und sich nicht vorstellen kann, wie unangenehm das ist. Meine Schlafkrankheit werde ich im Alleingang besiegen. Vielleicht bin ich der erste Mensch, der eine Resistenz gegen das Gift der Tsetsefliege entwickelt. Vielleicht habe ich nicht mal die gemeine afrikanische Schlafkrankheit, sondern die europäische, die sogar therapierbar ist. Möglicherweise sollte ich das doch von Dr. Bärbeißer abklären lassen?

Weil ich nicht antworte, formuliert Maja ihre Frage anders: »Wieso sollte ich herkommen?«

Eine gute Frage. Verfänglich auch, irgendwie. Persönlich. Anders als auf ihre letzte Frage weiß ich hierauf nicht einmal eine Antwort. Weil ich Lust auf Gesellschaft hatte? Weil ich Lust auf *ihre* Gesellschaft hatte?

Ich tue etwas Gemeines und antworte mit einer Gegenfrage: »Wieso bist du gekommen?«

Eine Hand in die Hüfte gestemmt, kommt Maja auf mich zu. Ihre Miene ist noch immer unlesbar. »Du bist mir ein Rätsel, Max Leif«, sagt sie. »Ist nicht so, als würde ich Tag und Nacht über dich nachdenken, aber in den wenigen Sekunden, in denen du mich dazu zwingst …«

Sie unterbricht sich, weil es an der Tür klingelt und Hannibal wie eine Furie zum Eingang wetzt und bellt. Ich gehe hinterher, erwarte den Postboten, den Bofrost-Mann oder die Zeugen Jehovas und versteinere kurz, weil Claudia vor der Tür steht. Blitzschnell besinne ich mich und packe Hannibal am Halsband. Dass sie mich nach dem Verkauf von LeifMusic geohrfeigt hat, hat er ihr offenbar noch nicht verziehen – dies wird er wahrscheinlich ein Leben lang nicht tun – und will auf sie losgehen. Damit beschäftigt, den Dobermann festzuhalten, kann ich Claudia nicht daran hindern, ins Haus zu spazieren. Und durch das Wohnzimmer. Direkt in den Garten. Schnell sperre ich Hannibal in die Gästetoilette und folge ihr.

Sie hat Maja bereits entdeckt, fährt zu mir herum und ruft: »Aha!«

Mein Blick fliegt von Claudia zu Maja, die eine Braue hochzieht und ihren Becher austrinkt.

»Wer ist das nun schon wieder?«, zetert Claudia.

Ihr gereizter Ton geht mir auf die Eier. Und auf die Eier geht mir auch, dass sie hier ständig reinlatscht.

»Nicht dass es dich was angeht, aber das ist Maja.« Der Vollständigkeit halber mache ich die Vorstellung komplett. »Maja, das ist Claudia, meine ...« Das Wort *Ex-Freundin* schafft es nicht über meine Lippen, denn Besagte zetert weiter.

»Max, langsam reicht es mir. Wann immer ich herkomme, um die Dinge zu klären, ist was anderes. Zuerst hast du den Hund und willst krepieren, dann verkaufst du dein Label, dann vögelst du deine Putzfrau, jetzt diese Tussi hier.«

»Hör auf!«, unterbreche ich Claudia. »Ich bin so was von müde.« Damit meine ich nicht meine Schlafkrankheit, sondern eine gewisse Unwilligkeit, mir diesen Mist anzuhören. Aufgrund der Fülle von Mist ist mir nach einem klärenden Erstens-Zweitens-Drittens.

»Erstens«, beginne ich also mit dem Daumen. »Maja ist eine Freundin, die so nett war, mir Kaffee vorbeizubringen.«

»Ach, eine Freundin, ja?« Claudia fährt mit der Hand durch meine Haare. »Und wieso sind dann deine Haare nass?«

Nein, ich werde mich nicht bemühen, diese Logik nachzuvollziehen. Ich weiß nicht, warum es verwerflich ist, während Majas Besuch nasse Haare zu haben, und vermute, dass sich Claudia in typisch weiblicher Manier tausendmal um die Ecke irgendeines Hirngespinstes gedacht hat. Soll sie allein zurückfinden aus der Pornodusche oder woraus auch immer.

»Zweitens.« Ich nehme den Zeigefinger hinzu, will fortfahren und werde wieder unterbrochen. Diesmal von Maja.

»Ich geh dann mal«, sagt sie und ist schon auf der Terrasse. »Ich finde allein raus, keine Sorge.«

Das Grollen, das in mir aufsteigt, schlucke ich runter. Ich kann Maja jetzt nicht aufhalten. Ich würde gern, sollte es aber nicht tun, also überwinde ich mich, rufe ihr ein »Sorry, bis bald« nach und konzentriere mich auf meine Ex, die meine Erklärungen mit vor der Brust verschränkten Armen erwartet.

»Ich habe Jekaterina Poljakow nie gevögelt und nicht vor, das je zu tun.« Schon will ich mich zum Dritten rechtfertigen, da wird mir die Kleinlichkeit dieser Sache bewusst. Also hebe ich beide Hände, abwehrend, beschwörend. Ich habe die Schnauze voll, will die Frau auf Distanz halten. »Aber hätte ich es getan, kann es dir egal sein. Egal ob es meine Putzfrau war oder die Kaffeeverkäuferin, ob ich vorher geduscht habe oder wir uns dabei im Schlamm gewälzt haben.« Meine Stimme wird lauter, ich steigere mich rein und übertreibe, aber mir reicht es einfach. Nicht mal Claudias wässriger Blick stoppt mich.

»Es kann dir egal sein, ob ich mein Label verkaufe, weil ich deine Musik so wenig produzieren möchte wie die vieler anderer, und es dürfte dir egal sein, ob ich morgen krepiere, abkratze, verrecke oder wie auch immer du es bezeichnen möchtest. Und jetzt sieh zu, dass du rauskommst, sonst lasse ich den Dobermann aus dem Bad!«

So!

Claudias Lippen beben. Tränen quellen aus ihren Augen und laufen über ihre Wangen.

Verdammt!

»Eine Kaffeeverkäuferin also«, quietscht sie, weil sie wegen des Weinens nicht mehr ordentlich sprechen kann.

Das ist ihre einzige Sorge? Dass Maja Kaffee verkauft?

Mit dem Handrücken wischt sie die Tränen erst von der einen, dann von der anderen Wange. Ihre Lippen zittern stärker, vor Ärger allerdings, wie mir ihr veränderter Blick verrät.

»Du ersetzt mich gegen eine Kaffeeverkäuferin.«

Ich könnte von vorn beginnen und erklären, warum ihre Behauptung falsch ist, indem ich erstens, zweitens, drittens sage, aber, wie schon einmal erwähnt, bin ich müde. Wahnsinnig müde. Jetzt in jeder Hinsicht.

Ich nehme Claudias Handgelenk, führe sie aus dem Garten und durchs Haus. Schwungvoll öffne ich die Tür und will sie hinausschubsen, da entdecke ich die beiden gräulich-bleichen Gestalten, die eben klingeln wollen, Zeugen Jehovas wahrscheinlich. Resignierend schlage ich die Tür wieder zu, lasse Claudia los und lehne mich gegen die Wand. Mein Kopf ist viel zu schwer geworden, ich kann ihn kaum noch halten und senke das Kinn auf meine Brust. Die Zeugen Jehovas klingeln. Hannibal wütet im Gästebad. Claudia legt ihre Hände an meine Wangen. Warm fühlen sie sich an. Gut und vertraut. Als ich den Kopf hebe, um sie anzusehen, küsst sie mich.

Wegen ausgesperrter Vernunft

Claudias Lippen schmecken nach Pfirsich, wie sie immer geschmeckt haben. Ihre Haut und ihre Haare duften blumig, wie sie immer geduftet haben.

»Es tut mir leid«, säuselt sie an meinem Mund, und ihre Stimme klingt wie die der süßen Jazzfrau im schlabbrigen Wollpullover, die sie einmal war. Die Wärme ihrer Haut dringt durch den Stoff ihres Kleides, als meine Hände darüberstreichen – über ihr Kleid und darunter. Ein Seufzen kommt aus ihrer Kehle, und dann hat sie mich ganz. Ihre Hände schalten mein Hirn aus, ihre Lippen lassen mein Herz rasen, ihr Duft macht mich wild. *Meine!*, brüllt der Kerl in mir, packt sie und schleppt sie die Treppe rauf. Das Kichern, das in ihrer Kehle klirrt, weckt mein Bewusstsein. Ich lege Claudia aufs Bett und hole ein Kondom aus dem Nachtschrank, wo die Packung und das Sorgenfresserchen seit einiger Zeit liegen.

Früher haben Claudia und ich es ohne Gummi gemacht, doch zwischen früher und jetzt passierten der Gärtner (mindestens) und mein HIV-Verdacht.

Als Claudia das Gummi sieht, stutzt sie, zieht mich dann aber zu sich und umklammert meine Hüfte mit ihren Beinen. Unter mehr Küssen ziehen wir uns aus und rollen uns herum. Ich will oben sein, aber sie besteht darauf, auf mir zu sitzen. Unwillig, das auszudiskutieren, lasse ich ihr ihren Willen, und so legt sie los, reitet mich und schreit wie am Spieß. Wüsste ich es nicht besser, würde ich glauben, dass sie Power-Aerobic macht oder sich gegen einen Dieb verteidigt. Ihren Zuckungen zufolge ist sie schon zweimal gekommen, während ich mehr und mehr irritiert auf meinen Einsatz warte. Als ihr verschleierter Blick auf mich fällt und sie »Los,

Max, jetzt zusammen!« murmelt, schließe ich die Augen und konzentriere mich auf das Gefühl in meinen Lenden. Mit einem Laut, den Claudia sicher nicht hört, lasse ich los und bin froh, dass es vorbei ist. Sie bricht auf mir zusammen, schweißnass und schwer atmend.

»Das war so gut, Max«, sagt sie und rollt von meinem Bauch auf die Matratze.

Ihre Hand liegt auf meiner Brust, streichelt sie. Ich weiß nicht, wohin mit meinen Händen, und verschränke sie hinter dem Kopf. Mein Blick wandert von Claudia zur Decke.

»Was denkst du jetzt?«, fragt sie.

Ich sehe sie wieder an, ringe mir ein Lächeln ab. »Nichts weiter.«

Als Mann ist es in Ordnung, nichts zu denken. Obwohl Frauen es sich angeblich nicht vorstellen können, weil sie nie nichts denken, kaufen sie es einem in bestimmten Momenten doch ab. Zum Beispiel, wenn man nach dem Sex still an die Decke starrt. Tatsächlich habe ich in solchen Momenten oft nichts gedacht. Oder zumindest nichts sonderlich Komplexes, sondern vielmehr so was wie: Geil. Noch mal. Mit dem Mund, bitte!

Diesmal nicht. Das eigentliche Repertoire meiner Gedanken möchte ich Claudia ersparen. Ich kann ihr nicht sagen, dass dies der letzte Sex meines Lebens gewesen sein könnte und ich mir für diesen Fall anderen gewünscht hätte. Schönen Sex. Nicht mit ihr. Ich muss für mich behalten, wie blöd ich ihr Geschreie und Gehopse fand, und dass ich mich wundere, seit wann sie das macht. Am liebsten möchte ich sie fragen, ob sie noch duschen will, bevor sie geht, und ich überlege, ob der Kaffee, den Maja gebracht hat, inzwischen kalt ist.

Als ich aufstehe, will Claudia mich zurückhalten.

»Wohin gehst du?« Sie kräuselt die Stirn und macht einen Schmollmund. »Ich dachte, wir kuscheln noch.«

»Bin gleich zurück«, sage ich und nehme die Bettdecke auf dem Weg durchs Haus mit, weil ich mir gerade nicht mehr sicher bin, ob ich den Zeugen Jehovas wirklich die Tür vor der Nase zugeschlagen habe.

»Aber wohin willst du denn jetzt?«

Wohin gehst du? Woher kommst du? Einfach ätzend!

»Hannibal aus dem Klo lassen.«

Und bei der Gelegenheit pinkeln, aber wenn ich das sage, diskutiere ich vielleicht gleich darüber, wie ich nach dem Sex bloß pinkeln gehen kann. Das hatten wir alles schon.

Keine Spur von den Zeugen Jehovas, und Hannibal freut sich wie Bolle, als ich die Klotür aufmache. Im nächsten Moment wittert er Claudia und will die Treppe raufwetzen, doch mein strenges »Nein« stoppt ihn. Er bekommt einen Snack und trollt sich in den Garten. Ich hänge die Bettdecke über das Treppengeländer, gehe pinkeln und dann ebenfalls nach draußen. Weil der Kaffeebecher nicht mal halb leer ist, nehme ich aus dem Gefrierschrank die Box mit Vanilleeis, die Jekaterina Poljakow für sich selbst gekauft und vergessen hat. Eine Kugel schabe ich aus der Masse und gebe sie in den Kaffee. Mit dem spontan gezauberten Eiskaffee geselle ich mich zu Hannibal, setze mich aber vorsichtshalber nicht. Das Gesicht in die kräftige Abendsonne des Augusttages haltend, denke ich mich fort, bis mich Claudias Stimme zurückruft.

»Max, wieso stehst du nackt im Garten?«

Ich drehe mich um. Sie steht nackt am Fenster – und das interessiert mich im Gegensatz zu ihr nicht die Bohne.

»Kommst du hoch?« Ihre Stimme nimmt diesen Klang an, der mich vorhin irgendwie beduselt hat. »Noch mal ins Bett?«

Noch mal Sex? Üblen Hoppelsex?

Schmeiß sie raus, Max!, verlangt mein konsequentes Ich, doch mein friedfertiges Ich verlangt nach Harmonie. Und nach Ruhe. Ich trinke den Kaffee aus, werfe den Becher in den Müll und tappe mit jedem Schritt müder die Treppe rauf, wobei ich meine Bettdecke vom Geländer zerre und wie Linus von den Peanuts hinter mir herschleppe. Sobald ich liege, sind Claudias Hände auf mir. Meine Augen fallen zu, und ich stelle mir vor, dass sie das aus Liebe tut und nicht aus Kalkül. Ich denke uns zurück ins letzte Jahr, bevor all das Furchtbare geschah, und wünsche mir, einfach wieder an gar nichts denken zu können.

»Was ist los?«, fragt Claudia, weil ich nicht reagiere, wie sie es von mir erwartet.

»Ich bin nur müde.« Um ihren so vertrauten Duft einzuatmen, rutsche ich näher an sie heran.

»Das ist langweilig, Max. Es ist nicht mal zwanzig Uhr.«

»Na und?«

»Hat es was mit der Kaffeetussi zu tun?«

Fängt sie schon wieder damit an?

»Sie ist keine Tussi«, quetsche ich mit träger Zunge zwischen den Zähnen durch.

»Jetzt verteidigst du sie noch.«

Claudia klingt, als bräuchte sie nur noch zwei bis drei Gedanken, um auszurasten. Irgendwie muss ich die Kurve kriegen, denn zum Streiten bin ich viel zu müde, also zwänge ich meine Augen auf, werfe ihr einen versöhnlichen Blick zu und lege meinen Arm um sie.

»Lass uns einfach ein bisschen kuscheln, okay?«

Claudia schiebt meinen Arm weg. »Ich will nicht kuscheln! Ich will wissen, was es mit dieser Frau auf sich hat. Glaubst du, ich lege …« *Laber, laber, laber.* »… ins Bett, wenn du …« *Sabbel, sabbel, sabbel.* »… ich versteh nicht, wieso …« *Laber, laber, sabbel, sabbel.*

Als sie mich rüttelt, werden ihre Worte klarer: »Max, ich rede mit dir!«

Dass ich mich selbst vom Schlafen abhalte, ist meine Entscheidung. Nicht ausstehen kann ich, wenn es jemand anderes tut, wo ich nichts mehr will als pennen.

»Entweder bist du jetzt still, oder du fliegst raus«, brumme ich und drehe mich auf die andere Seite.

Claudia lässt einen genervten Laut hören, scheint es sich dann aber im Bett bequem zu machen. Die Klickgeräusche ihres Touchpads verklingen in meinem Schlaf.

Das austauschbare Danach

Es war eine katastrophale Nacht. Zweimal wurde ich von Hannibals hundert Dezi-Bell und Claudias Geschrei geweckt. Die beiden hatten ein Problem miteinander, wann immer sie zur Toilette wollte. Ein drittes Mal holte mich ihr Handy aus dem Schlaf, genau gesagt dessen Klingelton, der Refrain ihrer neuesten Single: *Ich seh dich nur im Dunkeln, hey, dann machst du deine Runde, dann machst du mich betrunken, mein ewig schöner Geist der herrlich schwarzen Stunde, uh uh, ah ah.*

Die Mitglieder von Goldkind haben den Text nicht selbst geschrieben, natürlich nicht, sondern einen Texter angezapft. Ich persönlich hätte dem Mann ja den Gnadenschuss gegeben, während meine Empfehlung für den betrunkenen Drummer von Goldkind, der zu dieser gottlosen Zeit anklingelte, eine Entziehungskur gewesen wäre. Stattdessen unterhielt sich Claudia mit ihm über das schwere Los von Musikern, über die Ungerechtigkeit der Kritiker, die Undankbarkeit der neuen Generation und darüber, dass Herzblutmusikern wie ihnen im Endeffekt alles egal sein kann.

An dieser Stelle bekam ich eine Hustenattacke, stand auf und ging aus dem Schlafzimmer, um das Gespräch nicht zu stören. Im Gästezimmer hatte ich endlich Ruhe. Doch nur kurz. Ein Kuss weckt mich. Ein sehr nasser Kuss.

»Hannibal«, murmele ich, drehe mich auf den Rücken und wische mir über den Mund, »das ist eklig, weißt du.«

Als mir ein Kissen mit Schwung über den Kopf gezogen wird, bin ich schlagartig munter. Claudia steht vor dem Bett und schaut voller Verachtung auf mich herab.

»Ich habe Frühstück gemacht«, zetert sie. »Ich habe dich liebevoll geweckt, und du verwechselst mich mit deinem verdammten Köter? Der gehört in ein Tierheim, weißt du, er ist aggressiv und hat mich die ganze Nacht bedroht.«

Ich hasse es, den Tag mit Streit zu beginnen, insbesondere wenn ich noch nicht einmal Gelegenheit hatte, richtig munter zu werden. Das hier gleicht einem Überfall.

»Du hättest mich nicht ohrfeigen sollen.«

Claudia verschränkt die Arme vor einem meiner T-Shirts, dem mit den Noten. Ein Auszug aus Vivaldis *Vier Jahreszeiten,* dem zweiten Satz, »Sommer«, ist in Form eines Notenschlüssels aufgedruckt. Ich mag es zu sehr, als dass ich es gern an Claudia sehe.

»Wann habe ich dich denn geohrfeigt?«, fragt sie streitlustig.

»Im Juni war das, glaube ich. Du hattest gerade vom Verkauf des Labels erfahren und vor dem Haus auf mich gewartet.«

»Das ist doch ewig her.«

»Hannibal vergisst das nicht.«

Ich stehe auf, bringe mein Gesicht nahe vor Claudias. Sie muss den Kopf in den Nacken legen. Unsicherheit, sicher zum Teil wegen meiner Nacktheit, flackert in ihrem Blick.

Ich tippe mir an die Schläfe. »Er speichert das in seinem Oberstübchen, für immer. Genau wie ich gewisse Dinge in meinem Oberstübchen speichere.«

Sie hadert mit sich und macht dann einen Schritt zur Seite, um mich durchzulassen. Auf halbem Weg zum Bad kehre ich um, weil sie fragt, wann ich frühstücken komme. Inzwischen bin ich ebenfalls streitlustig, angriffslustig sogar. Es war falsch, mit Claudia zu schlafen, überhaupt mit ihr im Bett zu liegen. Sie muss doch spüren, dass ich so denke, und kann nicht allen Ernstes glauben, dass ich mit ihr frühstücke.

»Ich habe keinen Appetit auf Frühstück«, sage ich. »Und sei mal bloß froh, dass heute Donnerstag ist, denn sonst wäre deine beste Freundin hier und würde dich wie beiläufig mit ein paar Brotkrümeln aus dem Haus fegen.« Mein Blick fliegt über ihr Outfit. »Bitte zieh mein T-Shirt aus, bevor du gehst. Ich bin jetzt duschen und würde Hannibal danach gern wieder ins Haus lassen.« Der arme Kerl musste auf der Terrasse pennen.

Claudias Schimpftirade warte ich nicht ab, sondern verdrücke mich ins Bad, wo ich ausgiebig dusche. Zuerst warm, dann eiskalt. Danach ist Claudia tatsächlich verschwunden.

Hannibal hockt hinter der Terrassentür, legt den schwarzen Pelzkopf schief und schaut mich traurig an. Ich lasse ihn herein, ziehe mich an und mache mich auf den Weg zu Dr. Ingrid Bärbeißer. Es ist möglich, dass ich ihr die Laune versaue, weil ich mit einem neuen Leiden bei ihr aufkreuze. Dass ich Privatpatient bin, ist ihr ja offenbar schnuppe, zumindest macht dieser Fakt sie nicht zum eifrigen Arschkriecher. Ich werde sie ertragen, ihre Bärbeißigkeit, denn einen weiteren Tag mit der Angst vorm Einschlafen und dem anstrengenden Bemühen dagegenzuwirken halte ich nicht durch.

»Na, was plagt uns denn in diesem Monat?«

Dr. Ingrid Bärbeißer verschränkt die Hände auf ihrer wild bekritzelten Schreibtischunterlage und lächelt. Nicht freundlich, sondern eher, als wappne sie sich innerlich.

»Ich plage Sie, weil mich die Müdigkeit plagt.«

Ich warte. Dr. Bärbeißer wartet ebenfalls. Eine kleine Ewigkeit sitzen wir uns so gegenüber. Die Ärztin regt sich zuerst.

»War's das schon? Kommen Sie tatsächlich mit einem Symptom zu mir und nicht in der Annahme, eine bestimmte Krankheit zu haben?«

Dass ich sie enttäuschen muss, tut mir beinahe leid. Ich hatte lediglich gehofft, die Ärztin würde mir Fragen stellen und die Krankheit, die ich meine, von allein herausfinden. In Anbetracht ihres Verdachts wäre es Zeitverschwendung, meinen Plan weiterzuverfolgen, also erzähle ich mehr.

»Nun ja, genauer gesagt verhält es sich folgendermaßen: Ich bin seit einigen Tagen wahnsinnig müde und schlafe an den unmöglichsten Orten ein. Ich habe mich informiert.«

Dr. Bärbeißer verengt die Augen zu Schlitzen. Es nützt nichts. Das Wort muss raus.

»Im Internet.«

Weil die Ärztin still bleibt, spreche ich weiter: »Bei meiner Recherche bin ich abermals auf die Tsetsefliege gestoßen. Wie Sie wissen, war ich im Mai auf Sansibar, wo dieses Insekt lebt.«

Das Lächeln der Ärztin wird eisig.

»Es gibt mehrere Arten der Schlafkrankheit, und die Symptome der afrikanischen passen eben perfekt zu meinen.« Die Leichtigkeit, mit der ich die Worte über die Lippen bringe, ist so was von erzwungen. »Es wäre doch möglich, dass mich diese Fliege tatsächlich gestochen hat und ich nun …«

Mein Zögern lässt die Ärztin grunzen: »Dass Sie nun was? Sagen Sie es schon!«

»Also diese afrikanische Schlafkrankheit ist nicht heilbar. Man schläft einfach irgendwann für immer ein. Ich befürchte so ein bisschen …« Tja, die Befürchtung ist schwer auf den Punkt zu bringen, wenn man nicht ernst genommen wird. Zu einem einzigen Gedanken kommen zig andere, und meine Stimme überschlägt sich: »Ich habe in den letzten Tagen so viel gepennt, dass ich den Rest des Monats hellwach sein müsste, aber ich bin müde, wie gelähmt manchmal. Ich weiß nicht, was ich noch machen soll, und würde die afrikanische Schlafkrankheit gern ausschließen.«

Dr. Ingrid Bärbeißer ringt sich zu einem Statement durch: »Ich kann Ihnen versichern, Herr Leif, dass Sie diese Krankheit nicht haben, denn im Juni habe ich wegen Ihrer Magenprobleme einen großen Check gemacht und hätte derlei Anomalitäten gesehen.«

»Vielleicht ist es ja die europäische oder ...«

»Nein!«

Könnten Blicke töten ... Als Dr. Bärbeißer auch noch die Lippen spitzt, ist ihr Gesicht der Ausdruck purer Verärgerung. Ich bin mir sicher, dass mein Ärger gleichermaßen leicht zu interpretieren ist, und beschließe, keinen Ton zu sagen, bis sie ihre telepathische Diagnose untermauert.

»Müdigkeit und Abgeschlagenheit sind mögliche Nebenwirkungen Ihrer Herzmedikamente«, überlegt sie. »Eigentlich sollten Sie inzwischen daran gewöhnt sein. Nehmen Sie die Tabletten denn regelmäßig?«

»Absolut«, versichere ich ihr und habe fast kein schlechtes Gewissen. Nach einigen Aussetzern während der Tsetse-Seuche und des HIV-Verdachtes bin ich seit Wochen wieder pingelig genau.

Sie wirft einen Blick in meine Akte. »Ein Musiklabel haben Sie?«

»Hatte ich.«

Die Ärztin schaut mich an und runzelt die Stirn.

»Ich habe es verkauft. Ende Juni.« Und ich möchte nicht, dass sie diesen Umstand als Erklärung für meine Müdigkeit heranzieht. Das wäre lächerlich. »Es hat mir nicht mehr gutgetan, war nicht mehr, was ich wollte.«

»Nach Ihrem Infarkt sicher keine schlechte Entscheidung, aber was machen Sie denn seit Juni?«

Das fragt sie noch? »Wie Sie wissen, habe ich zuerst meine Magenschleimhaut kuriert und anschließend den HIV-Verdacht aus dem Weg geräumt. Nebenbei habe ich mich um den Hund meines besten Freundes gekümmert, der seit einiger Zeit bei mir lebt. Ich gehe viel spazieren.«

»Der Hund wohnt bei Ihnen? Oder Ihr bester Freund?«

»Der Hund. Mein Freund ist tot. Im Mai gestorben. Plötzlich.«

Mit einem Schnaufen lehnt sich Dr. Bärbeißer zurück. Ihr Blick ist jetzt weniger kalt. »Herr Leif, wissen Sie, was Hypochondrie ist?«

Klar weiß ich das. Und ich weiß auch, worauf sie hinauswill. »Sie glauben, ich bilde mir das alles ein? Kommen Sie mir jetzt mit diesem psychosomatischen Scheiß?«

Mit noch milderer Miene schüttelt sie den Kopf. »Ich glaube schon, dass es Ihnen nicht gutgeht. Zuerst der Infarkt, dann der Tod Ihres Freundes, dann Ihr Magen, anschließend dieses merkwürdige Fieber. Sie verkaufen Ihre Firma, fühlen sich müde und abgeschlagen.« Sie seufzt. »Für mich klingt das, als seien Sie auf dem besten Weg in eine Depression.«

Ganz energisch will ich widersprechen, doch sie hebt die Hände und redet weiter. »Wie ich Sie einschätze, Herr Leif, sind Sie ein Machertyp. Vor einiger Zeit haben Sie allerdings eine Vollbremsung eingelegt, denn Ihre innere Stimme hat Ihnen geraten, etwas zu ändern.« Nachdenklich pausiert sie, mustert mich. »Die Ängste, die Sie ganz offenbar plagen, stehen in einem Zusammenhang zu Ihrem Bedürfnis nach einer Veränderung. Vielleicht befürchten Sie, nicht mehr genug Zeit dafür zu haben, aber diese Furcht sollte nicht vordergründig sein. Denken Sie lieber darüber nach, welchen Sinn Sie Ihrem Leben in Zukunft geben wollen. Finden Sie etwas Neues für sich.«

Meine bis eben präsenten Gedanken verpuffen. Zurück bleibt eine gewisse Ratlosigkeit. »Also untersuchen Sie mich nicht?«

Dr. Bärbeißer zuckt die Achseln. »Ich kann Sie abhören, Ihnen in die Ohren und den Mund gucken oder den Blutdruck messen.« Sie nimmt einen Rezeptzettel. »Ich stelle Ihnen jetzt ein Privatrezept aus«, beschließt sie, schreibt etwas auf einen blauen Zettel und schiebt ihn mir unter die Nase. *SPORT* steht in Druckbuchstaben darauf.

Verärgert sehe ich sie an. »Soll das ein Witz sein?«

»Weder Sie noch ich lachen, also nein.« Abermals mustert mich die Ärztin. »Wie haben Sie sich bisher fit gehalten?«

»Mit Laufen und Radfahren ... bis Juni.«

»Nun, das sind momentan nicht die optimalen Sportarten, weil sie zum Grübeln einladen.« Sie steht auf und geht zur Tür, legt die Hand auf die Klinke. »Versuchen Sie mal was anderes, in einer Gruppe, mit Musik vielleicht, oder so etwas wie Rudern. Nehmen Sie dann aber jemanden mit!«

Weil sie die Tür öffnet, bleibt mir nichts weiter übrig, als aufzustehen. Ihrem »Auf Wiedersehen!« antworte ich mit einem Grummeln und zerknülle das Rezept in der Hand.

Manch ausschweifende Idee

Den Freitag verbringe ich, wie den Rest des Donnerstags, auf der Couch, entertained vom Programm des Discovery Channels. Während der Dokumentation über die gefährlichsten Insekten der Welt schlafe ich ein. Ich hatte gehofft, dass die Tsetsefliege ihren Auftritt hat, habe diesen im Fall des Falles aber verpasst. Nicht erst als ich wieder wach bin, erinnert mich mein Geist an Dr. Bärbeißers Worte und sagt mir, dass ich die Fliege endlich vergessen und das herrliche Augustwetter nutzen soll. Weil ich liegen bleibe, bezeichnet mich mein Geist als faulen Sack und unbelehrbar. Auf dem besten Weg in eine Depression sei ich, droht er mir am Ende und schweigt dann beleidigt. Froh, dass Ruhe ist, will ich mich auf die beginnende Sendung über amerikanische Greifvögel konzentrieren, da klingelt mein Handy und zeigt mir eine unbekannte Nummer.

Es dauert ein paar Sekunden, bis ich die joviale Stimme Klaus Kuhn, Spitzname Machete, zuordnen kann. Er sei in Frankfurt und habe seine Familie getroffen, sagt er und kündigt an, auf einen Sprung vorbeizukommen. *Plumps* – kracht meine Lethargie zu Boden. Total überrumpelt setze ich mich auf, schalte den Fernseher aus und weiß nicht, was ich zuerst antworten soll. Gern würde ich beispielsweise erfahren, woher Machete meine Telefonnummer und offenbar auch Adresse hat. Wer mich bisher finden wollte, hoffungsvolle Musiker und Musikerinnen in der Regel, erreichte mich über das Label. Ausschließlich. Niemals zu Hause, weder telefonisch noch postalisch.

»Du, grad ist es ganz schlecht. Ich hab hier ’nen Wasserschaden«, lüge ich, weil ich das Unheil seines Besuches abwenden muss. »Du hast Glück, dass du mich überhaupt unter der privaten Nummer erreichst. Die haben im Übrigen nur wenige Leute.«

Klaus Kuhn versteht.

»Ich hen jedacht, dat ich dat mal versuch. Hen mir unser Klientel in Frankfurt aufjerufen und bin üwer dinge Namen jestolpert, wegen dinge Rechtschutz- und Unfallversicherung.« Er lacht dreckig. »Hausrat haste nit bei uns. Wollen mer mal hoffe, dat de Konkurrenz dinge Wasserschaden rejuliert.«

»Klar, die sind klasse.« Dass offenbar jeder Furzmakler der Gesellschaft Zugriff auf meine Daten hat, lasse ich unkommentiert, bedanke mich für seinen Anruf und will auflegen, doch er lässt nicht locker.

»Komm schon, wenn nit bei dir, dann lass uns enne drinke jehen. Ich bezahl.«

»Wird schwer, Klaus, mir steht das Wasser echt bis zum Hals.«

»Dat is en Grund mehr, da zu verschwinden. Machen mer enne Uhrzeit aus und erinnern mer uns an Sansibar!«

Ich resigniere, schlage Machete den Irish Pub um zwanzig Uhr vor und komme absichtlich dreißig Minuten zu spät. Flo habe ich gebeten, mich kurz vor elf anzurufen und so zu tun, als sei er einer der Handwerker, die in meinem Haus gegen den Wasserschaden kämpfen. Obwohl Flo nicht glaubt, dass Machete Versicherungen verkauft, sondern ihn für weiblich und ein unfreiwilliges Date hält, will er mir helfen. Er hat ja keine Ahnung, zu welcher Performance dieser Typ in nüchternem Zustand fähig ist. Ehe du dichs versiehst, hast du deine Sonnenbrille, deinen Kühlschrank und das Haus, das du erst noch kaufen willst, versichert. Im besoffenen Zustand hingegen hat er ein fabelhaftes Talent, sich selbst an die Frau zu bringen, und mich bei der Gelegenheit auch gleich.

Ich hatte geglaubt, dass seine Camp-David-Hemden und die goldenen Halsketten Teil einer legeren Urlaubskleidung waren und er im Alltag nicht aussieht wie eine Kreuzung zwischen Dieter Bohlen und 50 Cent. Das war ein Irrglaube. Machete schlägt mir auf die Schulter, lacht kratzig, drückt mir ein Bier in die Hand und ist zehn Minuten später voll in seinem Element.

»Dat du den BMW bei enne Gurkenversischerung hast, dat mag noch anjehen«, belehrt er mich, »aber de Porsche, Jong, überlege mal, wenn damit wat is. Und ding Käfer is enne Kultauto. Dat muss vernönftig abjesischert sein.«

Machete ist scharf auf die Provision, die er für die Versicherung von drei Fahrzeugen bekäme. Ich bin so genervt wie nach vier Tagen Sansibar und sauer auf mich selbst. Wie blöd war ich denn, den Kerl raushängen zu lassen, statt einfach zu behaupten, Radfahrer zu sein.

Ich will das Thema beenden. »Mir fällt beim besten Willen kein Fall ein, den meine Versicherung nicht regeln würde.«

»Nich? Soso.« Machetes Ton verrät, dass er sich gerade erst aufwärmt. »Wat is, wenn du enne Ente mit dem Käfer üwerfährst. Wat machste dann?«

Ich muss nicht lange nachdenken. »Ich bedaure die Ente.«

»Ah, und der Kratzer an der Stoßstange? It kütt sin, dat dinge Gurkenversicherung den Schaden nit bezahlt.« Er tippt mir auf die Brust. »Weil die nur Zusammenstöße mit Haarwild rejuliere, nich mit Federwild. Guckst du schön in den Ofen!«

Haarwild? Federwild? Eine Ente soll einen Kratzer an meiner Stoßstange verursachen? Das ist lachhaft. »Sollte das passieren, würde ich den Schaden selbst bezahlen, statt meine Versicherung zu informieren und in der Schadenfreiheitsklasse zu steigen.« Nicht nur mit dem Käfer, sondern unverschämterweise mit allen drei Autos.

Machete hat noch einen auf Lager. »Wennde meinst. Aber üwerleje ens mal, dat is en Pferd, dat du anfährst. Dat is zwar haarig, aber nit wild, also och ken Haarwild.«

»Ich verklage den Besitzer.«

»Anjenommen, der kann nit jefunden werden.«

»Dann ist es doch ein Wildpferd.« Worüber diskutiere ich hier überhaupt? »Sollte ich im Käfer ein Pferd anfahren, würde ich das möglicherweise nicht überleben, und dann wäre mir die Versicherung schnuppe.« Die auf jeden Fall.

Machete winkt ab und knurrt: »Sischer haste wenigstens enne jute Lebensversischerung.«

Das mag ein Standardspruch sein in seiner Branche. Bei mir zieht der nicht. Würden Lebensversicherungen tatsächlich das tun, was ihr Name verspricht, nämlich das Leben versichern, hätte ich längst eine. Da sie allerdings lediglich die Sache mit dem Tod regulieren, kann mir niemand ein Argument für einen Abschluss liefern. Weder habe ich Nachkommen, noch mangelt es am für die Beerdigung et cetera benötigten Geld.

Machete bestellt die zweite Runde Bier, da fällt mir etwas ein.

»Kann man das Bezugsrecht einer Lebensversicherung einer beliebigen Person einräumen, oder bekommen das ausschließlich Verwandte?«

Machete hält mir einen Vortrag über die schier unerschöpflichen Möglichkeiten von Lebensversicherungen. Nach der Hälfte der Zeit könnte er eigentlich aufhören. Weil der Versicherungsnehmer nicht anonym bleibt, bietet das Bezugsrecht keine Lösung für die sichere, aber geheime Regelung meiner Verpflichtung nach meinem Tod. Machete ist aber nicht zu bremsen, also lasse ich ihn erzählen, trinke mein Bier und ärgere mich im Stillen darüber, dass es schlicht keine Möglichkeit zu geben scheint, diese Angelegenheit zufriedenstellend zu regeln.

Mit zunehmendem Alkoholpegel verliert Machete seine Provision aus den Augen und schaut immer öfter rüber zu den Frauen an der anderen Seite der Bar. Nur zwei spendierte Cocktails später sitzen sie bei ihm – zwangläufig auch bei mir – und lachen über seine Witze. In einem Moment, den ich eigentlich zum Entkommen nutzen wollte, schlingt mir Machete den Arm um den Hals, zieht mich auf den Camp-David-Schriftzug seines Hemdes und stellt mich als Top-Partie vor. Ehe ich ihn stoppen kann, erzählt er von meinem ehemaligen Label und dass ich so dumm gewesen bin, es zu verkaufen. Natürlich fällt den Frauen jetzt ein, dass sie ihr Leben lang Musikerinnen werden wollten und gesungen haben, bevor sie sprechen konnten. Über die im Pub spielende Musik hinweg stimmen sie Songs an und freuen sich, weil Machete mitsingt – ganz offensichtlich nicht, um sich bei mir zu bewerben, sondern um sich lustig zu machen. In den Lärm hinein tönt mein Handy. Ich winde mich aus Machetes Arm, hole das Telefon aus der Jackentasche und werfe einen Blick auf das Display. Es ist Flo.

»Habt ihr's in den Griff bekommen?«, rufe ich in das Gerät und muss mir ein Lachen verkneifen, weil Flo losprustet.

Ich spinne weiter: »Wie jetzt, ein anderes Rohr ist auch geplatzt?«

Flo lacht lauter und schnaubt. »Verdammt, Max, die muss echt hässlich sein.«

»Ja natürlich, kein Ding. Ich bin sofort da. Bis gleich.«

Ich lege auf, stecke das Handy weg und sage Machete, dass ich sofort nach Hause muss

Er schlägt mir wieder auf die Schulter. »Gut, Jong. Pass ens auf, dat du ken Federvieh üwer de Haufen fährst. Ich sach Bescheid, wenn ich nächstens in Frankfurt bin.«

Das kann ich kaum abwarten!

Recht ausgefallene Ablenkung

Check Samstag: geschlafen. Highlight: keins.

Check Sonntag: mit Hannibal zur Hundewiese in den Huthpark, geschlafen. Highlight: Feststellung, dass der Hund mir nicht mehr ans Bein pinkelt; wir sind einen Monat trocken. Yay!

Check Montag: Spaziergang mit Hannibal durch den Grüneburgpark zur Hundewiese, Rudermöglichkeiten in Frankfurt recherchiert, Kursangebot der Volkshochschule angeschaut (alles langweilig), geschlafen. Highlight: Deep Purples *Machine Head* angehört.

Elf Uhr ist inzwischen meine Aufwachzeit. Um diese Routine zu unterbrechen, stelle ich mir den Wecker für Dienstagmorgen auf zehn Uhr. Übertreiben will ich es nun nicht. Die ganzen Stunden müssen schließlich irgendwie ausgefüllt werden.

Gegen zehn Uhr dreißig schaffe ich es aus dem Bett und ins Bad, wo ich entdecke, dass meine Bauchmuskeln geschrumpft sind. Nur noch ein paar Wochen muss ich rumgammeln, dann habe ich den perfekten Waschbärbauch. Die Vorstellung ist grausig und bewirkt die spontane Entscheidung, statt unter die Dusche und an den Frühstückstisch erst einmal auf die Straße zu gehen. Und zwar in Funktionskleidung und Laufschuhen. Gegen das Grübeln lade ich mir ein Hörbuch aufs Handy, jogge los und verbringe die seit einer gefühlten Ewigkeit erste sinnvolle Zeit mit mir selbst. Als ich am Ende der Runde am Café Fröhlich vorbeikomme, habe ich eine Idee und gehe rein.

»Espresso?« Majas Stimme klingt sehr sachlich.

»Guten Morgen«, sage ich und schenke ihr ein Lächeln.

Sie schaut auf die Wanduhr im Café. »Guten Tag höchstens, es ist kurz nach zwölf.«

»Gibt's trotzdem noch Frühstück?«

Sie mustert mein Outfit, die schweißnassen Klamotten und meine an der Stirn klebenden Haare. »Wenn du es draußen isst.«

Weil mein Tisch besetzt ist, habe ich gegen den Platz vor der Tür nichts einzuwenden.

»Was willst du? Brötchen mit Butter? Obst? Eier?«, fragt sie.

»Egal. Stell mir einfach was zusammen.« Aus der Bauchtasche meines T-Shirts krame ich einen Fünfzigeuroschein und lege ihn auf den Zahlteller. »Stimmt so. Ist auch für die beiden Latte von letzter Woche. Ach, und dieser Auftritt von meiner Ex … tut mir leid.« Das wollte ich ohnehin noch gesagt haben.

Maja lässt es unkommentiert. Sie tippt mein Frühstück in die Kasse ein und schickt mich aus dem Café. Eine Viertelstunde später bringt sie: zwei Vollkornbrötchen, Wurst und Käse, Butter, Honig und Marmelade, einen Obstsalat mit Nüssen und Joghurt sowie Rührei, Orangensaft und Kaffee. Wenn ich das alles gegessen habe, muss ich dieselbe Runde noch einmal joggen.

Bevor Maja wieder im Café verschwindet, frage ich sie, ob sie am Nachmittag etwas vorhat. Weil sie heute nicht sonderlich redselig ist, zieht sie statt einer Antwort oder zumindest Gegenfrage die Augenbraue hoch.

»Meine Ärztin hat mir empfohlen, rudern zu gehen und jemanden mitzunehmen«, erkläre ich.

Majas zweite Augenbraue wandert ebenfalls in die Höhe.

»Ich übernehme das Rudern natürlich«, füge ich schnell an.

»Warum sollst du jemanden mitnehmen?«

»Damit das Boot schwerer wird.«

Maja beugt sich nahe zu mir und flüstert. »Dann frag doch die Dame nebenan, ob sie dich begleiten möchte.«

Ich linse zum Nachbartisch, wo eine füllige Frau mit Sonnenhut sitzt, und wende mich wieder an Maja. »Ich befürchte, dann sinkt das Boot«, flüstere ich zurück.

Majas Mundwinkel zucken. Belustigung flackert in ihrem Blick. »Wenn das so ist, hol mich um sechzehn Uhr hier ab.«

Ich bin einverstanden und mache mich über mein Frühstück her.

Maja tatsächlich ins Ruderboot zu bekommen war eine Herausforderung, denn als ich pünktlich im Café Fröhlich aufschlug, um sie abzuholen, wollte sie nicht mehr mit. Dass die Kopfschmerzen keine Ausrede waren, glaubte ich ihr, weil der Schmerz unverkennbar in ihrer Miene stand, doch ich hatte das Rudern zu meinem Tageshighlight erklärt und wollte nicht unverrichteter Dinge abziehen. Also versuchte ich es mit ein paar Argumenten: frische Luft, Ablenkung, Entspannung. Ich war selbst überrascht, aber es stimmte Maja um.

Weil Hannibal dabei war, konnte ich den Porsche nicht nehmen. Der BMW wäre am praktischsten gewesen, aber darin roch es noch nach Claudia. Blieb also nur der alte Käfer. Als Maja einstieg und den Dobermann begrüßte, lächelte sie zum ersten Mal, zum zweiten Mal, als ich ihr auf der Fahrt zum Palmengarten von Hannibals einstiger Angewohnheit, mir ans Bein zu pinkeln, erzählte.

Seit sie mir im Boot gegenübersitzt, hat sie sich kein Lächeln mehr abringen können. Sie trägt eine Sonnenbrille, die ihr halbes Gesicht verdeckt, und zieht die Jacke zu, wann immer unser Boot in den Schatten gleitet. Eine halbe Stunde rudere ich nun schon, und langsam gehen mir sowohl die Themen als auch die Puste aus. Hannibal, der hinter mir hockt, scheint den meisten Spaß am Ausflug zu haben. Er bellt die Fische und Enten an, bis ich es ihm verbiete.

»Weißt du, was auf dem Grabstein eines Spanners steht?«, frage ich für einen weiteren Aufmunterungsversuch.

Maja zuckt die Achseln.

»Er ist weg vom Fenster.«

Sie lacht. Wahnsinn! Ihr Lachen klingt so gut, dass ich es weiter hören und sie dabei anschauen möchte, doch der Schmerz in ihrem Kopf zwängt ihre Mundwinkel wieder nach unten. Kurz überlege ich, ihr ein Schmerzmittel vorzuschlagen, da fällt mir ein, dass keines bei ihr wirkt. Das hat sie mir erzählt, als wir den Notfall-Doobie geraucht haben. Als hätten wir denselben Gedanken, kramt sie in ihrer Tasche und fördert das Kästchen zutage, in dem sie den Joint aufbewahrt.

»Was dagegen?«, fragt sie, wartet meine Antwort aber nicht ab, sondern zündet das Ding schon an.

Weil es ein Wochentag ist, haben wir den Bootsteich des Palmengartens beinahe für uns. Wäre dem nicht so, hätte ich trotzdem nichts gesagt, sondern ebenfalls gehofft, dass ihre Kopfschmerzen durch das Dope verschwinden.

»Wieso hast du diese Schmerzen?«, frage ich, weil das langsam mal Zeit wird.

Sie nimmt den ersten Zug, pustet den Rauch aus und wendet mir das Gesicht zu. Die Gläser ihrer Brille sind dunkel, und ich finde es unangenehm, immerzu auf diese beiden schwarzen Glasflächen zu schauen, in denen ich mich rudern sehe.

»Ich hatte einen Unfall.« Um bequemer zu sitzen, lehnt sie sich ein wenig zurück und stützt den Oberkörper auf die Arme. »Wegen schwerer Kopfverletzungen wurde ich zweimal operiert und lag im Koma.«

Meine Schultern beginnen zu schmerzen, denn das Rudern trainiert Muskeln, die ich längere Zeit nicht beansprucht habe. Für eine Pause lege ich die Paddel auf dem Bootsrand ab und lasse das Boot treiben. Es driftet in der Mitte des Teiches. Nun, da ich nichts mehr zu tun habe, bedauere ich es, meine eigene Sonnenbrille im Auto vergessen zu haben. Wie automatisch geht mein Blick zu den Narben auf Majas Wange und Schläfe.

»Die Narben stammen auch von diesem Unfall«, sagt sie.

»Das tut mir leid«, murmele ich am Kloß im Hals vorbei und wende den Blick ab, schaue über das Wasser zu einer Entengruppe. Hannibal hat sie ebenfalls ins Auge gefasst, stellt sich auf alle vier Pfoten und knurrt.

»War das ein Autounfall?«

Maja bejaht das und erzählt weiter. »Durch das Koma habe ich meinen Job verloren. Ich war zu lange weg, und die Stelle musste neu besetzt werden.« Sie pausiert und zieht am Doobie. »Wer weiß, vielleicht wäre ich jetzt sowieso ungeeignet dafür. Ist sicher was kaputt gegangen im Oberstübchen.«

Der Kloß im Hals wird dicker. Die Worte schaffen es nur mit Mühe vorbei. »Was war denn dein Job?«

»Ich war Erzieherin. Habe eine Kita geleitet.«

Beim Anblick meines Blicks rutscht ein trockenes Lachen aus ihrem Mund. »Das hättest du im Leben nicht erwartet, stimmt's? Eine wie mich kann man doch nicht auf Kinder loslassen.«

Ich zögere, suche nach der richtigen Formulierung. »Na ja, ich denke mal …« Ich weiß gar nicht, was ich denken soll. Deshalb nehme ich die Paddel und strenge meine Arme erneut an. »Vermutlich warst du vor dem Unfall …«

Maja wartet das Wort ab. Weil ich es nicht sage, schlägt sie mehrere vor: »Anders? Geduldiger? Freundlicher? Gelassener? Motivierter?« Nun ist sie es, die über das Wasser schaut. »Dieser Job im Café ist bloß eine Sache, um mein Leben zu finanzieren. Es ist nichts, was ich freiwillig machen würde, aber keine Kita stellt mich ein. Sie finden Erklärungen, aber ich weiß, dass es deswegen ist.« Sie zeigt auf ihre Narben. »So was könnte Kinder erschrecken und Eltern zu Beschwerden veranlassen. Vermeidbarer Ärger.«

Mein erneutes »Tut mir leid« überhört sie und erzählt mehr Details der traurigen Geschichte: »Ich habe meine Wohnung verloren und bin wieder zu meinem Vater gezogen, in eine Mietwohnung in der Nähe des Cafés. Irgendwann kam er und meinte, dort sei eine Stelle im Service zu vergeben, und er habe mit dem Besitzer gesprochen. Ich bekam den Job, und da bin ich seit heute.«

»Immerhin bist du dort unter Menschen und …«

»Ich hab das nur meinem Vater zuliebe gemacht«, faucht sie plötzlich. »Der Job ist völlig stupide. Würde dich das glücklich machen, wenn du dich eigentlich für was ganz anderes im Leben entschieden hast? Tagein, tagaus Kaffee zapfen und Kekse auf Teller legen. Ich bin das so leid, und seit mein Vater gestorben ist, gebe ich mir echt keine Mühe mehr.«

Auch das noch! Sie ist tatsächlich so allein, wie sie oft wirkt. Eine dritte Mitleidsbekundung verkneife ich mir.

Maja atmet durch. »Ich sollte mich zusammenreißen, denn ich verdiene wirklich gut im Café«, murmelte sie und beugt sich über den Bootsrand, um einen Finger ins Wasser zu halten. »Erstaunlich gut für eine Dreißigstundenwoche. Samstags und sonntags muss ich nur selten arbeiten. Das alles bei meiner Laune. Manchmal verstehe ich wirklich nicht, wieso ich nicht gefeuert werde.« Sie setzt sich wieder hin und schaut in meine Richtung. »Ich selbst hätte mich schon so manches Mal direkt auf die Straße gesetzt.«

Die Muskeln in meinen Armen brennen. Ich ringe mir ein Lächeln ab. »Vielleicht liegt es an deinem persönlichen Charme.«

Maja zieht die Brauen über den Rand ihrer Sonnenbrille. Ihre ausbleibende Antwort lässt ein unangenehmes Schweigen entstehen. Auf der Suche nach einem Thema habe ich eine Idee. Eine richtig gute sogar.

»Könntest du nicht einen eigenen Kindergarten gründen?«, frage ich sie in kaum zu bremsender Euphorie. »Ständig hört man, dass die Stadt zu wenig Betreuungsplätze hat. Durch deine pädagogische Ausbildung hast du doch beste Chancen.«

Maja ist nicht halb so begeistert. »Ganz davon abgesehen, dass es ein genehmigungspflichtiges Mammutprojekt wäre, dem ein richtig gutes Konzept zugrunde liegen sollte, fehlt mir ein bisschen Kleingeld für die Finanzierung. Alleine das Haus …« Von Wort zu Wort klingt sie verärgerter. »Weißt du, wie viele Bedingungen das erfüllen muss?«

Mein Optimismus hat eiserne Qualitäten. Ich schüttele den Kopf. »Nein. Welche denn?«

Sie zählt auf: »Jedem Kind muss eine feste Quadratmeterzahl zur Verfügung stehen. Das Außengelände hat gewisse Bedingungen zu erfüllen. Die Räume müssen in bestimmter Weise aufgeteilt sein. Das Grundstück sollte eine gute Lage haben. Anwohner dürfen nicht über Lärm klagen …«

Sie redet und redet, und ich versuche, mir alles zu merken. Je mehr sie schimpft und es für unmöglich erklärt, desto möglicher erscheint es mir. In meinen Gedanken entsteht das Bild von einer kleinen Villa mit lauschigem Garten, da holt mich Majas Stimme in die Realität.

»Können wir zum Ufer?«, knurrt sie, nimmt die Sonnenbrille ab und reibt sich die anscheinend noch schmerzende Stirn. »Ich bin echt müde.«

»Klar, unsere Stunde ist sowieso gleich um.«

Mit ein paar inzwischen geübten Bewegungen der Paddel wende ich das Boot und rudere zum Steg. Der Angestellte des Palmengartens, der das Ticket verkauft hat, zieht unser Boot heran und macht es fest. Hannibal springt auf den Steg. Ich klettere hinterher und will Maja heraushelfen. Nach einem Zögern schiebt sie die Sonnenbrille auf die Stirn, nimmt meine Hand, stellt einen Fuß auf den Steg und springt an meine Seite. Um ihr Halt zu geben, fasse ich sie um die Taille, und um das Gleichgewicht zu halten, legt sie ihre Hand an meine Schulter. Wie merkwürdig diese Berührung ist, wird uns beiden in derselben Sekunde klar. Mein Blick fliegt von ihren Augen zu ihrem Mund, der meinem Mund noch nie so nah war, dann zurück zu ihren Augen. Ihr Blick hat sich verändert. Sie schaut jetzt … irgendwie anders. Ich kann sie einatmen, und ich rieche sie gerne. Ich hätte Lust, sie zu kosten, und lache mich innerlich aus für diesen irren Gedanken. Maja … und ich, das sind zwei Welten.

Sie wendet sich ab, nimmt Hannibal bei der Leine und geht in Richtung Parkplatz voran.

Eine ausgesprochene Frechheit

Dr. Ingrid Bärbeißer hatte recht. Das Rudern in Gesellschaft hat die Müdigkeit tatsächlich vertrieben. Seit Dienstagnachmittag habe ich tagsüber nicht mehr geschlafen und sogar nachts kaum ein Auge zugetan. Prinzipiell war es also ein Fehler, Maja zum Rudern mitzunehmen. Ich wünschte, ich hätte ihre Geschichte nicht gehört, denn ich kann nicht aufhören, darüber nachzudenken. Dabei ist das nächtliche Grübeln so unsinnig. Weder macht es ihren Unfall ungeschehen, noch ändert es die Ungerechtigkeit.

Etwas Gutes hat mein akutes Wachsein: Es beweist, dass ich keine Schlafkrankheit habe, weder die afrikanische noch eine andere Form. Außerdem ist mein Garten nun top gepflegt, und durch meine Joggingrunden bekommt Hannibal so viel Auslauf wie sicher kaum ein anderer Haushund in Frankfurt. Um Ärger zu vermeiden, halte ich im Haus gerade so viel Ordnung, dass für Jekaterina Poljakow die im Arbeitsvertrag vereinbarten Tätigkeiten bleiben. Weil ich gestern spontan durchgesaugt habe, musste ich eben nach dem Frühstück ein paar Krumen verteilen.

»Max Leif, bist du Monster Krumel?«, ruft die Russin, als sie das Staubtuch auf der Terrasse ausschüttelt.

Ich lümmele in einem Gartenstuhl und klimpere das Solo aus Pink Floyds *Comfortably Numb* auf der Gibson, meiner Lieblingsgitarre unter den fünf Sammlerstücken.

»Nölen Sie nicht rum!«, antworte ich mit gespieltem Ernst. »Der Staubsauger hat Sie schon vermisst.«

Sie lacht. »Mache ich nur Spaß.« Statt nach drinnen zu gehen, kommt sie ein paar Schritte in den Garten. »Spielst du gut, Max Leif. Kannst du unterrichten in Schule Volkshoch vielleicht.«

Ohne mein Spiel zu unterbrechen, denke ich darüber nach. Eine schlechte Idee ist das nicht. Geld würde ich damit zwar nicht verdienen wollen, bloß vorübergehend etwas Sinnvolles tun, ob nun an der Volkshochschule oder einer Musikschule. Weil ich so eine Dienstleistung allerdings nicht kostenlos anbieten sollte, würde eine Spende Sinn machen.

Andere Berufe in der Musikbranche kommen für mich nicht mehr in Frage: Als Produzent habe ich mit LeifMusic die längste Zeit gearbeitet, selbst spielen möchte ich nach wie vor nicht, und als Audiodesigner oder Radiomoderator hätte ich wiederum zu viel mit Musik zu tun, die ich nicht hören möchte.

Ein Beruf, der nicht mit Musik zu tun hat? Ausgeschlossen! Unvorstellbar!

»Spielst du Fleetwood Mac?«, bittet mich Jekaterina Poljakow und setzt sich, um mir zuzuschauen.

Ich lege die Hand auf die Saiten, damit deren Summen stoppt, überlege einen Moment und stimme die ersten Klänge von *Go your own way* an.

Die Russin klatscht in die Hände und wartet, dass ich auch zu singen beginne. Weil ich still bleibe, fordert sie mich auf, doch ich grinse nur und spiele weiter. Würde ich meine Stimmbänder einsetzen, wäre sie in null Komma nix zurück im Wohnzimmer, um meine Vitrinen abzustauben.

»Apropos eigene Wege gehen«, sagt sie mittendrin. »Bist du in Zeitung heute, weißt du schon? Chabe ich gelesen in Bus.«

Abermals unterbreche ich das Spiel und halte die Saiten, bis sie schweigen. »Bin ich das? In welcher?«

»Ach, bloß so Klatschpresse.« Sie steht auf. »Chole ich.«

Sie verschwindet und ist wenig später mit einer Boulevardzeitung zurück. Nachdem sie ein paar Mal umgeblättert hat, reicht sie mir das aufgeschlagene Magazin und macht sich wieder ans Staubputzen.

Mein erster Blick fällt auf ein Foto von Claudia. Es ist auf dem Eisernen Steg aufgenommen, mit dem vom Abendlicht gefärbten Main und Frankfurt als Kulisse. Mit einem traurigen Lächeln, das ich von ihr nicht kenne, schaut sie in die Kamera. Sie trägt einen roten, ärmellosen Hosenanzug, hat die Haare zusammengebunden und riesige Kreolen in ihren Ohrläppchen. Danach lese ich den Titel: *Ein zweifacher Neuanfang,* und die Subline: *Goldkind-Frontfrau Claudia Schumacher trennt sich von Lover und Label.*

Die Worte treffen mich unerwartet. Ich war nicht Claudias Lover, sondern ihr Lebensgefährte. Ich war der Mann, der sie heiraten wollte. Ich war das Label, dem sie ihren Erfolg verdankt. Mit zunehmender Empörung lese ich den über die Doppelseite verteilten Text, der im besten Klatschpressenniveau verfasst ist und weitere Fotos von Claudia sowie eines von mir und eines von uns beiden umrahmt.

Schwere Zeiten liegen hinter Claudia Schumacher. Doch nun, nach der Trennung von Musikguru Max Leif, kann sie endlich wieder lachen.
»Es ging einfach nicht mehr«, gestand die Frontfrau der Erfolgsband Goldkind. »Nach seinem Herzinfarkt war Max nicht mehr derselbe.« Launisch sei der Gründer des Musiklabels LeifMusic gewesen, selten zu Hause und wegen all der Termine kaum ansprechbar.

Verdammt angesäuert lasse ich die Zeitung sinken. Ich war beinahe jeden Abend zu Hause und hatte immer ein offenes Ohr für Claudias zahlreiche Probleme. Am ärgerlichsten ist gar nicht mal, dass sie behauptet, sich von mir getrennt zu haben, statt zu erzählen, warum ich sie rausgeworfen habe, sondern ihre Unterstellung, ich sei ein launischer Mensch.

Das klingt, als hätte ich sie mies behandelt oder gar verprügelt.

Grummelnd lese ich weiter.

Als Leif den gemeinsamen Urlaub infolge eines Streits cancelte und allein nach Sansibar flog, wurde der Sängerin die Notwendigkeit einer Veränderung klar. Eine Veränderung auf ganzer Linie. Für den Schlussstrich musste also auch die Trennung von LeifMusic sein. Das Label, das nach dem Besitzer- und Schwerpunktwechsel WeRock LeifMusic heißt, hatte Goldkind seit der Gründung unter Vertrag.

»Der Wechsel zu Sony ist wie eine Befreiung«, so Claudia Schumacher. »Das aktuelle Album haben wir noch mit LeifMusic produziert, aber hier gab es bereits Spannungen aufgrund von Differenzen.«

Eine Frechheit jagt die nächste. Wenn Flo das liest, wird er echt gekränkt sein, denn für dieses letzte Album hat er eine gigantische Kampagne entwickelt und Nächte im Büro verbracht.

»Eine Trennung nach langjähriger Beziehung ist natürlich immer schwer«, resümiert die Sängerin und räumt ein, dass ihr Privatleben Einfluss auf die Musik des im September erscheinenden Albums gehabt hat. Um ihre Gefühle mit den Fans zu teilen, hat Claudia Schumacher beschlossen, den mit dem alten Label als erste Single vorgesehenen Song Ich seh dich nur im Dunkeln *zurückzustellen und stattdessen das sensible* Ich geb dich frei *auszukoppeln.*

Die Zeitung fliegt in hohem Bogen durch den Garten. Nicht ein Wort dieser Schmiererei ertrage ich noch und zücke mein Handy, um Claudia anzurufen und ihr zu sagen, dass ich mir das zum Promozweck inszenierte Drama auf meine Kosten nicht gefallen lasse. Es klingelt schon, da überlege ich es mir anders und breche den Anruf ab. Nicht eine Reaktion bekommt sie von mir. Weder auf diesen Artikel noch zu ihrem Wechsel zu Sony oder ihrem neuen Album.

Keine Minute später ruft Claudia zurück.

»Hey, Schatz, du hast angerufen?«

Schatz? *Schatz?* Hat die eine Macke?

»Nein, sorry, ich bin versehentlich auf die Kurzwahltaste gekommen.«

Sie grübelt und sagt dann: »Also, falls du einen Artikel liest …«

Aha, sie hat so etwas wie ein Gewissen!

»… das Interview fand vor letzter Woche statt.«

Das heißt wohl: bevor wir gevögelt haben – doppelt und dreifach fälschlicherweise.

Ich gebe mich gleichgültig: »Du, kein Ding, was auch immer. Wir wissen ja, wie Presseleute sein können.«

Hörbar erleichtert greift sie meine Vorgabe auf. »Ja, klar. Verdreht haben sie auch einiges. Im nächsten Interview könnte ich sagen, dass wir es noch mal miteinander versuchen.«

Wie bitte? Korrektur zu der Sache mit dem Gewissen: Es wurde Claudia beim Erreichen einer gewissen Popularität amputiert.

»Nee, du. Lass uns mal bei der Wahrheit bleiben.«

Eigentlich mag ich keinen Sarkasmus, aber das musste gerade sein. Schade, dass Claudia nicht kapiert, was ich meine.

Weil ich spüre, dass mein Herz vor Ärger schneller schlägt und ich ihm diese Aufregung ersparen will, verabschiede ich mich und beende das Gespräch mitten in ihrem Versprechen, mich wieder anzurufen. Das soll sie bloß lassen!

Als ich zu mir finde, bemerke ich, dass Jekaterina Poljakow den Gartentisch abwischt.

»Chabe ich gesagt immer: Vorsicht vor dieser Frau!«, brummelt sie, ohne aufzusehen. »Bringt sie dich um Verstand und Schlaf.«

Wenn das so ist, sollte ich doch wirklich endlich wieder normal pennen können.

September

Das geliebte Auto

Ich mag keine Ruhe, halte sie für tückisch. Mal schläfert sie mich ein, mal hält sie mich wach und lässt mich grübeln. Ist alles ruhig, dann bemerke ich jedes Zwicken und spüre jedes Zwacken.

Ist das normal? In meinem Alter, Anfang vierzig? Seit dem negativen HIV-Test ernähre ich mich meistens bewusst, nehme meine Herzmedikamente jeden Morgen ein und schlucke zusätzliche Vitamine. Meine einzige Sünde ist der Kaffee. Seit dem vergangenen Monat laufe ich sogar wieder regelmäßig. Zuerst wollte ich wie früher durchstarten, hatte aber einmal während des Joggens im Park Herzstechen und mache lieber langsamer. Wie gelähmt war ich in dem Moment, obwohl ich weiß, dass nicht zwingend das Herz der Verursacher des Stechens sein muss, sondern oft ein blockierter Brustwirbel verantwortlich ist. Eine Hand auf der Brust, kalten Schweiß auf der Stirn, setzte ich mich auf eine Bank und wagte kaum, Luft zu holen, da hörte das Stechen wieder auf. Ich ging nach Hause, früh ins Bett, konnte aber nicht schlafen, weil mich mein Magen quälte. Ich nahm mir vor, einen Termin für eine Kopf-bis-Fuß-Durchleuchtung in einer Radiologie zu vereinbaren, verwarf den Gedanken allerdings am nächsten Morgen, trat mich im Geist in den Hintern und erinnerte mich daran, dass ich ein Kerl bin. Ein Kerl mit Zukunft.

Eine ganze Woche lang habe ich zu Hause statt im Café Espresso getrunken und recherchiert: An der Volkshochschule werden schon verschiedene Gitarren- und Klavierkurse angeboten. Das Programm ist mit Blues, Latin und Jazzvarianten bereits so breit aufgestellt und bereichert um so ausgefallene Instrumente wie Didgeridoo und japanische Trommeln, dass ich mich nicht als 08/15-Gitarren- oder -Klavierlehrer dazulisten möchte. Laut der Internetseite sind Erfahrungen in der Erwachsenenbildung Voraussetzung für eine Bewerbung. Solche Erfahrungen habe ich nicht. Weder meine eigene Bildung noch mein von der Presse deklarierter Musikguru-Status zogen als Argument bei Musikschulen, die ich im Anschluss anrief. Die Herren und Damen Professor Doktor Harmony schienen mich nicht einmal zu kennen, denn sie empfahlen mir mit nasaler Stimme, Hauskurse anzubieten, wenn ich ein bisschen was dazuverdienen wolle. Weil das nicht in Frage kommt, recherchierte ich weiter und kam auf die Idee, als DJ in Frankfurter Clubs zu arbeiten. Viele Besitzer kenne ich immerhin. Außerdem habe ich wegen meines nun umgekehrten Problems kein besonderes Bedürfnis nach Schlaf und komme mit drei Stunden pro Nacht locker aus.

Ehrlich ernüchternd war, dass man mich abermals für mangelhaft erfahren hielt – obwohl ich in allen populären Genres der letzten Musikdekaden Experte bin und für den Job nicht einmal eine spezielle Ausbildung erforderlich ist. Ein Club, in dem Goldkind einmal als Live-Act aufgetreten ist, wollte mich an die Turntables lassen, wenn geschlossen ist, doch das war mir zu dumm. Almosen brauche ich nicht.

Noch weniger brauche ich die Ruhe, die mich am Sonntag umgibt, als es nichts mehr zu recherchieren gibt und nirgends mehr nachgefragt werden kann. Um mich abzulenken, schaue ich alle fünf *Die-Hard*-Filme. Kurz nach drei Uhr morgens endet auch der letzte mit dem Triumph des nicht totzukriegenden Bruce Willis, und ich gehe ins Bett. Kaum ist das Licht aus, da höre ich eine Mücke durch die Dunkelheit surren, näher und näher, um meinen Kopf, um mein Ohr. Ich lege mich auf die Lauer. Als sie auf meiner Stirn landet, klatsche ich mit der flachen Hand drauf, verfehle sie aber, und kurze Zeit später umschwirrt sie mich aufs Neue. Mit echter Mörderlaune wühle ich mich aus dem Bett, schalte das Deckenlicht ein und suche das Biest. Ausgeschlossen, dass ich einschlafe und mich anzapfen lasse. Vielleicht hat diese Mücke ihren Rüssel gerade in jemand anderen gesteckt, in einen tollwütigen Fuchs, ein BSE-Rind oder einen Menschen mit HIV. Noch ein Insektenstich? Noch mal sorgen um eine Infektion? Nein, danke!

Die Mücke muss sterben! Vom Licht gelockt, umsurrt sie die Deckenlampe. Ich schnappe mir einen Schuh und folge ihr, was nicht leicht ist. Endlich landet sie an einer Wand, ziemlich weit oben jedoch, also rücke ich einen Stuhl heran, steige drauf und erschlage das Viech. Es bleibt nichts als ein roter Fleck an der Wand – und an der Sohle meines Schuhs.

Eine Stunde später, um fünf Uhr, habe ich das Blut kürzlich angesaugter, unbekannter Lebewesen von der Tapete gewaschen, den Schuh gesäubert und meine Hände desinfiziert. Eine Weile liege ich lauschend im Bett und schlafe ein, als es dämmert.

Bevor Hannibal mich wie üblich wachschlabbert, bin ich wieder munter. Unfreiwillig! Unerklärlich! Ich muss doch noch müde sein! Weil das Drehen von einer Seite auf die andere nichts bringt, tausche ich das Schlafoutfit gegen Laufkleidung und gehe zusammen mit dem Dobermann joggen. Als wir eine Stunde später zurückkommen, ist Jekaterina Poljakow noch nicht zum Putzen eingetrudelt, auch nicht nach meiner Dusche. Gerade beginne ich mir Sorgen zu machen und will sie anrufen, da höre ich den Schlüssel in der Haustür.

»Entschuldigung, Max Leif«, ruft sie und weiß vor lauter Verspätung erst mal nicht, wohin. »Chabe ich verpasst Bus. Kannst du vorstellen? Ist nie passiert.«

»Ist doch nicht so schlimm«, sage ich und krame in der Schublade nach einem Messer, mit dem ich die Mango für das Müsli schneiden kann. »Sie stehen hier doch nicht unter Zeitdruck.«

»Und ob!« Sie reißt den Geschirrspüler auf, zerrt den unteren Korb mit so viel Schwung heraus, dass die Teller gegeneinanderklirren, und reicht mir das gesuchte Messer. »Muss ich um dreizehn Uhr zu Chause sein und kochen, wenn die Kinder kommen aus Schule. Muss ich Chausaufgaben anschauen und danach zu furchtbare Steuerbiro.«

»Da geht niemand gern hin. Also keine Sorge, machen Sie heute einfach wie immer Mittag Schluss und bringen Sie das mit dem Steuerbüro hinter sich.«

Eine Schüssel in der einen, den Besteckkorb in der anderen Hand, hält Jekaterina Poljakow inne. »Muss ich dahin morgen auch«, grummelt sie, »und ibermorgen. Gehe ich ins Steuerbiro jeden Nachmittag.«

»Warum das denn?«

»Na warum schon? Mache ich dort sauber auch.«

Ich wiederhole meine Frage. »Warum das denn?«

Während ich die Frucht schneide, das Müsli und den Joghurt in die Schüssel gebe, erzählt mir Jekaterina Poljakow, dass sie zu den monatlichen tausend Euro von mir vierhundertfünfzig Euro in einem Steuerbüro hinzuverdienen muss, weil ihr Mann in der Metallverarbeitung nur mäßig gut entlohnt wird.

»Sie gehen jeden Nachmittag zwei Stunden dahin und bekommen dafür vierhundertfünfzig Euro, während sie von mir für wöchentlich dreimal drei Stunden tausend Euro erhalten?« Ich setze mich, mische mein Müsli mit dem Löffel. »Dieses Steuerbüro beutet Sie aus.«

Jekaterina Poljakow lacht. »Nein. Ist nicht normal, was du bezahlst, Max Leif. Aber beschwere ich mich natürlich nicht.«

Mit der gewohnten Akribie schrubbt sie die Arbeitsplatten und die Spüle und plaudert nebenbei weiter. Ich erfahre, dass man verrückt wird, wenn man eine gewisse Zeit in jenem Steuerbüro arbeitet. Zahlreichen Buchhalterinnen ist das dort schon geschehen. Mutter und Tochter, die das Unternehmen führen, behaupten, manche Menschen seien dem Druck der Welt nicht gewachsen, während jeder mit klarem Verstand weiß, dass es das böse Wesen dieser beiden niemals zufriedenen Drachen ist, das die Angestellten in den Wahnsinn treibt.

Ich habe eine Idee. »Gehen Sie einfach nicht mehr hin. Ich bezahle Ihnen fünfhundert Euro mehr.«

Jekaterina Poljakow dreht sich zu mir um. Sie wirkt irritiert. »Soll ich cherkommen auch an Dienstag und Donnerstag dann?«

»Nö. Nicht nötig. So viel ist gar nicht zu tun.«

»Dann kannst du auch nicht mehr bezahlen, Max Leif. Ist nicht richtig. Würde ich chaben Gewissen schlechtes.«

So unterschiedlich sind die Menschen. Während die einen gar kein Gewissen haben, obwohl sie dringend eines bräuchten, werden andere völlig grundlos davon geplagt.

»Frau Poljakow, seit fünf Jahren arbeiten Sie für mich.« Ich zucke die Achseln. »Fünfhundert Euro halte ich für eine völlig angemessene Gehaltserhöhung. Das sind praktisch einhundert pro Jahr. Ein Inflationsausgleich.«

Der letzte Happen Müsli wandert in meinen Mund. Den Löffel habe ich kaum in die Schüssel gelegt, da schnappt die Russin sie schon und räumt sie in den Geschirrspüler.

»Danke, Max Leif«, sagt sie.

Mir fällt noch etwas ein. Ich stehe auf und hole den BMW-Schlüssel aus dem Kasten neben der Haustür. Zusammen mit der Zulassung schiebe ich ihn Jekaterina Poljakow hin.

»Und nehmen Sie den bitte auch, damit Sie zukünftig keinen Bus mehr verpassen und immer pünktlich sind.« Das ist mir zwar nicht wichtig, doch es ist ein Argument.

Sie schnappt nach Luft, schimpft los und wundert sich, ob ich den Verstand verloren habe. Ich unterbreche sie.

»Ist bloß Ihr Dienstwagen.«

Das fiel mir so spontan ein wie alles andere, doch ich mag meine Idee immer mehr. Es hat einfach was, Claudias Lieblingswagen ausgerechnet Jekaterina Poljakow zu geben. Ich fahre den BMW nicht mehr gern, weil Claudia zu oft dringesessen hat, warum sollte ich ihn also in der Garage parken? Ich brauche keine drei Autos.

»Natürlich können Sie den Wagen privat nutzen, und falls Sie hier aufhören, dürfen Sie ihn behalten. Als Abfindung sozusagen.«

Noch nie habe ich die Russin sprachlos erlebt. Sie kämpft mit sich, klimpert sogar Tränen weg. Dann nimmt sie mein Gesicht in ihre Hände, schaut zu mir hoch und sagt: »Bist du der Beste, Max Leif! Verdienst auch das Beste! Beste Frau und bester neuer Freund! Findest du bald!«

Heute ist der Tag der grandiosen Ideen. Beim Stichwort *Freund* habe ich einen weiteren Gedankenblitz und suche mein Telefon.

Eine gefährliche Reise

Die Strecke Frankfurt–Kassel schaffe ich trotz der restlichen Sommerbaustellen auf der A5 in anderthalb Stunden, denn die Rushhour und deren Nachwirkungen sind vorbei. Flo, der sich für den Kurzurlaub in Westerland Donnerstag und Freitag freigenommen hat, spielt mir via Bluetooth seine neuesten, von WeRock produzierten Favoriten vor. Das meiste davon ist noch nicht veröffentlicht, doch in meinen Ohren verdammt erfolgsverdächtig – obwohl es alles andere als Mainstream-Rock ist. Ich bin stolz auf die neuen Eigentümer von LeifMusic. Und auf Flo. Und ein bisschen auch auf mich.

Hinter Kassel schläft Flo ein, und ich gebe mehr Gas, um schneller voranzukommen. Die Vorfreude hat mich im Griff, denn endlich kann ich die schlaflose Zeit sinnvoll verbringen, und etwas Gutes geschieht. Wir werden strandsegeln im Watt der Nordsee. Wir werden die vom Salzwasser getränkte Luft schnuppern, die Nasen in die Sonne halten und den Sand am Abend aus unseren Klamotten schütteln. Bis dahin gehört die dritte Spur mir. Die Tachonadel sitzt auf der 260-km/h-Marke. Auf 318 könnte es der Porsche bringen, doch so schnell war ich nie.

Meine Hände umschließen das Lenkrad, und mein Blick ist auf die Fahrspur konzentriert, da sehe ich vor meinem inneren Auge ein Auto von der mittleren Spur auf die äußere ziehen. Es wollte einen Reisebus überholen … oder musste einem Wagen auf der rechten Spur Platz machen … oder hatte irgendeinen anderen Grund.

Und ich?

Würde irgendwer auf der mittleren Fahrbahn meine Geschwindigkeit unterschätzen und vor mir auf die Spur wechseln, könnte ich vielleicht nicht schnell genug reagieren. Ich würde im Metall des Porsches zusammengefaltet und – mein Blick huscht zu meinem ahnungslosen Passagier – Flo mit mir.

Schlimm! Grauenvoll! Einfach furchtbar!

Erschrocken bremse ich den Porsche auf 180 km/h runter und erschrecke noch mehr, weil mir plötzlich ein Mercedes im Nacken hängt. Der Fahrer gibt Lichthupe und setzt den Blinker abwechselnd rechts und links, was ein deutliches Zeichen dafür ist, dass ihm mein Schneckentempo auf die Nüsse geht. Also wechsele ich auf die mittlere Fahrspur hinter den Reisebus, der sich bald ganz rechts einordnet. Das Adrenalin des Schrecks pocht in meinem Schläfen. Ich atme durch und versuche, die gruseligen Bilder aus dem Kopf zu bekommen, doch sie bleiben und werden klarer.

Nie mehr dritte Spur! Nicht nur von rechts droht dort Gefahr, sondern auch von der Gegenfahrbahn, schließlich hört man in den Verkehrsmeldungen ständig, dass ein Lkw die Leitplanke durchbrochen und ein Verkehrschaos mit Toten ausgelöst hat. Aus Titan sollte dieses Ding sein, aber es ist bloß ein Stahlband, das uns nicht schützen kann.

Meine Nackenhaare stellen sich auf, als die Leitplanke in meiner Vorstellung unter der Masse eines Führerhauses nachgibt. Zwischen den durchbrochenen Stahlträgern ballert das Monstrum von Lkw auf mich zu. Das Letzte, was ich sehe, sind der MAN-Schriftzug, ein Nummernschild hinter der Frontscheibe, auf dem *Manni herzt Petra* steht, und Manni im Unterhemd mit der Fluppe im Mundwinkel hinter dem Steuer.

Ein neuer Adrenalinstoß treibt meinen Herzschlag an. Ich schiele zu Flo, der noch immer schläft, und überlege, auf die rechte Spur zu wechseln. Bei einer Geschwindigkeit von maximal 120 hat man den Wagen ohnehin am besten im Griff, wenn man über Glas oder einen Nagel fährt und der Reifen platzt. *Dann auf keinen Fall bremsen!*, rufe ich mir ins Bewusstsein, sondern die Warnblinkanlage einschalten, das Lenkrad festhalten und den Wagen ausrollen lassen. Da hat man eine gute Chance, heil rauszukommen. Ganz anders schaut das natürlich bei einer Fliegerbombe aus, wie sie neulich auf der A3 am Flughafen gefunden wurde. Bei einer kontrollierten Sprengung hat sie einen fünfundzwanzig Meter weiten, drei Meter tiefen Krater in die gesperrte Autobahn gerissen. Das stelle man sich einmal vor! Oder besser nicht. Nein, ich will gar nicht wissen, über wie viele Fliegerbomben ich heute schon gefahren bin. Genau genommen spiele ich hier russisches Roulette! Ein falsches Holpern über eine Teernaht, und *peng*, das war's.

Flo wacht auf und streckt sich.

»Wie weit ist es noch?«, fragt er und gähnt.

Ich schließe meine Hände fester um das Lenkrad und blinzele bei jeder Teernaht, über die ich den Porsche schicke.

»Vier Stunden.«

»Echt? War Stau?«

»Ähm, ein bisschen.«

Er schaut sich um. »Warum gurkst du auf der Mittelspur? Die überholen uns ja alle.«

»Das ist, weil ...«

Hab dich nicht so!, tönt der Kerl in mir. *Mach jetzt raus hier und tritt auf das Pedal, wie sich das gehört!*

»... ich hatte gerade telefoniert.«

»Ach so.« Flo schaut noch einmal, ob von hinten links Autos kommen. Im Seitenspiegel sehe ich eine Lücke, die ich zum Ausscheren nutzen könnte. Eine neue Gänsehaut huscht in meinen Nacken. Das Piepen meines Telefons, das an den Bordcomputer angeschlossen ist, lenkt Flo ab.

»Nachricht von Maja«, sagt er, obwohl ich es selbst erkenne. Dummerweise passt ihre ganze Nachricht in die Vorschau. Flo liest vor. Ob es mir gutgeht, will sie wissen. Weil ich mehr als zwei Wochen, seit unserem Bootsausflug, nicht im Café Fröhlich war, fragt sie.

Eigentlich müsste sie nicht fragen, und ich verstehe nicht, wieso sie es macht. Eigentlich bräuchte ich mich auch nicht mies fühlen, tue es aber trotzdem.

»Wer ist denn Maja?«, will Flo wissen.

Ich antworte nicht, sondern stelle die Musik laut und ziehe den Porsche auf die linke Spur.

Es ist kurz vor vier, als ich auf den Autozug fahre, der uns über den Hindenburgdamm nach Sylt bringt. Wir bekommen einen Platz auf dem oberen Boden und lassen die Fenster runter. Der Himmel ist größtenteils bedeckt. Die Nachbarinseln Föhr und Rømø, die man sonst gut sehen kann, verstecken sich heute im Dunst. Wann immer sich die Sonne zwischen den Wolken hindurchzwängt, passiert jedoch etwas Wunderbares: Ihre Strahlen rauschen wie eine zweite Flut über die Wellen, scheinen sie zu erwärmen und zu beleben.

Flo schnüffelt und stellt fest, dass es modrig riecht, worauf ich ihn strafend anschaue und den Kopf schüttele. Die Luft hier oben ist so gut, wie sie es in Frankfurt nie sein wird, nie sein kann. Ich liebe den Geruch nach Salz, nach Algen, nach nassem Sand und atme tief ein. Mit hinter dem Kopf verschränkten Armen genieße ich die restliche halbe Stunde der Überfahrt.

Kurz vor fünf stehen Flo und ich vor dem Empfangstresen in der Pension meiner Eltern.

Mutter liest gerade etwas und schaut nicht sofort auf.

»Moin, Ihr Name?«, brabbelt sie in nordfriesischer Herzlichkeit.

»Leif«, antworte ich. »Max Leif. Haben Sie zwei Zimmer?«

Ich habe nicht Bescheid gesagt, glatt vergessen über der Hektik des spontanen Aufbruchs, aber da die Saison so gut wie vorüber ist, dürften Zimmer frei sein.

Mutter hebt den Kopf, und der neutrale Ausdruck in ihren Augen weicht Überraschung und Freude. Sie lächelt, steht auf und beugt sich über den Tresen, umschließt mein Gesicht mit ihren Händen und kneift mir in die Wangen.

»Du sollst dich doch ankündigen, Max.« Über die Schulter ruft sie in das hinter dem Tresen liegende Büro und lässt meinen Vater wissen, dass ich da bin. Er kommt zu uns, begrüßt mich mit einem Handschlag und wendet sich an Flo, unschlüssig, ob er zu mir gehört. Ich stelle ihn als meinen Freund und Marketingleiter von LeifMusic vor.

Mutter schaut in den Computer. »Du, Max, die vier Einzelzimmer sind alle weg in den nächsten Tagen. Bloß ein Doppelzimmer habe ich noch.«

»Nehmen wir eben das«, beschließt Flo, und kommt mir damit zuvor.

Zuerst wundere ich mich, warum Mutter alarmiert von mir zu Flo schaut. Als ich Vaters Räuspern höre und er sich zum Arbeiten in den Garten verabschiedet, dämmern mir ihre Gedanken. Ich sage nichts und lasse mir von Mutter den Schlüssel geben.

Die gehasste Tirade

Ein sogenannter Landsegler besteht aus einer Art Kanu, das auf großen Rädern in einem Rahmen sitzt, auf dem ein Mast mit Segel steht. Für mich als Jollensegler ist es ein Leichtes, die Kiste zu steuern, während Flo als Anfänger eine Stunde zum Üben benötigt. Die Segler, die wir gemietet haben, müssen nicht angeschoben werden, sondern springen aus dem Stand heraus an. Auf dem harten Watt bringen sie es auf eine Geschwindigkeit von 50 km/h. Wie beim Segeln auf dem Wasser lässt sich der Druck aus dem Segel nehmen, indem man den Schot auffiert, so dass wir dem Wind nicht ausgeliefert sind. Nur unserem eigenen Leichtsinn.

Durch Helme und Rückhaltegurt geschützt, liegen wir in den Landseglern wie Babys im Buggy und steuern unsere Fahrt mit den Füßen. Weil der Strandabschnitt wegen des Windes nicht von Sonnenanbetern genutzt wird und die meisten passionierten Landsegler ein Stück weiter nördlich auf der dänischen Windinsel Rømø segeln, sind Flo und ich oft allein. Hin und wieder bleiben Spaziergänger stehen, um uns zuzuschauen oder ihre Hunde zurückzupfeifen, die uns bellend nachwetzen, doch andere Segler kommen uns kaum in die Quere.

Schon nach wenigen Sekunden vermisse ich Hannibal, der von Jekaterina Poljakow versorgt wird, doch von ihm abgesehen, fehlt mir nichts und niemand. Ich grübele nicht, sondern denke endlich einmal über nichts anderes nach als über meine nächsten Bewegungen. Ich höre nichts als das Sausen des Windes, das Rauschen der Wellen, die Schreie der Möwen und Flos Lachen. Es ist die beste Zeit seit Monaten. Die sechs Stunden am Strand sind erholsamer als sieben Tage auf Sansibar – ein prinzipiell schlechter Vergleich –, und als die

Mietzeit abläuft, will ich den Segler nicht wirklich hergeben. Dahingegen ist Flo ganz froh, das Ding loszuwerden, denn er wurde am Ende übermütig, ist ein paar Mal gekentert und ins Wasser gefallen. In T-Shirt und Shorts sitzt er neben mir vor der Düne, lässt Hose und Pullover im Sand von der Sonne trocknen und verschlingt eines der Brote, die uns meine Mutter mitgegeben hat. Ich hatte noch keine Gelegenheit, ihren und Vaters Verdacht zu entschärfen, weil Flo immer dabei war. Für nachher steht das auf meiner To-do-Liste.

»Wer ist eigentlich Maja?«, fragt Flo in unser andauerndes, eigentlich angenehmes Schweigen.

Ich wünschte, er hätte weiter die Klappe gehalten. Oder ein besseres Thema angeschnitten. Ich bin unsicher, was ich ihm antworten soll, denn es fühlt sich falsch an, von Maja als einer Kaffeeverkäuferin zu sprechen. Wenn sie bloß das wäre, warum sollte sie sich nach meinem Befinden erkundigen?

»Sie ist eine Bekannte.«

Flo blinzelte mich an und überlegt. »Vögelst du sie?«

»Nein, verdammt!«

»Aber du willst sie vögeln.«

»Will ich nicht. Was soll die blöde Frage?«

Er zuckt mit den Schultern und nimmt sich hungrig ein weiteres Brot. Ich schiebe meine Sonnenbrille von der Stirn auf die Nase und schaue über das Wasser, das im Sonnenlicht liegt.

»Wieso ist das eine blöde Frage?«, rechtfertigt er sich, beißt ab und spricht mit vollem Mund weiter. »Du bist schon eine Weile Single. Warum also keine neue Frau?«

»Nicht Maja!« Allein die Vorstellung!

»Wieso nicht? Ist sie verheiratet? Oder lesbisch?«

»Nein.«

»Unsympathisch, eine Nervensäge, eine Goldgräberin?«

»Nein.«

»Hat sie einen an der Klatsche?«

So einfach verneinen lässt sich das nicht. Allerdings auch nicht bejahen. Von Flos Fragerei zunehmend irritiert, entscheide ich mich für eine vage Antwort und will das Thema beenden. »Nicht mehr oder weniger als andere Frauen, doch das spielt keine Rolle, denn ich vögele sie nicht.«

Er lässt nicht locker. »Weil sie nicht will?«

»Nein.« Das kann ich so nicht stehenlassen. »Weiß nicht, ob sie will. Glaube nicht. Egal!«

Die nächste Überlegung formuliert er nach einem Zögern. »Ist sie irgendwie unattraktiv?«

Augenblicklich fallen mir ihre Narben ein, und ich schäme mich dafür, denn die machen sie keineswegs hässlich.

»Ist sie nicht. Und du nervst.«

Ich stehe auf und gehe zum Wasser. Ich will nicht über Maja nachdenken. Ich weigere mich ganz einfach.

»Tatsächlich?«, ruft er mir nach. »Wie sieht sie aus? Blond, wie die Biene?«

Ich winke ab, schiebe die Hände in die Hosentaschen und höre ihn lachen.

Am frühen Abend kehren wir in die Pension zurück, wo ich schnell duschen und vor dem Abendessen in einem Fischrestaurant mit meinen Eltern sprechen will. Ich schaffe es aber nicht einmal auf das Zimmer. Bevor Flo erklären kann, welch schlechten Rezeptionisten er abgibt, hat ihn Mutter schon hinter den Tresen geschoben und mich am Ärmel gepackt. Sie ruft meinen Vater und dirigiert mich in die private Wohnung. Zehn lange Minuten bekomme ich die Leviten gelesen und fühle mich einmal mehr um Jahre verjüngt. Auf unschöne Weise.

Während Mutter eine miesepetrige Miene zieht und schweigt, läuft Vater erneut zur Höchstform auf und fasst meine Verfehlungen der vergangenen Jahre zusammen: Den unangemessenen Job, den ich nach dem unsinnigen Studium in der viel zu weit entfernten Großstadt begonnen habe, habe ich aufgegeben, weil dieses Vorhaben ja nur schiefgehen konnte. In die Klatschpresse habe ich es geschafft, indem ich die öffentlichen Lästereien der unerwünschten Ex-Schwiegertochter zuließ, obwohl mir doch hätte klar sein müssen, dass nun ganz Sylt über die Familie redet. Gar nichts kann man von mir erwarten, nicht einmal ein Enkelkind, wie es die Rieke Hansen, die ich nicht heiraten wollte, nun bekommt. Statt endlich aufzuwachen und meine Pflichten in der Pension zu erfüllen, gammele ich durch die Weltgeschichte und verirre mich dabei zufällig nach Hause. In Begleitung eines Mannes! Scham- und anstandslos teile ich mir ein Zimmer mit ihm und habe meinen besten Freund Paul längst vergessen. Paul, der war nämlich auch schwul – und ist jetzt tot!

Vater will noch kleinkarierter werden, da platzt mir der Kragen.

»Es reicht!«, rufe ich und stehe aus dem Sessel auf, in dem ich bisher ruhig gesessen habe. »Kann ich nicht einmal, nur ein einziges Mal herkommen, ohne eure Vorwürfe zu hören? Seit zwanzig Jahren geht das nun so, und ich hab's so was von satt.«

»Hättest du mal …«, sagt Vater, doch ich unterbreche ihn mit einem »Nein!«, das so laut ist, das Mutter zusammenzuckt.

Nicht ein Vorwurf mehr! Ich bebe vor Verärgerung und atme durch, um ruhiger zu sprechen. »Findet euch damit ab, dass ich nie …«, dieses Wort muss verstärkt werden, »… *absolut niemals* die Pension übernehme, weil ich es nicht will. Ich habe euch angeboten, Mitarbeiter einzustellen, aber das wollt ihr nicht. Ich habe euch angeboten, euren Ruhestand zu finanzieren, aber das wollt ihr nicht. Ich habe euch gebeten, nach Frankfurt zu ziehen, damit ich mich besser kümmern kann, wir uns öfter sehen, aber das wollt ihr auch nicht.« Von einem zum anderen schauend, zucke ich die Achseln. »Dann eben nicht. Dann bleibt halt hier und tut, was ihr wollt, aber findet euch auch damit ab, dass ich nie mehr hier leben werde. Findet euch außerdem damit ab, dass ich nicht aus praktischen Gründen heirate. Vielleicht heirate ich nie. Vielleicht habe ich nie ein Kind.«

»Darum geht es gar nicht«, fällt mir Mutter ins Wort. »Momentan machen wir uns eben Sorgen. Wir denken an Paul und …«

»So ein Schwachsinn!« Schon wieder bin ich auf hundertachtzig und so laut wie sonst nur mein Vater. Der ist überraschend zurückhaltend, also kann ich weitermachen, mit inzwischen rasendem Herzschlag und knapper Luft. Gar nicht gut, aber gerade nicht zu ändern.

»Wäre ich schwul, dann hättet ihr eine weitere Sache zum Abfinden, aber ich bin es nicht. Und man stirbt nicht am Schwulsein. Paul ist nicht daran gestorben, sondern an einer verdammten Thrombose. Während ich …« Mit dem Finger tippe ich mir vor die Brust. »Ich wäre beinahe an einem Herzinfarkt verreckt. Das habt ihr offenbar vergessen, denn statt mir einfach ein bisschen Ruhe zu lassen, wie ich sie brauche, stellt ihr eure alten, sinnlosen Forderungen. Wieder und wieder.« Dass meine Stimme mit meiner Atmung bebt, würde ich gern stoppen, um sicherer zu wirken, kann es aber nicht kontrollieren. »Macht so weiter, dann könnt ihr mich tatsächlich auch bald in einer schönen Vase aufs Meer schippern.«

Meine Stimme bricht ab. Ich schnappe nach Luft, will am liebsten raus, kann mich aber nicht bewegen, weil mich der Zorn irgendwie lähmt. Vielleicht auch, weil ich warte. Auf so etwas wie eine Entschuldigung oder einen Hauch von Verständnis.

Mein Vater starrt mich mit gerunzelter Stirn an. Meine Mutter heult.

»Flo und ich gehen jetzt zum Essen.« Ich drehe mich zur Tür und beschließe, mich zu besaufen. Vielleicht kann ich dann länger als drei Stunden pennen. »Morgen früh verschwinden wir. Ich verspreche euch, dass ihr mich hier so bald nicht wiederseht.«

Ganz gewaltige Irritationen

Solange wir über Landstraßen fahren, fällt meine Unsicherheit nicht auf, aber nach wenigen Kilometern auf der Autobahn wird Flo klar, dass ich ein Problem habe. Es sind nicht mehr nur möglicherweise platzende Reifen oder Fliegerbomben, die mich vom Gasgeben abhalten, sondern auch mein Kopf. Vor allem mein Kopf. Ein Druck, als sei mein Gehirn zu groß für den Schädel, raubt mir die Konzentration auf die Straße. Als Flo wieder nörgelt, weil uns alle überholen, kribbelt es in meinem Sprachzentrum, doch ich bleibe ruhig. Am nächsten Parkplatz fahre ich aber raus und sage Flo, dass er weiterfahren kann. Eigentlich sollte er sich freuen, weil er den Wagen ja so liebt. Freude sieht anders aus.

»Wieso das denn jetzt? Seit wann bist du so empfindlich?«

Seit Thor über meinem Schädel lauert und den Hammer schwingt. Das macht mich irgendwie … nun ja. Ich schnalle mich ab und steige aus. »Wir wollen heute noch in Frankfurt ankommen, also fahr du.«

Flo steigt ebenfalls aus. »Von mir aus tucker doch mit fünfzig auf der rechten Spur. Ich frag mich bloß, warum wir den Porsche genommen haben und nicht den Käfer.«

Das leuchtet ein.

Weil ich den Wagen umrunde, tut Flo dasselbe. Auf der Beifahrerseite angelangt, steige ich ein, ziehe die Tür zu und schnalle mich an. Sobald Flo sitzt, sage ich ihm, dass er den Wagen nicht nur heute fahren, sondern gleich behalten soll. Wozu brauche ich einen Porsche, wenn ich nie wieder rasen und so wenig wie möglich auf der Autobahn fahren werde?

Flo mustert mich. »Bist du jetzt beleidigt, oder hast du gestern im Landsegler einen Schlag auf den Kopf bekommen?«

»Weder noch. Ich meine das ernst. Du magst den Porsche doch.«

»Das ist aber kein Grund, ihn mir zu schenken.«

»Für mich schon. Ich hatte das sowieso vor.«

Ich zucke zusammen, weil ein Blitz durch meinen Kopf zuckt, kneife kurz die Augen zu und überlege, ob ich Schmerztabletten dabeihabe. Natürlich nicht. Ewig hatte ich keine Kopfschmerzen mehr. Als ich aufsehe, ist Flos Blick forschender.

»Betrachte es einfach als Dank für alles, was du für mein Label getan hast, okay?«

Er schüttelt den Kopf. »Dafür hast du mich bezahlt.«

Verdammt, wieso kann er den Porsche nicht einfach annehmen? »Ich schenke ihn dir und gut.« Das knirsche ich zwischen den Zähnen durch, weil der Druck im Kopf stärker wird. Mit dem Gedanken an die noch vor uns liegenden siebenhundert Kilometer bis Frankfurt wünsche ich mir, das Beamen wäre schon erfunden.

Immerhin knickt Flo allmählich ein. Er wehrt sich nicht mehr, sondern murmelt: »Ich weiß nicht, was ich sagen soll.«

»Sag danke oder was auch immer.« Ich nicke in Richtung der Fahrbahn. »Und jetzt fahr endlich. Ich hab ein bisschen Kopfweh und wäre lieber früher als später zu Hause.«

Flo überlegt noch einen Moment, dann zurrt er seinen Gurt fest, dreht den Schlüssel in der Zündung und fährt auf die Autobahn. Keine Minute später preschen wir über die dritte Spur. Ich setze meine Sonnenbrille auf, schließe die Augen und tue so, als schliefe ich. All die gruseligen Gedanken von ausscherenden Autos und berstenden Leitplanken blende ich aus und verberge meine Anspannung, indem ich meine Arme vor der Brust verschränke und die Hände unter die Achseln schiebe.

Als wir Frankfurt fünf Stunden später erreichen, bin ich ein Nervenbündel. Mit einem tapferen Lächeln verabschiede ich Flo und winke ihm hinterher, als er in meinem Ex-Porsche davonfährt und am Ende doch fröhlich hupt. Ich bin nicht traurig, das Auto nicht mehr zu besitzen, sondern nur froh, heil rausgekommen zu sein.

Für Hannibals Euphorie habe ich kaum mehr einen Nerv, knuddele ihn nur kurz, werfe mein Gepäck ab und stürme zur Hausapotheke. Die Kopfschmerztablette bringt nichts, denn eine Stunde lang explodiert mein Gehirn. Um keine zu harte Bewegung zu machen, rutsche ich vorsichtig aufs Bett, strecke mich aus und ziehe mir ein Kissen über die Stirn. Zuerst ist der weiche Stoff angenehm, doch dann beginnt er zu stören, und ich pfeffere das Kissen weg. Vor dem geöffneten Fenster geigt eine Grille ein Nachtlied. *Ziiiierp ziiiierp ziiiiiiiiiierp!* Ich hasse es. Und ich hasse den Geruch, der von der Straße ins Zimmer strömt. Stinkt nach Dreck irgendwie. Scheiß-Großstadt!

Als Hannibal ins Zimmer kommt, zähle ich sein Tapsen mit. Nach dreißig Schritten sitzt er. Ich schlummere weg und dämmere zurück, weil sich der Hund abschleckt und die Grille mit der Unterstützung einer zweiten lauter fiedelt. Ich taste nach dem Schalter der Lampe auf dem Nachttisch, setze mich auf und kneife die Augen prophylaktisch zusammen. Zum Glück ist das Licht ein gnädig dämmriges und schmerzt nicht allzu sehr. Aufstehen will ich nur, um eine weitere Kopfschmerztablette einzunehmen und die Grillen umzubringen, da fällt mein Blick auf das Fußende des Bettes.

Mit einem lauten »Verdammt!« pralle ich rücklings gegen das Kopfteil des Bettes und erstarre. Ein um mehr als das Doppelte gewachsener Hannibal sitzt dort. Ich blinzele, doch das Bild bleibt dasselbe.

Der monströse schwarze Dobermann wittert, dass etwas nicht stimmt, und bellt. Mit zweihundert Dezi-Bell. Ohrenbetäubend. Als ich die Hände hebe und ihn beschwichtigen will, bellt er noch einmal. Hals über Kopf fliehe ich aus dem Schlafzimmer, schlage die Tür zu und lausche in das Dunkel des Hauses. Hinter der Schlafzimmertür winselt es.

Auf dem Weg ins Bad, wo ich mir kaltes Wasser über den Kopf laufen lassen will, komme ich an der Treppe vorbei. Die Stufen sind gigantisch. Ich würde mir sämtliche Knochen brechen, wollte ich auf die übliche Weise runter, daher klammere ich mich mit einer Hand an das Geländer, wage einen ersten Schritt und schaffe das Unglaubliche: Mein Fuß landet auf der nächsten Stufe, ohne dass ich einen Spagat machen muss. Stufe für Stufe geht es nach unten – in merkwürdig verschobener Zeit bei jedem Schritt. Irgendwann stehe ich im Flur vor meinem Kandinsky, der seit neuestem eine ganze Wand ausfüllt, und in der Küche vor einem Kühlschrank, in dem ich Essen für eine ganze Armee aufbewahren könnte.

Ein Flüstern kommt über meine Lippen: »Ich werde irre!«

Vollkommen durcheinander, ratlos und von einer ganz und gar unmännlichen Angst gepackt, tappe ich ins Wohnzimmer zur überdimensionalen Couch. Ohne klettern zu müssen, kann ich mich draufsetzen. Den schmerzenden Kopf in die Hände gestützt, starre ich vor mich hin und nicke irgendwann ein.

Alles tut weh! Nur der Kopf nicht. Aber mein Nacken, mein Rücken, meine Knie, der Hintern – all das schmerzt, als ich mich auf meine noch schlafenden Füße stelle. Mit einem Blick über die Schulter stelle ich fest, dass die Couch auf ihre eigentliche Größe geschrumpft ist. Gleiches trifft auf den Kühlschrank und den Kandinsky zu. Als in der oberen Etage ein Bellen ertönt, eile ich die perfekt geformte Treppe hinauf, spurte über den kleinen Flur, öffne die Tür. Wie ein Blitz wetzt Hannibal aus dem Schlafzimmer ins Erdgeschoss, durch Flur, Wohnzimmer und seine Hundetür in den Garten, um sich zu erleichtern. Erst nach ein paar Stunden verdienter Ignoranz verzeiht er mir.

Ich bin verdammt gespannt, was Frau Dr. Bärbeißer hierzu zu sagen hat. Sie wird sich bestimmt wahnsinnig freuen, mich schon wieder zu sehen, und glauben, ich sei ein notorischer Arztgänger. Ich? Süchtig nach Dr. Bärbeißer? Abhängig? Unfähig, ohne sie zu leben? Grusel!

»Sie fantasieren also im wachen Zustand?«, fragt sie.

So würde ich es nicht bezeichnen, denn es klingt gefährlich verrückt. Ich korrigiere die Ärztin daher: »Nein, ich sehe bestimmte Dinge stark vergrößert.«

»Aha.« Sie kritzelt auf meine Karteikarte. Ich erkenne, dass sie das Wort *fantasieren* notiert. Wieder einmal nimmt sie mich nicht ernst. Ich bin Dr. Bärbeißers erster Patient an diesem Montagmorgen, habe schon um sieben Uhr vor der Praxis gewartet und gehofft, dass sie noch ganz frisch ist. Unbelastet von den Krankheiten anderer Leute, motiviert, erholt und willig, dem Eid des Hippokrates treu zu bleiben.

»Was für Dinge?«

»Was auch immer ich länger betrachte.« Mir fällt ein gutes, wenn auch grausiges Beispiel ein. »Hätte ich das jetzt, würde ich Sie etwa doppelt so groß sehen.« Ein gigantisches Michelinmännchen, ihr ohnehin fülliger Körper aufgepumpt im weißen Kittel. Das runde, fleischige Gesicht noch massiger. Grusel!

»Aha.« Sie unterstreicht *fantasieren* auf ihrer Karte. »Nur mich? Oder auch den Schreibtisch?«

Unschlüssig zucke ich mit den Schultern. »Weiß nicht. Vermutlich nur Sie. Den Tisch vielleicht erst, wenn ich mich darauf konzentriere.«

»Eine Makropsie also, aha, aha.« Sie kritzelt und kritzelt. »Keine Mikropsie?«

Weil ich ihre Klugscheißerei inzwischen gewohnt und nicht blöd bin, denke ich mir, dass sie sich erkundigt, ob ich Dinge außerdem verkleinert sehe. Das kann ich verneinen.

»Und starke Kopfschmerzen hatten Sie dazu?«

»Wahnsinnig starke Schmerzen.«

»Auf eine bestimmte Stelle lokalisiert? Drückend?«

Ich schildere den Verlauf und beschreibe den Schmerz als beidseitig und pulsierend.

»Anfang des Sommers haben Sie mir von hin und wieder auftretenden Kopfschmerzen erzählt.«

Ich unterbreche sie: »Oh, das ist kein Vergleich. Diese hier waren heftiger als alles, was ich vorher erlebt habe.«

Dr. Bärbeißer knallt ein Ausrufezeichen hinter das letzte Wort, schaut auf und betrachtet mich mit gespitztem Mund. Dann greift sie zum Telefon und aktiviert ihre Flötstimme.

»Bärbeißer, guten Tag. Ich habe hier einen Patienten, für den brauche ich zeitnah Termine zum MRT, EEG und zur Lumbalpunktion.« Sie lauscht. Ich lausche. Nur vom MRT habe ich schon einmal gehört.

»Privat versichert, ja«, plaudert sie weiter. »Morgen? Ja, perfekt. Mindestens drei Tage, alles klar.«

Das alles klingt überhaupt nicht gut.

Während die Ärztin die benötigten Infos zu meiner Person durchgibt, stehe ich auf und laufe zum Fenster des Behandlungszimmers. Auf diesem üblen Stuhl halte ich es einfach nicht aus und überlege, der Praxis ein bequemeres Modell zu spendieren. Ein Modell, das einen irgendwie auffängt und in dem man gut sitzt, wenn man schreckliche Nachrichten hört.

Ebendie gibt es dann auch gleich. Im Stehen für mich.

Mit dem MRT sollen Schnittbildaufnahmen meines Gehirns angefertigt und ein Hirntumor ausgeschlossen werden.

Per EEG werden meine Hirnströme dargestellt, was Rückschlüsse auf eine Epilepsie oder Durchblutungsstörungen erlaubt. Oder gegebenenfalls auf einen Hirntumor. Durch die Lumbalpunktion wird meinem Rückenmark Gehirnflüssigkeit entnommen. Diese wird auf eine Gehirnhautentzündung, multiple Sklerose, eine Hirnblutung oder – wie sollte es anders sein – einen Hirntumor untersucht.

»Sie glauben, ich habe …?« Ich kann das Wort gar nicht aussprechen, weise lediglich auf meinen Kopf und gehe zurück zum unbequemen Stuhl, der mir dann doch lieber ist als keiner.

»Nein, das glaube ich nicht.« Dr. Bärbeißer klingt weder tröstend noch freundlich. »Wenn Sie aber, wie ich vermute, einen Migräneanfall mit Aura hatten, glauben Sie mir sowieso nicht und sitzen in zwei Tagen wieder hier. Also wollen wir die bösen Geschichten doch gleich ausschließen, nicht wahr, Herr Leif?«

Will die mich verarschen?

Sie klimpert etwas in den Computer. »Am Empfang bekommen Sie die Überweisung in die Neurologie. Morgen um acht Uhr werden Sie erwartet. Stellen Sie sich auf drei Tage ein.«

»Ich gehe nicht in ein Krankenhaus.« Das weiß sie, das hatte ich ihr schon einmal gesagt.

Die Ärztin haut auf die Entertaste und wendet sich wieder mir zu. Die Ellbogen auf den Tisch gestützt, die Finger ineinander verschränkt, sagt sie: »Ambulant ist nicht drin in diesem Fall. Das sind größere Untersuchungen, und einige haben Nebenwirkungen, die medizinisch beobachtet werden müssen.«

Sie will mich verarschen!

In geselliger Runde

Keine Ahnung, warum ich Punkt acht auf der Matte stehen sollte. Jetzt ist es neun, und noch immer geschieht nichts. Die Schwester hat vorhin gesagt, ich solle mich schon mal ins Bett legen, aber das kommt überhaupt nicht in Frage. Was soll ich im Bett? Ich bin gerade erst aufgestanden. Leute mit Hirntumor steckt man sicher standardmäßig ins Bett, früher oder später. Als würde das helfen, wie bei einem Fieber. Als könnten sie den Tumor rausschwitzen. Da liegen sie dann, irgendwann unfähig zu allem und bis zum Verrecken verkabelt.

So einen Hirntumor kann man doch sicher operativ entfernen. Vor ein paar Monaten habe ich zwar gesagt, dass niemand an mir rumschnippelt, aber wenn es um einen Tumor im Kopf geht, sieht das natürlich anders aus. Der muss auf jeden Fall raus. Der zahlt keine Miete. Selbst wenn ich dabei draufgehe. Ich will gesund sein oder sterben bei dem Versuch, es zu werden. Auf keinen Fall möchte ich verkabelt werden, dahinsiechen und am Ende nicht mal mehr wissen, wer ich bin.

Nachdem ich die beiden Kunstdrucke im Zimmer – lila angehauchte Feldblumen – betrachtet und für grauenvoll befunden habe, starte ich mein Notebook und lade meine Beerdigungsplaylist auf den Bildschirm. Da müssen ein paar Sachen verändert werden. Bedauerlicherweise ist das Bett das komfortabelste Möbelstück im Zimmer. Die beiden Stühle an dem Holztisch sind noch unbequemer als Dr. Bärbeißers Patientenstuhl. Also ziehe ich die Schuhe aus und lege mich aufs Bett, wohlgemerkt nicht hinein.

Je länger ich darüber nachdenke, desto blöder finde ich alle bisher gelisteten Songs. Die sind zu tragisch und was für

Jammerlappen. Wenn ich am Hirntumor gestorben bin, sollen die Leute erleichtert sein, dass ich es geschafft habe. Ich will nicht, dass irgendwer heult. Wäre doch geil, es mit ganz wenigen Songs so richtig krachen zu lassen. Ich korrigiere also und kürze meine Beerdigungsplaylist auf:

1. Republica – *Ready to Go*
2. Guns N' Roses – *Paradise City*
3. Foo Fighters – *Learn to Fly*

Nummer vier und fünf überlege ich noch, da wird die Tür geöffnet, und ein hagerer Arzt mit eingefallenem Gesicht und eckiger Brille betritt das Zimmer. Die Schwester, die ich bereits kennengelernt habe, ist hinter ihm. Ohne einen Anflug von Freundlichkeit stellt sich der Mann als Chefarzt Dr. Schmidt vor und erkundigt sich nach meinen Symptomen, meinem allgemeinen Gesundheitszustand und Gewohnheiten. Diese Routine kenne ich bereits vom Skopieren und hoffe, dass er der Letzte ist, dem ich alles erzählen muss. Nachdem er meine Reaktionsfähigkeit, die Flexibilität und Stärke meiner Muskeln überprüft hat, empfiehlt er mir, in etwas Bequemes zu schlüpfen, weil er mir die Kanüle für das Kontrastmittel in die Vene legen will. Dafür ist mein schriftliches Einverständnis erforderlich. Das Kontrastmittel soll helfen, den in manchen Fällen versteckten Tumor sichtbar zu machen, also unterschreibe ich. Dann schaue ich an mir herunter, betrachte mein T-Shirt und meine Jeans und lasse den Doc wissen, dass es losgehen kann.

Das Wort *Chef* vor dem Arzt und der Titel nützen Dr. Schmidt gar nichts. Meine Vene rollt auch ihm davon. Er bekommt schlechte Laune, schmeißt ein paar Kanülen durch den Raum und brüllt die Schwester an, warum das nicht längst einer gemacht hat. Nach kurzem Zögern erinnert sie ihn daran, dass die neurologische Untersuchung nicht mit einer Kanüle im Arm durchgeführt werden sollte. Die Dreistigkeit ihrer ehrlichen Antwort reizt Dr. Schmidt so sehr, dass er die Vene trifft. Mit einem knappen Gruß und wehendem Kittel schwirrt er aus dem Raum. Die Schwester lässt mich wissen, dass es noch etwas dauern kann, und geht ebenfalls, wobei sie die Zimmertür auflässt.

Das Gefühl der in meinem Arm steckenden Kanüle ist ekelhaft, also bleibe ich liegen und bewege mich nicht. Meinen Blick hefte ich auf die offene Tür, vor der Personal und Patienten über den Stationsflur huschen. Eine Frau um die fünfzig in rosa T-Shirt und grüner Hose huscht besonders oft. Nach dem fünften Mal bleibt sie kurz stehen, wickelt die Spitze eines ihrer zwei geflochtenen Zöpfchen um den Finger, kichert ein »Hallo!« und huscht mit rotem Gesicht weiter. Später, als ich endlich zum MRT darf, wünscht sie mir viel Glück, und bei meiner Rückkehr wartet sie schon und erkundigt sich, wie es war.

Es war definitiv nichts für Klaustrophobiker. Als ich in die Röhre gefahren wurde und bemerkte, wie eng sie ist, habe ich die Augen konsequent geschlossen gehalten. Wer in dem Ding eindöst und vom ratternden Geräusch der Untersuchung aufgeschreckt wird, kann sich böse den Kopf stoßen. Der Frau mit den Zöpfchen sage ich, dass es okay war, verschwinde im Zimmer und schließe die Tür. Wenig später wird sie geöffnet. Die Schwester fragt, ob ich was dagegen hätte, draußen mit den anderen zu essen, weil dort versehentlich schon für mich eingedeckt wurde. Ich habe keinen großen Hunger, gehe aber in das Esszimmer der Station, als Undercover-Privatpatient sozusagen.

Sieben Leute sitzen am runden Tisch und löffeln Suppe. Als ich mich auf den letzten freien Platz gegenüber der Frau mit den Zöpfchen setze, wird sie erneut rot, kichert und bekleckert sich. Die anderen sechs begrüßen mich, schieben mir Salz und Pfeffer hin und schenken mir Wasser ein, als seien sie meine Gastgeber. Sie scheinen sich zu Hause zu fühlen. Aus ihrer Unterhaltung kann ich schließen, warum sie hier sind, und mit jedem neuen Wort vergeht mir der Appetit ein bisschen mehr. Eine ältere Frau erzählt von dem Silberbesteck, das ihr die Schwiegertochter weggenommen hat. Sie schabt die letzten Reste ihrer Suppe vom Teller, leckt dann den Löffel ab und steckt ihn in ihre Handtasche. Ein schepperndes Geräusch lässt vermuten, dass sie eine kleine Sammlung an Krankenhausbesteck mit sich herumschleppt. Ein noch relativ junger Kerl neben mir isst kaum und flüstert ununterbrochen, dass er springen wird. Ein Mann mit sehr dicken Brillengläsern sitzt in Unterhemd und lila Sporthose am Tisch und erzählt begeistert von einem Brand, bei dem neulich zwei Häuser in einem Frankfurter Vorort abgefackelt wurden. Die drei übrigen Männer sind wahrscheinlich depressiv, notorische Lügner oder megalomanisch. Was die Frau mit den Zöpfchen hat, finde ich nicht heraus, weil sie bloß kichert.

In meinem Kopf schwirrt es. Mehr und mehr baut sich der Druck auf, wie ich ihn auf der Rückfahrt von Westerland gespürt habe. Ich stehe vom Tisch auf und antworte nicht, als die sieben »Bis nachher« sagen. Auf meinem Zimmer hole ich mein Handy aus der Tasche. Es hat keinen Empfang. Vor mich hin grummelnd, gehe ich auf den Flur und, weil das nichts ändert, bis vor das Krankenhaus. Endlich kann ich telefonieren und wähle Dr. Bärbeißers Praxis an. Die Schwester will mich zuerst nicht durchstellen, weil das Wartezimmer voll ist, aber ich bestehe darauf, tobe ein bisschen genau genommen und habe die Ärztin wenig später an der Strippe.

»Die sind hier alle verrückt!«, schreie ich ins Telefon.

»Ach, Herr Leif, sagen Sie so was nicht«, höre ich von Dr. Bärbeißer und frage mich, warum sie so gut gelaunt ist. »Die Patienten auf der Neurologie haben allenfalls eine relativ ausgeprägte geistige Störung, mehr nicht.«

Mehr nicht?

»Schlimm genug. Warum bin ich dann hier?«

»Sie sind auf dieser Station, weil Sie weder Nierensteine noch ein gebrochenes Bein, weder einen entzündeten Blinddarm noch Prostatakrebs haben, sondern weil eine Dysfunktion Ihres Nervensystems vorliegt.«

»Ich möchte bitte auschecken.«

Als ich mich auf eine Bank setze, ist mir schwindelig. Mein Kopf wird so schwer, dass ich ihn mit einer Hand stützen muss. Der Druck hinter der Stirn und den Schläfen lässt mich die Luft anhalten.

»Niemand wird Sie aufhalten, Herr Leif. Tun Sie, was Sie nicht lassen können. Gewissheit über die Ursache Ihres Problems erhalten Sie so aber nicht.«

Ich weiß nichts zu erwidern. Dr. Bärbeißer wartet noch einen Moment und verabschiedet sich schließlich.

»Hast du 'ne Kippe?«, fragt jemand.

Vor mir steht der Junge, der eben am Tisch vom Springen geredet hat. Er ist drei Meter groß, eins fünfzig breit und hat riesige Augen. Ich verneine stumm, stehe auf und tappe durch eine gigantische Drehtür, deren Bewegung ich kaum abschätzen kann, zurück ins Krankenhaus. Der Fahrstuhl ist zu einem blechernen Ballsaal geworden, der Stationsflur zu einer sterilen Rennbahn. Es stinkt nach Medizin und Desinfektionsmitteln. Die angeschwollene Stationsschwester fragt mich, ob es mir gutgeht. Ich nicke und rette mich auf mein Zimmer. Auf meinem Bett atme ich durch und nehme mein Notebook, um mich abzulenken.

Meine Beerdigungsplaylist war das zuletzt genutzte Dokument und wird auf das Display geladen. Zwei Titel fehlen noch.

4. Black Label Society – *Losing Your Mind*
5. Disturbed – *Down With the Sickness*

Frisch gegrillte Nerven

In der Nacht haben die Schmerzen nachgelassen, und die Dinge in meinem Zimmer sehe ich inzwischen wieder in ihrer normalen Größe. Auf ganze fünf Stunden Schlaf habe ich es gebracht, und es hätten noch mehr werden können, wäre die Schwester nicht um sieben Uhr zum Blutdruckmessen gekommen.

Nach der Dusche schlüpfe ich in eine frische Jeans und ein neues T-Shirt. Vor dem Spiegel bringe ich meine noch nassen Haare in Form, da geht die Tür abermals auf. Diesmal ist es nicht die Schwester, sondern die Frau mit den Zöpfchen. Sie fragt, ob ich zum Frühstück komme, wird rot und kichert. Ich bringe es nicht über mich, sie wegzuschicken, und begleite sie in den Gemeinschaftsraum, wo die anderen bereits auf ihren Plätzen sitzen und es sich schmecken lassen. Sie begrüßen uns fröhlich und fragen, wie die Nacht war. Die Frau mit den Zöpfchen setzt sich mir gegenüber, schiebt mir Brot und Butter hin, schenkt mir Kaffee ein und wünscht mir guten Appetit. Mit einem mulmigen Gefühl wünsche ich ihr und den anderen dasselbe. Schmatzend bedankt sich die Runde und lobt die Brötchen. Die seien ja immer sehr gut hier. Frisch, wie vom Bäcker.

Der stille und, wie ich glaube, depressive Mann erzählt, dass er vor einigen Jahren von einer Leiter auf den Kopf gestürzt ist. Nicht sehr tief, aber hart. Seither riecht und schmeckt er nichts mehr. Der Megalomanische hält sich für die Reinkarnation von Humphrey Bogart und kommuniziert durch Filmzitate. Der, den ich für einen notorischen Lügner hielt, ist Erfinder. Während des Frühstücks baut er einen automatischen Eiersalzer, der leider nicht funktioniert. Jenseits dieser Station würde man über ihn lachen. Hier geht niemand näher auf den Misserfolg ein, wahrscheinlich, weil er schon zum Mittag etwas Neues erfinden wird.

Er tut mir leid. Jeder am Tisch tut mir leid. Die meisten sind sich ihrer, wie Dr. Bärbeißer sich ausdrücken würde, Dysfunktion nicht mal bewusst. Nur zwei wissen ziemlich genau, dass mit ihnen etwas nicht in Ordnung ist. Das macht mich so traurig, dass ich kaum esse und vor mich hin grübele.

Kurz vor zehn löst sich die Runde auf, um zur Visite, dem zweiten Highlight des Tages, in den Zimmern zu sein. Der Mann mit den dicken Brillengläsern und dem Faible für Feuer erinnert daran, dass heute sogar der Chefarzt mit rumgeht. Weil Mittwoch ist. Im Weggehen wettet er mit Humphrey Bogart, der sich eigentlich auf Freitag eingestellt hatte, um eine Packung Streichhölzer. Seltsam verwirrt bleibe ich sitzen, da wirbelt die Schwester heran und eskortiert mich in den Keller, wo am Vortag das MRT durchgeführt wurde. Heute steht das EEG an.

Ein weiterer unbequemer Stuhl erwartet mich und eine andere Schwester, die, sobald ich Platz genommen habe, verkabelte Saugnäpfe an meinem Kopf befestigt. Da geht die Verkabelung also schon los – und sie hört gar nicht mehr auf. Immer mehr Saugnäpfe werden an meine Stirn, die Schläfen und auf meinen Schädel gepappt. Am Ende vermeide ich es, die Schwester anzuschauen, denn ich kann mir vorstellen, dass ich verdammt lächerlich aussehe. Wie *Hellraiser* in doof.

»Soooooo, das hätten wir«, sagt die Schwester und schiebt einen Tisch, auf dem ein Bildschirm steht, vor mich. Als sei es noch nicht genug der Peinlichkeit, legt sie eine Augenklappe über mein rechtes Auge. Dann schaltet sie das Licht aus, den Bildschirm ein und bittet mich, möglichst starr daraufzuschauen. Das ist leichter gesagt als getan, denn was ich sehe, ist eine Art Schachbrett, das wie eine Straße perspektivisch ins Nirwana läuft. Im Zentrum schwebt eine orangefarbene, wackelnde Schleife.

Mal fühle ich mich hypnotisiert, mal wie kurz vorm Platzen. Wie lange das noch dauert, frage ich nach einer gefühlten Ewigkeit und versuche, den Mund dabei so wenig wie möglich zu bewegen, damit wir nicht von vorn beginnen müssen.

»Fünf Minuten«, antwortet die Schwester von irgendwo. »Und dann das andere Auge.«

Das halte ich nicht aus!

»Können Sie danach wenigstens sagen, ob alles okay ist?«

»Die Ergebnisse werden zusammen mit denen vom MRT an Dr. Schmidt geleitet. Er bespricht das mit Ihnen.«

Ich könnte protestieren und verlangen, sofort aufgeklärt zu werden – und das würde rein gar nichts bringen. Also freunde ich mich mit der wackelnden Schleife vor dem Schachbrett an.

Im zweiten Durchlauf erscheint mir meine Situation nur noch absurd, und mein erwachter schwarzer Humor kitzelt mich so sehr, dass ich beinahe lache. Um das zu verhindern, will ich an etwas Ernstes denken. Maja fällt mir ein. Dass ich auf ihre letzte SMS nicht geantwortet habe, stimmt mich plötzlich traurig. Würde ich ihr jetzt schreiben, wäre mein Text so deprimiert, dass sie mir sicher wieder einen Anschiss geben würde, von wegen typisch männliches Leiden und übersteigertes Selbstempfinden. Nichtsdestotrotz sollte ich mich wohl bei ihr melden. Mit einem Augenzwinkern könnte ich sie wissen lassen, dass wir nun etwas gemeinsam haben, und fragen, ob es ihr bessergeht. Wir könnten vorm Krankenhaus sitzen und einen Notfall-Doobie zusammen rauchen, kopfschmerzgeplagt, wie wir beide sind – sie mit dem Vorteil, die Ursache der Schmerzen zu kennen, ich mit der totgeschwiegenen Angst, bald zu sterben.

Mit dem Ausmalen dieser Vorstellung beschäftigt, kümmere ich mich nicht um die Zeit und bin überrascht, als mir die Schwester die Augenklappe abnimmt. Nachdem sie meinen Kopf entstöpselt und entkabelt hat, schickt sie mich zurück auf Station. Versehentlich steige ich einen Stopp zu früh aus dem Fahrstuhl, wandere eine Weile durch die Wöchnerinnenstation der Gynäkologie und merke es erst, als ich Babygeschrei höre. Ein Blick auf zwei der frisch geschlüpften Wesen in den Armen ihrer Mütter rührt mich. Babys sind noch nicht irre. Ab sofort haben sie allerdings alle Möglichkeiten, es zu werden.

Mit einem merkwürdigen Gefühl in der Brust wünsche ich ihnen im Stillen Kraft und Liebe für dieses Leben, da entdecke ich auf einem Balkon die Frau mit den Zöpfchen, die sich offenbar absichtlich hierher verirrt hat. Sie hat mich bereits gesehen und winkt mich zu sich.

»Wie heißt du?«, fragt sie, wird rot und klopft dann mit der Hand auf den leeren Platz neben sich auf der Bank. »Ich bin Tiffy. Tiffany eigentlich, aber meine Freunde nennen mich Tiffy.«

Ich setze mich und sage meinen Namen. Mein Blick fällt auf die Socken unter Tiffys grüner Hose; eine ist gelb, die andere hellbau.

Sie versucht zu schlussfolgern. »Also Maximilian?«

»Nein, bloß Max.« Die Friesen mögen es kurz und knackig, was Namen angeht.

»Bist du Anwalt?«

»Auch das nicht.« Ich sehe doch nicht aus wie ein Anwalt?

»Schade.«

»Finde ich nicht.«

»Ich bräuchte einen, weißt du.«

Was kommt jetzt? Eine Entführungsgeschichte? Ein Mord? Ein Tankstellenraub? Fragend sehe ich Tiffy an.

»Ich habe die Deutsche Bahn verklagt«, erzählt sie und zieht eine finstere Mine. »Ich wurde nämlich bestohlen.« Durch ihre Pause und die gehobenen Brauen fordert sie mich zum Nachhaken auf.

»Was wurde dir gestohlen ... von der Deutschen Bahn?«

»Achtundneunzig Waggons. Die standen auf Gleis zweiundzwanzig.«

Alle achtundneunzig Stück? Wahnsinn! Die hätten bis nach Gallus geparkt.

»Bis obenhin waren die mit Gold gefüllt, und jetzt sind sie ...« Tiffy schaut auf ihre Uhr und springt auf. »Mittag!« Sie wird hektisch, nimmt meine Hand, zieht mich mit sich vom Balkon und über die Wöchnerinnenstation zum Fahrstuhl.

»Da sitzen wir herum und schwatzen, und oben essen sie längst. Es ist doch Nudeltag.«

Wie beiläufig mache ich mich von ihr los und bitte sie mit einer Geste, vor mir in den Fahrstuhl zu gehen, was sie abermals erröten und kichern lässt. Vor sich hin summend und erhobenen Hauptes, stolziert sie hinein. Die Türen schließen sich, und nachdem ich den Knopf für die Neurologie gedrückt habe, schaue ich zur Decke, weil Tiffy mich beobachtet. Die Türen öffnen sich mit dem Ankunftsbling, der von Tiffys gellendem Schrei übertönt wird. Wie am Spieß kreischt sie, wedelt mit den Händen und weicht vor Dr. Schmidt zurück, der vor dem Fahrstuhl wartet.

»Beruhigen Sie sich, Frau Müller!«, sagt er mit strengem Blick durch die Brille und wendet sich noch verärgerter an mich. »Wo waren Sie denn? Ich suche Sie überall. Ich brauche doch noch Ihre Gehirnflüssigkeit.«

Sein Kittel flattert, als er sich umdreht und in Richtung meines Zimmers eilt. Mit ein paar Worten beruhige ich Tiffy, die noch sehr aufgeregt ist, haste dem Arzt nach und schwöre im Stillen, dass man zwar nicht verrückt sein muss, um auf dieser Station zu landen, es bei längerem Aufenthalt aber ohne Zweifel wird.

Auf meinem Zimmer muss ich mich ausziehen und in ein weißes Zelt mit blauen Punkten schlüpfen, das lediglich im Nacken gebunden werden kann. Sonst kann Dr. Schmidt nicht arbeiten, sagt er. Sobald ich im Zelt stecke, muss ich mich aufs Bett setzen, mit dem Rücken zum Arzt. Das ist mir nicht geheuer, zumal mein Blick auf die monströse Nadel fällt, mit der er mir in die Lendenwirbelsäule stechen wird. Was bin ich wohl, wenn er zigmal danebensticht, wie bei meiner Rollvene? Endgültig verrückt oder bloß querschnittsgelähmt?

»Beugen Sie sich ein Stück nach vorn, Herr Leif!«, höre ich und tue wie befohlen. »Das pikt jetzt ein bisschen. Vielleicht wird Ihnen schwindelig. Atmen Sie ruhig weiter und legen Sie sich danach eine Weile auf den Rücken.«

Mein »Okay« klingt ziemlich gepresst.

»Möglich auch, dass Sie Kopfschmerzen bekommen.«

Diese Warnung nehme ich mit Humor. »Die bin ich ja gewohnt.«

Er lacht, sagt: »Nicht diese Kopfschmerzen« und sticht zu.

Zuerst sehe ich Sternchen, danach kurz gar nichts, und dann wird mir speiübel. Ich atme erst wieder, als Dr. Schmidt die Nadel rauszieht, falle wie betäubt auf das Bett, rolle mich auf den Rücken, ziehe mein Zelt über die Oberschenkel und starre zur Decke.

Eine halbe Stunde später schlägt Thor mit seinem Hammer zu. Mein Kopf wummert und schmerzt so sehr, ich kann mich nicht beherrschen, rolle mich zusammen und heule. Echte, aufrichtige Tränen. Die Schwester gibt mir ein Schmerzmittel, kündigt aber an, dass es nicht viel ausrichten kann, und verspricht, die Schmerzen würden bald von allein abklingen.

Erst am Abend wird es besser.

Ich bin fertig mit diesem Laden. Und fertig mit der Welt auch. Mit einem schrecklich verlorenen Gefühl in der Brust schlafe ich ein.

Kein gewöhnlicher Gast

Bei der Visite am nächsten Morgen fragt mich Dr. Schmidt, wie es mir geht. Ich könnte darauf mit »Besser« antworten, doch ich sage gar nichts. Weil er bei der Ankündigung meiner Kopfschmerzen am Vortag gelacht hat. Ich möchte nicht mit ihm sprechen, möchte ihn höchstens einen Sadisten nennen und ihm eine Therapie empfehlen. Davon ganz abgesehen, beschreibt ein *Besser* nur mein physikalisches Befinden, keinesfalls meinen seelischen und geistigen Zustand.

Weil der Arzt auf eine Antwort wartet, zwänge ich ein »Es geht so« zwischen den Zähnen durch. Er nickt und sagt, dass alle Tests ohne Befund waren. Kein Tumor, keine Epilepsie, keine multiple Sklerose. Völlig unspektakulär.

»Ihre Symptome lassen auf einen Migräneanfall mit Aura schließen, auf eine besondere Form davon, die als das Alice-im-Wunderland-Syndrom bezeichnet wird.«

Ich schweige weiter, verwirrt und bemüht, die Infos zu verarbeiten.

»Kennen Sie *Alice im Wunderland?*«, will er wissen.

Ich sehe zu diesem Arzt hoch, in seine kalten Augen.

»Das ist eine Zeichentrickfilmfigur. Ein blondes Mädchen mit blauem Kleid und weißer Schürze. Den Film hab ich nicht gesehen.«

»Nun, dem Film liegt ein Kinderbuch zugrunde, in dem beschrieben wird, wie Alice etwas Bestimmtes isst und trinkt und dadurch besonders klein oder groß wird, woraufhin die Dinge in ihrer Umgebung ebenfalls besonders groß oder klein werden.«

Das kann nicht sein Ernst sein? »Unterstellen Sie mir, ich hätte Drogen genommen?« Merkwürdig ist außerdem, dass ein Buch mit solchem Inhalt für Kinder geschrieben wurde.

»Das ist Ihre Interpretation, Herr Leif.« Dr. Schmidt verschränkt die Hände im Rücken, stolziert zum Fenster und späht hinaus, als läge dahinter eine weite Landschaft, keine Großstadt. »Ebenso gut kann eine Migräne durch Stress oder eine psychische Störung hervorgerufen werden.«

Sucht er nach einem Grund, mich hierzubehalten und so krank zu machen, wie er mich gern hätte? Den Wind nehme ich ihm mal gleich aus den Segeln!

»Ich habe in letzter Zeit nicht sonderlich gut und viel geschlafen.«

»Auch hierfür gibt es Ursachen.«

»Ich habe alles im Griff und bin erleichtert zu hören, dass Sie nichts gefunden haben. Vielen Dank für Ihre Bemühungen.«

Wenn das mal kein deutlicher Rausschmiss ist! Das sollte er kapieren.

Mit einem süffisanten Grinsen auf den dünnen Lippen dreht sich Dr. Schmidt zu mir um. »Heute bleiben Sie noch zur Beobachtung. Sie hatten bis gestern Abend starke Beschwerden, und in Einzelfällen stellen sich die Kopfschmerzen ein zweites Mal ein.« Er stelzt zur Tür. »Was Ihre Migräne angeht, sollte die abermals auftreten, hilft ein Präparat zur Akutbehandlung, das ich Ihnen verschreibe. Gegebenenfalls eine Prophylaxe.«

Migränetabletten also, wenn Alice noch einmal kommt, und dauerhaft Chemie zur Vorbeugung, falls sie ein regelmäßiger Gast wird. Das Weib soll mir bloß vom Leib bleiben!

Kaum ist der Arzt verschwunden, steckt die Schwester den Kopf zur Tür hinein und fragt, ob ich jetzt mein Frühstück möchte. Weil ich das Neunuhrmenü im Esszimmer versäumt habe, hat sie mir etwas aufgehoben, was zwar nett ist, aber nicht nötig gewesen wäre. Ich will nichts essen. Kein Frühstück, kein Mittag und nicht zu Abend. Das dennoch von ihr herbeigebrachte Brot, den Aufschnitt und etwas Obst zwänge ich nur runter, weil ich nicht zwangsernährt werden will. Fad schmeckt das alles, der Schinken so neutral wie die Schnitten, und ich weiß nicht, ob es am Krankenhaus liegt oder an mir. Ich sollte glücklich sein, wieder einmal überlebt zu haben – gewissermaßen. Ich sollte mir Pfützen suchen, über die ich vor Freude springen kann, aber in mir ist keine Freude. In mir ist irgendwie … nichts.

Ich lausche, um sicherzugehen.

Nein, gar nichts ist da. Klar bin ich froh, keinen Hirntumor zu haben, erleichtert, aber ich bin nicht glücklich, und es ist mir egal, ob ich hier nicht glücklich bin oder anderswo. Es spielt keine Rolle, ob ich in diesem Krankenhauszimmer am unbequemen Tisch sitze, auf die lila Feldblumenbilder schaue und fades Essen in mich stopfe, oder ob ich zu Hause bin, wo ich prinzipiell nicht viel anderes täte.

Der Gedanke geht mit einer gewissen Verachtung einher. Verachtung mir selbst gegenüber. Ich klopfe die Brotkrümel vom weiß-blau gepunkteten Zelt, stehe auf und ziehe meine Jeans an. Der Lederjacke folgen meine Sneakers. Einen Schlüssel brauche ich nicht. Hier ist immer offen. Die Hände unter dem gerafften Zelt in die Hosentaschen geschoben, gehe ich über die abendstille Station zum Fahrstuhl. Im Erdgeschoss gibt es eine Cafeteria, in der sie mit etwas Glück Bier verkaufen.

Fehlanzeige.

Nach einem Moment an der frischen Luft schlendere ich wieder ins Innere, durch die Lobby des Krankenhauses und über Gänge, zu deren Seiten die Ambulanz und die Röntgenabteilung liegen. In irgendeinem Wartezimmer, in dem mir die Bilder besser gefallen als an allen anderen Wänden, setze ich mich – eigentlich bloß, um die Bilder anzuschauen. Sie erinnern mich an Wasser, ohne ein Meer, einen Teich oder

Fluss darzustellen. Andere Menschen sitzen auf anderen Stühlen und schauen die Bilder ebenfalls an. Sie halten sich an den Händen. Drei Frauen, alle rothaarig, mit vielen Sommersprossen auf den Wangen. Sie erwachen aus einer Art Starre, als sich eine Tür öffnet und einer wie Dr. Schmidt herauskommt. Er verzieht bedauernd den Mund, dann sagt er etwas von Hirnblutung und dass er nichts mehr hätte tun können.

Die jüngeren Frauen beginnen zu weinen. Die älteste schluchzt nur einmal. Sie schaut den Arzt mit riesigen Augen an und wimmert: »Aber eine Minute vorher hat er noch den Fernseher programmiert.«

Mir wird schlecht. Ich stehe auf, werfe einen letzten Blick auf die Bilder und gehe zur Lobby, vorbei an der bierlosen Cafeteria und durch die vorgestern noch monströse Drehtür. So vieles tut mir leid. Insbesondere die eine Sache, diese eine Person.

Das nächste Gebüsch kommt mir gerade recht. Ich erreiche es rechtzeitig, um das ungewollte Abendessen loszuwerden. Um rauszukotzen, was mir quer im Magen liegt – wenn es nur so einfach wäre. Wenig erleichtert richte ich mich auf und wische mir den Mund an einem Zipfel des Zeltes ab, da höre ich ein bekanntes Geräusch. Nach einigen Sekunden wird mir bewusst, dass es mein klingelndes Handy ist. Ich krame es aus der Innentasche der Jacke, lese Flos Namen auf dem Display und nehme das Gespräch an.

»Hey«, sagt er.

»Hey«, antworte ich, bemüht gut gelaunt, und warte.

»Was machst du?«

Ich drehe mich um meine eigene Achse, zwischen Krankenhausbeton, metallenen Sitzbänken, Drehtüren und bekotztem Buschwerk, suche einen Fixpunkt.

»Nichts Besonderes. Und du? Alles klar?«

»Ja. Alles klar. Ich bin noch im Büro.«

Das ist keine Überraschung, denn es ist gerade mal zwanzig Uhr. Flo geht selten vor zweiundzwanzig Uhr nach Hause. Er hört sich allerdings anders an als sonst. Verschnupft irgendwie.

»Bist du erkältet?«

»Nee.« Das klingt, als habe er seine körpereigene Mute-Taste gedrückt.

Ich möchte durch die Leitung greifen, ihn am Kragen packen, schütteln und ihm sagen, dass er gefälligst reden soll, nachdem er den Anruf schon geschafft hat. Eine innere Stimme befiehlt mir zu warten, und endlich rückt er mit der Sprache raus.

»Du weißt doch, die Gitarristin …«

»Von der Band, die bei WeRock unter Vertrag war? Mit der du ein Date hattest?«

»Einige Dates, ja, eigentlich hatten wir … so eine Art Beziehung. Ja, und nun ist deren Album auf Platz 45 eingestiegen.«

»Ist doch ganz gut.«

»Schon …« Er druckst rum. »Gestern hat sie mir gesagt, dass sie lieber erst mal allein weitermacht. Wegen der Tour und so.«

Endlich findet mein Blick einen Lichtpunkt. Ein Glühwürmchen, wie sich herausstellt, das in dem Busch herumschwirrt, den ich eben angekotzt habe.

»Das tut mir leid.«

Flo ignoriert meine Worte, wie ich es getan hätte.

»Ich hab mich gefragt, was du so machst.«

»Ich … telefoniere mit dir.«

»Könnte ich vielleicht rumkommen? Auf ein Bier oder zwei?«

Mein Blick fällt auf die Bank neben der Drehtür.

»Klar«, antworte ich und gehe hinüber, setze mich. »Wäre bloß cool, wenn du ein Sixpack mitbringen könntest.«

Als ich Flo erzähle, wo ich bin, will er einen rücksichtsvollen Rückzieher machen, doch nach meiner Schilderung der letzten Tage, die ich mit einem Schuss Ironie würze, lacht er und verspricht, in einer halben Stunde mit Bier da zu sein.

Während ich auf ihn warte, auf der Bank vorm Krankenhaus in Jeans, Zelt und Jacke, verfliegen die trüben Gedanken. Nicht nur, weil ich Gewissheit habe, nicht allein zu sein, sondern vor allem, weil Flo in mir den einzigen Menschen sieht, den er jetzt sehen möchte.

Der gebremste Mut

Ich habe geschlafen wie ein Bär, acht Stunden lang, von elf bis sieben Uhr zur Blutdruckkontrolle. Nicht die drei Bier mit Flo haben mich schlafen lassen; es war unser Gespräch, das mir so gutgetan hat. Dabei habe ich kaum etwas gesagt, sondern die meiste Zeit zugehört. Alles Reden wäre nutzlos gewesen, ebenso wie Sprüche über die schönen Töchter anderer Mütter, wenn er bloß diese eine Frau will und es diese eine ist, die ihn so verletzt hat. Er wird die Gitarristin nicht vergessen, indem er sich in einem Bahnhofsviertelpuff von einem Zimmer ins nächste vögelt, und auch nicht, indem er bei einer Online-Singlebörse nach einer Frau sucht, die Flöte spielt. Irgendwann wird er mehr sauer sein und weniger verletzt – und damit wird es besser. Jetzt wahrscheinlich noch nicht, und ich könnte wetten, dass er in dieser Nacht kein Auge zugetan hat.

Auf meinem Weg aus der Station begleitet mich Tiffy. Sie bittet mich, zum Mittag zu bleiben, weil Freitag ist und es Fisch gibt. Zum Glück wird sie abgelenkt, weil Humphrey aus einem Zimmer kommt. Er umarmt mich und zitiert wieder einmal Humphrey Bogart: »Küss mich, als wäre es das letzte Mal.« Tiffy boxt ihn deshalb gegen den Arm. Seite an Seite winken sie mir nach, als ich durch die Stationstür verschwinde.

Vorm Krankenhaus wartet ein Taxi. Ich steige ein und nenne dem Fahrer meine Adresse, doch entscheide mich wenig später um. Wenn ich jetzt nach Hause komme, sind da Jekaterina Poljakow und Hannibal, mein Haus, die üblichen Gerüche und Geräusche, meine gewohnte Umgebung. Mein Alltag. Doch momentan befinde ich mich jenseits davon. Jenseits von allem. Diese Stimmung will ich nutzen und ein längst überfälliges Gespräch führen. Dafür ist es allerdings noch zu früh. Bis sechzehn Uhr muss ich warten.

Noch sechs Stunden.

Ich beschließe, an einen Ort in Frankfurt zu fahren, an dem ich noch nie war, gehe gedanklich alle bereits besuchten Orte durch und bitte den Taxifahrer dann, mich an den Stadtwald nach Sachsenhausen zu bringen. Dort steht der aus Holz gebaute Goetheturm, der in den vergangenen Jahren restauriert wurde.

Meine Reisetasche auf dem Rücken, steige ich über einhundertsechsundneunzig Stufen dreiundvierzig Meter in die Höhe. Die alten Holzbalken knarren unter meinem Gewicht, und für einen Moment muss ich mich überwinden und den Gedanken an die prinzipiell gefährliche Höhe ausblenden. Höhenangst hatte ich doch nie. Auf dem letzten Stück schlottern meine Knie, weil mir die Nachwirkungen der verflixten Lumbalpunktion noch zusetzen, doch auf dem überdachten Ausguck angekommen, werde ich mit einem grandiosen Ausblick auf Frankfurt und den Taunus belohnt.

Im Laufe der nächsten Stunden kommen hin und wieder andere auf den Turm. Zuerst ein älteres Paar, dann eine Familie mit zwei kleinen Töchtern, die nicht mehr wegwollen, und schließlich Wanderer mit Rucksäcken. Niemand nimmt besondere Notiz von mir. Ich bin bloß einer, der da sitzt und guckt. In jeder Stunde, die vergeht, ändert sich meine Stimmung. Zuerst bin ich gelassen und will die Dinge so nehmen, wie sie kommen. Dann meldet sich mein kleiner Feigling und rät mir, die Sache abzublasen. Der echte Kerl in mir macht den kleinen Feigling mundtot und schnauzt, dass ich mich nicht so anstellen soll. Also stelle ich mich nicht so an und bin auf der Rückfahrt in die Stadt nur noch ein bisschen aufgeregt. Mit einem Espresso will ich mir das letzte fehlende Quantum Mut antrinken.

Vorm Café Fröhlich bezahle ich den Fahrer und steige aus, da klingelt mein Handy. Als ich es aus der Tasche ziehe, rutscht es mir aus der Hand und fällt auf den Gehweg. Das Display zersplittert. Den Namen des Anrufenden erkenne ich aber. Vor Ärger schnaubend, hebe ich das Handy auf und wische vorsichtig über das Display, um den Anruf anzunehmen.

»Hey, was gibt's?«

»Hey, ich wollt nachfragen, ob es bei unserem Gespräch im Juli irgendwelche Missverständnisse gegeben hat? Du hattest zugesagt, ab 15. August dreihundert Euro mehr zu zahlen, aber jetzt ist September und schon wieder …«

Die Worte verhallen in meinem Ohr. Verdammt! Ich habe vergessen, den Dauerauftrag zu ändern.

»Sorry, hatte Stress.« Ich will ihn abwürgen, loswerden und das Telefon von meinem Ohr nehmen, bevor mir winzige Scherben reinfallen. »Ich mache heute noch eine separate Überweisung fertig, in Ordnung?«

»Okay, aber ganz davon abgesehen. Es ist schon wieder …«

»Ich muss Schluss machen.« Ich will das nicht hören! Nicht jetzt. Nie wieder. »Du erwischst mich in einem echt ungünstigen Moment.«

»Ich wollte ja nur …«

»Lass uns später reden. Bis dann!« Ich lege auf und widerstehe dem Drang, mein kaputtes Handy gegen die Fassade des Cafés zu schmettern. Nach einem Atemzug werfe ich meine Tasche über die Schulter, behalte das Telefon vorsichtshalber in der Hand und betrete das Café. Hinter der Frau, die Maja gerade bedient, stelle ich mich an.

»Was soll's sein?«, fragt sie, als ich dran bin. Weder ihr Blick noch ihre Stimme sind unfreundlich. Sie wirkt und klingt merkwürdig neutral. Gelangweilt.

»Zwei Espresso zum Mitnehmen, bitte. Wie geht's dir?«

Sie überhört meine Frage. »Nehmen Sie Zucker?«

Jetzt übertreibt sie aber! Gesiezt hat sie mich seit Jahren nicht mehr. Und dass ich keinen Zucker im Kaffee mag, weiß sie auch.

Weil eine Beschwerde bei Maja erfahrungsgemäß wenig bringt, entschließe ich mich zu einer Entschuldigung für mein Versäumnis, auf ihre SMS zu antworten.

Sie mustert mein Handy, das ich während des Bezahlens auf den Tresen gelegt habe. »Als Nächstes erzählst du mir sicher, dass dich dein zerscheppertes Telefon von einer Reaktion auf eine freundlich gemeinte Frage abgehalten hat.«

»Nein, das ist gerade erst passiert.«

Maja stellt den ersten Espresso auf den Tresen und sagt mir, was ich bezahlen muss. Wie gewohnt gebe ich den Rest vom Zehner als Trinkgeld. Anders als sonst gibt sie mir auf den Cent genau raus. Ich rühre das Geld nicht an.

»Es tut mir leid, okay? Gerade komme ich aus dem Krankenhaus …«

»Ach, du Armer! Was hattest du?» Sie knallt mir den zweiten Espresso hin. »Die Frankfurter Hirnschisskrankheit oder den Südhessischen Porenschnupfen. Den gibt's nur im September.«

Ihre Worte sind bösartig, und ich lasse sie unkommentiert, denn mit jedem Wort würde ich ihr zeigen, dass sie mich verletzt hat. Weil ich die beiden Espressi tragen muss, schiebe ich mein Handy nun doch in die Innentasche meiner Jacke, werfe einen Blick auf die Uhr und einen weiteren zu Maja.

»Du hast gleich Schluss. Ich warte draußen auf dich.« Zum Zeichen dafür, dass ein Espresso für sie ist, hebe ich die Becher höher. »Lass uns ein Stück gehen und reden.«

Maja verschränkt die Arme vor der Brust. »Worüber?«

»Bis gleich«, antworte ich, drehe mich um und verlasse das Café.

Fünf Minuten später ist sie bei mir. Sie nimmt mir einen Espresso ab und schlägt eine Richtung ein, dies in zackigem Schritt. »Also, was ist?«

Ich brauche ein Einleitung, eine Einleitung, eine Einleitung …

»Was steht auf dem Grabstein eines Mathelehrers?«

Sie runzelt die Brauen. »Interessiert mich nicht! Ich habe Mathe immer gehasst.«

»Damit hatte er nicht gerechnet.«

Majas Mundwinkel zucken. Mehr nicht. Kein Lächeln. Von einem Lachen ganz zu schweigen. Ihr Schritttempo behält sie bei.

Ich mache mir klar, dass das keine Einleitung war, sondern eine Ablenkung. Der kleine Feigling war am Werk. Der echte Kerl schubst ihn zur Seite, rät mir zu einem Räuspern für die sichere Stimme und zu einem passablen Intro, da lässt Maja den Espresso fallen und krümmt sich. Sie presst ihre Finger gegen die Schläfen und stöhnt. Im ersten Moment bin ich hilflos. Ich muss nicht fragen, um zu wissen, was sie hat, aber ich habe keine Ahnung, wie ich reagieren soll. Soll ich etwas Beruhigendes sagen oder sie berühren? Beides könnte sie gerade nicht wollen. Das Gefühl der Unbeholfenheit verunsichert mich weiter, als ich neben ihr in die Hocke gehe, um in ihr Gesicht sehen zu können. Es ist schmerzverzerrt, ihre Augen sind geschlossen. In ihren Wimpern hängen Tränen. Die Narben auf ihrer Wange sind purpurrot. Behutsam lege ich eine Hand an ihren Arm.

»Maja?«

Sie presst die Augen fester zusammen.

»Maja, ich rufe ein Taxi und bringe dich nach Hause, okay?«

Sie nickt.

Weil kein Taxi in Sicht ist, hole ich mein zerscheppertes Handy aus der Jackentasche und bestelle eins. Fünf Minuten später hält der Wagen am Straßenrand, und während ich Maja hineinhelfe, frage ich mich, warum ich keinen Krankenwagen gerufen habe. Zwar hält sie diese Kopfschmerzen für normal, weil sie seit ihrem Unfall regelmäßig kommen, aber vielleicht sollte ein Arzt einen zweiten Blick drauf werfen. Als ich meine Bedenken äußere, öffnet Maja die Augen und funkelt mich an.

»Ich will in kein Krankenhaus.«

Der Satz kommt mir bekannt vor. Ich verstehe sie so gut.

»Ich bin regelmäßig bei meinem Hausarzt, und der sagt, man kann nichts machen. Nach einem Schleudertrauma sind Kopfschmerzen normal.« Sie atmet durch und lehnt sich in den Sitz. »Es geht schon besser. So extrem ist es selten, und wenn, dann nur kurz. Ich möchte jetzt nur nach Hause.«

»Wo ist das?«

Sie nennt ihre Adresse. Der Fahrer fährt los. Es ist nur ein paar Straßen weiter, doch er nörgelt nicht, wie es viele seiner Kollegen bei solchen Kurzstrecken in Frankfurt tun. Am Ziel angekommen, will ich mit aussteigen, aber Maja lässt mich wissen, dass sie klarkommt.

»Danke für den Kaffee.« Mit einem letzten kurzen Blick zu mir öffnet sie die Tür. »Und für die Fahrt und so«, sagt sie beim Aussteigen.

Ich bitte den Fahrer, noch zu warten, und beobachte, wie sie zu einem fünfstöckigen Altbau geht. Sie schaut sich nicht um. Als sie in der Tür des Hauses verschwunden ist, bitte ich den Fahrer, mich nach Hause zu bringen.

Oktober

Unter bewölktem Himmel

Maja möchte nicht zu Dr. Ingrid Bärbeißer. Sie sagt, die kann ihr, wie alle Ärzte, den Buckel runterrutschen.

»Dr. Bärbeißer hat jeglichen kindlichen Wesenszug samt Spieltrieb verloren«, habe ich geantwortet. »Und sie ist zu schwer für deinen Buckel.«

Maja hat mich in die Seite geknufft und erwidert, ich solle die Theke nicht blockieren, weil andere Leute ebenfalls gern Kaffee hätten. Mit dem obligatorischen Espresso habe ich mich also an meinen Tisch verkrümelt und gegrübelt, wie ich sie überzeugen kann.

Seit zwei Wochen grübele ich inzwischen und könnte darüber theoretisch wieder schlaflos werden. Weil ich allerdings konsequent um acht Uhr aufstehe, mit der Joggingrunde in den Tag starte und nach dem Frühstück das Notebook hochfahre, um zu recherchieren und zu telefonieren, am Nachmittag mit Hannibal im Schlepptau zuerst in den Park und dann zum Café radele, bin ich jeden Abend ziemlich erledigt.

Die Kindergartenidee habe ich mit Maja auf der Bootsfahrt das erste und einzige Mal diskutiert. Sie hat sie vergessen. Ich aber nicht, und die Suche nach einem Haus im West-

oder Nordend hält mich beschäftigt. Bockenheim oder Dornbusch wären auch okay. Es sollte in einem guten Vierteil und nicht zu weit entfernt liegen. Mit einem größeren Garten und zwei Etagen wäre es ideal. Weil ich Kompromisse grundsätzlich ungern eingehe, ist das keine leichte Sache. Vier Immobilien habe ich bereits besichtigt, doch keine hat mir gefallen. Natürlich könnte ich einen Makler engagieren; dann würde ich zwar schneller fündig, hätte aber nur halb so viel Spaß. Zwischendurch habe ich mich im Netz über Schleudertraumata informiert, wobei ich auf Studien gestoßen bin, die belegen, dass sich ein gar nicht mal geringer Prozentsatz der Verunfallten entgegen der Aussage der meisten Mediziner nicht vollständig erholt. Starke Kopfschmerzen, Schwindel und Übelkeit sind die häufigsten Beschwerden, die einen kleinen Teil sogar konstant einschränken und arbeitsunfähig machen. Viele andere, wie Maja, bekommen regelmäßig Kopfschmerzen. Zur Ursache habe ich natürlich auch recherchiert und herausgefunden, dass in den meisten Fällen aus dem Unfall resultierende Blockaden der Halswirbelsäule oder Verletzungen der Kopfgelenke verantwortlich sind. Weil per Röntgen lediglich Brüche und schwere Fehlstellungen sichtbar gemacht werden können, müsste Maja, wie ich kürzlich, zum MRT und anschließend in die Behandlung durch einen Osteopathen oder Neurochirurgen, denn beide kennen sich, den Informationen im Internet zufolge, mit der Halswirbelsäule viel besser aus als ein Orthopäde.

»Ich war schon bei einem Neurochirurg«, sagt Maja, als ich mein neues Wissen mit ihr teile. »Der hat mir Spritzen gegeben, die nichts gebracht haben, und mich zur Physiotherapie geschickt, die alles schlimmer gemacht hat.«

»Dann war es kein guter Neurochirurg.«

»Möglicherweise nicht.«

»Was ist mit einem MRT?«

Maja dreht sich um, holt meinen Espresso vom Automaten und stellt ihn mir hin. »Ich habe mich mit den Kopfschmerzen abgefunden. Die kommen halt ab und zu, so ist das.«

»Wenn man doch aber etwas unternehmen kann.«

»Lass gut sein, Max!« Sie klingt gereizt.

Ich bin genervt. »Warum bist du bloß so stur?«

»Was kümmert es dich?«

»Weil …« Die Worte bleiben mir im Hals stecken.

Die Hände in die Hüften gestemmt, wartet Maja. »Weil?«

»Ich finde einfach, du solltest …«

»Entschuldigung«, näselt es hinter mir. »Wären Sie dann so weit?«

Ein alternder Typ im grauen Anzug mit Aktenkoffer in der Hand hat das gefragt. Die Falten in seiner Stirn sind so tief, er muss sie sein Leben lang gerunzelt haben. An mir vorbei erkundigt sich Maja nach seinem Wunsch und macht sich an die Zubereitung.

Wenn ich jetzt nicht abhaue, streite ich mit ihr. Hier, vor allen Leuten. Ohne ein Wort und auch ohne Kaffee drehe ich mich um und marschiere zum Ausgang, reiße die Tür mit Schwung auf und werde noch wütender, weil ich sie nicht ins Schloss schmeißen kann. Die automatische Schließmechanik verhindert das.

Statt ein Taxi zu rufen, mache ich mich zu Fuß auf den Heimweg. Obwohl es regnet. Pah, von wegen! Gerade weil es regnet! Die Hände in den Hosentaschen, stapfe ich durch die nassen Straßen, latsche durch Pfützen, weiche durch bis auf die Haut und ärgere mich über die sture Maja, der meine Bemühungen völlig egal sind. Und die eigene Gesundheit auch.

Als ich in meiner Straße ankomme, höre ich noch immer ihre Worte im Geiste … und will sie loswerden, verbannen aus meinem Denken, da zuckt ein Schmerz durch mein Bein, durch die rechte Wade genau genommen. Ich muss anhalten, knicke das Bein nach hinten und ziehe den Fuß bis zum Po, um den Krampf zu lösen. Als er nachlässt, stelle ich den Fuß wieder auf und wackele mit den Zehen. Ein bisschen dumpf fühlt sich das Bein noch an, aber es geht wieder, also humpele ich zur Haustür und schließe auf. Da beschleicht mich ein furchtbarer Gedanke. In null Komma nichts zücke ich mein Telefon und wähle die Praxis von Dr. Bärbeißer an. Diesmal stellt mich die Schwester sofort durch, vielleicht, weil sie die Panik in meiner Stimme hört.

»Hallo, Herr Leif«, begrüßt mich die Ärztin. »Was kann ich denn heute für Sie tun?«

Ich fackele nicht lange. »Ich habe eine Thrombose im Bein. Soll ich zuerst zu Ihnen oder gleich ins Krankenhaus. Wir müssen …«

»Momentchen, Herr Leif, machen Sie mal halblang!«

Kalter Schweiß tritt auf meine Stirn. »Nee, mache ich nicht. Mein Freund hatte eine Thrombose im Bein. Daraus hat sich eine Lungenembolie entwickelt, und er ist gestorben.«

»Herr Leif, stopp!« Die Freundlichkeit verpufft aus Dr. Bärbeißers Stimme. »Haben Sie sich vielleicht wenig bewegt in letzter Zeit?«

Heute? Im Gegenteil. Aber wegen des bescheidenen Wetters habe ich den Großteil des Wochenendes am Küchentisch gehockt und Patientenbewertungen von Frankfurter Osteopathen und Neurochirurgen gelesen.

Die Ärztin interpretiert mein Schweigen voreilig. »Ich nehme an, Sie hatten einen Krampf. Der tritt häufig auf, wenn ein Muskel länger nicht beansprucht und dann zu hart belastet wurde. Haben Sie gerade eine hastige Bewegung gemacht?«

»Ich bin einfach nur etwas zügiger gegangen«, sage ich.

»Na, da haben Sie es, Herr Leif, beruhigen Sie sich bitte!

Ich bin mir sicher, Sie haben einen zu plötzlich geweckten Muskel zu spüren bekommen.«

So gern ich das glauben möchte, ich habe meine Zweifel und konzentriere mich auf mein Bein. »Ich spüre es aber immer noch.«

Dr. Bärbeißer seufzt. »Ist das Bein denn geschwollen?«

Ich bücke mich, taste es ab. »Es fühlt sich so an.«

»Mag sein, aber ist es das tatsächlich? Ziehen Sie die Hose hoch und schauen Sie nach! Bei einer Thrombose sollte das betroffene Bein dicker sein als das andere, manchmal auch bläulich.«

Weder sehe ich eine Verfärbung noch eine Schwellung. Alles schaut trügerisch normal aus. Aber als ich mich aufrichte, wird mir schwindelig.

»Ich sehe nichts, doch wenn ich das Bein bewege …«

»Spüren Sie ein leichtes Ziehen, genau. Das wird noch die nächsten Tage so sein und soll Sie bitte nicht weiter beunruhigen.«

»Sind Sie sich ganz sicher? Ich hätte wirklich gern Gewissheit.«

»Ich bin mir sicher. Kommen Sie vorbei, wenn die Beschwerden abermals auftreten, aber ich denke, das wird nicht passieren. Fahren Sie ein bisschen Rad!«

Weil ich die Haustür noch nicht geschlossen habe, sehe ich den Regen auf den Gehweg prasseln. An einigen Stellen steht das Wasser so hoch, dass sich Blasen bilden. Zum Radfahren würde ich einen Neoprenanzug anziehen müssen. Irgendwo im Keller habe ich einen.

»Okay.«

Dr. Bärbeißer verabschiedet sich und legt auf. Mit dem Telefon am Ohr drehe ich mich um, und mein Blick fällt auf mich selbst im Wandspiegel. Ich nehme das Handy runter und schiebe es in die Tasche.

Ebendieser Spiegel war es, vor den Paul mich gestellt hat. Er stand hinter mir, die Hände auf meinen Schultern, Zorn in den Augen. Nie habe ich Paul so wütend erlebt. Ob ich meinen Anblick ertragen könne, hat er mich gefragt. Ob ich mir selbst in die Augen schauen könne.

Mein Blick fällt auf den Boden. Der kalte Schweiß, der noch auf meiner Stirn steht, lässt mich frösteln. Ich presse die Finger gegen die Schläfen und schaue ein zweites Mal in den Spiegel.

Ein Flüstern verlässt meinen Mund: «Was soll ich bloß machen?«

Das befristete Geheimnis

Geh halt zu einem anderen Arzt, wenn du dieser Frau nicht vertraust«, sagt Flo beim dritten Guinness am nächsten Abend im Irish Pub.

Wir sitzen an der Bar auf Hockern, weil man darauf die Beine nicht so einknickt wie auf normalen Stühle. Um den Blutfluss in den Venen anzuregen, wackele ich immerzu heimlich mit den Zehen. Während des zweiten Guinness habe ich Flo zwar von diesem Krampf erzählt, mit meiner Frage allerdings etwas anderes gemeint. Dass ich mich laut gefragt habe, was ich bloß tun soll, wird mir überhaupt erst bewusst, weil er antwortet.

»Darum geht's mir schon gar nicht mehr.«

»Worum dann? Dass sich Maja nicht helfen lässt?«

Von Maja habe ich ihm auch erzählt. Beim ersten Guinness.

»Sie müsste sich nur noch mal richtig untersuchen lassen, dann könnte ihr geholfen werden.«

Flo überlegt. »Vielleicht. Mich wundert aber, dass du überhaupt so engagiert bist. Wenn du dich in sie verliebt hast, sag ihr doch lieber das, statt sie zu einem Arzt zu schicken.«

Meine Stirn runzelt sich praktisch von allein. Es ist so merkwürdig, dass er die beiden Dinge zusammenbringt, und ich weiß nicht, wo ich beginnen soll. Etwas anderes als »Quatsch!« fällt mir erst einmal nicht ein.

Er ignoriert das und vertieft seine Theorie. »Später kann sie immer noch zum Arzt gehen. Mit mehr Verständnis für deine Aktion.« Er zieht eine Braue hoch. »Möglich, dass damit sogar deine Krämpfe und weiß der Geier was aufhören.«

»Ach, halt die Klappe!«, brumme ich und weiche Flos Blick aus, schaue auf mein Bier, an dessen Glas Tropfen kondensierten Wassers hängen. »Weiß der Geier was hat nichts mit Maja zu tun. Und davon abgesehen, will ich sie nicht zum Arzt schicken, weil ich in sie verliebt bin. Ich bin nicht in sie verliebt, sondern …« Die Worte gehen mir aus. Das konstante Zehenwackeln nervt auch, also lasse ich es.

Flo wartet eine Weile und stellt schließlich eine weitere Frage: »Warum kümmert sie dich so?«

Die Antwort darauf zu kennen bedeutet nicht, sie ohne weiteres formulieren zu können.

»Das war vor zwei Jahren.« Kein sehr guter Anfang, aber ein Anfang. Von nun an gibt es kein Zurück mehr. Will ich auch nicht. Sein Guinness in der Hand, dreht sich Flo mit dem Rücken zur Theke, damit er sich dagegenlehnen kann.

»Klingt nach einer länger Story.«

»Ist es.«

»Dann schieß mal los. Ich höre zu.«

»Also vor zwei Jahren, im April, in einer Nacht von Freitag auf Samstag, war ich auf dem Weg nach Hause. In einem Kaff südlich von Frankfurt hatte ich den Gig einer Band angehört, die sich bei LeifMusic vorgestellt hatte. Auf einer schnurgeraden Landstraße fuhr ich in Richtung Autobahn.«

Das Bild der nächtlichen Straße entsteht in meinem Kopf. Da ist die nasse Straße, der Wald zu beiden Seiten. Es waren kaum andere Autos unterwegs, und die Scheinwerfer der entgegenkommenden Wagen sah man von weitem.

»Eine öde Fahrt nach einem öden Abend, anstrengend, und ich war so verdammt müde. Ich wollte nur in mein Bett, schlafen – und einmal fielen mir wohl die Augen zu.«

In jeder Pause zwischen den Sätzen, den Worten höre ich meinen Herzschlag in den Ohren. Dass Flo mich nicht ansieht, sondern auf einen Punkt im Lokal starrt, ist mir irgendwie lieb.

»Ich bin aufgeschreckt, weil es plötzlich so hell war. Die Scheinwerfer dieses Autos waren nahe vor mir, und ich fuhr auf der falschen Spur. Um mir auszuweichen, wechselte der Fahrer des anderen Wagens auf meine Spur, doch da hatte ich das Lenkrad schon rumgerissen. Im letzten Moment wich ich auf die linke Spur aus, und wir passierten uns auf der jeweils falschen Seite.«

Flo atmet auf. Ich ahne, dass ihm gleich die Luft wegbleiben wird.

»Ich dachte, alles sei noch mal gutgegangen, sah dann aber im Rückspiegel, wie sich der Wagen drehte, überschlug und in den Straßengraben rutschte.«

Jetzt sieht Flo mich an. Er wartet, und ich gebe ihm Antwort auf seine ungestellte Frage.

»Ich habe nicht angehalten.« Eine Tatsache, die mir jetzt noch so viel Übelkeit in den Magen treibt wie damals. »Ich kann dir nicht sagen, warum nicht. Ich war geschockt, wie gelähmt, ließ den Fuß auf dem Gas, die Hände am Lenkrad, heftete den Blick auf die Straße und fuhr weiter.«

»Fahrerflucht nennt man das.« Flo stellt sein Guinness ab, als sei ihm der Appetit vergangen, als sei es unangemessen, zu trinken, während ich ihm so etwas erzähle.

»Ich kann dir nicht beschreiben, wie es sich angefühlt hat. Ich habe kein Auge zugetan in der Nacht und am nächsten Tag alle Termine abgesagt. In den Nachrichten wurde von dem Unfall berichtet.« Den Wortlaut werde ich nie vergessen und kann ihn wörtlich zitieren: »Aus noch unbekannter Ursache geriet der Kleinwagen einer zweiunddreißigjährigen Frau aus Frankfurt am Main von der Fahrbahn ab. Die Fahrerin wurde mit lebensgefährlichen Kopfverletzungen aus dem Wagen geborgen und liegt seither im Koma.«

Ich erinnere mich, dass Claudia mir eine Szene gemacht hat, weil ich so schlecht gelaunt war, und dass sie, als sie am

Nachmittag frustriert aus dem Haus ging, grauenvolle Stille zurückließ. Ich hörte laute Musik, weil ich diese Stille nicht ertrug, und las jeden Onlineartikel mit Neuigkeiten zum Unfall. Auch den Bericht, der von Pauls Redaktion verfasst worden war. Als ich es nicht länger aushielt, rief ich Paul an und bat ihn vorbeizukommen. Er wollte mir die Freundschaft kündigen, hätte ich nichts unternommen. Er hat mir nicht vorgeschrieben, was ich zu tun hatte, sondern gab mir lediglich ihren Namen: Maja Rados. Ich brauchte zwei Tage, bis ich ins Krankenhaus fuhr, wo ich immer nur ihren Vater aus ihrem Zimmer kommen sah. Eine noch größere Überwindung war es, ihn anzusprechen und ihm zu erzählen, was geschehen war. Er blieb ruhig und fragte mich, was er mit meinem Geständnis anfangen sollte. Ich bot ihm an, für alles aufzukommen, was für die Genesung seiner Tochter nötig sein würde, egal ob besondere Operationen oder Spezialisten. Er war einverstanden und versprach, nicht zur Polizei zu gehen, was mir einen Teil meiner Sorge nahm, denn solche Publicity wäre Gift für LeifMusic gewesen. Nun musste Maja bloß überleben und aus dem Koma aufwachen. Nachdem die erste Kopf-OP keinen Erfolg gebracht hatte, suchte ich einen auf solche Operationen spezialisierten Arzt und fand ihn in Berlin. Mit meiner finanziellen Unterstützung veranlasste Majas Vater ihre Verlegung und ließ sie in die Hauptstadt fliegen, wo der zweite Eingriff vorgenommen wurde.

Drei Wochen nach dem Unfall wachte Maja auf und unterzog sich verschiedenen Hirnuntersuchungen, bei denen sich herausstellte, dass ihr Gedächtnis keinen Schaden genommen hatte. Lediglich an den Unfall selbst hatte sie keinerlei Erinnerung. Ich war erleichtert und schämte mich dafür.

Maja blieb noch zwei Wochen im Krankenhaus und wurde im Anschluss zur Rehabilitation in eine Privatklinik im Taunus gebracht. Nicht nur ihren Job und ihre Wohnung verlor sie während dieser Zeit, sondern auch ihren Lebensgefährten, zu dem sie in der Unfallnacht unterwegs gewesen war. Der trennte sich von ihr. Es war so deprimierend anzusehen, wie all ihre Bemühungen um eine neue Anstellung scheiterten. Als ich verstand, dass es aussichtslos war, wollte ich ihr eine Stelle bei LeifMusic geben und heckte zusammen mit ihrem Vater einen Plan aus. Doch Maja lehnte eine Bewerbung ab, weil sie die Mainstream-Musik meines Labels schrecklich fand. Das gab mir ein paar Tage zu denken. Kurz darauf wurde ich auf das Schild im Café Fröhlich aufmerksam. Es wurde eine Aushilfe gesucht. Ich kontaktierte den Geschäftsführer, schilderte ihm Majas Fall und bat ihn um eine wiederum von mir finanzierte Unterstützung. Majas Vater hatte nicht sonderlich viel Hoffnung, dass sie diesen Job wollte, doch als er sie wie beiläufig darauf aufmerksam machte, versprach sie, im Café nachzufragen, um überhaupt wieder irgendetwas zu tun.

»Ihr Vater hat ihr nie etwas erzählt?«, fragt Flo, der langsam auftaut.

»Nein. Ich hatte ihn zwar nie darum gebeten, aber er hat es nicht getan. Er ist Anfang des Jahres gestorben. War schon älter.« Dass ich mir inzwischen wünsche, er hätte mit Maja gesprochen, verschweige ich und leere mein Glas.

Flo schnaubt und dreht sich zur Bar um, wo sein halbvolles Glas auf dem Tresen steht. »Na, das passt ja gut«, sagt er und trinkt ebenfalls einen großen Schluck. »Und was ist mit dem Typen vom Café? Meinst du, der hält die Klappe?«

»Der wird allmählich zur Pest. Ruft ständig an, beschwert sich über sie und verlangt mehr Geld.«

Flo lässt das unkommentiert. Nachdenklich leert er sein Bier und bestellt die vierte Runde.

»Danke, dass du dir das angehört hast«, sage ich zu ihm.

Er nickt. »Krasse Geschichte, Max. Ich denke, ich brauche noch etwas, um das sacken zu lassen, aber meinst du nicht auch …«, er pausiert und grübelt, »… dass du mit Maja reden solltest?«

»Das versuche ich ja die ganze Zeit, aber es kommt immer was dazwischen.« Der eine oder andere Todesgedanke, zum Beispiel, oder ihre Kopfschmerzen.

»Faule Ausreden!« Flo sieht mich an, seine Mundwinkel zucken. »Stattdessen willst du sie weiter betütteln und umsorgen und zum Arzt schicken.« Er lacht kurz, wird aber schnell wieder ernst. »Mensch, erzähl ihr das endlich! Und sag ihr das andere auch.«

»Welches andere?«

Mit seinem vierten Guinness stößt er gegen meins, das noch unangerührt auf dem Tresen wartet. »Du weißt schon.«

Drei beschriebene Zettel

Weil aus vier Guinness deutlich mehr Guinness plus eine unbekannte Anzahl von Shots in den Farben der irischen Nationalflagge wurden, habe ich keinen Kater, sondern einen Tiger. Einen ausgewachsenen, der sich mit Sicherheit nicht mit ein paar Rollmöpsen und Kaffee abspeisen lässt.

Stöhnend rolle ich mich auf den Rücken, öffne erst ein Auge, dann das zweite und versuche, den Ursprung eines merkwürdigen Geräusches zu ergründen. Als mir klarwird, dass es bloß Jekaterina Poljakow mit dem Staubsauger ist, drehe ich mich noch einmal auf die Seite und kuschele mich in das Kissen, dankbar, dass sie das jaulende Monstrum noch nicht durchs Schlafzimmer gezerrt hat.

Ich bin ein bisschen sauer auf Flo, denn er hat mir eingeredet, dass ich Maja liebe. Seit ich mit dem Tiger döse, überlege ich, wie ich diese Überzeugung wieder loswerde. Das muss ich nicht nur, weil sie mich nicht zurückliebt, sondern vor allem wegen des ganzen üblen Rests. Wenn ich es ihr erzähle, wird sie mich hassen. Sie wird mich nie wiedersehen wollen und vielleicht etwas richtig Gemeines sagen, aber dann könnte ich ihr einfach eine Geldsumme überweisen, mit der sie ihr Leben lang klarkommt. Sie wüsste Bescheid und aus die Maus.

Irgendwas wurmt mich an dieser Vorstellung, und gerade will ich den Wurm verscheuchen, da wird die Tür aufgestoßen, und der Staubsauger purzelt ins Zimmer. Mein Tiger brüllt. Erschrocken setze ich mich im Bett auf.

»'tschuldigung!«, ruft Jekaterina Poljakow und zeigt auf den Staubsauger. »Ist umgefallen, aber ist sowieso kurz vor Mittag, und Zeit du stehst auf, Max Leif. Muss ich machen sauber.«

Ich wette, das war geplant, und beobachte, wie sie den Staubsauger ins Zimmer schleppt, abstellt und mit der Hand vor ihrem Gesicht herumwedelt.

»Puh!«, ruft sie, geht zum Fenster und öffnet es. »Stinkt hier drin wie Kneipe. Chast du gesoffen die ganze Nacht?«

Ich rutsche im Bett zurück, um mich anzulehnen. »Ein bisschen.«

Während Jekaterina Poljakow die restlichen Fenster aufreißt, fällt mir etwas ein.

»Ich würde Sie gern was fragen. Sie als Frau, sozusagen.«

Sie dreht sich zu mir um, zuckt die Schultern. »Fragst du einfach.«

»Es gibt jemanden, dem muss ich etwas sagen, und das fällt mir ziemlich schwer.«

Sie verschränkt die Arme und hebt das Kinn. »Ist zeternde Hyäne? Sagst du, geh, wo Pfeffer wächst!«

»Ist nicht zeternde Hyäne.« Verdammt, meine Putzfrau färbt auf mich ab! Nicht nur was die Sprachkompetenz betrifft. »Also, nicht Claudia, sondern eine andere Frau.«

Jekaterina Poljakow wirkt zufrieden. Sie setzt sich auf den Bettrand. »Fällt dir schwer zu sagen, schreibst du auf.«

Grandiose Idee! Warum bin ich nicht selbst darauf gekommen?

»Kaufst du Rose. Kannst du zupfen ab ein paar Blätter und werfen in Kiste mit Federn von Gans. Und dann legst du Brief darauf. Musst du schreiben mit Tinte auf scheene Papier und sprühen mit Parfüm, das du auch kaufst.« Sie ist ganz in ihrem Element, nur leider auf der völlig falschen Fährte. »Parfüm kannst auch legen in Kiste. Ist Geschenk.«

»Frau Poljakow, das klingt alles wirklich toll, aber …«

»Nein, Max Leif, vertraust du mir!« Mit einem fordernden Blick zieht sie die Brauen hoch. »Du glaubst, ist Unsinn.« Sie legt die Hand auf ihre Brust. »Frau glaubt, ist wunderbar.

Schreibst du in Brief, du gehst mit ihr kaufen ein Kleid, und ihr verreist nach Venedig.«

Weil ich wenig überzeugt gucke, schnippt sie mit den Fingern. »Ach, komm schon, ist Peanuts für dich. Bist du kein geiziger Mann, Max Leif, das weiß ich.«

Ich bin alles andere als geizig. Zu abstrus ist allerdings die Vorstellung, wie sich Maja durch die Federn und Rosenblätter wühlt und mit vom Parfümgestank provozierten Tränen in den Augen liest, dass ich ihr ein Kleid kaufen will. Wahrscheinlich wird sie auf der Neurologie bei Dr. Schmidt klingeln und mich zur dringenden Behandlung anmelden.

»Das soll kein Liebesbrief werden«, stelle ich klar.

Jekaterina Poljakow ist verwundert. »Du willst nicht sagen, dass du liebst diese Frau?«

»Nein.«

Sie runzelt die Brauen. »Aber ist wirklich Frau?«

»Klar.«

»Dann alles andere sollte leicht sein zu sagen persönlich.« Sie steht auf, geht zum Staubsauger und schaltet ihn ein.

Der Lärm schmerzt. Ich halte mir die Ohren zu und hefte den Blick auf das Weiß der Bettwäsche, da fallen mir die ersten Worte ein. Bevor der Tiger sie vertreibt, nehme ich einen Notizblock und einen Stift aus dem Nachttisch und schreibe alles auf, schreibe es mir von der Seele. Als ich den Punkt hinter das letzte Wort setze, hat sich Jekaterina Poljakow schon verabschiedet. Von Hannibals gelegentlichem Bellen abgesehen, herrscht Stille im Haus. Stille, die einerseits guttut und mir anderseits die Kraft meiner Worte bewusst macht. Es ist ausgeschlossen, dass ich Maja diese Zettel gebe. Das Ausformulieren hat lediglich geholfen, meine Gedanken zu sortieren … für die unbedingt fällige Unterhaltung. Natürlich wäre es einfacher, einen Brief zu schreiben, aber auch feige und damit absolut … untypisch für einen Kerl. Die Frage, wohin mit den Zetteln, ist schnell geklärt, denn im Nachtschrank liegt ja das Sorgenfresserchen. Reißverschluss auf, Zettel ins Maul, Reißverschluss zu, weg sind die Sorgen. Vielleicht funktioniert das tatsächlich irgendwie. Auf einer mentalen Ebene, die Normalsterbliche wie ich nicht begreifen.

Weil Normalsterbliche wie ich für ihre Verfehlungen einstehen müssen, werde ich Maja anrufen und sie um ein Treffen bitten. Nicht zum Rudern, nicht zum Kaffeetrinken, sondern zum Reden. Am vereinbarten Tag, zur vereinbarten Zeit werde ich sie anschauen, ihr sagen, was in jener Nacht auf der Landstraße passiert ist, und ihre Reaktion darauf ertragen. Ich werde es hinter mich bringen und tatsächlich eine Sorge weniger haben.

Mein Herz holpert in der Brust, als ich zum Handy greife, obwohl ich ihr heute doch noch gar nicht beichten werde. Wenn es so weit ist, sollte ich vorher einen Notfall-Doobie zur Beruhigung rauchen.

Maja klingt müde. »Hey.«

Meine Worte kauern auf dem hinteren Teil meiner Zunge und müssen hervorgezwungen werden.

»Hey, geht's dir besser?«

»Ja. Was gibt's denn?«

Los, Max! Raus damit! »Hast du diese Woche Zeit? Ich muss mit dir reden.«

Maja atmet hörbar aus. »Das sagst du seit Wochen.«

So gern ich die von Flo als faule Ausreden bezeichneten Sätze jetzt anbringen würde, ich schiebe sie weg und antworte stattdessen: »Es fällt mir ein bisschen schwer.«

»Okay, aber nicht diese Woche. Ich bin unterwegs und komme erst am Sonntag wieder. Gleich am Sonntag, passt dir das?«

In einem ersten Impuls will ich sie fragen, wo sie unterwegs ist, und herausfinden, ob allein oder in Gesellschaft. Auch diesen Impuls bezwinge ich und belasse es bei: »Sonntag ist sehr gut.«

Einer der furchtbarsten Sonntage meines Lebens wird es werden. Früher, als Wochentage noch eine Rolle gespielt haben, hätte ich mich an einem von Natur aus miesen Montag verabredet. Gleich Montagmorgen.

»Nachmittag?« Maja zögert. »Oder lieber abends? Was willst du denn tun? Spazieren gehen oder lieber was essen?« Sie zögert noch einmal. »Oder doch nur reden?«

Ihre Gedankengänge irritieren mich. Sie würde mit mir spazieren gehen? Oder essen? Was erwartet sie von mir zu hören?

Konzentrier dich, Max, konzentrier dich!

»Ähm, also gern abends. Ich könnte uns was kochen. Pasta oder so.« Ja, Pasta bekomme ich hin.

»Okay, dann bin ich Sonntagabend bei dir. So gegen sieben?«

»Perfekt.«

»Bis Sonntag!« Sie beendet das Gespräch.

Eine ganze Weile weiß ich nicht, wohin, weder mit meinen Gedanken noch mit mir selbst. Irgendwann beschließe ich, dem inzwischen geschrumpften Tiger davonzulaufen, und ziehe meine Joggingklamotten an. Ich frage Hannibal, ob er mich begleiten will, doch weil ihm das Wetter zu sehr Oktober ist, bleibt er lieber vor der Terrassentür liegen.

Mit den besten Grüßen an meine Motivation dichte ich meine Ohren mit Musik ab, öffne die Haustür und stehe Claudia gegenüber. Sie nimmt den Finger vom Klingelknopf und sagt etwas, das ich wegen Ray Charles' Backgroundsängerinnen nicht höre. *Hit the road, Jack!*, trällern sie. Eines meiner liebsten Lauflieder ist das. Ich würde es jetzt gern laut singen und den Namen austauschen. Stattdessen ziehe ich mir die Stöpsel aus den Ohren.

»Wo willst du hin?«, fragt Claudia trotz meines eindeutigen Outfits.

Ich sehe an mir herab, schaue sie wieder an und zucke die Schultern. »In die Oper, wohin denn sonst.« Mit einem Blick auf die Uhr sage ich: »Und ich komme zu spät, also dann.«

Nachdem ich die Haustür zugezogen habe, möchte ich mich an ihr vorbeischieben, doch sie hält mich am Arm fest.

»Spinnst du?«

Genervt mache ich mich los. »Was willst du hier?« Nein, diese eine Frage genügt nicht. »Und was willst du von mir? Wieso gräbst du nicht einen Typen bei Sony an? Der kann dir sicher weiterhelfen.«

Sie weiß keine Antwort. Um ihre Sprachlosigkeit zu überspielen, verschränkt sie die Arme und zieht ein trotziges Gesicht. Als Nächstes wird sie mit den Wimpern klimpern und ein paar Tränen produzieren.

Rührt mich das noch? Ich lausche in mich hinein.

Es bleibt still. Da ist keine Liebe mehr und auch keine Verachtung. Nicht mal mehr Mitleid.

Mir fällt etwas ein.

»Was steht auf dem Grabstein eines Kochs?«

Claudia verzieht das Gesicht. »Keine Ahnung.«

»Er hat den Löffel abgegeben.«

»Was soll der Scheiß?« Sie schüttelt den Kopf. »Soll das lustig sein?«

»Es ist total lustig.« Ich will los, will mich bewegen und beginne, auf der Stelle zu laufen. »Du verstehst es nicht, oder?«

»Ich verstehe nicht, was daran lustig sein soll.«

»Siehst du! Wir passen einfach nicht zusammen.« Ich laufe los, schaue über die Schulter zurück und rufe: »Komm nicht mehr her!« Dann dichte ich meine Ohren wieder ab und richte den Blick auf die vor mir liegende Straße.

Die begründete Sorge

An den folgenden Morgen lasse ich Claudia beim Joggen immer ein bisschen weiter hinter mir. Ich laufe auf den Sonntag zu. Das lässt keinen Platz für Gedanken, die nicht damit im Zusammenhang stehen und prinzipiell sowieso überflüssig sind. Mein Kopf ist beschäftigt mit eigentlich typisch weiblichen Fragen: Was soll ich kochen? Was soll ich anziehen? Wie soll ich es sagen?

Am Donnerstag schließe ich Spaghetti aus, weil man die Esstechnik perfekt beherrschen muss, um sich nicht mit aus dem Mund hängenden Nudeln zu blamieren. Am Freitag schwanke ich erst zwischen bunten Fusilli und Tortelloni hin und her, um mich am Ende für durchgebrochene Tagliatelle mit Scampi in Sahnesoße plus Trüffel und Parmesan zu entscheiden. Ich glaube nicht, dass Maja eine Frau ist, die sauer wird, wenn man ihr Sahnesoße serviert. Sobald das beschlossen ist, gehe ich im Geist meinen Kleiderschrank durch. Ich sollte kein neues T-Shirt anziehen, sondern eines, das ich schon im Café anhatte. Wenn Maja es erkennt, stärkt das ihr Vertrautheitsgefühl. Das Beethoven-T-Shirt wird es werden. Ich muss es noch waschen.

Am Samstag joggt Hannibal mit mir. Auf jedem zehnten Schritt sage ich ihm eine Sache, die wir uns für den Einkaufszettel merken müssen. Als nichts mehr fehlt, probe ich verschiedene Satzanfänge, und dass mir keiner gefällt, macht mich nervös.

»Ich war auf dieser Straße«, murmele ich stockend. »Auf der falschen Fahrspur. Du bist mir ausgewichen. Keinem Wild, wie sie vermutet haben.«

Meine Kehle wird eng. Die Gedanken stauen sich im Kopf, wollen nicht mehr aus dem Mund. Ein Wort pro Schritt. »Ich hätte anhalten sollen. Ich hätte Hilfe holen sollen.«

Mein Atem pfeift, obwohl ich mich nicht überanstrengt habe. Bis eben ging mein Puls normal, doch jetzt rast er. »Aber ich habe doch alles, wirklich alles Mögliche getan …«

Als sich meine Kehle schließt, stoppe ich, beuge mich vornüber und stütze die Hände auf die Knie. Um Atem ringend, starre ich auf den erdigen Boden unter meinen Sneakers, dann öffne ich den Reißverschluss meiner Sweatjacke und zerre mir den Schal vom Hals. Achtlos werfe ich ihn hin und sehe, wie durch einen Schleier, dass Hannibal daran schnuppert und das Tuch ins Maul nimmt.

Ganz ruhig!, befehle ich mir im Stillen und versuche ein weiteres Mal, Luft in meine Lunge zu ziehen. Unter Keuchen und Pfeifen schafft es ein bisschen was durch die Kehle. Ich richte mich auf, stemme die Hände in die Seiten und will die Panik verbannen, die Angst zu ersticken. Die Angst, dass meine Lunge kollabiert. Schnell zähle ich eins und eins zusammen: am Montag der Krampf im Bein, heute keine Luft mehr …

Hastig fummle ich mein Handy aus der Tasche und hole Dr. Bärbeißers Nummer auf das Display. Ich muss ein paar Mal mehr tippen, denn ich habe das Display bisher nicht professionell reparieren lassen. Klebeband hält das dünne Glas notdürftig zusammen. Bald klingelt es in der Praxis; ein beruhigendes Geräusch, das mich wieder leichter atmen lässt. Ernüchternd ist jedoch, was ich gleich darauf höre: »Guten Tag, hier ist die Praxis von Dr. Ingrid Bärbeißer. Sie rufen außerhalb unserer Öffnungszeiten an. Diese sind …«

Verdammt, dass heute Samstag ist, hatte ich vor lauter Panik vergessen. Zum Glück höre ich am Ende der Ansage eine Handynummer, unter der ich Dr. Bärbeißer in Notfällen erreichen kann.

Die einzelnen Ziffern vor mich hin murmelnd, tippe ich sie ein und bete, dass die Ärztin nicht so gemein ist, das Telefon am Wochenende auszuschalten.

Es klingelt. Einmal ... Zweimal ...

»Hallo?«

Das klingt unangenehm privat.

»Dr. Bärbeißer?«

»Ja. Wer spricht denn da?«

»Max Leif hier, hallo.« Ich lasse ihr keine Zeit für einen Gegengruß, sondern schieße sofort los: »Ich war grad laufen, ganz relaxt, und auf einmal hat sich mir die Kehle zugeschnürt. Zumindest hat sich das so angefühlt. Ich konnte keine Luft mehr holen, hab gepfiffen, als hätte ich einen Asthmaanfall und jetzt ...«

Dr. Bärbeißer unterbricht meinen Redeschwall mit einer irgendwie sarkastisch klingenden Feststellung: »Jetzt bekommen Sie offenbar wieder ausgezeichnet Luft.«

Mir ist so gar nicht nach Scherzen zumute. Außerdem fühle ich mich dumm. Ich hasse das! »Jetzt ja, aber eben dachte ich, ich ersticke. Ich hab mir alles vom Hals gerissen.«

»Herr Leif, soll ich Ihnen eine Lungenembolie bescheinigen?«

Ich stutze. Wieder einmal hat sie meine Diagnose erraten und scheint anderer Meinung. Es ist zum Kotzen!

»Dr. Bärbeißer, das ist echt nicht witzig.«

»Nein, Herr Leif, das ist es nicht. Fahren Sie doch bitte in die Notaufnahme des Krankenhauses!«

»Den Teufel tue ich! Sie wissen, was ich von Krankenhäusern halte.«

»Das weiß ich, ja.« Die Ärztin klingt immer verärgerter. Ich höre, wie sie schnaubt und herumläuft. »So einiges weiß ich inzwischen über Sie, aber ich kann Ihnen heute nicht helfen. Es ist Samstag.«

»Scheißegal, welcher Wochentag! Sie haben den Eid des Hippokrates nicht für Montag bis Freitag geschworen.«

Mir ist bewusst, dass ich unseriös argumentiere und nicht nur den Ärger über den Wochentag, sondern die Summe aller aktuellen Verwirrungen an der Ärztin auslasse. Meine Hand zuckt, als wolle sie mir sagen, dass ich auflegen soll, doch ich presse das Handy an mein Ohr und warte. Warte auf die Diagnose, dass ich völlig gesund bin. Dass mich nichts umwerfen kann.

»Also gut«, sagt Dr. Bärbeißer. »Kommen Sie vorbei!« Sie nennt mir die Adresse und legt so schnell auf, dass ich sie nicht einmal fragen kann, ob ich meinen Hund mitbringen darf.

Ziemlich perplex stehe ich da im Park, stecke das Handy zurück in die Tasche und wechsele einen Blick mit Hannibal, der sich inzwischen hingesetzt hat.

Dr. Bärbeißer wohnt auf halbem Weg zwischen Café Fröhlich und der Praxis in einem Altbau im Westend. Weil der Fahrstuhl defekt ist, schnaufe ich gefühlte tausend Stufen in Begleitung eines nicht begeisterten Hannibal hinauf in die sechste Etage über die Dächer von Frankfurt. Anders als alle anderen Stockwerke hat das sechste, letzte nur eine einzige Tür. Einen Spalt offen steht die, und weil Musik, Stimmen und Gelächter herausdringen, zögere ich. Gerade empfiehlt mir eine innere Stimme, den Rückzug anzutreten, da wird die Tür aufgerissen, und vor mir steht Klaus Kuhn alias Machete.

»Wat für enne Üwerraschung!« Er hebt mir ein Glas Sekt entgegen. »Wer hätt jedacht, dat mer enne jemeinsame Bekannte hann.«

Während Hannibal und ich zu Puste kommen, erzählt Machete, dass die Inge (formally known as Dr. Ingrid Bärbeißer) seine liebe Stiefschwester ist und gerade nicht zur Tür kommen konnte, weil sie anlässlich ihres fünfzigsten Geburtstags Gäste bewirtet.

Ich möchte im Boden versinken oder im Fahrstuhl verschwinden, doch Machete zerrt mich und Hannibal in die Wohnung, wo mir Rudolf Bärbeißer, seines Zeichens Gymnasialdirektor, die Hand schüttelt und sich freut, mich persönlich kennenzulernen. Er drückt mir ein Glas Sekt in die Hand, stößt mit mir an und sagt, dass seine Frau viel von mir erzählt hätte, natürlich nur im Rahmen ihrer ärztlichen Schweigepflicht. Zwei engelhafte Wesen, die er als seine Töchter vorstellt, nehmen mir Hannibal ab, um ihn mit Wasser und Häppchen zu versorgen. Ich rufe ihnen nach, dass er keinen Fisch verträgt, da steht Dr. Ingrid Bärbeißer vor mir. Statt des Kittels trägt sie einen dunkelroten Zweiteiler aus weichfließendem Stoff. Sie hat irgendwas mit ihren Haaren gemacht und sich die Augen geschminkt, was sie ungewohnt weiblich aussehen lässt.

»Kommen Sie, Herr Leif«, sagt sie und dirigiert mich in einen Raum, der dem Sprechzimmer in der Praxis ähnelt, allerdings wärmer und individueller eingerichtet ist. Der Eid des Hippokrates wird durch Joan Mirós bunter als buntem *The Garden* ersetzt und die Standardbestückung des Schreibtischs durch zwei gelbe Minions aus den Kinofilmen. Dr. Bärbeißer nimmt mir den Sekt ab, weist mir einen Stuhl zu und bittet mich, die Sweatjacke und das T-Shirt auszuziehen, damit sie meine Lunge abhören kann. Aus einer Schublade kramt sie ein Stethoskop, steckt sich die Stöpsel in die Ohren und setzt das Lauschteil auf meine Brust. Es ist so kalt, dass ich Gänsehaut bekomme.

»Mal bitte tief durchatmen«, sagt sie.

Ich atme ein, halte die Luft und lasse sie mit einem »Alles Gute zum Geburtstag« wieder aus meiner Lunge.

»Danke.« Sie setzt das Stethoskop auf einer anderen Stelle über meinem Herzen an. »Noch mal, bitte.«

Die gleiche Prozedur: Einatmen, ausatmen, sprechen. »Tut mir leid, dass ich Ihre Party störe.«

»Halb so wild. Die Hälfte von denen quatscht auch bloß über Krankheiten. Von daher ...« Sie richtet sich auf, zieht die Stöpsel aus den Ohren und legt sich den Bügel um den Hals. Mit einem Seufzen setzt sie sich auf die Schreibtischkante und mustert mich. Die Diagnose klingt trocken:

»Ihre Lunge ist völlig in Ordnung.«

Ich nehme es hin. Was würde es nützen, zu behaupten, dass es einen Grund geben muss, warum ich keine Luft bekomme? Gar nichts in diesem Moment.

Jetzt will ich nur raus aus diesem Zimmer, dieser Wohnung. Weg von der Party, die ich gestört habe. Also ziehe ich mir das T-Shirt an, schlüpfe in die Jacke und schließe den Reißverschluss.

»Eine Atemnot kann in Zusammenhang mit einer Herzerkrankung stehen«, erklärt mir Dr. Bärbeißer und trinkt einen Schluck von dem Sekt, den mir ihr Mann gegeben hat. »Das läge nahe, vor allem wegen Ihres Infarktes, doch Ihr Herz ist ebenfalls okay.«

Schon bin ich an der Tür und will mich verabschieden, da ist die Ärztin an meiner Seite und legt die Hand auf die Tür, um sie geschlossen zu halten. Sie sucht meinen Blick und redet weiter: »Ursache kann ebenso gut eine Panikstörung sein. Was ich Ihnen jetzt sage, Herr Leif, das sage ich Ihnen nicht als Ärztin, sondern als eine Art Vertraute.«

Mein Mund ist wie zugeklebt. Ich stelle mich darauf ein, etwas Fieses zu hören.

»Durch den Infarkt ist Ihr Herz sicher geschwächt, doch es kann noch viele Jahre munter vor sich hin klopfen. Vorausgesetzt, Sie haben einen gesunden Lebensstil.« Dr.

Bärbeißers Blick ist durchdringend, aber nicht unfreundlich. Dass sie zum ersten Mal wirklich besorgt wirkt, irritiert mich. »Ihr aktueller Lebensstil ist alles andere als gesund, denn Ihre Gedanken …«, sie hebt die Hand und klopft gegen meine Stirn, »… sind wie eine konstante Dosis Gift.«

»In Ordnung.« Ich will raus, drücke die Klinke, doch ich kann die Tür nicht öffnen, weil Dr. Bärbeißer sie weiter geschlossen hält.

Sie schüttelt den Kopf. »Nicht in Ordnung, Herr Leif. Da ist etwas, das Sie so sehr belastet, dass es Ihnen den Atem raubt. Befreien Sie sich davon!«

»Bin schon dabei.« Ich sehe von der Ärztin zur Tür und wieder zurück. »Darf ich jetzt raus. Bitte!«

Sie zieht eine Augenbraue hoch. »Klar. Essen Sie einen Happen, es ist genug da, und trinken Sie einen Sekt mit mir.« Sie nimmt die Hand von der Tür und lächelt. »Wo Sie schon mal hier sind.«

Das meint sie ernst?

»Das ist lieb, aber ich muss einkaufen.«

»Können Sie danach immer noch. Sie kommen ja vom Laufen und haben bestimmt noch nicht gefrühstückt.« Sie schiebt mich durch die Tür und in ein Zimmer, wo die Gäste um ein Brunch-Buffet stehen. »Greifen Sie schon mal zu. Ich bin gleich mit Sekt da.«

Zögernd nehme ich mir eine Schüssel, da schlägt mir jemand auf die Schulter.

»Alles jut, Jong?«, lallt Machete. »Haste ens nachjedacht üwer de Versicherung für dinge Rennware?«

»Hab nur noch den Käfer«, antworte ich und nehme mir Obstsalat.

»De muss och enne vernünftije Versicherung hann. Denk nur ens an de herumfliejende Ente.«

Ich werfe den Löffel in die Schale und fahre herum. »Hör doch auf mit deinen Versicherungen und herumfliegenden Enten und all dem Scheiß! Das brauch ich nicht.«

Machete bleibt gelassen. »Wat brochst du denn?«

Während meine Blicke über das Buffet gleiten, sage ich: »Auch schon egal. Gar nichts.« Mehr und mehr Obst schaufele ich ins Schüsselchen. »Ein Haus vielleicht, aber damit kannst du wohl nicht dienen.«

»Klar.« Machete lacht. »Isch mach ja och Immobilien.«

Ein bewegter Mann

Nach einem alkoholreichen Brunch, einem Irrlauf mit Hannibal durch das mir eigentlich bestens bekannte Westend, nach einem besoffen erledigten Einkauf und einer durchgeschlafenen Nacht starte ich nervös in den Sonntag. Den Tiger, der schon wieder bei mir rumlungert, vertreibe ich mit einer kalten Dusche sowie fünf Tassen Espresso, dann tigere ich, ohne ihn viel zu nüchtern, durch das Haus. Ich wünschte, ich hätte mir ein komplizierteres Rezept ausgesucht, denn dann könnte ich mit der Vorbereitung loslegen und wäre abgelenkt. So kann ich allenfalls die Zutaten in bestimmten Mustern auf der Arbeitsplatte sortieren, mehr nicht. Ab Mittag schlage ich die Zeit daher mit verschiedenen Beschäftigungstherapien tot.

Dreizehn Uhr: inspiriert von einem Don-Henley-Song, im Radio alte Eagles-Alben angehört.

Vierzehn Uhr: im Garten Laub zusammengeharkt, weil Hannibal nasse Blätter mit hereingeschleppt hat.

Fünfzehn Uhr: Update auf dem Handy durchgeführt.

Sechzehn Uhr: umgezogen.

Sechzehn Uhr fünfzehn: Weißwein aus dem Keller geholt und in den Kühlschrank gepackt.

Sechzehn Uhr dreißig: Zusammenstellung der Playlist für den Abend.

Achtzehn Uhr: Wasser für die Pasta aufgesetzt, Trüffelbutter in der Pfanne zerlassen, Tisch gedeckt, Hannibal gefüttert, Musik eingeschaltet.

Gerade nehme ich die bissfesten Tagliatelle vom Kochfeld, da klingelt es. Hannibal ist vor mir an der Tür und bellt vor Aufregung, weil er Maja bereits gewittert hat. Ich schließe die Augen einen Moment, mache sie dann wieder auf und öffne.

Maja schaut aus wie immer, bloß ohne eine orangefarbene Caféschürze und ohne die Theke zwischen uns. Ihre Stirn ist glatt, ein warmer Glanz ruht in ihrem Blick, und sie lächelt. Noch mehr, als Hannibal zur Begrüßung an ihr hochspringt. Die Schüssel, die sie in den Händen hat, hebt sie ein bisschen höher und gibt sie mir dann mit der Erklärung, dass sie Mousse au Chocolat als Dessert gemacht hat. Während sie den Dobermann mit Streicheleinheiten versorgt, gehe ich in die Küche und schalte die Hitze unter der ebenfalls fertigen Soße mit den Garnelen ab. Ich höre sie näher kommen, kann sie riechen, als sie ganz nah ist.

»Hallo«, sagt sie, und mir wird bewusst, dass wir uns noch nicht begrüßt haben. Vielleicht aus der Gewohnheit heraus, uns nie zu begrüßen. Nicht so richtig, nicht wie üblich. Nicht wie jetzt, als wir uns kurz und doch länger, als es normal wäre, umarmen. Ich spüre ihre Hände an meinen Seiten, lege meine Arme um ihre Schultern und küsse ihre Stirn, wie beiläufig und als habe ich das schon immer getan. Eine Gänsehaut kriecht über meinen Nacken, als ich merke, wie sie durchatmet.

Endlich rücken wir voneinander ab. Majas Blick fällt auf mein T-Shirt. Sie tippt auf die Noten. »Ich mag das«, sagt sie, und ich könnte »Ich weiß« antworten, tue es aber nicht und beobachte stumm, wie sie den Deckel über den Nudeln hochhebt, in den Topf guckt, den Deckel wieder draufsetzt und dasselbe mit der Pfanne tut. Sie tunkt den Finger in die Soße, kostet und macht »Hmmm«. Danach zieht sie den Trenchcoat aus – der ist neu und rot, nicht schwarz wie die meisten ihrer Sachen – und bringt ihn ins Foyer, um ihn an einen Haken zu hängen. Währenddessen nehme ich den Topf mit der Pasta und schütte das Wasser ab. Gegen den aufsteigenden Wasserdampf blinzelnd, denke ich darüber nach, wie normal sich Majas Gegenwart anfühlt. Total normal und doch irgendwie anders. Ohne Zweifel gut.

Als ich zum Fenster will, um Kräuter für die Soße zu pflücken, steht Maja plötzlich vor mir, in meinem Weg eigentlich – und doch überhaupt nicht. Sie scheint ebenfalls zu erschrecken, denn ihre Augen weiten sich ein bisschen. So schön sind diese Augen, so fein die Wimpern, die sie umrahmen. Majas ungeschminkter Mund zuckt, als wolle sie etwas sagen, sie bleibt aber stumm.

Ich zwinge mich zum Reden. »Willst du einen Wein?«

Sie nickt, sagt: »Gern«, doch als ich zum Kühlschrank gehen will, schließt sie ihre Hand um mein Handgelenk.

»Max, lass uns keinen Tanz machen, okay?«

Abermals kribbelt es in meinem Nacken, nur diesmal wandert es weiter, über meine Schulter und meine Brust – und hinein.

»Ich bin kein Freund von großen Worten.« Sie schüttelt den Kopf. »Und ich finde, das brauchen wir gar nicht. Wieso muss man denn immer alles sagen, wenn es ohne Worte genauso klar ist?«

Mein Herz holpert und schlägt einen schnelleren Takt ein. Sie hat recht, was das eine, keine Worte Verlangende betrifft. Leider hat sie keine Ahnung von meiner anderen Wahrheit, die unbedingt Worte braucht und ein grausames Potenzial besitzt.

»Maja, lass mich …«

Sie lässt mich nicht, sondern legt einen Finger über meine Lippen. »Ich muss es nicht hören.«

Das Dunkel ihrer Augen ist so tief. Ihr Mund ist so nahe, ihr Duft so intensiv, das Bedürfnis, sie zu halten, so übermächtig. Ich kann nicht anders. Ich will nicht anders. Ich will Maja küssen, und ich küsse Maja, ihren weichen, warmen Mund, schließe sie in meine Arme und ziehe sie an mich, um sie ganz nahe zu haben und ihren Duft beim Küssen noch intensiver wahrzunehmen. Sie seufzt und schmiegt sich an mich, legt ihre Hände auf meinen Rücken und lässt sie tiefer wandern … zu meinem Hintern und unter das T-Shirt, das sie so mag.

Auf dem mehr getaumelten als gegangenen Weg durch die Küche, das Foyer und über die Treppe sind wir ineinander verschlungen, angetrieben von unserem Kuss, den wir manchmal unterbrechen, um uns anzuschauen und zu lachen wie Kinder. Unseres Erwachsenenstatus werden wir uns jedoch immer schnell bewusst und küssen weiter, härter, mehr. In meinem Schlafzimmer angekommen, tragen wir nur noch Unterwäsche. Maja landet auf meinem Bett, und ich lande auf ihr, als gehöre das so, als hätte es viel zu lange gedauert bis hierher. Sie zieht mir die Shorts aus und ich ihr das schwarze Höschen, damit wir Haut an Haut sein können. Endlich. Übereinander. Aneinander. Ineinander.

Flüsternd. Keuchend. Stöhnend. Schwitzend. Mehr wollend.

Ich will sie behutsam lieben, meine Maja, und will all die Lust auf sie, die in mir ist, doch nicht bremsen. Sie fühlt sich so gut an, unter mir, so warm und weich und nicht genug von mir bekommend. Ich will ihr gar nicht genug geben. Sie soll nicht genug haben, sondern mehr wollen an anderen Tagen.

»Das hat so gutgetan«, sagt sie, nachdem sie eine lange Weile gar nichts gesagt hat, keine blöde Frage gestellt hat zu meinen aktuellen Gedanken und keine überflüssigen anderweitigen Erzählungen loswerden musste. Sie war einfach so still wie ich und hat nicht mehr getan, als zu atmen. Jetzt hebt sie den Kopf und schaut in Richtung Bettende.

»Können wir das nächste Mal ohne Zuschauer?« Sie lacht leise, legt den Kopf auf meine Brust und das Bein über meine Beine. Ihre Finger kraulen durch meine Haare.

Ich muss nicht nachsehen, um zu wissen, dass Hannibal am Fuß des Bettes sitzt. Ich kann mir vorstellen, wie er guckt, weil er so still ist. Wahrscheinlich versucht er zu kapieren, was er gesehen hat. Ich selbst muss noch kapieren, was ich erlebt habe. Wenn es aufhört, sich so grandios anzufühlen, werde ich darüber nachdenken. Keine Sekunde eher.

Majas Locken kitzeln mein Kinn. Mit der Hand streichele ich über ihren Rücken, über ihre Schultern, ihren Arm entlang und retour, weil ich ihre samtige Haut noch einmal spüren möchte.

»Einer von uns beiden muss nächstes Mal einfach daran denken, die Tür zuzumachen«, antworte ich.

Sie lässt das so stehen, lässt eine weitere kleine Ewigkeit vergehen und döst in meinen Armen.

»Einer von uns beiden sollte das Essen warm machen«, nuschelt sie irgendwann und klingt so träge, dass klar ist, wer der eine von uns sein wird.

Es ist wie ein Stichwort an meinen Magen, der sich in diesem Moment mit einem Knurren meldet. Vorsichtig löse ich mich von Maja und stehe auf, doch ein Blick auf sie im Bett genügt, um zu wissen, dass ich nicht ohne sie gehen möchte, also wickele ich sie in die Bettdecke. Sie lacht, als ich sie über die Schulter werfe und über den Flur, die Treppe hinuntertrage. In der Küche setze ich sie auf einen Stuhl.

Maja lacht noch immer. Sie streicht sich die Haare hinter die Ohren, zieht die Bettdecke über ihre Brust und schaut zu, wie ich eine neue Portion Tagliatelle durchbreche und zum Kochen vorbereite.

Ziemlich beherzte Schläge

Maja ist nicht über Nacht geblieben. Sie hatte nichts dabei, keine Zahnbürste, keine Extrakleidung, und sie wollte nichts von mir benutzen. Wahrscheinlich eine Ausrede. Ich bin mir sicher, dass Maja eine Nacht mit einer Zahnbürste und einem T-Shirt von mir klargekommen wäre, aber einfach nicht bleiben wollte, nach dem ersten Mal. Vielleicht hat sie ihre eigenen vier Wände gebraucht, um ihre Gedanken zu sortieren.

Was ich gestern Abend bedauert habe, finde ich heute Morgen gut. Erleichternd. Ich bereue nicht, mit Maja geschlafen zu haben, denn unser Sex war großartig. Mehr als das. Unbeschreiblich war der Moment, in dem sie gekommen ist. Ihre Stimme ein langes Seufzen, ihr Körper mir ganz hingegeben. Das werde ich nie im Leben vergessen, und niemals werde ich bereuen, es erlebt zu haben.

Allerdings bedauere ich sehr, die Klappe nicht aufgemacht zu haben. Gestern oder irgendwann anders vorher. Rechtzeitig.

Ich will aus dem Haus sein, bevor Jekaterina Poljakow hier ist. Ich weiß nicht genau, wieso, doch ich könnte sie heute nur schwer ertragen. Obwohl sich der Oktober von seiner miesesten Seite zeigt und es wie aus Kannen gießt, ziehe ich also meine Laufklamotten an, werfe die neue Regenjacke über und renne los. Vorbei am menschenverlassenen Grüneburgpark, entlang des Palmengartens mit dem Bootsteich. Ganz Bockenheim passiere ich, laufe über die Rödelheimer Landstraße und eine Brücke der Nidda, bis ich nicht ganz eine Stunde später vor dem Gebäude stehe, in dem ich einst so gut wie zu Hause war.

»Max, bist du das?«, fragt meine Ex-Empfangsdame, als ich mich an ihrem Tresen festkralle und nach Luft schnappe.

Eigentlich eine Frechheit – ich finde, sie sollte sich an mich erinnern und mich sogar tropfnass erkennen.

»Ist Florian schon da?«, keuche ich.

»Der ist vor einer halben Stunde rein. Ich rufe ihn.«

Sie greift zum Telefon, wählt Flos Handy an und lässt ihn wissen, dass ich hier bin. Danach eilt sie in ein Zimmer, in dem die Utensilien für das Reinigungspersonal aufbewahrt werden, und kommt mit einem frischen Handtuch zurück. Ich lege es mir um die Schultern. Von Kopf bis Fuß bin ich so durchweicht, dass ich zehn dieser Dinger bräuchte, um mich trockenzulegen.

Wenig später ist Flo da und will mich in sein Büro mitnehmen, doch ich überrede ihn, seinen Mantel überzuziehen und nach draußen zu gehen. Der Regen hat inzwischen nachgelassen, ich bin wieder bei Atem und habe erneut den Drang zu laufen. Langsamer zwar, aber nur Flo zuliebe.

In einer Bäckerei kaufen wir zwei Kaffee und suchen uns eine Bank im Solmspark. Nachdem ich sie mit dem Handtuch trockengewischt habe, setzt sich Flo. Ich ziehe es vor, auf und ab zu marschieren, während ich erzähle, dass ich Maja eingeladen habe, um mit ihr zu sprechen. Zuerst ist Flo guter Dinge, doch je mehr er hört, desto stiller wird er. Am Ende hockt er mit verschränkten Armen und gerunzelter Stirn da und starrt ins Nirwana des Parks.

»Hör auf damit!«, knurrt er irgendwann mit Bezug auf mein Herumgelaufe. »Du machst mich ganz irre.«

Für einen Moment lehne ich mich an einen Baumstamm, finde aber keine Ruhe, leere meinen Kaffee und schieße den Becher zum nächsten Mülleimer, treffe sogar.

»Wie kann man nur so bescheuert sein!«, sagt Flo. »Wieso hast du sie zu dir eingeladen statt an einen neutralen Ort? Als wäre das noch nicht genug, kochst du für euch beide.«

Ich erkläre es ihm: »Das war ihre Idee, nicht meine. Sie hat den Abend vorgeschlagen, also was sollte ich machen?«

Flo wird lauter. »Ihr den Wind aus den Segeln nehmen! Indem du einen nüchternen Rahmen vorschlägst, hättest du sie darauf vorbereiten können, dass es nichts Angenehmes zu hören gibt. Kein besonderer Ort, keine besondere Zeit. Punkt.«

Das ist so leicht gesagt! »Mach du das mal bei der Frau, in die du dich verknallst hast, verdammt!« Die Brust wird mir eng.

»Aha, also doch!«

Die Enge zieht hinauf in den Hals. »Natürlich. Ich habe schließlich mit ihr geschlafen.«

Heiß und kalt wird mir zugleich, als sich meine Kehle schließt, als drücke eine unsichtbare Hand zu. Beim nächsten Atemzug bekomme ich kaum Luft in die Lunge, keuche und öffne meine Regenjacke, zerre sie mir über den Kopf und schleudere sie weg. In der nächsten Sekunde ist Flo bei mir.

»Was ist los, Max?« Er sieht erschrocken aus, packt mich bei den Schultern, als ich zusammenklappe und die Arme auf die Knie stützen will. »Hey, hey, sieh mich an!«, ruft er.

Ich sehe ihn an und versuche, abermals einzuatmen. Noch immer ist die Kehle zu eng und lässt nicht genügend Luft durch. Ehe ich weiß, wie mir geschieht, holt Flo aus und schlägt mir mit der Hand ins Gesicht. Mehr vor Überraschung als vor Schmerz schreie ich auf und taumele zurück, raffe mich dann zusammen, stürme zu Flo und zahle ihm den Schlag eins zu eins zurück. Er zuckt nicht mal mit der Wimper.

»Hast du eine Macke?« Um ihn auf Distanz zu halten, packe ich ihn am Kragen. »Wofür war das denn?«

Flo ignoriert meinen Vorwurf. »Na, bekommst du jetzt Luft?«, frotzelt er, macht sich von mir los und richtet seinen

Mantel. Dann zeigt er mit dem Finger auf mich. »Ich analysiere das jetzt nicht, obwohl mir viele logische Erklärungen einfallen würden.«

»Schenk es dir! Echt, was soll der Mist? Ich komme zum Reden her, und du knallst mir eine?« Gift und Galle sitzen mir nun in der Kehle. Ich spucke aus, wende mich wieder an Flo. »Toller Freund!«

Er geht ein paar Schritte zurück. »Sag ihr die Wahrheit. Die sollte sie längst kennen.« Da es wieder zu regnen beginnt, schlägt er den Kragen hoch. »Ich wette, das ist es, was dir die Luft raubt. Du hast Panik, ihr weh zu tun, weil du ihr bereits zur Genüge weh getan hast. Und du hast Angst, sie zu verlieren. Zu Recht! Also bring es hinter dich!« Er dreht sich um und geht in die Richtung, aus der wir gekommen sind. »Sag Bescheid, wenn du's hinter dich gebracht hast!«, ruft er, ohne sich umzusehen. Ich sehe ihm nach, bis er verschwunden ist.

Die Hände in die Seiten gestemmt, hebe ich das Gesicht zum Himmel und lasse den Regen auf meine Haut prasseln. Die Tropfen kühlen die Stelle, die Flos Hand getroffen hat.

Als wüsste ich nicht, dass ich Mist gebaut habe!

Hand aufs Herz, welche Art von Rat hatte ich mir erhofft? Verständnis für meine Situation vielleicht? Und woher will er überhaupt wissen, wie ich es Maja sagen soll? Wie er mich zum Atmen bringen kann, hat er dahingegen ziemlich genau gewusst. Watsch! Wenn ich das nächste Mal wegen so was Blödem bei Dr. Bärbeißer aufkreuze, empfehle ich ihr einfach, mich zu verprügeln. Wie sie gebaut ist, schafft sie das allemal.

Nach einem letzten Blick auf die verregneten Grünflächen hebe ich meine Jacke auf, ziehe sie über und mache mich auf den Heimweg. Der Regen läuft weiter unter den Kragen, unter das T-Shirt und über meinen Rücken, tropft aus meinen

Haarspitzen und hängt in meinen Wimpern. Ich fröstele und ziehe die Schultern hoch. Ein heißes Bad sollte ich mir einlassen, sobald ich zu Hause bin, zur Vorbeugung gegen Lungenentzündung.

Der Gedanke lässt mich innerlich fluchen.

Ich will nicht länger über meine Scheiß-Lunge nachgrübeln. Auch nicht über meine Scheiß-Venen oder mein Scheiß-Herz. Eine Mücke im Zimmer sollte für mich nicht zu einem Elefanten werden, und wenn jemand niest, sollte ich freundlich »Gesundheit« sagen, statt Desinfektionsmittel inhalieren zu wollen. Vor allen Dingen aber sollte ich nicht halb ersticken, nur weil ich nicht weiß, wie ich etwas sagen soll. Ich sollte es einfach sagen!

Mit meinen Gedanken beschäftigt, erschrecke ich, als es dicht neben mir hupt und quietscht. Schlagartig wird mir bewusst, dass ich eine Straße überquere. Ich fahre herum und schaue auf eine rote Motorhaube, die wenige Zentimeter vor meinen Beinen stoppt. Entgeistert sehe ich, wie mir der Fahrer des Wagens einen Vogel zeigt, dann abermals auf die Hupe haut und mir zu verstehen gibt, dass ich von der Straße verschwinden soll. Als ich mich in Bewegung setze, erinnert er sich daran, dass es noch ein Fenster gibt, das er herunterlassen kann, um mir ein »Arschloch« nachzurufen.

Die nächste Straße überquere ich, nachdem ich mich nach beiden Seiten doppelt vergewissert habe, dass frei ist, setze dann die Kapuze auf den Kopf, schiebe die Hände in die Jackentaschen und trotte nach Hause.

Leicht beschwingtes Schicksal

Am Freitag derselben Woche gehe ich nach der Spielrunde mit Hannibal im Grüneburgpark in Richtung Café Fröhlich. Nach vier Tagen Distanz zu Maja. Am Montagnachmittag, nach dem Laufen, habe ich ihr in einer Nachricht geschrieben, dass ich von der Entwicklung ziemlich überrumpelt bin, nichts überstürzen möchte und Zeit zum Nachdenken brauche. Damit habe ich eine pampige Reaktion riskiert, unterbewusst vielleicht sogar darauf gehofft. Wenn Maja mir schon sauer ist, verletzt meine Wahrheit sie weniger – im ersten Moment zumindest. Die meisten anderen Frauen wären beleidigt gewesen und hätten sich zurückgewiesen gefühlt, nicht so Maja, die antwortete, dass es okay ist und ihr genauso geht.

Es regnet noch, aber inzwischen bin ich es gewohnt, patschnass zu werden. Ich bekomme nicht mal einen Schnupfen und nehme daher an, dass es auch eine Art der Abhärtung ist, zuerst durch den Regen zu rennen und nachher heiß zu duschen. Zumindest heute, für den Spaziergang, könnte ich einen Schirm nehmen, doch ich verzichte, weil diese Dinger nur Männer benutzen, die ihre Boss-Anzüge, Ronaldo-Frisuren oder Nerd-Brillen nicht nass machen wollen.

Am Café stellen Hannibal und ich uns vor das breite Fenster und schauen hinter die Scheibe. All die an den Tischen sitzenden Menschen übersehen wir und konzentrieren uns auf die Barista, die die linke Schlange abfertigt. Hannibal winselt und zerrt an der Leine, um reinzugehen. Ich schlinge mir die Leine einmal mehr um die Hand, um ihn zurückzuhalten und Maja zuschauen zu können. Ich kann es kaum glauben, aber sie lächelt, als sie eine Kundin nach ihrem Wunsch fragt. Die nächste Frau in der Warteschlange bedient sie ebenso freundlich. Es ist ein bisschen unglaublich, dass ich das bewirkt habe.

Als sie uns entdeckt, wird ihr Lächeln verschmitzt. Sie stellt dem Gast den bestellten Kaffee hin, entschuldigt sich beim nächsten Wartenden und kommt vor die Tür.

»Ein begossener Dobermann!« Sie krault Hannibal die Ohren und wendet sich an mich. »Und ein begossener Pudel.«

Ich lache auf, obwohl mir das Herz in der Hose hängt. »Du bist charmant wie immer.«

»Niemand kann meinem Charme etwas anhaben.« Sie nickt zum Café. »Kommt ihr rein?«

Wahrscheinlich würde sie mich für den Espresso nicht mehr zahlen lassen, und ihr Trinkgeld zu geben würde sich merkwürdig anfühlen.

Ich finde eine Ausrede: »Du hast sowieso bald Schluss. Magst du dann eine Stunde spazieren gehen?«

Nach einem Blick in den Himmel schaut sie mich wieder an und zieht eine Braue hoch. »Ich weiß nicht. Könnte mir Schöneres vorstellen. Wenn wir danach Tee trinken oder etwas anderes Erwärmendes tun, meinetwegen.«

Neutraler Boden ade! Aber ich will Maja schließlich nicht das Gefühl geben, dass ich sie nicht bei mir haben möchte. Das Gegenteil ist ja der Fall.

»Dann komm einfach rum, wenn du magst«, schlage ich also vor und lasse Hannibals Leine lockerer, damit er weiß, dass wir weitergehen.

Außerdem kann ich nicht anders, beuge mich zu Maja herab und küsse sie, sanft und liebevoll. Unsere Münder wollen nicht so recht voneinander ablassen, müssen das aber tun. Maja legt ihre Hände an mein Gesicht und streicht mit den Daumen über meine Wangen. Dabei schaut sie mir tief in die Augen und lächelt.

Drei Stunden später ist sie bei mir. Diesmal bleibt sie über Nacht.

»Hätte mir jemand vor einem halben Jahr gesagt, dass ich heute in deinem Bett liege …«, sagt sie am nächsten Morgen.

Ich muss schmunzeln. »Zusammen mit mir noch dazu.«

Es fühlt sich gut an, wie sich die Wärme ihres Körpers mit meiner Wärme mischt. Ich spüre ihren Herzschlag an meiner Seite. Nur ihre Silhouette erkenne ich, denn es ist noch dunkel, gleich sechs Uhr. Vor einer halben Stunde hat sie mich geweckt, nicht absichtlich, sondern weil sie sich umgedreht hat und ich es nicht mehr gewohnt bin, das Bett mit jemandem zu teilen. Ich will mich wieder daran gewöhnen.

»Und vor einem Vierteljahr?«, frage ich.

Maja überlegt. »Wie meinst du das?«

»Hätte dir vor einem Vierteljahr jemand gesagt, dass du heute in meinem Bett liegst …«

»Das war im Juli …« Sie denkt nach, erinnert sich. »Da hast du morgens vorm Café gesessen und von mir das Sorgenfresserchen bekommen. Es hat dich nicht davon abgehalten, eine Beerdigungsplaylist zu erstellen. Und du hast mir von deinem toten Freund Paul erzählt.«

»Das weißt du alles noch so genau?«

»Klar, und hätte mir das hier im Juli wer gesagt, hätte ich gefragt, warum es noch so lange dauert.«

Ich verkneife mir ein Grinsen. »Wärst du halt nicht so garstig gewesen!«

Maja lacht und haut mir auf die Brust. Ich halte ihre Hände fest, rolle sie auf den Rücken und küsse sie. Ein bisschen widerstrebend wühle ich mich dann aus den Federn und schalte das kleine Licht auf dem Nachttisch ein, weil ich zur Toilette muss.

Hätte mir jemand vor einem Vierteljahr gesagt, dass Maja heute in meinem Bett liegt, ich hätte demjenigen den Puls gefühlt. Liegt vielleicht daran, dass ich ein Mann bin, ein typischer Kerl eben, und die sind wohl langsamer in solchen Dingen.

Beim Händewaschen sehe ich in den Spiegel, und der eine, schon so lange lauernde, schreckliche Gedanke vertreibt meine gute Laune. Ich wünschte, Maja wüsste längst alles und würde trotzdem das Bett mit mir teilen. Um den Schreck aus meinen Augen zu vertreiben, klatsche ich mir Wasser ins Gesicht. Mit einem Lächeln, das ich mir selbst nicht abkaufen würde, gehe ich zurück ins Schlafzimmer – und erstarre auf der Türschwelle. Das Lächeln fällt mir aus dem Gesicht.

Vor Maja auf dem Bett liegt das Sorgenfresserchen, das bis eben hinter der Lampe auf dem Nachttisch gesessen hat. Dort, wo ich es nach seiner Fütterung plaziert habe. Maja hält einen an einer Ecke zerfransten Zettel. Ihre Hand zittert. Sie hebt den Kopf, ihr Blick trifft meinen. Ihre Augen wirken riesig, ihr Gesicht ist blasser als sonst, ihre Narben sind stärker gerötet. Sie wirft den Zettel weg wie etwas Ekliges, und voller Scham, die bis eben nicht da war, rafft sie die Bettdecke um sich. Rückwärts schiebt sie sich vom Bett und steht auf. Plötzlich ist sie unendlich weit weg von mir. Der Schock, der meine Zunge gelähmt hat, scheint in mein Hirn zu fliegen und es aufzuweichen.

»Warum hast du das getan?«, frage ich. »Liest du auch die Tagebücher anderer Leute?«

Mir ist bewusst, dass ein Vorwurf das Letzte ist, was ich in dieser Situation anbringen sollte, doch die Defensive erscheint mir die einzige sinnvolle Reaktion. Jede Rechtfertigung wäre eh sinnlos. Nur einen Zettel hat sie gelesen, die anderen stecken offenbar noch im Sorgenfresserchen, doch der eine war genug.

Selbst schuld, du Feigling!, höhnt eine innere Stimme.

»Ich wollte nicht schnüffeln«, sagt sie tonlos. »Ich habe nur den Reißverschluss aufgemacht, dachte aber nicht, dass etwas drin ist. Der Verschluss hatte sich mit einem Zettel verhakt, und ich habe ihn rausgezogen. Dabei entdeckte ich meinen Namen.«

»Maja, bitte.« Mit gehobenen Händen mache ich einen Schritt auf sie zu. Sie weicht zurück, bis sie mit dem Rücken ans Fenster stößt.

»Bleib ja, wo du bist, du …« Ihre Stimme bebt.

»Ich wollte es dir sagen, die ganze Zeit.«

»Wieso finanzierst du meinen Job im Café?«, keucht sie und ballt die Hände zu Fäusten um die Bettdecke. »Wieso hast du meine Operationen bezahlt? Woher weißt du überhaupt, welche OPs ich hatte?«

Okay, jetzt weiß ich, welchen Zettel sie gelesen hat.

»Ich kannte deinen Vater.«

»Woher kanntest du ihn? Er hat dich nie erwähnt.«

»Ich kannte ihn aus dem Krankenaus. Ich war dort, als du nach dem Unfall im Koma gelegen hast.«

»Warum?« Sie presst sich gegen das Fenster, als wolle sie am liebsten noch weiter zurückweichen. Sie ist nicht nur wütend, sondern hat außerdem Angst. Vor meinen Worten.

Mein Herz dröhnt so laut, dass ich mich kaum sprechen höre, doch ich spüre jedes Wort wie einen Schnitt in meine Seele.

»Damals auf der Landstraße, da bist du mir ausgewichen. Ich war übermüdet und fuhr auf der falschen Seite. Ich habe gesehen, wie sich dein Wagen überschlägt, doch ich hatte Panik und bin weitergefahren.«

Drei Schritte in ihre Richtung gelingen mir, bis mich ihre Stimme stoppt.

»Bleib, wo du bist, du mieses Schwein!«

Eiskalt klingt sie. Ich bin darauf eingestellt, mehr davon zu hören, da hebt Maja die Bettdecke vors Gesicht. Ihre Schultern spannen sich an, als ein Weinkrampf sie packt.

Sofort bin ich bei ihr.

»Maja«, flüstere ich. »Es tut mir so leid!«

Ich will sie in die Arme nehmen, doch sie lässt die Bettdecke fallen und stößt mich weg. Ihre Augen sind nass vom Weinen, aber auch voller Wut. Nur einen Bruchteil davon überträgt sie in ihre Hand und schlägt mir ins Gesicht, den Rest lässt sie in ihrer Stimme.

»Fass mich nie wieder an!«

Der betrunkene Geist

In letzter Zeit scheint mein Gesicht eine magnetische Anziehung auf Hände auszuüben. Zuerst Claudia, dann langt Flo zu und schließlich Maja. Mit Spannung bleibt zu erwarten, wer als Nächstes nicht widerstehen kann. Jekaterina Poljakow vielleicht, weil ich meine Tassen nicht in den Geschirrspüler geräumt habe, oder Dr. Bärbeißer, wenn ich das nächste Mal mit einer tödlichen Krankheit auf ihrem unbequemen Patientenstuhl sitze. Die Nachrichten sind voll von Viren und Bakterien. Eigentlich muss ich bloß im richtigen Moment vor die Tür gehen, um mir welche einzufangen.

Gestern wurde berichtet, dass in unverhältnismäßig vielen Kindertagesstätten der Mainmetropole Scharlach ausgebrochen ist. In einer Spezialsendung zum Thema erfuhr ich, dass Scharlachbakterien das Potenzial besitzen, Menschen bei lebendigem Leibe verwesen zu lassen. Ich frage mich, wieso es in den tausend Jahren seit ihrer Einschleppung nach Europa im neunten Jahrhundert niemandem gelungen ist, einen Impfstoff dagegen zu entwickeln. Und zwar einen, der funktioniert. Nicht wie der gegen Tuberkulose, der sich nach einem halben Jahrhundert als nur bedingt wirksam erwiesen hat. Da jedes Jahr zwei Millionen Menschen an Tuberkulose sterben, besteht für mich persönlich, ausgehend von der aktuellen Weltbevölkerungszahl, ein Risiko von 0,03 Prozent. In jedem Jahr aufs Neue, wohlgemerkt. Ein Sechser im Lotto ist wesentlich weniger wahrscheinlich.

Zu allem Übel ist Tuberkulose nur eine Krankheit des in den Nachrichten erwähnten *tödlichen Dutzend*. So genau wollte ich es überhaupt nicht wissen, aber nachdem ich einmal davon weiß, werde ich natürlich nervös und fände es gut, die nationalen Flughäfen würden umgehend dichtgemacht, damit keine Viren und Bakterien mehr eingeflogen werden. Wie ich schon einmal sagte, Gott wird sich etwas dabei gedacht haben, dass wir nicht fliegen können. Aber nein, wir können ja mit dem Arsch nicht zu Hause bleiben und holen die Vogelgrippe aus China, Ebola aus Afrika, das Gelbfieber aus Südamerika, die Cholera aus Indien auf unseren Kontinent. Reiselustig und profitgierig, wie wir Menschen sind, schleppen wir als Nächstes sicher eine extraterrestrische Krankheit vom Mars ein, vor deren Erregern unser Immunsystem die weiße Fahne schwenkt und einer Pandemie zustimmt.

Bis es so weit ist, fürchten wir die Rückkehr der Pest und Fälle von Borreliose, die wir als einzige Krankheiten des *tödlichen Dutzend* heimischen Ratten und Zecken verdanken. Was Letztere betrifft, bin ich froh, dass die Sommersaison vorbei ist und ich Hannibal nicht ständig nach diesen widerlichen Insekten absuchen muss. Und die Pest, nun ja, die hat viele Formen. Eine davon hat mir Maja an den Hals gewünscht, als ich sie vor zwanzig Stunden angerufen habe. Ich hatte gehofft, sie würde sich über das Wochenende beruhigen, habe vorsichtshalber noch den Montag und Dienstag abgewartet und mich erst am Abend gemeldet. Es war ein furchtbares Gespräch. Furchtbar kurz auch. Sie klang, als hätte sie inzwischen einen echten Hass auf mich entwickelt.

Als es draußen hell wird, schalte ich das Licht im Wohnzimmer aus. Ich wünschte, es würde Nacht bleiben. Die Nacht ist nicht so grausam wie der Tag.

Seit dem Telefonat habe ich nicht geschlafen und nichts gegessen. Aber getrunken. Eine Menge sogar. Vor mir auf dem Tisch stehen zwei leere Flaschen Rotwein aus dem Keller und eine halbleere Flasche Whiskey von der Tankstelle. In meinen Händen drehe ich das Glas, in dem noch ein Rest der goldenen Flüssigkeit schwimmt, und entdecke eine Gemeine Stubenfliege, die sich an einem vergossenen Tropfen labt.

Angeekelt überlege ich, wo Musca domestica vorher langgekrabbelt sein mag. Jetzt läuft sie jedenfalls mit ihren dreckigen Füßen über meinen weißen Tisch und verteilt dabei Bakterien. Aus einer Dokumentation auf dem Discovery Channel weiß ich, dass sie Typhus, Salmonellen sowie die Maul- und Klauenseuche überträgt, die zwar nicht tödlich, dafür aber verdammt widerlich ist.

Mein Telefon piept mit einer Nachricht. Keine von Maja, wie ich irrsinnigerweise hoffe, sondern von Flo, der gestern mehrmals angerufen hat und sich nun erkundigt, ob alles in Ordnung ist.

Ordnung?

Ich google den Begriff und finde keine einzige auf meine Situation passende Definition. Dabei gibt es mathematische, biologische und häusliche Ordnungen.

Dass meine häusliche Ordnung definitiv zu wünschen übrig lässt, wird mir klar, als Jekaterina Poljakow vor mir steht.

Sie nimmt mir das Glas aus der Hand und stellt es auf den Tisch, womit sie Musca domestica vertreibt.

»Was ist los, Max Leif?«, fragt sie, statt sich über den Stall von Schweine zu beschweren.

Ich muss blinzeln, als ich sie ansehe, weil das Bild etwas schwankt. »Alles ist unordentlich«, lalle ich und beuge mich vor, um mir den Whiskey wiederzuholen.

Sie bringt das Glas in Sicherheit, nimmt auch die Flasche, schaut das Label an und rümpft die Nase. »Ist kein Wunder, dass du bist betrunken. Wieso trinkst du Zeug von Amerikaner, wieso nicht Wodka? Verträgst du besser.«

Ich bin zu träge, um die Bekömmlichkeit von Whiskey und Wodka zu diskutieren. Ich hätte einfach nur gern das Glas zurück, egal was drin ist, aber Jekaterina Poljakow trägt Glas und Flasche in die Küche, um beides in den Ausguss zu leeren.

»Hast du doch Kummer von Liebe?« ruft sie. »Habe ich dir gesagt, was du Frau sagen sollst. Warum hörst du nicht, was ich sage?«

Ich erinnere mich. Ich sollte Maja ein Kleid kaufen und mit ihr durch Venedig gondeln. Das werde ich Maja gewiss nicht erzählen, aber alles andere. Und zwar auf der Stelle. Ich lasse mich nicht von ihr hassen!

Jekaterina Poljakow versucht, mich aufzuhalten. Weil ich nicht zu stoppen bin und ein Taxi rufen will, bietet sie an, mich zu fahren, wo mein Ex-BMW ohnehin vor der Tür steht. Unterwegs schimpft sie, dass ich wenigstens hätte duschen, mich rasieren und etwas Vernünftiges anziehen sollen. Wenn man einer Frau seine Liebe gesteht – was ich nicht direkt vorhabe –, sollte man einen Anzug tragen und eine Krawatte, behauptet sie. Von diesem Outfit bin ich in grauer Trainingshose, nur noch fast weißem T-Shirt und Flipflops weit entfernt.

Am Café Fröhlich bitte ich Jekaterina Poljakow anzuhalten, damit ich durch das Fenster gucken kann. Maja arbeitet nicht. Also fahren wir weiter zu ihrer Wohnung, an deren Adresse ich mich trotz Trunkenheit erinnere. Meine Putzfrau parkt vorm Haus und wartet im Wagen. Ich gehe zur Haustür, suche die Namensschilder ab und klingele. Maja meldet sich erst beim zweiten Mal und ist sofort wieder weg, als ich meinen Namen sage. Nicht überraschend reagiert sie daraufhin nicht mehr, also bediene ich alle anderen Klingelknöpfe in der Hoffnung, dass mir irgendeiner einfach so öffnet. Mehrere männliche und weibliche, alte und junge Hallos tönen ineinander, dann summt die Tür. Ich drücke sie auf und haste die Treppe hinauf, wobei ich ein paar Mal stolpere und vom Alkohol schwindelig innehalte. An Majas Tür angekommen, klingele, klopfe und rufe ich. Nichts tut sich. Die Nachbarin von gegenüber steckt den Kopf aus der Tür, um mich zu beobachten, und weiter oben fragt jemand, wer da ist.

Noch einmal klopfe ich. »Maja, mach bitte auf!«

Keine Reaktion, aber ich ahne, dass sie hinter der Tür steht. Zwar hätte ich sie sehr gern gesehen, noch lieber in den Armen gehalten, doch es genügt auch, wenn sie mich hört. Wer, was ich sage, noch hört, ist mir egal.

»Ich habe alles getan, damit es dir bessergeht. Ich kann jetzt nicht mehr tun, als mich zu entschuldigen, und ich weiß, dass ein Verzeihen in diesem Fall sehr viel verlangt ist, aber ich würde mich freuen …« Wie scheiße klingt das denn? *Ich würde mich freuen,* äffe ich mich selbst im Stillen nach. »Ich wollte es dir eher sagen, die ganze Zeit, aber dann waren wir …« Meine Worte werden dünn, doch ich setze noch einmal neu an: »Verdammt, ich würde sonst was tun! Nicht nur, damit du mir verzeihst, sondern weil ich möchte, dass es dir gutgeht.« Meine Gedanken überschlagen sich. »Ich möchte, dass du zu einem Spezialisten gehst und dich untersuchen lässt. Und ich suche gerade …«

Nein, das ist so etwas wie mein Joker, von dem Maja jetzt noch nichts erfahren soll.

Weil mir gute Argumente fehlen, rede ich ohne Verstand weiter. Vielleicht verspreche ich ihr ein Kleid und eine Reise nach Venedig? Ich weiß es nicht und werde mir meiner Worte erst wieder bewusst, als mir ein Song von den Proclaimers in den Sinn kommt. Dass ich fünfhundert Meilen und noch fünfhundert Meilen mehr laufen würde, bloß um der Tausendmeilenmann zu sein, der vor ihrer Tür zusammenbricht, das verspreche ich glücklicherweise nicht.

»Hau ab!«, sagt Maja ins Chaos meiner Gedanken.

Ich zucke innerlich zusammen und widerstehe dem Drang, vor ihrer Tür zusammenzubrechen. Mit der flachen Hand schlag ich gegen das Brett.

»Jetzt sei doch nicht so stur!«

»Hau ab, oder ich rufe die Polizei.«

Die Nachbarin schaltet sich ein. »Hören Sie doch endlich«, krächzt sie. »Verschwinden Sie. Sie will Sie nicht sehen.«

Nach einem letzten Blick zum Spion in der Tür drehe ich mich zur Treppe. Die Stufen schwanken unter meinem Blick, als ich hinunterlaufe. Mir ist übel, und mein Herz sticht.

November

Ein entmutigtes Herz

Maja hat im Café Fröhlich gekündigt. Das erfahre ich nicht von ihr, sondern vom Besitzer des Cafés. Am Telefon hat er verlangt, dass ich weiterhin jeden Monat fünfhundert Euro an ihn zahle, und angedroht, Maja anderenfalls von meiner Bestechung zu erzählen.

Soll er unsere Übereinkunft nennen, wie er will.

Soll er ihr erzählen, was er möchte.

Dass sie alles schon weiß, habe ich ihm gesagt, das Gespräch dann beendet und die Nummer gelöscht. Nicht einen Espresso werde ich mehr im Café Fröhlich trinken und meinen Koffeingenuss sowieso reduzieren. Meinem spinnenden Herzen zuliebe. Am Abend, nachdem ich bei Maja war, hat das angefangen und ist seither schlimmer geworden. Inzwischen gehe ich nirgends ohne Handy hin, habe es in der Nacht sogar unter dem Kopfkissen, damit ich den Notruf schaffe, wenn die Symptome einsetzen: der Druck in der Brust, die darauffolgende Übelkeit und die Atemnot. Es ist schließlich niemand da, der für mich anrufen könnte.

Damals ist es in Pauls Redaktion passiert. Während er mich interviewte, wurde mir übel, und ich hatte das Gefühl, als läge ein enger werdender Metallgurt um meine Brust. Ich wollte mich auf dem Boden langmachen, aber Paul meinte, ich solle sitzen bleiben. Er telefonierte mit dem Notarzt, wickelte mir nebenbei das Tuch vom Hals und zog mir das T-Shirt aus. Bis der Arzt da war, unterhielt er sich mit mir, damit ich bei Bewusstsein blieb.

Ich habe wahnsinnig viel Glück gehabt. Anders als viele andere, deren Geschichten in den Gesundheitsforen nachzulesen sind. Dort tummeln sich allerdings auch ein paar mehr von meiner Sorte. Bislang Überlebende. Männer, die einen Infarkt hatten und Angst vor einem zweiten haben. Lähmende Angst manchmal und Panikattacken. Bei jedem Zwicken reagieren sie. Genau wie ich.

Wenn mein Herz zwickt, halte ich den Atem an und warte, ob es noch einmal passiert oder sich ein anderes Symptom einstellt. Von diesem Zwicken abgesehen, ist da ein konstanter dumpfer Schmerz, als sei mein Herz ein schwerfälliger Klumpen, jede Kontraktion zu viel, als wolle es reißen und auseinanderbrechen. Google ich diese Symptome, gelange ich nicht auf Infarktseiten, sondern zu Ratgebern, die sich mit Liebeskummer beschäftigen. Zeitverschwendung, das zu lesen. Ich bin überzeugt, dass Liebeskummer keinen physischen Herzschmerz auslöst. Den verspüre ich aber, und er lähmt mein ganzes Leben: Ich laufe nicht mehr und habe keine Lust auf Spaziergänge durch den Park, vergesse die Wochentage und verliere das Gefühl für die Uhrzeit. Ich koche kein Essen, lasse auch keines kommen und bin froh, dass mein Supermarkt Onlinebestellungen und Auslieferungen anbietet. Meine Hauptnahrungsmittel sind Obst und Schokolade. Das Gesunde, weil es am ehesten durch die trockene Kehle rutscht, und das Ungesunde, weil es guttut.

Fernsehen nervt mich. Das Internet nervt mich. Sogar Jekaterina Poljakow geht mir auf den Geist mit ihrem russischen Gesinge beim Putzen. Abgesehen davon, dass es mir völlig schnuppe ist, ob mein Haus aufgeräumt oder wie ein Schweinestall aussieht, denn ich bin eh kaum drinnen. Von früh bis spät sitze ich, warm angezogen und in eine Decke gemummelt, unter dem großen Sonnenschirm, der als Regenschirm ebenso geeignet ist, und zähle die Tropfen, die vom Schirmrand auf die Steine platschen. Eins, zwei, drei, ... Hannibal ist es zu kühl. Er kommt nur für sein Geschäft in den Garten und um die Krähe zu verscheuchen, die mit jedem Mal provokativer über den Rasen hopst. Hat sie eine bestimmte Nähe zum Haus erreicht, wetzt Hannibal wie ein Berserker mit hundert Dezi-Bell herbei, die ich gerade auch nur schwer ertrage. Ich kann ihm die Vogeljagd noch so streng verbieten, er hört nicht auf und durchschaut die Krähe nicht. Es könnte lustig sein. Ist es aber nicht. Denn die Angst um mein Herz ist allgegenwärtig, weil ich bei jedem Schlag daran erinnert werde.

Es ist irgendeine Uhrzeit an irgendeinem Nachmittag in irgendeiner Novemberwoche, als Machete anruft und sagt, dass er ein Haus für mich hat. Aufgrund seiner hartnäckigen Maklernatur hätte mir klar sein sollen, dass er mein nur geringes Interesse an seiner Leistung ignorieren und sich mit meinen spärlichen Angaben auf die Suche machen würde.

»Zwei Etagen, großer Garten, gute Gegend, kein Reihenhaus«, habe ich ihm auf Dr. Bärbeißers Geburtstag gesagt. Mehr nicht.

»Dat is en Topobjekt«, meint er jetzt. »Dat könne mer uns sofocht anschauen. Is bei dir um de Ecke, wie jewünscht.«

Um drei Ecken herum ist es, genau genommen, in einer Einfamilienhaussiedlung in Dornbusch. Prinzipiell ideal. Nicht ideal ist allerdings die Optik des Gebäudes.

Machete lacht, als ich aus dem Käfer steige.

»Koof dir ens enne vernünftije Auto«, sagt er und schüttelt mir die Hand zur Begrüßung. »Wat mit Testosteron.«

Ich überhöre seinen Kommentar und wende mich zum Haus um, das auf einem Erdhügel wie ein vom Himmel gefallener Betonklotz thront. Die leicht schräg verlaufenden Fensterreihen der zwei Etagen sollen wohl besonders hip wirken.

»Ennen Garten machen mehr rondherom«, erklärt Machete auf dem Weg zur irritierenderweise gerade stehenden Eingangstür. »De Rasen wird im Frühjahr ausjesät, wenn de Boden was wärmer is.«

»Das soll ein Kindergarten werden«, gebe ich zu bedenken und schaue an der Fassade hoch. »Tut mir echt leid, aber den stelle ich mir irgendwie gemütlicher vor.«

Maja ist so wenig wie ich altmodisch, doch sie würde ihre Kita ganz sicher in einem Altbau einrichten wollen. Der Garten sollte an dessen Rückseite sein, von einem Holzzaun umgeben, den man bunt streichen kann. Obstbäume sollten dort wachsen, ein Apfel- und ein Birnbaum vielleicht, aber nicht zu viele, damit Platz für einen Spielplatz bleibt. Dahingegen sähe ein Holzzaun um diesen Klotz auf dem Hügel lächerlich aus.

»En Kindergarten, dafür is dat perfekt«, kontert Machete und klopft gegen den Beton. »Mer machen de Fassade en bisschen bunt, mit en paar Tiersche oder so, baun enne Mauer drum heröm …«

»… und setzen Stacheldraht obendrauf?«

Machete haut mich vor den Bauch. »Du bis enne Jeck! Lass uns rinnjehn!«

Er schließt auf und geht voran. Was ich überhaupt mit einem Kindergarten will, fragt er. Ich erzähle ihm von meinem Plan, das Haus umzubauen und Maja zu schenken. Sofort erinnert er mich an die notwendigen Versicherungen. Über die denke ich nach, wenn es so weit ist.

Weil ich nicht unfreundlich sein möchte und nichts Besseres zu tun habe, lasse ich mich durch das Haus führen, obwohl ich bereits nach dem ersten Zimmer hätte abbrechen können. Einzigartig designt ist es ohne Zweifel, doch mit seiner stylishen Kälte einfach nichts für Kinder. Nichts für Maja.

Machete merkt, dass der Deal in immer weitere Ferne rückt, und verteidigt sich. Mehr Details hätte ich ihm geben sollen. Wenn ich moderne Neubauten kategorisch ausschließe, will er sich eben auf Altbauten konzentrieren, doch er kündigt an, dass in den von mir präferierten Stadtteilen kaum Häuser mit nur zwei Etagen zu finden seien, die zum Verkauf stehen.

»Vielleischt hann mehr Glück und enne Oma jeht zum Herrjott«, überlegt er auf dem Weg nach draußen.

»Solange du nicht nachhilfst.« Beinahe traue ich ihm das zu.

Mehr derbe Scherze reißend, begleitet mich Machete zum Käfer und verspricht, sich zu melden, sobald er ein neues Objekt gefunden hat.

Für den Heimweg nehme ich einen Umweg und fahre bei Maja vorbei. Ich halte am Straßenrand und schaue zur Etage hinauf, in der sie wohnt, zu ihren erleuchteten Fenstern. Über hochgewachsenen Topfpflanzen mit weißen Blüten, zwischen hellen Vorhängen schweben Schmetterlinge aus buntem Glas.

Einen Moment lang denke ich darüber nach, es noch einmal bei ihr zu versuchen. Die Gewissheit, dass sie mich nicht sehen möchte, sorgt nach der Besichtigung des merkwürdigen Hauses für endgültige Ernüchterung. Verdammt gern hätte ich Maja heute Bilder gezeigt. Fotos von schönen alten, hellen Räumen, in denen Kinder spielen können. Majas Räume. Hätte sie mich nicht in die Wohnung gelassen, hätte ich die Bilder unter der Tür durchgeschoben. Kein Haus, kein Bild, also fahre ich weiter und fühle mich so deprimiert, dass ich wie Hannibal jaulen will.

Als mein Herz sticht, trete ich abrupt auf die Bremse. Der Wagen hinter mir fährt beinahe auf meinen Käfer auf. Um mich herum setzt ein Hupkonzert ein, Lärm, der in den Ohren klingelt. Weil links neben mir ein Auto hält, drehe ich den Kopf zur Seite. Für das Vergnügen, mir den Mittelfinger zu zeigen, blockiert der Fahrer kurz auch die zweite Spur, gibt aber gleich wieder Gas und düst seines Weges.

Bis dahin habe ich die Luft angehalten. Vor allem weil ich Ruhe will, gebe ich mir einen Ruck, atme wieder und fahre langsam weiter. Als ich in meine Straße einbiege, überrumpelt mich die Verzweiflung. Ich schlage mir auf die Brust. Zweimal, weil es beim ersten Mal nicht doll genug war.

»Du blödes Herz!«, schreie ich und kämpfe tatsächlich gegen Tränen. »Mach deinen beschissenen Job oder lass es bleiben! Dann bleib doch stehen und lass mich verrecken!«

Mein Haus kommt in Sicht. Am liebsten möchte ich vorbeifahren, aus der Stadt raus und aus diesem Land. Immer weiter, bis ans Ende der Welt, denn momentan gibt es absolut keinen Ort, an dem ich ankommen will.

Schwer entgleiste Gefühle

Jemand ruft mich wie aus weiter Ferne.

»Max Leif, hallo?« Es wird lauter. »Max Leif?«

Es klingt nach Jekaterina Poljakow. Nur sie nennt mich konsequent beim Vor- und Nachnamen, als gehörte das so. Allerdings sehe ich sie nicht. Ich sehe … gar nichts, und ich bin … nirgendwo. Jemand berührt meine Schultern und ruft mich wieder. Jep, das ist eindeutig meine Putzfrau. Nur, wo ist sie?

»Max Leif, chörst du mich? Machst du die Augen auf!«

Ach ja, das sollte helfen beim Sehen. Würden die nur wollen. Mühsam öffne ich die Augen und schaue in Jekaterina Poljakows besorgte Miene. Sie hält mir die letzte Nacht geleerte Flasche vor die Nase. Whiskey war drin. In meinem neuen Lieblingslager im Garten habe ich den getrunken und bin irgendwann, wie in letzter Zeit öfter, auf der Sonnenliege eingeschlafen.

»Bist du verlassen von Geist!«, schimpft sie, richtet sich auf und zeigt auf den Heizpilz, der noch immer wohlige Wärme spendet. »Außerdem das Ding ist gefährlich! Liegst du in Koma chier draußen und verbrennst, wenn Funken fällt auf Wolldecke! Ist doch keiner da zu helfen.«

Viel zu viele Worte, dafür dass ich gerade erst aufgewacht bin. Dazu der russische Akzent und die eigenwillige Satzstellung.

Während mir Jekaterina Poljakow die Leviten liest, fällt mein Blick auf Hannibal, der bedröppelt danebensteht. Weil die Krähe gestern Abend aus unerfindlichen Gründen nicht mehr gekommen ist, war er still und ließ mir meine Ruhe. Er schlief noch eher als ich ein, auf meinen Füßen, womit die sogar besonders warm waren. Im Falle eines Infarktes könnte er zwar keinen Notarzt rufen, bei einem Feuer allerdings bellen. Im Übrigen bin ich so geistesgegenwärtig gewesen, den Sonnenschirm wegzustellen.

»Ich kann schlafen, wo ich will«, sage ich, »und ich ziehe den Garten momentan vor. Wo also ist das Problem?«

»Wo Problem ist?«, entrüstet sich Jekaterina Poljakow. Abermals hält sie mir die leere Flasche vor. »Amerikanisches Zeug ist Problem. Säufst du immerzu. Kannst du Problem nicht wegsaufen damit!« Sie wirft die Flasche ins vom Frühnebel nasse Gras, zieht die Strickjacke vor dem Bauch zusammen und trottet ab.

»Bist du Idiot!«, knurrt sie im Gehen. »Cholst du Tod hier draußen, und bin ich arbeitslos dann.«

Gnadenlos ehrlich! Jeder andere würde sie rausschmeißen. Ich natürlich nicht. Ich, mit meinem offenbar zu weichen Herz.

Ich entdecke die Krähe vor Hannibal, will mir die Ohren zuhalten, bin jedoch nicht schnell genug. Die hundert Dezi-Bell dehnen mein rechtes Trommelfell und stoppen meinen Herzschlag für eine Sekunde. Während der Dobermann durch den Garten wetzt, erstarre ich wegen des Stichs in der Brust. Beim nächsten Einatmen sticht es auch, also halte ich die Luft an, setze mich auf und versuche es noch einmal. Kein Stechen mehr.

Wie gewohnt ohne Beute kommt Hannibal angetrabt und duckt sich, weil ich mit ihm schimpfe. Er soll die Krähe endlich in Ruhe lassen, befehle ich ihm. Fünf Minuten später scheucht er sie erneut. Genervt pfeife ich ihn ins Haus, muss ihn allerdings am Halsband schnappen und nach drinnen zerren, weil ihm meine Worte völlig egal sind. Nachdem ich die Hundetür verriegelt habe, nehme ich einen Apfel aus der Obstschale, esse ihn, ohne mich hinzusetzen, und überhöre Jekaterina Poljakows Frage nach dem überschaubaren Inhalt meines Kühlschranks.

So gar keinen Bock habe ich auf die restlichen Stunden dieses Montags, Mittwochs oder Freitags! Die Dusche ist eine so öde Routine wie das Apfelessen. Während des halbherzig erledigten Rasierens läuft Goldkinds Song im Radio. Ich versuche, die paar Minuten zu ertragen, halte es aber nicht aus. Der Text ist einfach zu blöd, die Melodie zu nervig. Auf der Suche nach einer anderen Station höre ich Claudias Stimme noch zwei Mal. Nach dem Mailcheck widerstehe ich der Versuchung, Google zu fragen, ob Herzstechen ganz sicher aus Verspannungen der Muskulatur resultiert und nicht doch ein Anzeichen für einen Infarkt oder prinzipielles Herzversagen ist, lasse es aber, weil ich Angst habe, auf einer hinterletzten Seite vom Tod durch Herzstechen zu lesen.

Wieder in der Küche, mache ich mir einen Espresso und fühle mich dabei so geladen … Jekaterina Poljakow hat Glück, dass sie nicht mehr hier ist. Hätte sie mich heute nur noch einmal kritisiert, ich hätte ihr garantiert gekündigt. Und gemeckert hätte sie bestimmt, über meine Kleckerei beim Espressomachen, über die nicht an ihren Platz gestellten Espressobohnen, über meine nackten Füße auf dem frisch gewischten Boden, über irgendeinen Scheiß!

Als ich zur Terrassentür gehe, steht Hannibal auf, um mich zu begleiten. In diesem Moment landet draußen die Krähe, und der Dobermann bellt. Espresso schwappt über meine Hand, und weil er so heiß ist, lasse ich die Tasse fallen. Die Scherben verteilen sich über den Küchenfußboden, der Kaffee über meine Beine und Füße. Einen Moment stehe ich einfach nur da, mahne mich zur Ruhe und will mich an die Beseitigung des Chaos machen. Auf Zehenspitzen tappe ich zur Spüle und trete in eine übersehene Scherbe, die sich in meinen großen Zeh bohrt. Während ich auf einem Bein stehe, jaule und die Scherbe aus dem Fleisch ziehe, bellt Hannibal die Krähe an. Blut tropft aus meinem Zeh, und das Rot hat eine merkwürdige Wirkung auf mich. Vom nicht nachlassenden Schmerz und der aggressiven Farbe angetrieben, ramme ich meine Faust gegen den Küchenschrank. Das Holz gibt nicht nach, meine Knochen aber schon. Sie knacken und melden einen Schmerz, der noch größer ist als der im Zeh. Für einen Moment wird mir schwarz vor Augen, mein Atem stockt und befreit sich mit einem Schrei.

»Aus jetzt!«, brülle ich Hannibal an, der prompt verstummt, dann aber die Zähne fletscht und knurrt, was ich noch nie bei ihm erlebt habe.

Ich humpele an ihm vorbei, zerre die Terrassentür auf, schlage sie hinter mir wieder zu, stolpere in den Garten und versuche, mich zu beruhigen. Nur langsam gelingt das, denn innerlich schwanke ich immer wieder und will in der einen Sekunde noch einmal schreien, in der nächsten aber heulen. Irgendwann setze ich mich auf die Liege. Weil Jekaterina Poljakow den Heizpilz ausgestellt hat, ist es kalt. Nasskalt. Typisches Novemberwetter. Vor mich hin schlotternd, beobachte ich die Krähe, die dreist durch den Garten hupft, und höre Hannibals Bellen hinter der Tür wie durch einen Filter.

Was für ein Irrenstall!

Nach einer Stunde sind meine Klamotten klamm. Meine Hand pocht, aber gebrochen ist sicher nichts. Mein Zeh blutet noch ein bisschen vor sich hin. Ich bin durchgefroren, will mich umziehen und nehme mir vor, das Chaos in der Küche zu ignorieren, bis ich mich in der Lage fühle, es zu beseitigen. Kaum bin ich im Haus, da ist Hannibal an meiner Seite. Wie in alten Zeiten schaut er zu mir hoch, hebt das Bein und pinkelt mich an.

»Das war das letzte Mal, Freundchen«, sage ich zu ihm, als wir im Auto an einer roten Ampel warten. »Das allerletzte Mal!«

Hannibal lässt die Zunge aus dem Maul hängen, hechelt und guckt aus dem Fenster. Wenn er denkt, dass ich mit ihm in den Park fahre oder an einen anderen tollen Ort, wenn er glaubt, dass ich auch nur ein Ding für ihn mache, irrt er sich gewaltig. Keinen Tag länger tue ich mir das an. Soll er woanders Krähen andezi-bellen, sich einen anderen Dummen zum Anpinkeln suchen. Mir reicht es einfach. Ich will und darf mich nicht mehr so aufregen.

Als ich vor der Tierpension Home4Dogs parke, verdreht Hannibal die Ohren, als würde er sich erinnern und Böses ahnen. Ich zögere, steige dann aus und klingele. Die Besitzerin öffnet, hört mich mit deutlichem Unverständnis an und nennt mir den Namen eines besonderen Frankfurter Hundeheims. Ich hatte gehofft, dass es eine spezielle, etwas bessere Unterkunft nur für Hunde gibt. Katzen kann er nämlich so wenig ausstehen wie Vögel.

Ich solle meine Entscheidung überdenken, rät mir die Frau, als ich mich verabschiede. Ich schweige dazu und gehe zum Wagen, wo Hannibal glaubt, mit dem Schrecken davongekommen zu sein. Sobald ich hinter dem Steuer sitze, schnuppert er an meinem Kopf, schleckt mir das Ohr ab und stachelt mein ohnehin nagendes Gewissen an.

Ich muss hart bleiben. Ich muss da jetzt durch. Im strengen Tonfall befehle ich dem Dobermann zu sitzen, was er sofort tut, dann tippe ich die Adresse des Hundeheims ins Navi ein und fahre los.

Du bist einfach kein Mann für einen Hund, sage ich mir unterwegs und bitte Paul im Stillen um Verzeihung. Es ist nicht so, als hätte ich es nicht versucht, das habe ich fast ein halbes Jahr, aber es klappt einfach nicht. Außerdem bin ich ein wandelndes Risiko, ein Patient, der vielleicht schon morgen tot in der Ecke liegt, weil sein Herz nicht länger mitspielen wollte. Was würde dann mit Hannibal geschehen? Er würde in einem gewöhnlichen Tierheim landen, für den Rest seines Lebens in einen Käfig gesperrt, vor dem Katzen streunen und Krähen hopsen. Wer adoptiert schon einen ausgewachsenen Dobermann?

Hannibal und du, ihr passt einfach nicht zusammen, sage ich mir auf dem Heimweg und schaue in den Rückspiegel, in dem ich vor einer Stunde noch meinen Hund gesehen habe. Gar nicht glücklich hat er auf der Rückbank gehockt. Noch viel unglücklicher war er, als ich ihn dem Besitzer des im Übrigen top ausgestatteten Hundeheims übergeben habe. Dass es dort eine riesige Spielwiese, einen Badeteich und Schlafpavillons gibt, war vorübergehend tröstlich. Ich habe einen Spendenscheck über fünfzigtausend Euro ausgestellt, den Dobermann per Unterschrift zur Adoption freigegeben und bin gegangen, ohne mich umzuschauen.

Im wahrsten Wortsinn hundeelend fühle ich mich, als ich in meine Auffahrt einbiege. Stille begrüßt mich hinter der Wohnungstür. Beim Ausziehen der Jacke fällt mein Blick auf die Hundeleinen, die noch an der Garderobe hängen. Ich nehme sie ab und werfe sie in den Müll.

Das Blut und der Espresso sind inzwischen auf den Fliesen der Küche getrocknet. Die Scherben klirren, als ich sie zusammenfege. Nachdem ich den Boden gewischt habe, gehe ich zum Fenster und schaue in den Garten. Es hat zu regnen begonnen. Das Polster auf der Liege wird nass.

Die Krähe landet im Gras, hopst näher und beäugt mich mit schief gelegtem Kopf. Offenbar findet sich mich völlig uninteressant, denn sie fliegt wieder fort.

Mein Herz sticht.

Keine entspannte Minute

Flo kommentiert das Update erwartungsgemäß nüchtern: Die Trennung von Hannibal hält er für einen Fehler, weil er mir angeblich gutgetan hat, und die Reaktion von Maja findet er nur logisch.

Jekaterina Poljakows einziger Kommentar zum fehlenden Hund lautet: »Bist du bled, Max Leif, arme Channibal.«

Als sei mein Leben nicht deprimierend genug, stolpere ich auch noch ständig über tragische Hundefilme. Zuerst sehe ich ein Drama über ein in der Arktis zurückgelassenes Rudel Huskys und später die zu allem Übel wahre Geschichte von Hachiko, der beinahe zehn Jahre lang am Bahnhof auf die Rückkehr seines verstorbenen Herrchens wartete und dort schließlich starb. Ich habe nun wirklich nicht nahe am Wasser gebaut und in meinem Erwachsenenleben genau vier Mal geheult, aber solche amerikanischen Tränendrücker hält wirklich kein Mensch aus.

Der Versuch, mich durch Fernsehen abzulenken, geht also gründlich schief. Auf der Suche nach Personen, die für Zerstreuung sorgen könnten, ohne mir Vorwürfe zu machen, rufe ich das Adressbuch meines Handys auf. Als ich sehe, dass es eintausendzweihundertsiebenundfünfzig Einträge sind, habe ich eigentlich keine Lust, weiter nachzuschauen, denn dass sich von all den Personen bisher niemand bei mir gemeldet hat, insbesondere nach dem Verkauf von LeifMusic, gibt mir zu denken. Mit dem Scrollen durch die Liste beginnt die radikale Auslöschung irrealer Freunde und Bekannter, Musiker und Möchtegernmusiker, Ex-Mitarbeiter, Autoverkäufer, Clubbesitzer, vom Erfolg oder Misserfolg verschluckte Studienkollegen, Produzenten und Musikmanager sowie Schauspieler und Moderatoren, denen ich mal auf Events die

Hand geschüttelt habe. Die Mehrzahl dieser Menschen hat vom Kontakt mit mir profitiert, und mir ist völlig klar, warum sie sich in den vergangenen Monaten nicht bei mir gemeldet haben, warum sie sich nie mehr bei mir melden werden. Prinzipiell beruht das Desinteresse auf Gegenseitigkeit.

Am Ende umfasst mein Adressbuch noch dreizehn Einträge, was mich nicht mal traurig macht: Unter Pauls Nummer, die ich emotionstechnisch nicht löschen kann, stehen die zwei Nummern von Dr. Ingrid Bärbeißer, dann folgen Flo, mein Zahnarzt, mein Finanzberater, Machete, meine Eltern, Maja, mein Herzchirurg, der Steuerberater, der Anwalt und Jekaterina Poljakow. Den Abschluss bildet die Nummer von Claudia, die ich behalte, um vorgewarnt zu sein, falls sie mich unverhofft doch wieder kontaktiert. Unangetastet bleibt auch Majas Eintrag. Falls ich mich bei ihr melden muss – ebenfalls unverhofft vielleicht.

Genau genommen spricht nichts dagegen, mich in diesem Moment bei ihr zu melden, denn gleichermaßen genau genommen ist sie der einzige Mensch, bei dem ich mich melden möchte. Jetzt. Natürlich würde sie mir Vorwürfe wegen Hannibal machen, aber immerhin würde sie mit mir sprechen. Das sollte sie langsam wieder tun. Sie kann mir nicht ihr Leben lang böse sein.

»Hau ab!«, hat sie hinter der Tür gesagt und vorher »Mieses Schwein«, aber kein Wort davon, dass sie mich nie mehr sehen will. Wenn das ihr Wunsch ist, soll sie mir das sagen. Ins Gesicht. Dann bleibe ich fern und lösche ihren Eintrag. Vorher? Keine Chance.

Ich vermute, dass sie meinen Anruf nicht entgegennehmen und mir ebenso wenig öffnen würde, stünde ich einfach vor ihrer Tür. Also sende ich eine Nachricht:

Ich bin in einer Stunde bei dir und würde mich freuen, reingelassen zu werden.

Als optimistisch denkender Mensch verbringe ich die folgende Zeit mit der Vorbereitung, indem ich meine schlampige Hauskluft gegen ein Draußenoutfit tausche und ein paar Sätze probe. Viele sind das nicht, denn Maja weiß eigentlich alles. Grundsätzlich kann ich nur reagieren, wozu sie allerdings erst einmal sprechen müsste. Dass ich bis eine Viertelstunde vor Ablauf der Stunde nichts von ihr höre, verstehe ich als ein *Okay, scher dich her* und fahre los. Auf jedem Kilometer verliere ich allerdings ein bisschen Optimismus und bin, vor ihrer Haustür angekommen, voll übler Gedanken, die mir eine geschlossen bleibende Tür und einen extrakalten Eimer Wasser über den Kopf prophezeien. Überraschend ertönt der Summer, kaum dass ich geklingelt habe.

Eine Horde Endorphine vertreibt den Pessimismus und scheucht mich die Treppe hoch. Maja begrüßt mich alles andere als freudestrahlend, lässt mich aber in ihre Wohnung. Hinter mir wirft sie einen Blick ins Treppenhaus und schließt dann die Tür.

»Wo ist Hannibal? Hast du ihn zu Hause gelassen?«

Mist! »Ähm. Nicht direkt.«

»Was heißt das?«

»Ich musste ihn leider weggeben.«

Ihre Miene verdunkelt sich um ein paar Nuancen. »Wohin?«

»In ein Hundeheim.« Diese Diskussion muss enden, bevor sie in Fahrt kommt. »Um das zu besprechen, bin ich aber nicht hier, sondern …«

»Herzloser Bastard!« Ihre dunklen Augen funkeln vor Zorn.

Ein paar Sekunden lang fehlt mir die Sprache. Von ihrer Beschimpfung verunsichert, klaube ich wenige Worte zusammen.

»Ich hatte Gründe, weißt du, es ist mir nicht leichtgefallen.« Im Reden fliegt mein Blick zu den Kartons, die um uns herum im Flur stehen, einige mit Geschirr und Kochutensilien gefüllt, andere zugeklappt. »Ähm, was machst du?«

»Wonach sieht es denn aus?« Maja lehnt sich an eine Wand und verschließt ihre Haltung durch ein Verschränken der Arme. »Ich ziehe um. Wenn es dir also nichts ausmacht, fass dich kurz. Ich hab eigentlich gar keine Zeit.«

Verdammt! So unter Druck geht das nicht. Außerdem wollte ich nicht agieren, sondern reagieren. Sie sollte ihren Zorn auf mir abladen, damit ich ihn stillen kann, doch stattdessen fordert sie mich total gleichgültig zum Labern auf.

»Warum ziehst du denn um? Und wohin?«

»Wohin, kann dir egal sein, der Grund eigentlich auch, aber meinetwegen verrate ich ihn dir: In meinem neuen Job verdiene ich nicht genug, um mir die Miete hier leisten zu können. Prinzipiell ist die Wohnung auch zu groß. Ich brauche keine drei Zimmer.«

Ich will mich nach ihrem neuen Job erkundigen, doch sie kommt mir zuvor. »Bevor du fragst … ich räume Supermarktregale ein.«

Majas patzig-ablehnende Art geht mir gegen den Strich, und auch der Inhalt ihrer Worte gefällt mir nicht.

»Ach, und das ist besser, als Kaffee zu machen? Du schleppst lieber Kisten aus eisigen Lagerhallen und erklärst Opa Willi, wo das Superflausch-Klopapier im Sonderangebot zu finden ist, während du Oliven nach Farbton sortierst?«

»Es ist besser, ja. Abgesehen davon, dass ich das nicht ewig mache, sondern jetzt irgendwie an Kohle kommen muss, ist es ein Job, den ich mir selbst ausgesucht habe und für den ich nach Leistung bezahlt werde.«

Da sind wir doch bei den Vorhaltungen, die ich für eine Reaktion brauche.

»Was hätte ich tun sollen? Ich wollte dir helfen.«

»Na herzlichen Dank, Arschloch!«

Klasse! Einen Kommentar zur zweiten Betitelung kann ich mir verkneifen, nicht aber den noch unfreundlicheren Ton. »Warum hast du nicht eher gekündigt, wenn es im Café so schrecklich war? Als Nächstes erzählst du mir, sogar das Toilettenputzen im Bahnhofsklo wäre angenehmer gewesen als das.«

»Im Nachhinein schon, ja.«

»Ich habe dir gesagt, dass es mir leidtut. Das sage ich dir meinetwegen noch hundert Mal.«

»Ich will es nicht hören!«

»Wie hätte ich reagieren sollen? Ich habe einen Fehler gutmachen wollen. Ganz sicher wollte ich dir nicht nachträglich schaden, nicht über dich bestimmen, sondern bloß sicherstellen, dass du ein gutes Leben hast.« Weil ich außer Puste gerate, spanne ich mich an. Bei jedem gehechelten Atemzug spüre ich ein Piken in der Brust, mache aber keine Pause, denn ich muss meine Gedanken loswerden. »Zeig mich doch an, nachträglich, nur zu! Willst du Reue von mir dafür, dass ich mich nicht gestellt habe? Die gibt es nicht. Mir tut leid, dass ich keine Hilfe geholt habe, aber nicht, dass ich mich nicht öffentlich verantwortlich bekannt habe. Was hätte dir die Öffentlichkeit genutzt? Ich wäre auf Schadenersatz verklagt worden, doch den leiste ich sowieso, dein Leben lang, und mache dabei wahrscheinlich mehr locker, als ich es nach einem Gerichtsurteil hätte tun müssen.«

Je mehr ich sage, desto wütender wirkt Maja. Sie presst sich eher gegen die Wand, als dass sie sich anlehnt, hat die Arme noch fester vor der Brust verschränkt und ballt die Hände zu Fäusten. Meine Hoffnung auf ein verständnisvolles oder gar versöhnliches Wort schwindet dahin. Stattdessen höre ich ein zwischen den Zähnen durchgepresstes: »Was bildest du dir ein, du manipulativer Scheißkerl? Schieb dir dein Geld sonst wohin!«

»Du hast keine Ahnung, was ich mir für einen Kopf gemacht habe, wie ich für dich aufkomme, wenn ich das Zeitliche segne.«

In einer Bewegung, die für mein Auge beinahe zu schnell ist, bückt sich Maja, nimmt etwas aus einer Kiste und wirft es nach mir. Reflexartig ducke ich mich. Es klirrt über mir. Porzellanscherben rieseln auf mich herab. Verärgert richte ich mich auf, da kommt der nächste Teller geflogen und trifft mich an der Schulter. In zwei Schritten bin ich bei Maja, nehme ihr das Geschirr aus der Hand und werfe es selbst zu Boden, packe ihre Hände und halte sie hinter ihrem Rücken.

»Hör auf damit!«, knurre ich.

»Lass mich los!«, zischt sie und windet sich in meinem Griff.

»Wenn du aufhörst, Dinge nach mir zu werfen, und bereit bist, ein vernünftiges Gespräch zu führen.«

Weil ich ein bisschen lockerer lasse, befreit sie sich und schubst mich weg. »Untersteh dich, meine Teller zu zerdeppern.«

»Was soll's? Ich kaufe dir neue.«

»Ich will keine Teller von dir, kapierst du es nicht, Vollidiot!«

Nach einem besonders heftigen Ziehen in der Brust brennt eine Sicherung in meinem Kopf durch. »Nenn mich nicht so!«, tobe ich und zitiere sie durch ein Abzählen an der Hand. »Mieses Schwein, herzloser Bastard, Arschloch, Scheißkerl, Vollidiot … lass das! Ich bin das nicht, und du weißt es.«

Obwohl ich nahe zu ihr aufrücke, weicht sie nicht zurück, aber sie blinzelt. Kein ängstliches Blinzeln, sondern ein trauriges.

»Verschwinde, hau ab!«, sagt sie tonlos.

»Natürlich«, schnaube ich und dränge mich zwischen zwei Kartons zur Tür durch.

Es fühlt sich beschissen an, aufzugeben, doch es geht nicht anders, denn ich kann nicht mehr richtig atmen, weil das Stechen in der Brust zu heftig ist. Ich will nicht in Majas Wohnung kollabieren.

Eine entnervte Ärztin

Es reicht! Es ist genug, genug, genug!

Der halb zubereitete Obstsalat landet im Müll, der Espresso im Ausguss. Tasse, Messer und Schale scheppern in die Spüle statt gleich in den Geschirrspüler. Den Orangensaft schütte ich mir in den Hals, weil ich Durst habe, und widerstehe dem Drang, das Glas gegen eine Wand zu schmettern, weil mein Herz wieder pikt und sticht und nervt, sobald ich Luft hole. So was von satt habe ich das, und ich werde weder googeln noch die Notruftaste auf dem Telefon in einer Schreckstarre hypnotisieren, sondern jemanden fragen, der sich damit auskennt. Um diese Person zu finden, muss ich nicht erst in den Gelben Seiten blättern.

Seit geschlagenen zwei Stunden atme ich jetzt flach vor mich hin und habe das Gefühl, in jeder Minute mehr zu verkrampfen. Das in irgendeinem Forum empfohlene Dehnen und Stretchen hat im Übrigen gar nichts gebracht, also kann es nicht an der Wirbelsäule oder der Muskulatur liegen. Wütend schlüpfe ich in ein Paar Boots, ziehe einen Parka über, wickele mir einen Schal um den Hals und stapfe aus dem Haus. Der Anblick des einsamen VW-Käfers in der großen Garage, an den ich eigentlich gewohnt bin, kitzelt eine Zusatzportion Zorn im Bauch, und weil ich keinen Brüller loslassen kann, trete ich vor eine Wand.

»Wer wohnt hier?«, knurre ich vor mich hin und schließe den Käfer auf. »Eine Pussy, oder wer?«

Ich darf nicht darüber nachdenken, sonst wird mir allzu bewusst, dass ich ein Pussy-Leben führe, und dann explodiere ich wahrscheinlich. Fährt einen Käfer, schaut Hundefilme, lässt sich ohrfeigen und von einer Frau ständig zum Teufel schicken, benutzt ein rosa Sorgenfresserchen, isst Obstsalat und Schokolade, hat beschissene Herzschmerzen und tuckert als Nächstes sicher auf einem Lila-Pause-Motorroller zum Yoga!

Bah! Nein! Weg mit diesen Gedanken!

Zähneknirschend reiße ich die Fahrertür auf, rutsche hinter das Lenkrad und haue drauf, so dass es hupt. Eine einstimmige Pussy-Hupe! Nicht der kraftvolle mehrstimmige, ernstzunehmende Warnton, wie ich ihn vom Porsche oder anderen kerligen Karren kenne. Ich sollte das Hupen in der Öffentlichkeit vermeiden, damit ich nicht ausgelacht werde!

Inzwischen brodelnd vor Zorn, mache ich mich auf den Weg zu Dr. Bärbeißer, fahre schon siebzig statt fünfzig und würde das Gaspedal am liebsten ganz durchtreten. Beim Formulieren meines Intros an die Ärztin fällt mir auf, dass in der Brust Ruhe herrscht. Friedlich pumpt mein Herz vor sich hin, und ich kann ohne Schmerz durchatmen. Ich sollte erleichtert sein, bin es aber nicht, sondern gerate mehr in Rage. Kurz überlege ich umzukehren, beschließe dann einen Umweg und erhöhe auf bissige achtzig. Dr. Bärbeißer darf sich so was von sicher sein, dass ich heute bei ihr aufschlage – und zwar nicht allein.

Der Stressless City Low Back ist der perfekte Patientenstuhl. Von der Form her ähnelt er dem Klappergestell aus Dr. Bärbeißers Patientenzimmer, doch mehr Gemeinsamkeiten gibt es nicht. Statt klinisch-weißer, zwischen Metallstränge gespannter Kunstlederlappen hat er einen gepolsterten Echtlederbezug im ermunternden Orange und eine verstellbare Lehne. Das Untergestell erlaubt ein Drehen oder Hin-und-her-Schaukeln, was in Stresssituationen zusätzlich beruhigend wirken kann.

Das Möbelhaus hatte den Stuhl zwar vorrätig, wollte aber erst morgen anliefern und nicht sofort, weil alle Lkw unterwegs waren. Beim Blick aus dem Schaufenster entdeckte ich eine ganze Reihe parkender Lieferwagen und ließ die kassierende Dame wissen, dass der Stressless in einen Van passt. Nach ihrer Ankündigung von Extrakosten lösten wir das Problem, und ich konnte mich, mit dem Möbelhaus-Van im Schlepptau, wieder auf den Weg zur Praxis machen.

Die Schwestern am Empfang gucken komisch, als ich den Stuhl hereinrolle, eskortieren mich aber, wie gewohnt, an den wartenden Kassenpatienten vorbei ins Sprechzimmer, wo ich einen Moment auf die Ärztin warten soll. Ich tausche den unbequemen Stuhl gegen den bequemen aus und nehme Platz. Gerade beginne ich zu entspannen, da stapft Dr. Bärbeißer ins Zimmer, schmeißt die Tür zu und setzt sich mir gegenüber.

»Bringen Sie jetzt schon Ihr eigenes Sitzmobiliar mit?«, fragt sie.

Ich stelle die Lehne in eine halbaufrechte Position, klopfe auf die Armlehnen. »Nee, den lasse ich gleich hier, schenke ich Ihnen.« Um den befürchteten Widerspruch zu verhindern, sage ich gleich, weshalb ich da bin: »Es geht um mein Herz, das sticht immerzu in letzter Zeit, und ich bin ziemlich besorgt, dass die Stents in den Arterien …«

»Herzstechen kommt in den seltensten Fällen vom Herzen«, unterbricht sie mich und hat den Stuhl schon vergessen. Sofort finden wir mitten in unsere gewohnte Kommunikation.

»Weiß ich. Ein blockierter Wirbel oder eine verspannte Muskulatur sind oft verantwortlich, aber …«

»Was ist das für ein Stechen?«

Ich überlege. Das ist schwer zu beschreiben. »Nicht wie von einer Nadel. Es fühlt sich eher an, als wolle das Herz eine zu kleine Hülle sprengen.«

Dr. Bärbeißer runzelt die Stirn und gibt einen grüblerischen Laut von sich. »So bildhaft hat das noch niemand beschrieben. Wandert der Schmerz denn? Strahlt er in den linken Arm aus?«

»Nein, er bleibt um das Herz herum.«

»Wann passiert das? Bei körperlicher Belastung?«

Dass ich meinen Körper gerade so gut wie nicht körperlich belaste, lasse ich jetzt lieber außen vor, sonst macht sie es sich leicht und schiebt alles auf einen Mangel an Bewegung. Ich sage es, wie es ist: »Der Schmerz kommt manchmal einfach so und andere Male, wenn ich mich erschrecke oder aufrege.«

Dr. Bärbeißer knipst die Mine aus dem Stift, nimmt meine Karteikarte vom Stapel, klappt sie auf und kritzelt hinein. »Sie sind verspannt, Herr Leif«, murmelt sie dabei. »Ganz ohne Zweifel. Und die Panik vorm zweiten Infarkt macht das nicht besser. Laufen Sie denn noch regelmäßig?«

»Zurzeit nicht. Ich dachte, ich sollte es gerade lassen, um das Herz nicht zu überlasten«, schwindele ich, weil ich den wahren Grund, Lustlosigkeit, nicht nennen möchte.

»Absolut nicht. Laufen Sie nur, sachte aber, und erkundigen Sie sich nach Entspannungsübungen, Yoga zum Beispiel.«

Das ist ein Frauensport! »Untersuchen Sie mich gar nicht?«

»Doch, klar. Wir machen ein EKG, aber ich bin sicher, dass alles in Ordnung ist. Sie haben die Symptome einer Verspannung.«

Symptome können auch fehlgedeutet werden. »Ich schwöre Ihnen, mit meinem Herz stimmt etwas nicht!« Das sage ich betont freundlich, kann das Grummeln aber nicht unterdrücken.

Dr. Bärbeißer greift den Ton auf. »Ich schwöre Ihnen, es liegt an Ihrer Muskultur. Und an Ihrem Kopf.«

»Kommen Sie mir jetzt wieder mit diesem Mist von wegen psychosomatisch? Wenn ich sage, mit meinem Herzen ist was nicht in Ordnung, dann ist das so.«

»Ihre Empfindungen sind subjektiv, nicht messbar, nicht belegbar. Das EKG wird Aufschluss über eventuelle organische Ursachen geben.« Sie steht auf, geht zur Tür. »Sofern uns das Gerät also gleich die störungsfreien Kurven einer normalen Herzfrequenz präsentiert, sollten Sie über anorganische Ursachen nachdenken und Ihr privates Umfeld auf Probleme analysieren.«

Weil sie mir die Tür aufhält und wartet, stehe ich auf. Ihr Blick fällt auf den Stuhl.

»Was passiert mit diesem Ding?«

»Das bleibt hier, hab ich doch schon gesagt.«

Sie will etwas erwidern, wie es scheint, eine Einschätzung meines Geistes abgeben, verkneift sich das aber, holt stattdessen tief Luft und sagt betont sachlich: »Gleich die nächste Tür rechts, bitte. Dort stehen das EKG und eine bequeme Liege. Machen Sie sich schon mal frei, Herr Leif. Ich bin gleich wieder bei Ihnen, brauche nur kurz frische Luft.«

Sie lässt mich stehen, stapft zum rückwärtigen Ausgang, zerrt die Tür auf und schlägt sie hinter sich zu.

Der entbehrte Freund

Das EKG hat mir eine gesunde Herzfrequenz bescheinigt. Dass das Herzstechen keine funktionellen Gründe hat, finde ich einerseits beruhigend, andererseits unbefriedigend. Ich will wissen, was es ist, und nicht, was es nicht ist. Weil ich mich nicht für einen regulären Yogakurs einschreiben möchte, mache ich zu Hause Übungen zur Stärkung der Rücken- und Bauchmuskulatur in einem Onlinekurs. Seit dem Besuch bei Dr. Bärbeißer laufe ich außerdem wieder, doch es macht keinen Spaß bei Nieselregen und Nebel. Ich vermisse Hannibal … Nicht nur Hannibal.

An irgendeinem Tag zu irgendeiner tageslichtlosen Stunde in diesem innerlich wie äußerlich abartig grauen Monat klingelt es. Weil sich Flo angekündigt hat, gehe ich davon aus, dass es Freitag um sieben ist, vermute beim Öffnen aber zumindest eine andere Uhrzeit, alternativ einen Traum, denn meine Eltern stehen vor der Tür. Mit Gepäck.

»Junge, warum gehst du nicht an dein Telefon?«, fragt Vater.

»Oh, ihr habt angerufen?«, antworte ich, statt die Wahrheit zu sagen: Ich hatte keinen Nerv auf das Gespräch und habe mir die Freiheit genommen, beide Anrufe zu ignorieren.

»Auf deinem Telefon, ja!« Er wirkt verärgert, reißt sich aber zusammen. »Stell dir mal vor, es ist was, einer von uns stirbt oder muss ins Krankenhaus.«

Da beide augenscheinlich bester Gesundheit sind, war dies zum Glück nicht der Grund für die Anrufe. Um die Rechtfertigung komme ich herum, weil mich meine Mutter umarmt.

»Ach, Mäxchen, wir haben uns Sorgen gemacht«, sagt sie und stellt sich auf die Zehenspitzen, um meine Wange zu küssen. Dann nimmt sie mein Gesicht in beide Hände. »Dein letzter Besuch, da lief es gar nicht gut zwischen uns, und im Prinzip ist es uns ja egal, ob du Männer liebst oder Frauen, Hauptsache, du bist gesund.«

»Ihr seid den ganzen Weg hergefahren, um zu sehen, ob es mir gutgeht?« *Okay, Max, nächstes Mal gehst du ans Telefon!* »In diesem klapprigen Lieferwagen?«

»Nee«, kommt es von Vater. »Wir haben uns einen VW gekauft und haben den auf der Autobahn ausprobiert. Am Telefon wollten wir dir sagen, dass wir kommen, aber du bist ja …«

Mutter unterbricht ihn: »Im November ist die Pension doch immer zwei Wochen geschlossen.«

Sie bleiben zwei Wochen?!

»Wenn wir dann reinkönnten«, brummelt Vater. »Wir waren zehn Stunden unterwegs.«

Von da an geht alles ganz schnell. Meine Eltern schlendern herein, stellen den Koffer ab, ziehen Schuhe und Jacken aus und erkunden das Haus. Für jedes Zimmer findet Mutter das eine oder andere lobende Wort, erkennt hier und da einen praktischen Vorteil, den Vater mit einem »Hmhm« bestätigt. Am Schluss stehen wir in der Küche vor dem Kühlschrank, den Mutter öffnet.

»Was ist denn hier los?«, ruft sie beim Anblick von ein paar abgelaufenen Joghurt.

»Ich wollte gerade einkaufen«, sage ich schnell und sitze noch schneller im neuen VW. Warum den ollen Käfer aus der Garage holen, wenn das neue Auto vor der Tür parkt? Ohnehin soll ich es auf einem Umweg über die Autobahn Probe fahren und schauen, ob es was taugt.

Im tageszeitbedingten Stau steht der Wagen prima. Ein ebenso gutes Verhalten zeigt er an roten Ampeln, im Starkregen und beim Suchen einer Parklücke vorm Supermarkt. Im

Kofferraum kann ein Einkauf, der drei Personen für zwei Tage – länger bleiben meine Eltern doch nicht – versorgen soll, mühelos verstaut werden.

Während wir zurück zum Haus fahren, gefriert der Regen zu Hagel, und Vater fürchtet um den Lack des Wagens. Die Scheinwerfer entgegenkommender Wagen blenden mich, und ich versuche, mir nicht anmerken zu lassen, dass ich genervt bin. Gerade sage ich, dass der VW doch in die Garage gestellt werden kann, da rennt etwas Schwarzes auf die Straße. Ich trete auf die Bremse, die glücklicherweise ebenfalls hervorragend funktioniert, und starre durch die Windschutzscheibe. Vor dem Wagen steht ein Dobermann und starrt zurück, offenbar verwirrt und erschrocken. Er trägt ein rotes Halsband, seine Ohren und sein Schwanz wurden kupiert. Schnell erholt er sich vom Schreck, fletscht das Gebiss und rennt weiter, verschwindet in einem Gebüsch auf der anderen Straßenseite.

»Der ist abgehauen«, sagt Mutter vom Rücksitz.

»Kreuzgefährliche Biester«, lautet Vaters Kommentar.

»Sorry, Leute, wir müssen noch wen abholen«, beschließe ich und setze den Blinker, um auf eine andere Fahrspur zu wechseln.

Auf dem Weg zum Tierheim erzähle ich meinen Eltern von Pauls Hannibal. Vater ist dagegen, einen kreuzgefährlichen Kampfhund im neuen Wagen zu transportieren, und Mutter will den Rücksitz erst mit ihm teilen, nachdem ich hoch und heilig geschworen habe, dass er gut erzogen ist und nicht beißt.

»Hannibal tut keiner Fliege was«, verteidige ich ihn. Er tut bloß immer so, denke ich, wie bei der Krähe. Die Einsicht, dass er da lediglich spielen wollte, setzt mir gerade richtig zu. Das laute Bellen liegt nun einmal in seiner Natur, er kann doch nicht leise, schließlich ist er ein Dobermann und keine Fußhupe! Ziemlich schrecklich ist der Gedanke, dass Hannibal aus dem Knast, in den ich ihn gesteckt habe, ausgebrochen sein könnte, um zu mir zurückzukommen. Er könnte gerade in diesem Moment in einen Kampf mit großen Streunern geraten, von Autos überfahren, von um ihr Leben fürchtenden Menschen angegriffen, vom Hundefänger eingesammelt oder von der Polizei erschossen werden. Geschähe ihm etwas, würde ich mir das nie verzeihen.

Ich trete das Gaspedal des VWs durch. Vater räuspert sich und umklammert den Griff über der Tür, um in Kurven nicht die aufrechte Sitzhaltung einzubüßen.

»Hier sind fünfzig erlaubt«, gibt er zu bedenken.

Die Tachonadel ruht auf der Achtzig. »Ach, passt schon.«

»Du hast gerade rechts überholt.«

»Langsam, wie der war. Was blieb mir übrig?«

»Die Ampel war rot.«

»Kirschgrün, Vater, kirschgrün.«

Als ich den VW in eine scharfe Kurve schicke, purzeln im Kofferraum die Zutaten für die Krabbensuppe und den Lammeintopf herum. Vater räuspert sich ein weiteres Mal.

Mutter schaltet sich ein. »Tut das not, dass wir so rasen?«

Es tut not, denn auf der Uhr im Cockpit ist es achtzehn Uhr fünfzig; das Hundeheim schließt also in zehn Minuten. Mutter zuliebe drossele ich das Tempo aber auf lahme sechzig und füge mich dem Rot-gelb-grün-Rhythmus der Ampeln.

Drei Minuten vor sieben parke ich vor dem Hundeheim, stürme durch den Hagel zum Gebäude und drücke die Eingangstür mit Anlauf auf. Der Heimleiter, dem ich Hannibal übergeben habe, begrüßt mich mit einem ziemlich verdatterten Hallo.

»Ich möchte meinen Hund zurück«, sage ich außer Atem – nicht vor Eile, sondern vor Aufregung und Vorfreude auf Hannibal.

Weil der Mann die Stirn runzelt, helfe ich ihm auf die Sprünge: »Der Dobermann, Hannibal. Ich habe ihn vor ein paar Tagen hergebracht.«

»Ich erinnere mich natürlich.« Der Mann hebt die Hände. Eine beschwichtigende Geste, die nichts Gutes verheißt. »Aber Hannibal ist gar nicht mehr hier.«

Meine Stimmung schlägt um. »Was soll das heißen?«

»Dass er adoptiert wurde, vorgestern.« Der Mann zuckt mit den Schultern. »Die Freigabe haben Sie doch unterschrieben.«

»Ja«, knurre ich und versuche, ruhig zu bleiben. »Zusammen mit einem Scheck über fünfzigtausend Euro.«

»Nun ja, das eine war ja nicht an das andere gekoppelt. Wir sind immer froh, wenn einer der ausgewachsenen Hunde ein neues Zuhause findet, egal wie gut es ihm hier geht.«

»Wer hat ihn adoptiert?«

Der Heimleiter schüttelt den Kopf. »Tut mir leid, das darf ich Ihnen nicht sagen.«

Mit der flachen Hand schlage ich auf den Tresen, der mich und ihn trennt. Am liebsten möchte ich das Teil umwerfen. »Sie sagen mir sofort, wer meinen Hund hat!«

Ein Drogendealer, der ihn zu seinem Schutz abrichtet?

Ein Penner, der sich vom Hundezuschuss zur Sozialhilfe die täglichen Promille finanziert?

Ein Amphetaminopfer mit tätowierter Glatze, der ihn zu Hundekämpfen schickt?

Mehr und mehr verunsichert, weicht der Heimleiter zurück. »Ich muss das wirklich für mich behalten, aus Gründen des Datenschutz und … wie erwähnt, Sie haben der Adoption zugestimmt.«

Voll entfaltete Traurigkeit

Krabbensuppe ist eines meiner absoluten Leibgerichte. Schon immer. Nie konnte ich widerstehen und habe mich einmal sogar bis zur Übelkeit daran überfressen. Heute rühre ich appetitlos darin herum und würge die Happen hinunter, als seien es Sägespäne. Krabben sind wahre Cholesterinbomben und somit Gift für mein Herz. Den Diskussionen um gutes und schlechtes Cholesterin zum Trotz sollte ich sie vom Speiseplan streichen, wie Leberwurst und Eier. Dabei ist das Cholesterin nicht mal das Schlimmste. Die frisch gefangenen Nordseekrabben, wie sie in Westerland auf dem Wochenmarkt von Fischern verkauft werden, kann man wohl bedenkenlos genießen, während man von den im Supermarkt tiefgekühlten Produkten nicht genau weiß, ob man am Ende mehr Fisch oder mehr Dioxine, Quecksilber und Hepatitisviren auf dem Teller hat.

Als ich die in der Flüssigkeit treibenden Krabben irgendwann zu einem traurigen Smiley anordne, haut mein Vater so fest auf den Tisch, dass das Geschirr klirrt.

»Nu reicht's aber!«, nörgelt er. »Lass dich nicht so gehen wegen eines Hundes! Holst du dir einen neuen.«

»Ich will keinen neuen Hund«, entgegne ich ungewollt trotzig.

»Ist auch vernünftig«, klinkt sich Mutter ein. »So ein Hund macht ja unheimlich viel Dreck.«

Schwachsinn! Hannibal hat mir ans Bein gepinkelt, weil er ein persönliches Problem mit mir hatte, aber keinen Dreck gemacht. Eigentlich hatte er echt gute Manieren.

»Vielleicht tut's ja ein kleiner«, lenkt Mutter ein, als sie merkt, dass ihr Appell an meine Vernunft nicht ermunternd ist. »Diese Terrier sind doch ganz niedlich.«

Fußhupen? Kläglich! Ich bin ein Typ! Ich brauche einen großen Hund und keinen kleinen. Meinen großen, cleveren Dobermann brauche ich.

Mutter überlegt weiter. »Oder ein Mops?«

Vater lacht und macht einen Vorschlag. »Davon kannst du dir ja gleich zwei holen! Wenn du schon keine Frau hast, dann wenigstens ...«

Weil meine Mundwinkel zucken, knufft er Mutter in die Seite. »Siehst du, Humor hat er noch. So schlecht geht es ihm also gar nicht.« Wieder an mich gewandt, sagt er: »Jetzt iss deine Suppe!«

Was weiß er schon? Den nur halb geleerten Teller schiebe ich mit einem »Sorry, so lecker das ist, ich bekomm einfach nichts runter« von mir.

»Ich glaub nicht, dass es nur wegen des Hundes ist«, kommt es von Mutter. »Du hast schon einmal so am Tisch gesessen.«

Fragend hebe ich den Kopf und begegne ihrem mitleidigen Blick. Ich bin mir ziemlich sicher, dass ich mir früher nie Gedanken um Cholesterin oder vergifteten Fisch gemacht habe. Solche Probleme bekommt man erst ab vierzig.

»Wann denn?«

»Als Frederike Diekhoff geheiratet hat. Du hattest gerade dein Abitur gemacht. Du hättest dich freuen sollen, aber stattdessen warst du total niedergeschlagen.«

Wer wäre das nicht gewesen? Frederikes Hochzeit war ein Schock. Sie war meine erste richtige Freundin und hatte gerade vier Wochen zuvor mit mir Schluss gemacht. Zu wissen, dass sie einen neuen Freund hatte, war schlimm genug, doch als sie an diesem sonnigen Samstag in der Hochzeitskutsche an Paul und mir vorbeifuhr, brach eine Welt für mich zusammen. Paul und ich waren auf dem Weg zum Strand gewesen, hatten segeln wollen, doch sind stattdessen in eine Bar gegangen und haben uns mit Tequila betrunken. Am nächsten Tag hat meine Mutter versucht, mich aufzupäppeln. Mit Matjes, Rührei, Schokopudding, starkem Kaffee und tröstlichen Worten, die ihre Wirkung verfehlten, denn meine damalige Nonplusultra-Frau war für alle Zeit verloren. Heute ist sie geschieden und mir völlig egal.

»Mäxchen, mach dich nicht fertig. Nicht wegen uns. Die Pension führen wir doch gerne, das hält uns jung. Wenn du sie nicht übernehmen willst, schließen wir sie ganz einfach oder verkaufen sie.« Jetzt ist es Mutter, die Vater knufft. »Das machen wir doch, oder nicht?«

Das Nicken fällt ihm schwer, aber er überwindet sich.

Ist das ein ernstgemeinter Freispruch oder eine Falle? Was passiert, wenn ich mich jetzt erleichtert bedanke? Ich werde es nicht herausfinden, denn Mutter redet weiter: »Mach dich auch nicht fertig wegen Pauls Hund, nicht wegen Paul und nicht wegen der Liebe. Lieb einfach! Das ist die beste Medizin für dein Herz.« Sie legt eine Hand auf meinen Arm und holt tief Luft. »Wenn du einen Mann liebst, dann ist das eben so. Vater und ich, wir akzeptieren das.« Abermals knufft sie Vater. »Das tun wir doch, oder nicht?«

Er stimmt zu. »Schwule dürfen ja jetzt auch Kinder adoptieren.«

»Würdet ihr endlich damit aufhören!« Verärgert sehe ich von einem zum anderen. »Ich bin nicht schwul, sondern habe vor einiger Zeit großen Mist gebaut. Mit einer Frau. Maja.«

»Na wunderbar«, sagt Vater. »Dann heirate sie doch einfach.«

Mutter ist entrüstet. »Ein Kind ist doch kein großer Mist, sondern ein Geschenk.«

»Ich rede nicht von einem Kind.« Beschwörend hebe ich die Hände. »Wenn ihr mich nicht ständig unterbrechen würdet, könnte ich euch erzählen, was passiert ist.«

Augenblicklich sind sie still und warten. Ihre Mienen lassen darauf schließen, dass sie sich nun, da das Kind ausgeschlossen ist, tatsächlich auf riesengroßen Mist einstellen. Es gelingt mir, ihre Erwartungen zu übertreffen.

Ohne ein Wort steht Vater auf und geht auf die Terrasse, um Pfeife zu rauchen. Mutter hat die Hände schon vor einer Weile ans Gesicht gehoben, wo sie festzukleben scheinen.

»Die arme Frau«, murmelt sie. »Dafür hättest du ins Gefängnis wandern können.«

»Das nicht«, knirsche ich zwischen den Zähnen hindurch und senke den Blick auf das traurige Krabbensmiley. »Eine Geldstrafe wäre mir auferlegt worden, eine Entschädigung für Maja. Ich habe aber weitaus mehr bezahlt.«

»Was soll sie denn mit Geld? Ihr Leben ist ruiniert. Sie hat ihren Job verloren, bekommt keinen Mann mehr.«

»Das stimmt nicht! Sie lebt doch. Und sie kann wieder ein so gutes Leben haben wie früher, ein besseres sogar, wäre sie nicht so stur. Sie steht sich selbst im Weg, und das macht mich noch wahnsinnig.« Ich rede mich in Rage, sehe meine Mutter wieder an und doch mehr durch sie hindurch, weil ich Maja vor Augen habe. »Du sagst, ich soll mich nicht fertigmachen, aber sie macht mich fertig, wann immer ich sie sehe. Ich möchte sie schütteln, sie wachrütteln. Sie soll mich …« Meine Worte brechen ab.

Mutter wartet. Sie verschränkt die Arme, setzt sich gerader hin. »Sie soll dich *was?* Dich zurücklieben?«

Vater kommt von der Terrasse. Der Geruch des Pfeifentabaks umwabert ihn, als er sich wieder zu uns setzt. Er legt die Pfeife vor sich ab und zeigt mit dem Finger auf mich.

»Für die Frau sorgen solltest du!«

Mutter will ihn beruhigen. »Das will er ja. Sie lässt ihn nicht.«

Vaters Mund zuckt, als wolle er das mit »Kein Wunder!« kommentieren, doch er schluckt und schweigt.

Neu entwickelte Kräfte

Zwei ungewöhnlich friedvolle Tage mit meinen Eltern liegen hinter mir. Die Vorwürfe blieben entweder wegen Hannibals Adoption aus oder weil Mutter Vater vor der Ankunft um Zurückhaltung gebeten hat. Ein paar Mal hatte ich das Gefühl, er wolle einen bissigen Kommentar abgeben, zur lauten Stadt, zum Verlust der deutschen Sprache in den Straßen, zu meiner unsinnigen Plattensammlung, doch er blieb still. Es war nicht leicht, Mutters besorgte Blicke zu ignorieren, insbesondere nicht, wenn mir mein blödes Herz zu schaffen machte, doch es gelang. Als wir den Eintopf zusammen gekocht haben, hat sie mich allerdings gebeten, über Weihnachten nach Hause zu kommen und gesunde Seeluft zu schnuppern. Dieser Gedanke behagt mir trotz aller gerade erlebter Harmonie nicht. Nicht so sehr, weil ich einen neuen Streit befürchte, sondern vielmehr, weil ich Weihachten lieber in meinem Haus verbringen möchte. Nicht allein, sondern mit dem Menschen, der mein Herz hat.

Ein merkwürdiger Gedanken ist das, dass mein Herz aktuell nicht bei mir ist. Als ein Verlustschmerz könnte das Stechen gedeutet werden – ohne die Herzinfarktgeschichte.

Nachdem ich dem davonfahrenden VW gewunken habe, schließe ich die Tür, lehne eine Weile dagegen und lausche in die nun gewöhnungsbedürftige Stille. Gewiss warte ich nicht darauf, doch ich bin nicht überrascht, als das Piken in der Brust wieder einsetzt und mit jedem Atemzug aggressiver wird. Beinahe gleichgültig packe ich mich auf die Couch und schalte Musik ein, wobei ich mich an meine Beerdigungsplaylist erinnere. Um sie einmal mehr zu überarbeiten, schalte ich den Laptop ein.

Die zuletzt notierten fünf Songs sind eigentlich immer noch ein paar zu viel, denn die Leute sollen sich am Grab keine halbe Stunde lang die Beine in den Bauch stehen. Zehn Minuten genügen. Ich kürze also abermals und stimme die Auswahl auf die aktuelle Todesursache ab:

1. Nirvana – *Heart-Shaped Box*
2. Moby – *Why Does My Heart Feel so Bad*
3. Oasis – *Stop Crying Your Heart Out*

Damit sollte alles gesagt sein.

Findet auch Flo, der eine Stunde später bei mir sitzt, weil es inzwischen tatsächlich Freitag und sieben Uhr ist. Er glaubt, ich mache Witze, denkt dann aber über drei Songs für seine eigene Beerdigung nach. Das Thema mit schwarzem Humor anzugehen tut jedenfalls gut. Das macht es erfrischend irreal.

»Rate, was auf meinem Grabstein stehen wird«, fordere ich ihn auf.

Er macht einen Vorschlag, der gar nicht mal schlecht ist: »Nun hat er's endlich geschafft?«

Nichtsdestotrotz sollte die Inschrift so standesgemäß sarkastisch sein wie all die anderen, die ich mit Maja geteilt habe. Ich sage Flo, was mir eingefallen ist: »Max Leif hört die Englein singen.«

Er prustet. »Das ist gut. Ich organisier das, falls du vor mir stirbst, und ich sorge natürlich auch dafür, dass deine Musik gespielt wird.«

»Das ehrt dich.«

Flo mustert mich, und zwar so lange, dass es unangenehm wird. »Mach irgendwas, Max, hör nur auf, dich zu quälen!«, meint er dann. »Vielleicht solltest du Maja vergessen.«

»Das will ich nicht!« Maja vergessen? Wie soll das gehen?

»Sie hat dich mehrmals deutlich zum Teufel geschickt«, erinnert mich Flo.

»Hau ab, hat sie gesagt. Vom Teufel war keine Rede, und hättest du ihren Blick dabei gesehen …«

»Was war damit?«

Ich winke ab. Flo würde es nicht verstehen, weil er Maja nie kennengelernt hat. In all den Monaten habe ich viele Emotionen in ihren Augen gelesen, von total sauer bis amüsiert, von genervt bis glücklich, aber ich habe sie nie traurig gesehen. Der Fakt, dass ich sie traurig gemacht habe, nachdem sie wegen mir immerzu gelächelt hat, ist einerseits schlimm, doch andererseits – so dumm das klingt – der Grund, warum ich nicht aufgebe.

Flo hätte am Thema festgehalten, hätte Machete nicht angerufen. »Ich hann ding Kindergarten!«, lallt er offenbar betrunken ins Telefon. »Du musst ens sofocht herkomme!«

Er hat meinen Kindergarten? »Muss das sofort sein? Morgen Vormittag würde mir besser passen.«

»Mach voran! De Jong will gleesch nach Hus. De Whiskey is alle.«

Im Verlauf des Gespräches wird mir klar, dass sich Machete gerade mit dem Besitzer eines Hauses besäuft, das offenbar alle Anforderungen erfüllt. Mit Hilfe von Alkohol erweicht er den Mann, damit der an mich verkauft statt morgen früh an einen Interessenten, dem bereits zugesagt wurde.

»Der will dat dem anderen für zwee Mio verkofe. Jib ihm fünfhunderttausend mehr, un jut is.«

Ich würde auch drei Millionen zahlen, wenn dieses Haus, das im Nordend liegt, Majas perfekter Kindergarten ist, und drängele, weil Flo beim Anziehen bummelt. Auf der Fahrt erzähle ich ihm von meinem Plan.

»Zweieinhalb Millionen«, ächzt er, »für eine Frau, die dich zum Teufel geschickt hat?«

»Noch einmal: Das hat sie nicht.«

»Will sie überhaupt wieder in einem Kindergarten arbeiten?«

»Wolltest du was anderes machen als Marketing in der Musikbranche?«

Flo verneint. »Willst du sie nicht lieber vorher fragen?«

»Wenn ich sie frage, würde sie ablehnen, also überrasche ich sie.«

»Du überfällst sie eher. Wenn sie dich bisher nicht zum Teufel geschickt hat, tut sie es dann.«

»Warum sollte sie? Sie wäre wieder in dem Job, den sie für sich gewählt hat. Sie besitzt alle Qualifikationen für ihren eigenen Kindergarten, wäre ihr eigener Chef, könnte mit wenigen Kindern starten und später andere Erzieher einstellen.«

Flo bleibt bei seiner Meinung. »Sie wird es nicht wollen, denn wie du sie beschreibst, hat sie ihren Stolz.«

Ich parke den Käfer vorm Haus. »Wir werden sehen.«

Durch die Frontscheibe werfe ich einen ersten Blick zur Jugendstilvilla, deren Vorgarten und helle Fassade von mehreren Standleuchten erhellt sind. Die Fenster der beiden Etagen haben verschiedene Formen, einige sind halbrund, andere quadratisch, manche größer. Zwei Turmzimmer sind auf das flach ansteigende Dach gesetzt. Eine Steintreppe führt zum Eingang.

Flo und ich haben die letzte Stufe noch nicht erreicht, da steht Machete schon in der Tür und begrüßt uns mit erhobenem Glas. Ich stelle Flo vor und folge dem Makler in die Küche, wo der Eigentümer wartet. Zum Glück ist er nicht so betrunken, wie ich befürchtet habe, und könnte den Deal bei Bewusstsein abschließen.

Als er uns von Raum zu Raum führt, kribbelt die Vorfreude in meinem Bauch, und im Geiste beginne ich mit dem

Umbau und der Einrichtung. Die Küche ist perfekt, wie sie ist, doch das Bad müsste um das anliegende Zimmer erweitert werden, damit kleine Duschen, Waschbecken und Toiletten eingebaut werden können. Die bisher als Wohn- und Esszimmer genutzten Räume würden Spielzimmer werden, während ein großes Büro als Schlafzimmer dienen könnte. Die obere Etage eignet sich für das Anlegen weiterer Spiel-, Musik-, Schlaf- und Badezimmer, und die beiden Turmzimmer könnten Majas Büro sowie ein Aufenthaltsraum für die Erzieher werden. Im Garten gibt es bereits einen Sandkasten, für den Winter abgedeckt. Damit mehr Kinder darin buddeln können, müsste der Kasten vergrößert werden. Platz für einen Gerätespielplatz ist zwischen den Obstbäumen am Zaun.

»Das ist perfekt«, sage ich, obwohl ich es eigentlich noch gar nicht glauben kann.

»Sach ich doch.« Machete schlägt mir auf die Schulter. »Vertraust du dem Klaus!«

Ich tausche einen Blick mit Flo, dessen Miene sagt, dass ich tun soll, was ich nicht lassen kann, also frage ich den Eigentümer, zu welchem Preis er die Villa verkauft. Er scheint ein schlechtes Gewissen zu haben, weil er von mir fünfhunderttausend Euro mehr verlangt als vom anderen Kaufinteressenten, und Machete will den Betrag nach unten handeln, doch ich unterbreche ihn und bitte um den Kaufvertrag.

Es ist meine zweite Unterschrift unter einem alles verändernden Vertrag. Wie beim Verkauf von LeifMusic fühlt sich das Hinkritzeln meines Namens absolut richtig an.

Am nächsten Morgen bin ich mit dem Kaufvertrag und Fotos auf dem Handy bei Majas Wohnung und hoffe, sie dort noch anzutreffen. Natürlich hatte ich sie angerufen, um ihre neue Adresse zu erfahren, doch statt des Klingelzeichens hörte ich die Ansage ihrer Mailbox. Auf dem Klingelschild suche ich jetzt nach ihrem Namen, aber das Feld, in dem er einst steckte, ist leer. So leer wie die Fenster in der ersten Etage. Als ich Maja abermals anrufe und sich wieder nur die Mailbox meldet, macht sich Panik in mir breit.

Bitter enttäuschende Sätze

Die Angestellte der Friedhofsverwaltung wollte mir zuerst keine Auskunft geben. Aus Datenschutzgründen – das sagt ja heute jeder. Fraglich, ob die Toten Wert darauf legen. Im Sinne des Datenschutzes dürften dann ja wohl auch die Namen nicht auf den Grabsteinen stehen. Dieses Argument zog, und so erfuhr ich, wo sich das Grab von Majas Vater befindet.

Seit fünf Tagen warte ich vergebens. Immerhin konnte ich die Qualität des Wartens steigern. Am ersten Tag hatte ich lediglich eine Decke mitgebracht und mir auf der Bank gegenüber dem Grab nach drei Stunden einen abgefroren. Inzwischen sitze ich auf einem batteriebetriebenen Heizkissen, habe Kaffee in einer Thermokanne dabei, Wurst- und Käsebrote, einen Farben- und Tapetenkatalog. Auf dem Handy rufe ich die Angebote verschiedener Handwerker ab und habe bereits eine Sanitärfirma beauftragt.

Ruhe, wie man sie von einem Friedhof erwartet, stellte sich an keinem der hier verbrachten Tage ein, denn für den heutigen Totensonntag mussten die Gräber hübsch gemacht werden. Von einigen der Hacke und Blumenkranz schleppenden Besucher fing ich mir argwöhnische Blicke ein. Ein Mädchen, das mit seiner Mutter da war, fragte mich, ob ich ein Penner sei und auf der Bank wohnen würde. Dass ich ein richtiges Zuhause habe und hier bloß auf jemanden warte, bis es dunkel wird, fand sie unspannend.

Ich kenne Majas neue Arbeitszeiten nicht, gehe allerdings davon aus, dass sie von früh bis nachmittags im Supermarkt arbeitet. Punkt vierzehn Uhr habe ich es mir also Tag für Tag auf der Bank gemütlich gemacht und bis zur Schließzeit um zwanzig Uhr gewartet. Heute sitze ich schon seit elf Uhr am mit lila Blumen bepflanzten Grab und habe ein gutes Gefühl. Heute kommt Maja bestimmt, um die Kerze zu erneuern und anzuzünden.

Flo meint, ich mache mich lächerlich. Möglicherweise hat er recht, doch ich finde, falls Maja ihren Stolz überwindet und das Haus annimmt, kann ich mich ruhig ein bisschen lächerlich machen. Ungeachtet dessen nutze ich die Zeit. Ich glaube, nirgends kann man sich so gut mit dem Tod anfreunden wie auf einem Friedhof und zu dieser Jahreszeit. Je mehr Stunden ich zwischen den ein wenig ironisch anmutenden Lebensbäumen und Grabsteinen verbringe, desto weniger schlimm ist der Gedanke ans Sterben. Auf einem Spaziergang, den ich aus Langeweile gemacht habe, musste ich sogar lachen, weil einige Begrabene oder deren Hinterbliebene Sinn für Humor hatten. Der moderne Grabstein macht Schluss mit Sterbenslangweile, und so findet man statt betender Hände und in den Himmel strebender Tauben das Harley-Davidson-Logo, Fußbälle, Katzen, Kreuzfahrtschiffe und Elefanten eingemeißelt, die Aufschluss über das Hobby des Verstorbenen oder die Todesursache geben. Anstelle von tristen Schwarzweißporträts entdecke ich Fotos aus dem Alltag: Omis beim Stricken, Opis beim Schnapstrinken, und statt gewöhnlicher Trauerverse lese ich so manchen makaberen Spruch. Meine Top Fünf sind:

1. *Jetzt wissen wir, wo er schläft.*
2. *Bitte werfen Sie eine Münze ein!*
3. *Wer früher stirbt, ist länger tot.*
4. *Ich sehe was, was du nicht siehst.*
5. *Game over.*

Gerade telefoniere ich mit einem Schreiner, der sich den Auftrag so unbedingt sichern will, dass er mich sogar am Sonntag kontaktiert, da steht Maja vor mir. Sie trägt ihren roten Mantel und Boots mit roten Schnürsenkeln, hat einen Schal um den Hals geschlungen und eine Wollmütze über den Kopf gezogen. Ihre Wangen sind vor Kälte gerötet, ihr Mund ist vor Überraschung ein bisschen geöffnet. Ihr Blick wandert von mir zur häuslich eingerichteten Bank. Sie runzelt die Stirn. Durch eine Geste mit der freien Hand lasse ich sie wissen, dass ich gleich fertig bin und mit ihr reden möchte, dann verspreche ich dem eifrigen Schreiner, bald zurückzurufen, und nehme das Handy vom Ohr.

»Was zur Hölle tust du hier?«, fragt sie und setzt den mitgebrachten Grabkranz ab. »Lauerst du mir jetzt schon auf?«

Das ist eine gemeine Unterstellung. »Ich habe nicht gelauert, sondern ganz normal gewartet. Ich sitze hier mitten auf dem Weg und hocke nicht hinter einem Busch.«

»Sorry, aber ich erkenne keinen Unterschied.«

»Würdest du deine Mailbox abhören oder noch im Café arbeiten oder hättest du mir deine neue Adresse gesagt, hätte ich dich auf einem üblichen Weg erreichen können.« Ich unterdrücke ein Schnauben. »Glaubst du, ich habe Spaß, mir beim Warten auf dich tagelang den Arsch abzufrieren? Ich möchte mit dir reden, dir etwas sagen.«

»Ich will aber nichts mehr hören. Du hast mir inzwischen alles gesagt, was es zu sagen gibt.«

Vom Ärger angestachelt, gehe ich zur Bank, fummele den Kaufvertrag und die ausgedruckten Fotos hervor.

»Hier!« Ein Papier nach dem anderen drücke ich Maja in die Hand und rede ohne Punkt und Komma: »Seit Wochen bin ich auf der Suche nach einem Haus, in dem du eine Kita eröffnen kannst, weil ich möchte, dass du dich im Leben verwirklichst und tust, was dir Spaß machst. Endlich habe ich eins gefunden, kurbele gerade die bautechnischen Änderungen an, und du begegnest mir hier wieder mit dieser beschissenen Scheiß-egal-Laune, machst mir Vorwürfe, ohne mir die

Chance auf eine Wiedergutmachung zu geben.« Ich hole Luft, sehe Maja fest an und schlucke einen Kloß im Hals hinunter. »Du kannst dir nicht vorstellen, wie sehr mich das ankotzt.«

»Warum?«, fragt sie. Sie blättert durch die Papiere, und als sie wieder aufsieht, bemerke ich die Veränderung in ihren Augen. Die schauen nun so traurig wie beim letzten Mal, bevor sie mich aus ihrer Wohnung geworfen hat.

Ich bin irritiert. »Warum es mich ankotzt?«

Maja schüttelt den Kopf. »Warum du möchtest, dass ich mich verwirkliche und tue, was mir Spaß macht? Eigentlich sollte dir das langsam mal egal sein.«

»Ist es aber nicht!« Verdammt, jetzt klinge ich wie ein bockiger Junge, der sich vor klaren Worten drückt. Um meinen Kopf aus der Schlinge zu ziehen, greife ich zum bewährten Mittel der Gegenfrage. »Du möchtest wieder als Erzieherin arbeiten, oder nicht? Und eine eigene Kita wäre doch die optimale Lösung?«

Unsicherheit flackert in Majas Blick. Sie scheint wegschauen zu wollen, hält den Augenkontakt zu mir mit Mühe aufrecht. »Meine Wünsche sind gerade nicht das Thema.«

»Das Haus ist nur für dich, ich will nicht davon profitieren, nicht an deinen Einnahmen beteiligt werden«, sage ich in einem versöhnlichen Tonfall. »Ganz vieles, was ich getan habe, war nur für dich, und ich weiß, dass ich mein Leben lang bestimmte Dinge nur für dich tun werden.«

Für ein paar Sekunden werden Majas Augen noch dunkler, dann strafft sie die Schultern. »Das ist nicht das, was ich hören möchte.«

Sie will das nicht hören? Will sie etwas anderes hören? Etwas Spezielles? Was denn bloß?

»Was willst du hören?«

Maja wartet und schweigt.

Gedanken schwirren durch meinen Kopf, so wirr und schnell, dass ich keinen wirklich lesen kann. Halb verzweifelt greife ich nach einem Ende, gebe ihm eine Chance und formuliere das Wort als Antwort und Frage zugleich: »Entschuldigung?«

Maja klatscht mir die Ausdrucke vor den Bauch und tritt einen Schritt zurück. »Das war gerade das Letzte, womit ich gerechnet habe«, zischt sie.

Ihre Reaktion holt meinen Ärger zurück. »Was denn dann? Sag es doch! Soll ich dir versprechen, dich in Ruhe zu lassen?«

»Vielleicht? Versuch es doch mal!«

»Werde ich nicht. Außer, du bittest mich darum. Wenn es dein Wunsch ist, dass wir uns nicht mehr sehen, dann sag es!«

Majas Wimpern flattern. Sie zögert einen Moment, dann sagt sie das Gefürchtete: »Ich möchte dich nicht mehr sehen.«

Es tut weh. Die Hülle, die mein Herz seit Wochen einengt, scheint sich weiter zusammenzuziehen und es derber zu quetschen. Ich muss mich abwenden, weil ich die Kontrolle über meine Miene verliere, weil ich spüre, wie sich mein Mund vor Enttäuschung verzieht und Senkrechtfalten in meine Stirn schneiden. Auf mein Tun konzentriert und im Geist doch ganz woanders, räume ich die Sachen zusammen, stopfe das Heizkissen in den Rucksack, werfe Tasse und Kanne hinterher. Während all dessen kribbelt es in meinem Nacken, als würde Maja mich beobachten, doch ich drehe mich nicht um, um nachzusehen. Zum Schluss schiebe ich den Kaufvertrag und die Fotos in den Katalog, klemme ihn unter den Arm, werfe den Rucksack über die Schultern und gehe.

Ganz entsetzliche Schmerzen

Eigentlich wollte ich mich lediglich über besondere Maßnahmen zur Vorbeugung eines Herzinfarktes informieren, und was lese ich auf einer Online-Ratgeberseite?

Herzinfarkt ist lebensgefährlich. Knapp ein Drittel der Betroffenen stirbt vor Eintreffen des Arztes, weitere zwanzig Prozent innerhalb eines Jahres nach dem Infarkt.

Ein tolles Intro! So aufmunternd. Mein wortwörtlich *herzlicher* Dank geht an die Betreiber! You made my day!

Dass ein Drittel von uns, also 33,33 Prozent, sofort draufgeht, wusste ich. Vollkommen neu ist mir jedoch, dass weitere zwanzig Prozent kurze Zeit später abkratzen und die Überlebenschance damit eigentlich bei unter fünfzig Prozent liegt. Mein Infarkt war im Februar. Jetzt ist Ende November. Drei Monate lang muss ich folglich noch wegen eines erneuten Infarktes Schiss haben. Wieso hat mir das keiner gesagt?

Nach besonderer Vorbeugung suche ich übrigens, weil ich die herkömmlichen Maßnahmen längst betreibe oder nicht betreiben kann. Von Ausnahmen abgesehen, ernähre ich mich vitaminreich und bewege mich regelmäßig. Ein Übergewicht kann ich nicht reduzieren, da ich keines habe, und um mit dem Rauchen aufzuhören, müsste ich erst einmal damit anfangen. Eine medikamentöse Behandlung von Diabetes und Bluthochdruck ist aufgrund eines gesunden Blutzuckerspiegels und Blutdrucks nicht erforderlich. Es besteht keine genetische Veranlagung, meine Arterien sind nicht verkalkt, und ich bin kein Greis. Genau genommen bin ich vollkommen Herzinfarkt-untauglich. Rekrutiert wurde ich durch einen wahrscheinlich stressbedingten Gefäßkrampf, durch nicht mehr als das. Und ich kann anscheinend gar nichts tun, außer hoffen, dass es nicht wieder passiert.

Und Tee trinken – wie so oft.

Weißdorntee ist es in diesem Fall, weil der Weißdorn als Wundermittel gegen Herzkrankheiten gehandelt wird. Angeblich sorgt er für eine bessere Durchblutung und schützt vor den Folgen von Stress. Den habe ich leider immer noch, fühle mich an manchen Tagen sogar gestresster als je in meiner Zeit im Dienst der Musik. In einem Reformhaus bestelle ich zusätzlich Weißdornsirup, Weißdorngelee und ein natürliches Basenpulver, das einen neu entdeckten Risikofaktor ausgleichen soll: die Übersäuerung. Ich habe nicht alle Symptome, bin von extremem Haarausfall und fettiger Haut zum Glück verschont, doch viele andere Merkmale treffen auf mich zu. Davon abgesehen, bin ich mehr als sauer.

Sauer auf Maja, weil sie so stur ist, sauer auf das Hundeheim, weil Hannibal adoptiert wurde, sauer auf Flo, weil er meinen Rückschlag mit »Ich hab es dir ja gleich gesagt« kommentieren musste. Sauer auf Machete, weil er eine utopisch hohe Maklerprovision für die Vermittlung der Villa verlangt, sauer auf das andauernde Regengrau vorm Fenster, sauer auf den nicht mehr funktionierenden Heizpilz im Garten. Und sauer auf Jekaterina Poljakow, die aus der Küche ins Wohnzimmer wischt und schimpft: »Chabe ich gesagt, kaufst du Kleid?« Um eine Hand in die Hüfte stemmen zu können, stellt sie den Wischmop hin. »Aber was machst du, Max Leif? Kaufst du Chaus!« Sie schüttelt den Kopf. »Ist nicht normal!«

Ich verteidige mein Handeln: »Maja ist nicht der Typ Frau, dem man Kleider kauft.«

»Gibt es nicht, so Typ Frau. Jede Frau bekommt gern Kleid gekauft, aber Chaus?« Ihr herumwedelndes Gestikulieren verstärkt den Ausdruck ihres Ärgers. »Bekommt sie zu tun mit Angst. Glaubt sie, willst du sie cheiraten.«

Ist der Gedanke, mich zu heiraten, so furchtbar?

»Das war ganz sicher nicht der Grund für Majas Reaktion. Sie soll nicht mit mir einziehen, sondern darin ihren Kindergarten eröffnen.« Warum erzähle ich das überhaupt? Jekaterina Poljakow ist definitiv ein anderer Typ Frau als Maja und könnte deren Reaktion nie nachvollziehen.

Vor sich hin schimpfend, moppt sie jetzt die Dielen im Wohnzimmer, stellt den Mop dann erneut ab, um eine von mir vergessene Tasse von einem mit alten Musikzeitschriften beladenen Beistelltisch zu nehmen und mir die nächste Predigt zu halten.

Ihre ersten Worte verstehe ich noch, doch der Rest des Satzes geht unter, weil der Stich in der Brust so heftig ist. Reflexartig halte ich den Atem an, versuche dann einen vorsichtigen Zug und zucke vor Schmerz zusammen. Nur flach atmend, klappe ich auf die Couch um und biege den Rücken durch, um eine mögliche Wirbelblockade zu lösen, den Muskel zu entspannen oder was auch immer zu bewirken. Aber mit jedem noch so flachen Atemzug wird das Stechen intensiver.

Über mir taucht Jekaterina Poljakows Gesicht auf.

»Bosche moi!« Sie legt eine Hand an meine Wange. »Was ist los mit dir, Max Leif? Bist du ganz kalt!«

Der kalte Schweiß auf meiner Stirn kommt vom Schrecken, wie die Atemnot vom Schmerz in der Brust. Es sind die üblichen Begleiterscheinungen eines Wirbel- oder Muskelproblems – aber auch Anzeichen eines Infarktes.

»Ist gleich vorbei«, flüstere ich und werde mir der Zweideutigkeit dieser Aussage bewusst. Nicht nur für Jekaterina Poljakow, sondern auch um den Tod nicht zu rufen, korrigiere ich meine Worte. »Es geht gleich besser. Es ist nur eine Verspannung, nur der Rücken, nicht das Herz.«

Gott, bitte lass es nicht das Herz sein!

Weil ich mich daran erinnere, dass man bei einem Infarkt nicht liegen sollte, setze ich mich hin.

Bitte nicht das Herz!, wiederhole ich im Stillen. *Ich trinke auch Weißdorn und bin nicht mehr sauer.*

»Rufe ich Arzt Not«, beschließt Jekaterina Poljakow und rennt in die Küche, wo ihre Tasche mit dem Handy liegt. Wenig später hockt sie wieder bei mir, tippt 112 in die Tastatur und schreit in ihr Telefon: »Liegt Max Leif hier und chat Schmerz! Kommst du sofort!«

Sie lauscht, verzieht das Gesicht und wedelt mit der Hand. »An Herz natürlich, rufe ich nicht an sonst!«

Könnte ich lachen, ich würde in schallendes Gelächter ausbrechen. Stattdessen halte ich meinen Atem flach und überlege, ob es in Russland eine Datenbank gibt, die alle Herzinfarktpatienten für den Zugriff und die Reaktionsverkürzung von Notärzten speichert. Wie Terroristen? Bei brisanten Bewegungen rückt das SEK aus? Bei allen Schrittmacherpatienten würde sich gleich die Übermittlung der Herzfrequenz anbieten.

»Hast du Druck in Brust?«, fragt mich Jekaterina Poljakow.

Auf mein Kopfschütteln verneint sie und stellt die nächste Frage: »Strahlt Schmerz in linke Arm oder Chals?«

»Nein«, flüstere ich und höre zu, wie sie die Info weitergibt.

Die Antwort missfällt ihr, denn sie klingt prompt entrüstet: »Chörst du, ist Fall Not! Kommst du jetzt! Wieso muss ich anrufen andere Arzt?« Ihre Stimme bricht ab. »Challo?«, ruft sie dann, lauscht einen Moment und nimmt das Telefon schließlich vom Ohr.

»Chat er aufgelegt!«, entrüstet sie sich. »Chat er gesagt, ist kein Infarkt und soll ich telefonieren mit Arzt, der chat Bereitschaft, aber chat er gesagt keine Nummer.«

»Die finden Sie im Internet«, sage ich und bitte sie, es gut sein zu lassen. Wenn ich dem Notarzt nicht wichtig genug bin, will ich überhaupt keinen Arzt sehen.

Natürlich hört sie nicht, recherchiert die Telefonnummer und spricht wenig später mit dem Bereitschaftsarzt. Die Wartezeit verbringt sie bei mir auf der Couch und erzählt vom siebzigsten Geburtstag ihrer Großtante, zu dessen Anlass die ganze, zweihundert Personen umfassende Familie nach Sankt Petersburg reiste. Die bis dahin nette Natur ihrer Erzählung ändert sich, als sie bildhaft schildert, wie der Großonkel an der Festtafel umklappte und das Stück Zupfkuchen auf seinem Teller mit der Stirn zermatschte. Er gehört zu den 33,33 Prozent, bei denen jede Hilfe zu spät kam. Gerade will sie vom ähnlichen Schicksal des Schwagers der Freundin ihrer Cousine erzählen, da klingelt es.

Jekaterina Poljakow eilt zur Tür, lässt den Wasserfall ihrer Bestürzung und Erleichterung im gewohnten Deutsch-Russisch losprasseln und pfeift den Arzt zum Schuheausziehen zurück. Schließlich hat sie gerade erst durchgemoppt. Als die beiden näher kommen, erkenne ich die zweite Stimme.

»Na, Herr Leif«, begrüßt mich Dr. Ingrid Bärbeißer und setzt sich zu mir auf die Couch. »Was haben wir denn heute wieder?«

Ich weiß nicht, ob die Ärztin eine Aura umgibt, die mich einfach verärgert, oder ob es bloß ihre bescheuerte Wortwahl ist, so wird das jedenfalls nichts mit dem Nicht-sauer-Sein.

»Wie es ausschaut, habe ich ein Problem«, brumme ich, »und Sie Bereitschaft.«

»Ihr Herz wieder?«

Ich nicke, meide ihren Blick.

»Dann machen Sie mal den Oberkörper frei, damit ich Sie abhören kann.«

Ich tue, was sie verlangt. Dr. Bärbeißer setzt den Abhördeckel auf meine Brust.

»Ein bisschen schnell die Herzfrequenz«, sagt sie. »Der Aufregung wegen.« Sie greift nach meinem Handgelenk, zählt mit konzentriertem Blick. »Das Gleiche beim Puls.«

Während ich mir das T-Shirt überziehe, erinnert sie mich an mein Tipptopp-EKG und sieht ihre Vermutung bestätigt, dass mein Rücken der Verursacher des Herzstechens ist. Als sie mir Dehnübungen zur Lösung des Problems zeigen will, rückt Jekaterina Poljakow den Couchtisch ein Stück zur Seite und fordert mich durch ein Nicken auf, gefälligst mitzumachen. Also dehne und strecke ich mich, ohne das Stechen jedoch stoppen zu können.

»Am Schluss suchen wir uns eine schöne Kante«, sagt Dr. Bärbeißer und geht an eine nach außen zeigende Zimmerecke, hinter der die Küche beginnt. Sie drückt ihren Rücken dagegen, bewegt sich auf und ab, nach links und rechts. »Und reiben uns daran wie ein Bär am Baum.«

Ich nehme mir die andere Ecke im Raum vor, rubbele meinen Rücken an der Kante wie ein Bär am Baum und verkneife mir ein wohliges Brummeln. Es tut gut, wie eine Massage, und in einem unbedachten Moment atme ich durch. Beim zweiten normalen Atemzug fällt mir auf, dass das Stechen verschwunden ist.

Dr. Bärbeißer stellt sich vor mich. »Und, wie ist es jetzt?«

Jekaterina Poljakow bezieht neben ihr Stellung. »Chilft das?«

»Es hilft«, murmele ich, reibe den Rücken noch ein paar Mal an der Kante entlang, lasse es dann und bedanke mich bei der Ärztin fürs schnelle Kommen.

Sie nickt. »Nächstes Mal wissen wir, was zu tun ist.«

Aufgrund der Effektivität des Tipps sehe ich ihr das abermalige Wir nach und begleite sie zur Tür, verabschiede sie mit einem Handschlag und nehme ihr: »Halten Sie die Ohren steif« ohne Widerwort hin.

»Siehst du, Max Leif«, sagt Jekaterina Poljakow, die hinter mir steht. »Lebst du noch!«

Was für eine Freude!, denke ich und schließe die Tür.

Dezember

Das erbärmliche Ende

Maler hätte ich werden sollen. Nicht einer wie Rembrandt, sondern einer wie Harry Jankowski mit seinem Malerbetrieb. Weil Harry Jankowski eine Reise gewonnen hat und sich zum vereinbarten Malertermin in der Karibik sonnt, malere ich die Wände der Villa nämlich selbst. Natürlich könnte ich einen anderen Malermeister beauftragen und, während die Villa renoviert wird, zu Hause entspannen. Vor dem Fernseher. Im Internet. Mit dem Putzwedel an der Plattensammlung. In Jekaterina Poljakows Weg. Aber ich malere lieber. Hellgrün wie Wiese, hellblau wie Himmel im ersten Spielzimmer, dunkelblau wie Wasser und hellblau wie Himmel im zweiten. Den Regenbogen und die Käfer, den Dampfer und die Fische nehme ich mir vor, wenn das Schlafzimmer fertig ist.

Flo und Jekaterina Poljakow verstehen nicht, wieso ich mir die Mühe mache und die Villa in einen Kindergarten umwandele, obwohl Maja doch so klare Worte gefunden hat.

Meine Eltern verstehen nicht, warum ich an Weihnachten keine Zeit habe, obwohl ich arbeitslos bin.

Ich erkläre mich keinem. Nicht einmal mir selbst, sondern tue relativ gedankenlos, worauf ich Lust habe.

Verdammt cool wäre es, würde Maja hier auftauchen und mitmalern. Ich weiß nicht, welches ihre Lieblingsfarbe ist. Sie mag Schwarz, aber so wird sie die Wände nicht streichen wollen. Rot vielleicht? Ihre Blutgruppe kenne ich, ihr Geburtsdatum, ihre Hausbank und den Namen ihres Arztes, lauter merkwürdiges Zeug, viele andere, besondere Dinge allerdings nicht. Während wir die Wände streichen, könnte sie mir erzählen, wer ihre Lieblingsband ist, welcher Film sie zum Heulen gebracht hat und welches Instrument sie spielt, wo sie doch Noten lesen kann. Gitarre wahrscheinlich. Beinahe jede Erzieherin spielt Gitarre.

»Gefliest is jetzt, Chef«, murmelt Kurt Kramer mit Glimmstengel im Mundwinkel.

»Gut«, sage ich, ziehe ihm die Kippe aus dem Mund und halte sie ihm vors Gesicht. »Wie oft musst du es noch hören? Das hier ist eine rauchfreie Baustelle und wird außerdem ein Kindergarten.«

Er nimmt die Kippe und drückt sie an seinem Spatel aus. »Sorry, Chef! Kommt nicht wieder vor.«

Der noch in der Luft stehende Qualm reizt meine Lunge, und ich muss husten, so heftig, dass Kurt Kramer sich abermals wegen des Rauchens entschuldigt. Im Husten winke ich ihn weg und fummele ein Minzbonbon aus dem Latz meiner inzwischen bunt bekleckrsten Malerhose. Ohne die Bonbons geht seit ein paar Tagen gar nichts, denn was Anfang Dezember mit einem Kratzen in der Kehle begann, ist inzwischen zu einer Plage geworden. Nervig ist es, sogar schmerzhaft und besorgniserregend, sosehr ich auch versuche, mich nicht zu sorgen. Nicht schon wieder. Eine Erkältung ist lästig, doch ich wünschte, ich hätte eine Rotznase und Gliederschmerzen zum Husten, dann würde ich mich ein paar Tage ins Bett legen und gesundschlafen. So wie die Dinge sind, huste ich mich mit dem Gefühl durch den Tag, dass mir der Kopf platzt und mein Brustkorb bricht. Bei jeder Attacke bin ich auf blutigen Auswurf gefasst. Neben Reizhusten ist dies eines der sicheren Symptome für Lungenkrebs im fortgeschrittenen Stadium. Tragisch, aber wahr: Die wahrscheinlich heimtückischste aller Krebsarten wird häufig erst diagnostiziert, wenn sich der Krebs in beide Lungenflügel und andere Organe ausgebreitet hat und nicht mehr geheilt werden kann. Aufgrund des rasanten Wachstums blieben mir dann noch etwa sechs Monate. Im nächsten Juni wäre ich vielleicht schon tot.

»Für den Regenbogen brauchste aber sieben Farben, Chef«, sagt der von Akne geplagte Gehilfe des Klempners, der die Sanitäranlagen in der ersten Etage installiert. An einem Nutellabrötchen kauend, ist er in seiner Kaffeepause heruntergekommen, um meinen Fortschritt zu begutachten.

Ich huste mich aus und werfe einen Blick auf die kleinen Farbeimer, tatsächlich nur sechs.

»Rot, orange, gelb, grün, hellblau, dunkelblau.« Grübelnd schiebe ich das Basecap hoch, um mir den Kopf zu kratzen. »Sind doch alle da.«

Der Gehilfe schüttelt den Kopf. »Lila fehlt«, sagt er mit vollem Mund.

Natürlich, Lila! Die unmögliche Farbe! War klar, dass ich die vergesse. Schon wieder hustend, ziehe ich mir eine Strickjacke über, um mich auf den Weg zum Baumarkt zu machen. Weil es seit dem Vormittag schneit, muss ich den Schnee vom Käfer wischen, bevor ich einsteige. Nach einem kältebedingten Protest springt der Motor an, und ich fahre los, vorbei an mit Lichterketten geschmückten Häusern und zugeschneiten Vorgärten, gebe Gas, um bald weitermalern zu können. Der kürzeste Tag ist nicht mehr fern, und so dunkelt es bereits. Ein sanftes, für diese Jahreszeit typisches Licht ist es, das sich vom Himmel in die Straßen senkt und die weißen Flocken hellblau färbt. Wie kleine Geister tanzen sie während der Fahrt um das Auto und fliehen vor den Scheibenwischern.

Falls die kommende wirklich meine letzte Weihnacht ist, sollte ich sie in Westerland mit meinen Eltern verbringen. Danach müsste ich meine Abneigung gegen Flugreisen überwinden, für vierundzwanzig Stunden einen Privatjet chartern und meinem letzten Silvester rund um die Welt hinterherreisen. Maja sollte ich einfach mitnehmen. Statt einer Beerdigungsplaylist würde ich eine To-do-Liste erstellen und darauf Dinge festhalten, die ich in den verbleibenden Monaten unbedingt tun möchte, mit niemandem lieber als mit Maja.

Ich möchte nackt unter einem Wasserfall baden, mit einem Nachtzug nach Paris fahren, am Meer eine Nacht durchmachen und auf den Sonnenaufgang warten. Zehn Open-Air-Konzerte auslosen und besuchen, in einer Hochseeregatta mitsegeln, das Polarlicht sehen, in einem Bobschlitten die Eisbahn hinunterrasen. Mit Walen im offenen Meer tauchen, in den Alpen Gleitschirm fliegen, einen Teil meines Vermögens an verschiedene Wohltätigkeitsveranstaltungen spenden, einen Notfall-Doobie ohne Notfall rauchen …

Das Kratzen im Hals kündigt eine neue Attacke an. Ich hole Luft, um zu husten, da stockt mir der Atem, weil etwas auf die Straße fliegt und landet. Ich blinzele und möchte meinen Augen nicht trauen, als ich die Ente erkenne. Vom Mittelstreifen watschelt sie in die Mitte meiner Fahrspur, ordnet das Gefieder, reckt den Hals und schaut mir entgegen. Mit einem Fluch trete ich auf die Bremse. Es rumpelt, als die Bremsbeläge gegen die Bremsscheiben gedrückt werden, damit sie den Wagen von mehr als sechzig Sachen auf null bringen. Obwohl die Räder bald stehen, schlittert mein Käfer im selben Tempo auf der schmierigen Schneemasse weiter … Zuerst auf die andere Fahrspur und vorbei an der Ente, die, wie ich im Vorbeischlittern erkenne, ein Erpel ist. Vom Schneematsch zu noch mehr Selbständigkeit verleitet, dreht der Wagen danach die erste Pirouette des Walzers, der von George Michaels *Last Christmas* musikalisch begleitet wird. Während ich das Gefühl für vorn und hinten, links und rechts verliere, wird mir so schwindelig, dass mir der Mageninhalt – Hustenbonbonsaft – hochkommt. Ich umklammere das Lenkrad, lenke gegen die Rutschrichtung, woraufhin sich der Käfer im gleichen Affenzahn in die andere Richtung dreht. Einmal, zweimal, dann verliert ein Paar Räder den Kontakt zur Straße. Mit einem Krachen kippt der Wagen auf die Fahrerseite – Metall kreischt, Glas splittert, George Michael hört auf zu singen – und rumpelt auf das Dach. Ich bekomme einen Schlag auf den Kopf, spüre den Druck des Sicherheitsgurtes in der Schulter und habe ein lähmendes Gefühl in der Brust, das mit jedem Meter, den der Wagen verkehrt herum weiterrutscht, intensiver wird. Scherben der demolierten Windschutzscheibe rasseln mir um die Ohren, und ich kneife die Augen zu, höre meinen eigenen Schrei wie den eines anderen, reiße die Augen wieder auf und sehe das auf dem Kopf stehende Logo des Baumarkts näher kommen. Es wurde auf ein überdimensionales, neben der Einfahrt zum Parkplatz aufgestelltes Schild aufgedruckt – direkt unter das freundliche HERZLICH WILLKOMMEN!

Angeblich laufen in den Sekunden vor dem Tod die Bilder des eigenen Lebens wie in einem Film vor dem geistigen Auge ab, beginnend mit dem aktuellen Zeitpunkt über die großen Momente des Lebens, der Jugend, der Kindheit, bis zur Geburt, an die man sich sonst nie erinnert.

Das ist eine Lüge!

Ich sehe das Baumarktschild, die grüne Schrift auf dem gebeizten Metall und mit dem Aufprall einen schwarzen, sich ausdehnenden Fleck.

Sonst sehe ich gar nichts.

Die erstaunliche Erkenntnis

Das glatte Schwarz verändert sich. Es wird heller, nimmt Schattierungen von Grau an und erreicht schließlich ein Weiß, das mir in einigen Sekunden das Gefühl eines winzigen Raumes und in anderen das der weiten Ewigkeit gibt.

Sekunden? Gibt es hier noch Sekunden? Und Räume? Und Gefühle?

Angst habe ich keine, fürchte weder das Fremde noch das Neue, weder die Enge noch die Weite.

Traurigkeit? Verspüre ich nicht. Keine Traurigkeit, weil ich gegangen bin, und keine Traurigkeit, weil ich Menschen verlassen habe.

Gleichgültigkeit? Auch die nicht. Faith No More hätten gesagt: *I'm easy like Sunday morning* … gäbe es noch Sonntagmorgen.

Als ich an mir heruntersehe, stelle ich fest, dass ich meine Strickjacke, die bekleckste Malerhose und Socken trage. Die linke hat ein Loch. Nicht nur die Boots sind verschwunden, sondern auch mein Basecap. Dass man im Himmel Schuhe ausziehen und Mützen absetzen muss, finde ich interessant – insbesondere weil dies hieße, dass hier wie im Leben Bewertungen stattfinden. Interessant ist außerdem der Gedanke, bis in alle Ewigkeit wie ein Handwerker herumzulaufen, und mit Spannung bleibt zu erwarten, was die anderen so anhaben. Vielleicht treffe ich Mathelehrer im Saunatuch oder Politessen im Domina-Outfit.

Berechne X und dann bezahl das Parkticket, du Luder!

Nach einem Einhundertachtzig-Grad-Check tue ich einen vorsichtigen Schritt irgendwohin und stelle fest, dass sogar das Fortbewegen wie im Leben funktioniert. Das ist irgendwie nett, aber ich hätte gegen die Erfahrung schwerelosen

Riesenschritte-Hopsens oder nahezu motionslosen Schwebens auch nichts einzuwenden gehabt. Beim zweiten Schritt wird das Weiß unter meinen Füßen eine Nuance heller, als sei darunter ein Licht eingeschaltet worden, um mir den schnurgeraden Weg bis zum weder nahen noch fernen Horizont zu leuchten. Kaum zehn Schritte bin ich auf dem beleuchteten Pfad gegangen, da entdecke ich einen dunklen Fleck. Weil er sich bewegt, größer wird und sich mir nähert, stellt sich das aus dem Leben bekannte Gefühl von Räumlichkeit ein. Aus dem Punkt entwickelt sich die Silhouette eines Menschen, die zuerst vom flirrenden Schein des Weißes verzerrt ist, jedoch mit jedem unserer Schritte klarer wird. Bald erkenne ich eine Gestalt in einem schwarzen Anzug, einem weißen Hemd darunter, blonden Haaren. Eine Hand in die Hosentasche geschoben, ist sein Gang der eines Models aus einer Herrenduftwerbung: selbstbewusst, zielorientiert, durch nichts vom Objekt der Begierde abzulenken.

Ist das Gott? Sein Sohn vielleicht? Oder nur der Wächter der Himmelspforte, der himmlische Türsteher also? Je näher wir uns kommen, desto mehr Zweifel habe ich, und als das letzte Flirren verebbt, weiß ich, wer mir entgegengeht. In meiner Brust explodiert etwas, das sich wie Freude anfühlt. Ich muss lachen und den Jubellaut aus meiner Kehle lassen.

»Paul!«, rufe ich und laufe los.

Dass er keine Freude zeigt, nicht lacht und sein lässiges Tempo beibehält, verunsichert mich ein bisschen, und so bremse ich auf dem letzten Stück.

»Ist das geil, dass du mich abholst«, sage ich, als wir uns gegenüberstehen, und will ihn wie gewohnt kumpelhaft umarmen, doch er weicht vor mir zurück. Dann zieht er die Hand aus der Tasche, holt aus und donnert mir die Faust ins Gesicht.

Weil ich eben Freude verspürt habe, sollte mich der Schmerz jetzt nicht überraschen, tut es aber doch. Im Zurücktaumeln halte ich mir die Wange, unter der das offenbar noch existente Blut pulsiert, bringe mich wieder in Balance und stürme auf Paul zu, will ihm ebenfalls eins verpassen und verkneife es mir gerade so, vielleicht aus einer Art Respekt vor dem Tod. Einen Respekt, den Paul offenbar nicht verspürt.

»Das ist ja eine tolle Begrüßung!«, wüte ich. »Klasse Umgangsformen habt ihr hier!«

Paul mustert mich. Als sein Blick über mein Outfit wandert, wird mir klar, dass mit der hier geltenden Kleiderordnung etwas nicht stimmt. Paul dürfte eigentlich keinen Anzug tragen, sondern es müssten ein weißes T-Shirt und Boxershorts sein. Das trug er im Krankenhaus, weil er keinen Schlafanzug besaß. Er hat die Dinger schon als Kind gehasst.

»Sorry«, sagt Paul. Seine Stimme klingt wie immer. »Das musste einfach sein, ich konnte mich nicht zurückhalten.«

»Du konntest dich nicht zurückhalten?« Ich verstehe gar nichts, bin verunsichert von seiner Reaktion, seinem abschätzenden Blick, seinem Outfit. Mein eigenes kommt mir gerade echt schäbig vor, vor allem das Loch in der Socke.

»Ich weiß nicht, wo meine Boots sind«, murmele ich.

»Die sind im Käfer«, erklärt Paul, als verstünde sich sein Wissen von selbst. »Einer klemmt hinter dem Gaspedal, der andere liegt unter der Rücksitzbank. Du hast sie beim Unfall verloren, das Basecap auch.«

Ach so! »Okay, na dann. Wo bekomm ich den Anzug?«

»Nirgends. Es gibt keinen Anzug für dich.«

»Wenn du einen Anzug bekommen hast, will ich auch einen haben. Ey, jetzt hör auf mit dem Scheiß!«

»Nein!« Paul blinzelt eindeutiges Amüsement aus seinem Blick. »Du hörst auf mit dem Scheiß! Dein Benehmen seit dem Urlaub … Könnte ich noch kotzen, würde ich es tun. Tut mir echt leid um deinen Käfer, aber das war meine einzige Möglichkeit, und ich wollte das nicht länger mit anschauen. Du bist noch nicht dran, kapierst du das nicht?«

Der Unfall tut ihm leid? Hat er die verdammte Ente, die ein Erpel war, auf die Straße fliegen und mein Auto Pirouetten im Schneematsch drehen lassen?

»Was meinst du mit ›ich bin nicht dran‹? Woher willst du das wissen?«

Paul zuckt die Achseln. »Ich weiß es einfach. Dein Infarkt, der war eigentlich gar nicht für dich bestimmt, sondern für mich. Dein Herz und deine Arterien sind doch völlig gesund, wohingegen meine es nicht waren. Wir saßen allerdings so dicht beieinander während des Interviews, da hat sich halt wer in der Person geirrt. Shit happens.«

Shit happens?!

Todesangst! Mehrere Wochen auf der Intensivstation! Metallröhrchen in den Arterien. Schläuche in allen Körperöffnungen. Eine Nadel im Rückenmark. Weil sich wer in der Person geirrt hat?! Spinn ich?!

Da es mir die Sprache verschlagen hat, redet Paul weiter: »Das Ganze hatte zwar auch was Gutes, denn immerhin hast du ein paar überfällige Entscheidungen getroffen.« In der Tat bestens informiert, zählt er sie auf: »Der Verkauf von LeifMusic, die Wahrheit für Maja. Aber jeden Furz zu interpretieren, das musst du dir abgewöhnen, Max. Du machst dich selbst und die Leute ja wahnsinnig.« Er nickt in die Richtung, aus der ich gekommen bin. »Jetzt hau ab und leb dein Leben!«

Über die Schulter blicke ich den Pfad entlang.

»Tolles Leben!«, schnaube ich beim Gedanken an Majas Zurückweisung.

Er liest meine Gedanken. »Sie will keine Entschuldigung«, sagt er. »Würdest du die wollen, wärst du an ihrer Stelle?«

Noch um Worte verlegen, drehe ich mich wieder um und starre ihn an. Mir dämmert, auf was er hinauswill.

»Sie will wissen, was du für sie empfindest.«

Eigentlich ist es peinlich, dass Paul mir das sagen muss.

»Ich dachte, das wüsste sie längst«, murmele ich. »Um das auszudrücken, braucht es doch nicht zwingend Worte, das hat sie selbst gesagt.«

»Dinge ändern sich, und in eurem Fall braucht es Worte. Sie würden Maja und dir guttun, vor allem um klarzumachen, dass es dir nicht länger um die Wiedergutmachung eines Fehlers geht.«

»Das denkt sie doch nicht tatsächlich?«

»Sie ist sich nicht sicher.« Paul seufzt. »Sie ist eine Frau, Max. Dass sie sich nicht immer unmissverständlich ausdrückt, bedeutet nicht, dass sie keine klaren Worte braucht.«

Abermals schaue ich über die Schulter, plötzlich mit der leisen Furcht, die Beleuchtung unter dem Pfad könne erlöschen, so dass ich auf ewig durch glattes Weiß irren müsste. Als ich Paul wieder ansehe, lächelt er – endlich.

»Ich würde dich umarmen«, sagt er. »Aber dann müsstest du hierbleiben.«

»Wir können das nachholen, wenn ich das nächste Mal komme.«

»Das dauert noch eine ganze Weile.« Pauls Lächeln wird so breit wie auf dem Foto, das ich beim Segeln von ihm gemacht habe. »Im Übrigen werde ich dann so blendend aussehen wie heute, wohingegen du alt und runzlig sein wirst.«

Als er einen Schritt zurückgeht, tue ich es auch und hebe die Hand zum Gruß. »Mach's gut, Paul.«

»Mach's besser, Max!«, antwortet er.

Es wird nicht schwer sein, es besser, viel besser, zu machen.

Mit diesem Vorhaben laufe ich den Pfad entlang. Ein paar Schritte später fällt mir jedoch etwas ein, also stoppe ich erneut, drehe mich noch einmal zu Paul um.

Er steht an derselben Stelle.

»Du weißt nicht zufällig, wo ich Hannibal finde?«, rufe ich.

»Klar weiß ich das«, ruft er zurück.

Tolle Antwort! »Wo denn?«

»Das darf ich dir nicht sagen, es wäre gegen die Regeln. Wenn es sein soll, findest du ihn.«

Endgültig wendet er sich ab, geht los und wird zu einer vom Flirren verzerrten Silhouette im schwarzen Anzug, zu einem im Weiß verblassenden Punkt. In dem Augenblick, als er verschwindet, verändert sich meine Umgebung. Rundherum wird es so hell, als würden auf jeder Seite Sonnen aufgehen. Weil mich das grelle Licht blendet, will ich die Augen zukneifen, kann sie aber nicht schließen. Ein strenger Geruch steigt in meine Nase, ich fühle etwas unter meinen Händen, schmecke Süße auf meiner Zunge, höre ein Summen, dann einen Piepton und schließlich Gemurmel. Durch meinen Körper geht ein Ruck, der mich vom Boden abhebt.

»Wir haben ihn«, sagt jemand.

Halbwegs erfreulicher Besuch

Mein Geist hängt in einem Traum, bis er einen Zipfel Realität zu fassen bekommt und daran festhält. In den ersten Sekunden glaube ich, in meinem Bett zu liegen, doch wenig später weiß ich, dass ich nicht zu Hause bin. Die Bettdecke ist schwerer, die Stille eine andere, und es riecht merkwürdig. Ich will die Augen öffnen, weil es hinter meinen Lidern hell ist, doch sie sind verklebt und müssen erst gerieben werden. Meine Hände kribbeln, als ich daran denke, sie zu heben, und zur gleichen Zeit wird mir das Pulsieren im Schädel und in der Brust bewusst – ein an beiden Stellen nur leichter Schmerz, der mich irritiert, weil ich ihn nicht verstehe. Mein Geist hält inne, dreht sich im Kreis und kramt in meiner Erinnerung. Wie in einer Quizshow hält er mir nach und nach Bilder vor, zu denen ich Texte finde: Sechs Regenbogenfarben, und Lila fehlt. Verschneite Straßen. Die Ente, die ein Erpel ist. Der durch den Schneematsch wirbelnde VW-Käfer. Das Baumarktschild mit dem Willkommensgruß.

Erschrocken reiße ich die Augen auf und blinzle. Da steht ein dekorierter Weihnachtsbaum. Gläserne Kugeln mit Wintermotiven hängen an den Ästen. Ohne Zweifel sind das meine, aber es ist eine fremde Umgebung. Alles hier sieht verdammt nach einem Krankenhaus aus.

Als ich ein Geräusch höre, einen unwirschen Laut, drehe ich den Kopf und entdecke Jekaterina Poljakow. Ohne Schuhe, auf Zehenspitzen steht sie auf einem Stuhl und reckt sich, um die obere Ecke eines Fensters zu putzen, das sich über die gesamte Wandbreite erstreckt. Mit einem Lederlappen rubbelt sie so fest über das Glas, dass es quietscht. Ich will etwas sagen, doch meine Sprache scheint eingerostet; kein Wort kommt aus meinem Mund, also räuspere ich mich und versuche es erneut.

»Was machen Sie da?«

Jekaterina Poljakow fährt zu mir herum und lässt den Lappen fallen. Dann springt sie vom Stuhl, schlüpft in ihre Schuhe und rennt raus. Ich überlege noch, ob mir mein Gehirn einen Streich gespielt hat, da versammeln sich lauter Weißkittel um mein Bett. Blutdruck, Temperatur und Puls werden gemessen, ich muss Fragen beantworten, zum Beispiel, wann mein Geburtsdatum ist und welches Jahr wir haben. Nachdem ich für zurechnungsfähig erklärt worden bin, informiert mich die Nummer eins der Weißkittel, der Chefarzt offenbar, über meinen drei Tage zurückliegenden Verkehrsunfall, der mir einen Schädelbasisbruch, diverse Rippenbrüche und Prellungen eingebracht hat. Weil die Fraktur, die der Arzt als rhinobasal bezeichnet, bis zu den Nasennebenhöhlen gereicht hat, wurde eine Operation durchgeführt, während der die Hirnhaut genäht und die Bruchspalten im Knochen repariert wurden. Mit den Ergebnissen sei man sehr zufrieden und zuversichtlich, dass die restliche Heilung, wie die der Rippen, von allein und durch körperliche Schonung vonstattengeht. Eine Woche solle ich noch zur Beobachtung bleiben.

Der Chefarzt und andere im Gefolge verschwinden. Eine Schwester bleibt zurück, zückt ein Klemmbrett, knipst die Mine aus dem Kugelschreiber und liest die angebotenen Mittagsmenüs vor. Die Entscheidung zwischen überbackener Zucchinihälfte mit Gemüsefüllung und gegrilltem Hähnchenbrustfilet an Currysoße überfordert mich völlig, möglicherweise auch, weil ich gar nichts essen möchte. Als ich das der Schwester sage, muss ich schwören, viel Wasser und Tee zu trinken. Sie kündigt an, dass sie alle halbe Stunde zum Messen kommt, und verspricht, meine Tante wieder ins Zimmer zu schicken. Schon will ich nachfragen, von welcher Tante die Rede ist – sowohl meine Mutter als auch mein Vater sind Einzelkinder –, da erinnere ich mich an Jekaterina Poljakow und beiße mir auf die Zunge. Wenig später steht meine Putzfrau vorm Krankenhausbett. Sie schneuzt sich ins Taschentuch, blinzelt die Tränen weg, tätschelt mir den Arm und lächelt. Kein Wort bringt sie raus.

»Haben Sie eben tatsächlich das Fenster geputzt, oder habe ich mir das eingebildet?«, frage ich, weil mir vor Verlegenheit nichts anderes einfällt.

»Konntest du schreiben Sau darauf«, antwortet sie mit leisem Trotz in der Stimme. »Chabe ich angeschaut zwei Tage und cheute Lappen und Seife gebracht mit.« Sie beugt sich näher zu mir und tätschelt meinen Arm etwas kräftiger. »Freue ich mich so, dass du wach bist, Max Leif. Chast du uns alle gejagt große Schreck! Chaben wir in Zeitung gelesen, was passiert ist. War Foto drin mit Auto, das in Schild steckt.«

»Wer, außer Ihnen, hat sich denn erschrocken?«

»Deine Eltern natürlich. Sind sie chergekommen gestern, wohnen sie in Zimmer für Gast. Chabe ich schon angerufen eben.«

Nur meine Eltern?

»Noch jemand?«

»Oh, ja, dein Freund Flo und dein Freund Klaus und zeternde Hyäne.« In verschwörerischem Ton fügt sie hinzu: »Chabe ich ihr gesagt, wäre nicht gut für Gesundheit, sie zu sehen. Ist richtig?«

»Absolut richtig.« Die vermeintliche Besorgtheit kann sich Claudia gern sonst wohin schmieren. »Sonst niemand?«

»Doch, war eine Frau chier gestern Abend.«

Eine Frau? Ich schnaufe vor Anstrengung, als ich mich im Bett aufsetze, beiße die Zähne aber zusammen und ignoriere den Druck in Kopf und Brust. »Wissen Sie ihren Namen?«

»Chat sie gesagt, chabe ich vergessen aber, war so kompliziert. Kam mir aber bekannt vor.«

Maja ist doch kein komplizierter Name. Vier Buchstaben. Einer davon doppelt. Eine berühmte Biene heißt so. Simpler geht es kaum. Begegnet sind sich meine Putzfrau und Maja jedoch nie, nicht bei mir zu Hause zumindest.

»Hat sie eine Nachricht dagelassen?«

Jekaterina Poljakow schüttelt den Kopf, als es klopft. Sie steht auf, öffnet die Tür, wechselt ein paar Worte und kommt zurück. »Ist sie wieder da, diese Frau«, flüstert sie.

Prompt sitze ich noch gerader. »Dann lassen Sie sie doch nicht vor der Tür stehen«, antworte ich leise und will meine Frisur in Ordnung bringen. Mein Hände ertasten allerdings keine Haare, sondern Verband und Stoppeln.

Jekaterina Poljakow interpretiert meine Miene.

»Chat Arzt rasiert wegen Operation. Ist nicht schlimm, wächst nach. Gesicht ist noch grün und blau, wird aber schon besser.«

Es ist ausgeschlossen, dass ich Maja wegen einer wahrscheinlich schief rasierten Glatze und lädiertem Gesicht wegschicke. Vielleicht wird sie einmal mehr einen Scherz auf meine Kosten machen – genau genommen hoffe ich das, denn es wäre ein Zeichen dafür, dass sie mir verziehen hat. Also bitte ich Jekaterina Poljakow, die Frau hereinzuholen. Meine Enttäuschung ist riesig, als Dr. Ingrid Bärbeißer ins Zimmer spaziert.

»Na, Herr Leif, was machen Sie denn für Sachen?«, tönt sie und schüttelt mir die Hand. »Da sind Sie ja noch mal mit einem blauen Auge davongekommen.« Sie mustert mein Gesicht und unterdrückt ein Grinsen. »Im wahrsten Sinne des Wortes.«

Das hätte tatsächlich Maja gesagt haben können.

»Chat er gechabt eine gute Engel Schutz«, pflichtet Jekaterina Poljakow der Ärztin bei. »Darf ich nicht denken, was chätte passieren können! Muss ich cheulen gleich.«

»Wie fühlen Sie sich denn, Herr Leif?«, fragt Dr. Bärbeißer und tätschelt meinen anderen Arm. »Abgesehen vom Kopf und den Rippen? Ihr Herz, geht's dem gut, oder sticht es noch?«

Ich versuche, mich zu erinnern. »Hat es schon lange nicht mehr, nicht seit Sie bei mir waren. Vor dem Unfall hatte ich ziemlich üblen Reizhusten, aber sonst ging's gut.«

Sie winkt ab. »Das haben viele jetzt um die Zeit. Ist klimabedingt; dieser Wechsel von warm zu kalt. Vielleicht vertragen Sie auch Ihre Medikamente nicht. Reizhusten ist eine typische Nebenwirkung der ACE-Hemmer. Wenn Sie hier raus sind und der Husten wiederkommt, versuchen wir es mit einem anderen Präparat.«

Ein anderes Präparat? Bis in alle Ewigkeit Tabletten fressen? Für nichts?

»Das EKG hat doch eine ganz normale Herztätigkeit aufgezeichnet, richtig?«

»Stimmt, aber dieses Messergebnis trifft natürlich keine Aussage zu den Funktionen der anderen Organe.«

»Das meine ich nicht. Meine anderen Organe sind in Ordnung.«

Sie ist von meinen Worten überrascht und runzelt die Stirn. »Aber?«

Ich kann ihr schlecht sagen, dass mir mein toter Freund Paul vor den Himmelstoren beste Gesundheit bestätigt hat, und erklären, dass es damals beim Infarkt zu einer Verwechslung kam.

»Vielleicht kann ich das Aspirin und den ACE-Hemmer absetzen«, überlege ich. »Ich denke, ich käme gut ohne klar.«

Meine Ärztin schüttelt den Kopf. »Waren Sie wieder bei Doktor Internet? Ein Absetzen halte ich für keine gute Idee, Herr Leif, auch wenn es in manchen Quellen befürwortet wird, aber das besprechen wir gern später in meiner Praxis.«

»Machst du einfach Allround-Check«, schlägt Jekaterina Poljakow vor. »Weißt du sicher, dass du bist gesund.«

Dr. Bärbeißer lacht und wendet sich an meine Putzfrau. »Die ganzen Untersuchungen, die Herr Leif in den vergangen Monaten über sich hat ergehen lassen, waren intensiver als jede Vorsorgeuntersuchung. Deutlicher kann er seine Gesundheit nicht bestätigt haben.«

Wenn sie wüsste, wie deutlich mir Paul meine Gesundheit klargemacht hat.

Dr. Bärbeißer steht auf. »Nun gut, Herr Leif, dann will ich mich zu meinen Hausbesuchen aufmachen. Ich freu mich jedenfalls sehr, Sie wach und so optimistisch zu sehen.«

Als ich ihre Hand schüttele, schäme ich mich ein bisschen bei der Erinnerung, mit was ich die Frau in der Vergangenheit alles beschäftigt habe. Sie muss mich für eine Mimose halten.

»Danke übrigens noch mal für den neuen Stuhl«, sagt sie mit einem Zwinkern. »Er kommt gut an bei den Patienten. Die kennen Sie wegen des Unfalls nun fast alle aus der Zeitung.«

Als sie fort ist, hebt Jekaterina Poljakow das Ledertuch vom Boden auf, tunkt es in eine auf dem Tisch stehende, mit Wasser gefüllte Schüssel und wringt es aus, um das Fenster fertigzuputzen. Schon ist sie wieder barfuß auf dem Stuhl, da besinnt sie sich auf etwas und steigt noch einmal runter. Aus ihrer Tasche zieht sie die Tageszeitung, schlägt den Lokalteil auf und gibt mir meine bebilderte Unfallreportage zu lesen. Von einem Gedanken abgelenkt, überfliege ich den Text nur.

»War sonst niemand hier?«, frage ich sie in der Hoffnung, dass Jekaterina Poljakow jemanden vergessen hat. Auch wenn das schwer vorstellbar ist bei einer Frau wie Maja. An sie erinnert man sich immer, schon allein wegen ihres Mundwerks.

Jekaterina Poljakow hört auf zu putzen, wendet sich mir zu und verneint. »Tut mir leid, Max Leif. Ist schade, finde ich!«

Schade – das ist das völlig falsche Wort. Traurig ist es, bei allem Grund, den ich zur Freude hätte.

Eine erquickliche Spritztour

Krankenhausaufenthalte sind wahnsinnig anstrengend. Nie kann man ausschlafen, weil ständig jemand zum Messen irgendeines Wertes antanzt. Dichtet man die Ohren ab, indem man Musik hört, steht ein Arzt für ein Gespräch oder eine Untersuchung vor dem Bett. Hat man das Frühstück vertilgt, wird einem das Mittagessen vorgesetzt. Döst man endlich gelangweilt ein, kommt Besuch.

Ich könnte einen Blumenladen eröffnen, einen Obsthandel und ein Süßwarengeschäft, und ich frage mich, wer das und den ganzen Rest eigentlich nach Hause tragen soll. Für eine noch weihnachtlichere Atmosphäre haben meine Mutter und Jekaterina Poljakow zusätzlich zum Christbaum andere Dekoration im Zimmer verteilt. Teelichter im Fenster, einen Adventskranz für den Tisch, zu den Baumkugeln passende gläserne Engelchen mit Trompeten zum Aufhängen, wo auch immer es Haken gibt. Als Mutter einen Adventskalender mit Schokolade anschleppte, den sie wer weiß wo Mitte des Monats aufgetrieben hat, fand Vater zwar, dass sie übertreibt, hat sich die neunzehn Schokoladenstückchen für die schon vergangenen Tage aber einverleibt, weil ich sie nicht wollte.

Hinter dem heutigen Türchen Nummer zwanzig verbirgt sich ein Schokoladenstern. Mit Genuss lässt Flo ihn im Mund verschwinden, schnappt sich dann meine gepackte Tasche und die Tüte mit Obst und Süßkram. Baum und Adventskranz habe ich dem Gesellschaftsraum der Station spendiert, also bleiben für mich nur ein paar Beutel mit Weihnachtsdeko zu tragen.

Auf dem Klinikparkplatz laden wir das Gepäck in den Kofferraum des Porsches und steigen ein. Als ich beobachte, wie Flo den Schlüssel in die Zündung steckt, und höre, wie der kraftvolle Motor aufbrummt, läuft ein Schauder über meinen Rücken, und zum ersten Mal überkommt mich eine gewisse Sentimentalität, weil ich nicht mehr der Besitzer dieses fantastischen Wagens bin, ihn nie bis an seine Grenzen über eine Straße gescheucht habe, wie er es mindestens einmal verdient hätte.

Auf der Fahrt erzählt Flo von einer Band, die bei WeRock LeifMusic neu unter Vertrag und mit dem ersten Album im November in die Top Ten der Albumcharts geklettert ist. Auf seinem Handy sucht er den Titelsong und stellt eine Verbindung zum Autoradio her. Begleitet vom Riff der E-Gitarre, den krachenden Drums und der Stimme des Leadsingers, fahren wir zu mir nach Hause. In Jacken, Mützen und Decken gemummelt, sitzen wir im vom Schnee bedeckten Garten unter dem Heizpilz, den Jekaterina Poljakows Mann repariert hat, und klimpern auf meinen Gitarren, ich auf der Gibson, er versucht sich auf der Taylor. Wir essen Schokokuchen und trinken Kaffee, bis die Bohnen im Automaten aufgebraucht sind.

Es wird dunkel, und die wahrscheinlich ebenfalls von Jekaterina Poljakow aufgehängten Solarlichterketten leuchten auf, als Flo mir ein Update über seinen Beziehungsstatus gibt. Die Gitarristin hat sich nie mehr gemeldet, ist aber ohnehin vom Sänger der Band schwanger. Je mehr Flo von ihr und anderen Frauen erzählt, desto mehr Absätze möchte ich von Pumps hacken. Von wegen, Frauen sind das schwache Geschlecht … Diese Behauptung ist so was von überholt.

Weil seit meinem Unfall einige Zeit vergangen ist, die Bilder des Erlebten aber noch glasklar in meiner Erinnerung stehen und ich sie nicht länger für mich behalten möchte, erzähle ich Flo von meiner Begegnung mit Paul. Er glaubt nicht an ein Leben nach dem Tod, hält daher auch Nahtoderlebnisse für unwahrscheinlich und ist sich sicher, dass ich halluziniert habe.

»Wenn's aber für was gut war«, sagt er. »Immerhin tickst du wieder einigermaßen normal. Ich wünschte nur, ich hätte dich nie mit dieser Tsetsefliege aufgezogen, dann wäre uns vielleicht einiges erspart geblieben. Du wärst zum Arzt gegangen, hättest ein Magenmittel verschrieben bekommen und gut.«

Ich bezweifle das. So wie ich nach dem Rückflug drauf war, hätte ich die Magenschmerzen eben für einen Tumor gehalten und niemals gedacht, dass es bloß eine Entzündung ist.

»Schwamm drüber. Es ging ja sowieso weiter.«

»Alter, ich habe geglaubt, ich muss in mein Notebook beißen, als du angerufen und gesagt hast, du seist negativ. Wie bist du darauf gekommen? Noch wegen der Magenschmerzen?«

»Nein, die waren durch die Medikamente bald weg. HIV kam mir in den Sinn, weil ich im Urlaub zu viel Sex hatte und ziemlich genau einen Monat danach aus heiterem Himmel Fieber bekam.«

»Dann deine chronische Müdigkeit«, prustet Flo und verschüttet einen Schluck Kaffee. »Dachtest du da auch, du kratzt ab, und wolltest es bloß nicht sagen?«

»Ich habe die Schlafkrankheit vermutet«, grinse ich. »Sehr tödlich. Im Übrigen wird die durch den Biss der Tsetsefliege übertragen.«

»Damit musstest du ja in der Irrenanstalt landen.«

»Das war keine Irrenanstalt, sondern die Neurologie.«

»Ist dasselbe.«

»Nein, und davon abgesehen, war ich dort wegen des Verdachtes auf einen Hirntumor. Ich hatte Monsterkopfschmerzen, nachdem wir von Westerland zurückgekommen sind, und sah Dinge viel größer, als sie eigentlich sind.« Um es Flo zu verdeutlichen, halte ich die Tasse hoch. »Die hier hätte die Größe eines Ölfasses gehabt.«

Flo lacht so sehr, dass er keine Luft mehr bekommt.

»Schön, dass du dich amüsierst«, murmele ich.

»Was war's denn am Ende?«, japst er. »Schlafmangel vielleicht?«

So falsch liegt er nicht. Der Kopfschmerz kann durch meinen miserablen Schlaf ausgelöst worden sein.

»Eine Migräne mit Aura«, antworte ich und ahne, dass ihm die exakte Bezeichnung den Rest geben wird. »Das Alice-im-Wunderland-Syndrom war es, genau genommen.«

Vor Lachen rutscht Flo fast vom Stuhl.

»Na ja, und bei meiner Lungenembolie warst du live dabei.«

»Sorry, Kumpel.« Er wischt sich Tränen von den Wangen. »Aber der Klatscher musste einfach sein.«

»Das hat Paul auch gesagt.«

»In deinen Träumen.« Er setzt sich aufrecht hin, zieht die Mütze vom Kopf und strubbelt sich durch die verschwitzten Haare. »Welche Krankheit war es zuletzt? Das habe ich verpasst.«

»Zuletzt befürchtete ich, meinen zweiten Herzinfarkt zu bekommen. Alternativ Lungenkrebs.«

»Dann hast du das gesamte Repertoire abgearbeitet. Von den herkömmlichen Seuchen abgesehen.«

»Nee, nee, ich war gründlich und hab die hier und da in meine Überlegung einbezogen, neben so banalen Dingen wie Autounfällen und Flugzeugabstürzen.«

Flo lacht noch ein paar Mal laut auf, beruhigt sich dann aber und atmet durch. »Was machst du nun eigentlich?«

»Keine Ahnung. Ich mache mir auf jeden Fall nie mehr solche Gedanken.«

»Ich meine einen Job. Du brauchst eine neue Beschäftigung.« Er schaut sich im Garten um. »Sieht momentan schlecht aus mit Rasenmähen, und ich befürchte, Schneeschippen ist ebenso wenig eine Aufgabe, die dich längerfristig glücklich machen wird.«

»Ich weiß.«

Meine Idee, was ich zukünftig tun könnte, behalte ich für mich, denn ob das klappt, ist nicht sicher – und Flo hat sich für heute genug über mich amüsiert. Ohnehin stellt er gerade fest, dass es schon nach Mitternacht ist, und beschließt, heimzufahren, vollgefressen, wie er ist, und mit einer Überdosis Kaffee im Blut.

Ich begleite ihn vor die Tür bis zum Porsche.

»Wie schnell warst du in dem Baby unterwegs?«, frage ich.

Flo zuckt mit den Schultern. »So zweihundertfünfzig. Schneller geht bei dem ganzen Verkehr kaum.«

»Dreihundertachtzehn schafft der in der Spitze«, sage ich und kann den sehnsuchtsvollen Ton offenbar nicht verbergen.

Flo lässt den Schlüssel vor meiner Nase baumeln. »Es ist wieder deiner, wenn du willst.«

Ich hebe die Hände, verneine. »Nein, ich habe ihn dir geschenkt. Dabei bleibt es.«

Flo drückt mir den Schlüssel in die Hand. »Dann lass uns eine Runde drehen. Auf der A3 haben wir jetzt freie Fahrt. Heute hat es nicht geschneit, also sind die Straßen trocken, und bis Fulda ist die Bahn ohne Tempolimit.«

Ich zögere keine Sekunde, gehe zur Fahrerseite und setze mich hinter das Lenkrad. Flo nimmt neben mir Platz. Beim Anschnallen tauschen wir einen verschwörerischen Blick, dann schiebe ich den Schlüssel in die Zündung und starte den Motor.

Wenige Kilometer hinter dem Frankfurter Kreuz bringe ich den Porsche auf dreihundert km/h. Flo ist still wie eine Maus, bis ich das erste Mal jubele. Auf der dritten von vier Spuren donnern wir vorbei an einer überschaubaren Anzahl anderer Autos, die sich im Schneckentempo fortzubewegen scheinen, wechseln hin und wieder auf die äußere Spur. Höher und höher wandert die Tachonadel und küsst endlich die 320-Marke, da überhole ich einen Streifenwagen, bei dem das Blaulicht aufleuchtet. So schnell, wie wir vorbei sind, haben die Kollegen sicher nicht einmal das Nummernschild lesen können, die Meldung vom rasenden Porsche allerdings an eine andere Streife weitergegeben, die uns nach fünf Kilometern am Offenbacher Kreuz erwartet.

»Da hatten wir es aber eilig«, sagt einer der Beamten zur Begrüßung. »Wohin sind wir denn unterwegs?«

»Ich weiß nicht, wohin Sie unterwegs sind«, antworte ich und sehe im Augenwinkel, wie Flo die Hand vor den Mund legt, um sein Grinsen zu verstecken. »Aber wir wollen da vorn an der Tanke einen Kaffee trinken. Warum Sie uns stoppen, ist mir im Übrigen nicht ganz klar, da hier kein Tempolimit …«

»Das nicht«, unterbricht mich der zweite Beamte. »Allerdings gilt landesweit eine Richtgeschwindigkeit von einhundertdreißig, die Sie um zweihundert Sachen Pi mal Daumen überschritten haben. Außerdem gibt es in Deutschland das Rechtsfahrgebot, das von Ihnen durch ein kontinuierliches Linksfahren trotz zwei freier mittlerer Spuren ignoriert wurde.«

So ein Korinthenkacker! »Also, wäre ich bei dem Tempo ständig hin und her gewechselt, würden wir uns jetzt auf Ihre Schuhe übergeben.«

Den Ordnungshütern reicht es. Flo und ich müssen aussteigen. Während ein Beamter den Porsche durchsucht, führt der andere einen Alkohol- und Drogenschnelltest mit mir durch. Nachdem ich die mündliche Verwarnung wegen des Ignorierens des Rechtsfahrgebotes zur Kenntnis genommen habe, dürfen Flo und ich unsere Fahrt fortsetzen.

Wir kaufen Kaffee an der nächsten Tankstelle und kehren um. Vor meinem Haus verabschieden wir uns bis zum nächsten Jahr. Flo verbringt die Feiertage bei seinen Eltern und fliegt im Anschluss für zwei Wochen in den Urlaub. Ich bin schon an der Tür, da ruft er mich zurück und gibt mir einen Zettel. Während ich das Papier entfalte und lese, steigt er in den Porsche und lässt das Fenster runter. Als ich ihn ansehe, zwinkert er.

»Ich war im Café und hab die Mädels dort nach ihrer neuen Adresse gefragt. So eine Blonde wusste, wo sie jetzt wohnt.«

Flo startet den Motor, fährt aus der Einfahrt und hupt. Plötzlich aufgewühlt, sehe ich die Straße hinunter, bis die Lichter des Porsches verschwunden sind.

Mit erstaunlicher Leichtigkeit

Beim Unfall wurde mein Handy, das auf dem Beifahrersitz lag, durch die Frontscheibe katapultiert und zerschmettert. Alle darauf gespeicherten Informationen sind erst einmal weg; ich müsste sie aus dem Back-up des Notebooks auf ein neues Gerät überspielen. Um festzustellen, ob Majas Telefon noch ausgeschaltet ist, oder um per Anruf herauszufinden, ob sie mich vielleicht doch noch sehen möchte, müsste ich zuerst ein Handy kaufen und vorbereiten, was viel zu viel Zeit in Anspruch nehmen würde. Dieses behutsame Vorgehen wäre außerdem gar nicht typisch Kerl, noch weniger typisch ich.

Ungeduldig warte ich auf den Nachmittag, an dem ich sie zu Hause vermute, und kille die Zeit mit sinnfreien Beschäftigungen. Bevor ich gehe, werfe ich einen letzten Blick in den Spiegel. Mein Gesicht schaut wieder halbwegs akzeptabel aus, die Blutergüsse auf den Wangen und der Stirn sind nur noch gelb. Über die Nähte auf der Kopfhaut sind zwar Haare gewachsen, doch ein Basecap steht mir besser als diese sonderbare Frisur und gibt mir mehr Selbstsicherheit.

Ohne nachzudenken, gehe ich zur Garage, öffne sie und gucke in einen leeren großen Raum. Mit dem Plan, an diesem traurigen Bild schon bald etwas zu ändern, schließe ich das Tor wieder und rufe ein Taxi. Fünfzehn Minuten später stehe ich vor Majas Wohnhaus, einem vielgeschossigen Block in Sachsenhausen. Ich klingele, warte, lausche und suche die Türumgebung vergeblich nach einer Überwachungskamera ab. Nichts tut sich. Nach nochmaligem Klingeln setze ich mich auf die obere Stufe der Treppe vorm Eingang.

Aus fünfzehn Uhr wird sechzehn Uhr. Einige Bewohner des Hauses kommen und gehen, schlurfen missmutig und mit düsterem Blick an mir vorbei oder nehmen mehrere Stufen auf einmal. Das Licht verabschiedet sich mit ein paar heute wie gestern seltenen Sonnenstrahlen. Vor mir blinzelt eine Laterne auf, über mir leuchten weihnachtliche Blumenkastendeko und ein Fenster-Bling-Bling, das mich in den Wahnsinn treiben würde.

Mit den Gedanken bei meinen Weihnachtstagen, die ich tatsächlich in Westerland verbringen werde, achte ich nicht mehr auf meine Umgebung und erschrecke, weil etwas Dunkles um die Ecke huscht. Schnell bin ich auf den Füßen und will zurückweichen, da erkenne ich Hannibal. Vor Freude winselnd, springt er an mir hoch, stellt sich auf die Hinterbeine und legt die Vorderpfoten auf meine Schultern, um mein Gesicht abzuschlecken.

Es dürfte das fünfte Mal in meinem erwachsenen Leben sein, dass ich heule. Über die Schultern des Dobermanns sehe ich Maja an, die mit der Leine in der Hand am Fuß der Treppe steht, durchatmet und heraufkommt.

»Ich wollte ihn zurück, nur ein paar Tage später«, sage ich, als sie bei uns ist. »Aber da war er schon adoptiert.«

Sie lässt das unkommentiert und mustert mein Gesicht. »Wolltest du dich umbringen?«

Statt des einfachen Neins wollen mir vor lauter Aufregung viel zu viele Worte über die Lippen, die ich gerade so zurückhalte, um es nicht wieder zu vermasseln. Währenddessen versuche ich Hannibal zu bändigen, der vor lauter Freunde inzwischen dezi-bellt. Ich packe ihn am Halsband und beruhige ihn.

»Das war ein Unfall«, sage ich. »Stand in der Zeitung. Mit Bild.«

»Ich weiß.« Maja setzt sich auf die obere Stufe und stapft den Schnee aus ihren Schuhsohlen.

Als ich neben ihr Platz nehme, schlägt mein Herz bis zum Hals. Hannibal will schon wieder ausflippen, reißt sich auf meinen Befehl hin aber zusammen. Mit wedelndem Schwanz und aus dem Maul hängender Zunge schaut er von Maja zu mir. Er scheint zu lachen. Hunde können lachen, habe ich in irgendeiner Tierdoku erfahren. Einfach vergeben und vergessen hat er, die treue Seele.

»Während deines Komas«, frage ich Maja, »warst du da irgendwo besonders, oder hattest du das Gefühl, irgendwo zu sein?«

Sie heftet ihren Blick auf das Ende der Treppe, schlingt die Arme um die Beine. »Ich war in einer Art Auffangstation, so nenne ich das. Ich war nicht am Leben und nicht tot, im Nichts irgendwie. Meine Mutter war bei mir, bis ich zurückgefunden habe.«

»Dort war ich auch. Mein Freund Paul, von dem ich dir erzählt habe, ist mir dort begegnet. Er hat mir gesagt, dass es manchmal Worte braucht, um einander zu verstehen.«

Endlich wendet Maja den Kopf und sieht mich an. »Was meinst du damit?«

»Die vergangenen Monate waren schlimm«, sage ich nach einer Pause, in der ich den Anfang gesucht habe. »Ich habe ein ziemliches Chaos angerichtet, besonders in mir selbst, weil ich begonnen habe, mich zu fürchten. Vor allem irgendwie. Und ich habe mich selbst viel zu ernst genommen, wie du mal festgestellt hast.«

Maja bleibt still. Sie wartet auf mehr.

»Meine Angst vor dem Tod kam nicht einfach so. Es waren viele Faktoren, die sie ausgelöst haben … Mein Infarkt, Pauls Tod, dieser katastrophale Rückflug aus dem Urlaub, das alles, glaube ich.«

Na Max, was vergessen?

Mein rasendes Herz beruhigt sich von einer Sekunde zur nächsten. Es ist mir ein plötzlich dringendes Bedürfnis, den letzten Faktor zu nennen. Ich will, dass Maja das weiß.

»Und der Gedanke an dich«, setze ich hinzu.

Sie zieht die Brauen zusammen. »Wegen mir hattest du Angst zu sterben?«

»Indirekt. Ich wollte nicht sterben, ohne ... Na ja, es sollte dir gutgehen. Nur Paul hat von dir gewusst, und nach seinem Tod gab es niemanden, der sich hätte kümmern können.«

Ich spüre, wie sich Maja zurückzieht, und verdränge die Angst, es erneut zu versemmeln. Ohnehin bin ich noch nicht fertig und erzähle schnell weiter: »Ich wollte es dir sagen, hab es mir ständig vorgenommen, und immer kam was dazwischen. Irgendwann hatte ich eigentlich bloß noch Angst, dich zu verlieren ... Das war lange, bevor wir miteinander geschlafen haben.«

Sie kommt wieder näher, ihre Züge werden weicher, und die Linien auf ihrer Stirn verschwinden. Davon ermutigt, fahre ich fort: »Ich habe die Villa für die Kita nicht gekauft, um meine Schuld zu tilgen. Ich möchte, dass du dich verwirklichst und tun kannst, was dir Spaß macht. Ich will, dass du glücklich bist.«

Das genügt doch, oder? Das sind doch ausreichend bierernste, deutliche, klare, unmissverständliche Worte? Maja scheint damit aber entweder nichts anfangen zu können oder auf mehr zu warten. Weil ihr Blick auf mir ruht und ich Unsicherheit in mir spüre, versuche ich es mit einem eher heiteren Zwischenton: »Ganz uneigennützig ist das mit dem Kindergarten natürlich nicht. Wie du weißt, bin ich arbeitslos. Ich dachte, ich kümmere mich um die musikalische Früherziehung der kleinen Quälgeister, die du ...«

»Warum willst du, dass ich glücklich bin?«

Ich klappe den Mund zu. *Verdammt!*

Ein neuer Versuch also. *Einatmen. Ausatmen. Sprechen!*

»Du warst mir nie egal.« Während mein Blick in den Himmel wandert, machen meine Gedanken eine Reise in die Vergangenheit, und mir wird flau im Magen. »Als ich dich zum ersten Mal im Krankenhaus gesehen habe, ging ein Ruck durch mich. Ich hielt es für Mitleid. Sicher war am Anfang eine große Portion Mitleid für dich in mir, aber nach einer Weile und besonders zuletzt ...« *Worte! Mehr Worte! Und komm auf den Punkt, Max!*

»An jedem Tag, bei jedem Besuch im Café oder wenn wir uns gesehen haben, habe ich mich ein bisschen mehr ... Aber du meintest irgendwann, du und ich, das sei eine schlechte Idee ...«

»Max?« Maja unterbricht mich.

Ich senke den Blick, sehe sie an. »Jep?«

»Was hast du jeden Tag ein bisschen mehr?«

Da ist ein Ausdruck in ihrer Miene, eine von Ungeduld umwaberte Hoffnung, die es mir plötzlich ganz leicht macht.

»Ich hab dich geliebt. Jeden Tag ein bisschen mehr«, sage ich. »Das tue ich noch immer, und deshalb will ich, dass du glücklich bist.«

Zuerst zucke ich zurück, wohl in der Befürchtung, schon wieder geohrfeigt zu werden, doch Maja legt eine Hand an meine Wange, streicht mit dem Daumen über die abschwellende Prellung. Ihr Blick ist so ruhig und tief, dass mir trotz der Dezemberkälte warm wird, und ihr Kuss ist weich und süß.

Ich schlinge meine Arme um sie und ziehe sie näher, antworte auf ihren Kuss, bis das Bewusstsein für unsere Umgebung schwindet. Die kalten Stufen unter meinem Hintern vergesse ich, und den frischen Schnee auf unserer Haut spüre ich erst, als Hannibal dezi-bellt.

Maja lächelt, als wir uns voneinander lösen.

»Das war gut, Max Leif. Ich dachte, du würdest dich im Leben nicht überwinden.«

»Das hätte ich schon«, entgegne ich. »Früher oder später, schließlich dauert das Leben noch eine ganze Weile.«

»Und einen Teil davon willst du als Musiklehrer für kleine Quälgeister verbringen?« Ein amüsiertes Funkeln huscht durch ihren Blick. »Wann ist dir diese grandiose Idee gekommen?«

»Irgendwo dazwischen«, murmele ich. »Was hältst du davon?«

»Überzeuge mich bei Gelegenheit.« Maja steht auf. »Kommst du mit rauf? Auf einen Kaffee? Einen Espresso, Latte macchiato oder einen langweiligen Tee? All das zaubere ich in nur einer Minute. Ich musste es unfreiwillig lernen.«

Ein bisschen schwerfällig, weil ich schon so lange sitze, dass meine Gelenke vor Kälte starr sind, erhebe ich mich und folge ihr zur Tür. Hannibal ist noch vor uns im Treppenhaus und am Fahrstuhl. Schrecklich klein ist das Ding, zwei Menschen und ein Hund passen gerade so hinein.

»Wohin?«, frage ich Maja, weil ich vor dem Display stehe.

Sie küsst mich wieder, drückt hinter meinem Rücken auf einen Knopf und murmelt: »Es kann nur nach oben gehen.«

Danke …

Anna Mechler von der Literaturagentur Lesen&Hören. Du bist eine Herz-Agentin, die nicht nur die Werke ihrer Schützlinge sieht, sondern auch die dahinterstehenden Menschen. Dein Engagement für mich und meine Schreibe, deine Überzeugung und Begeisterung für meine Geschichten, insbesondere für diesen Roman, haben mir viel Kraft gegeben.

Andrea Müller, meine Lektorin bei Knaur. Den Tag, als Sie mir den Hypochonder geschickt haben, werde ich nie vergessen. Er ist zu mir ins Auto gestiegen, wir sind schweigend losgefahren, und nach zehn Kilometern sagte er: »Ach ja, ich bin übrigens Max Leif.« Ab diesem Moment habe ich sehr viel gelacht. Wunderbar, dass Sie meinen Enthusiasmus geteilt haben.

MrT, mein Lieblingskind. Du hast so viel Verständnis für mein Autorin-Sein und schenkst mir die Zeit, die ich dafür benötige, bist neugierig und voller Empathie. Inzwischen kennst du Max Leif beinahe genauso gut wie ich, und so manches Mal kommt er dir sicher wie ein Nachbar vor. Bleib, wie du bist, mein kleines Träumerle.

Honig, mein größter (und liebster) Kritiker. Du betrachtest meine Ideen immer aus einer ganz anderen Perspektive: so praktisch und sachlich. Am Ursprungskonzept dieses Buches fehlte dir was, und du meintest, Max bräuchte ein Geheimnis. Damit hast du dem Buch sein Herz gegeben, denn so ist Maja entstanden.

Ein Dankeschön geht nicht zuletzt an meine tollen Freundinnen Andrea, Jennifer und Nina für all den Zuspruch, das Mutmachen und Daumendrücken sowie an ein paar ganz wunderbare Leserinnen: Inga von sharonbakerliest, Cora von Cora's Bücherkiste, Elena von ZeilenZauber, Anja von Merlins Bücherkiste und Susen alias die Gräfin von und zu Waldschrat.

Über Tanten, Hühner und andere Hinterlassenschaften

CORINNA VOSSIUS

Seh' ich aus, als hätt' ich sonst nichts zu tun?

Roman

Als Helga ihre verwitwete Tante Beate »erbt«, die niemand sonst aus der Familie haben will, bleibt auf der norwegischen Insel Setersholm nichts, wie es war. Denn Beate hat ihren eigenen Kopf. In dem geht es manchmal etwas durcheinander, und sie ist partout nicht davon abzubringen, Hühner aus einer Hühnerfarm retten zu wollen und mit selbstgestrickten Mützen und Schals zu beglücken. Doch als es darauf ankommt, ist es Tante Beate, die Helga zeigt, was im Leben wirklich zählt und wann es sich zu kämpfen lohnt.

KNAUR

Warmherzig, nachdenklich, wunderbar

LEA WINTER

Der Zauber jener Tage

Roman

Ihr baldiger 40. Geburtstag hat Fritzi buchstäblich die Stimme verschlagen. Schonen Sie sich!, rät ihre Ärztin. Ich weiß da was!, verspricht ihr Mann. Und ehe Fritzi es sich versieht, verbringt sie mit ihren beiden ehemals besten Freundinnen Urlaub in einem Kloster. In einem Kloster? Was wie ein schlechter Witz beginnt, erweist sich als Glücksfall. Denn umgeben von atemberaubender Landschaft und durch eine inspirierende Begegnung entdecken die drei Frauen nicht nur neu, was sie in ihrer Studienzeit verband – sie lernen auch, achtsamer zu sein, das Leben zu genießen und an sich selbst zu glauben.